A media luz

A media luz

Noe Casado

TERCIOPELO

© Noemí Ordóñez Casado, 2015

Primera edición en este formato: marzo de 2016

© de esta edición: Roca Editorial de Libros, S. L.
Av. Marquès de l'Argentera 17, pral.
08003 Barcelona
actualidad@rocaeditorial.com
www.terciopelo.net

© del diseño de cubierta: Sophie Guët
© de la fotografía de portada: Elena Dijour / Shutterstock

Impreso por LIBERDÚPLEX, S.L.U.
Crta. BV-2249, km 7,4, Pol. Ind. Torrentfondo
Sant Llorenç d'Hortons (Barcelona)

ISBN: 978-84-15952-96-1
Depósito legal: B. 1.506-2016
Código IBIC: FRD

RT52961

Esta novela está dedicada a Miryan, Judith y Javier.
Para que pueden seguir presumiendo
de tener una hermana escritora.

Capítulo 1

Verano de 1933

Llegaba tarde, considerablemente tarde.

Y tal circunstancia le iba a acarrear más que palabras con su padre. Su progenitor odiaba la falta de puntualidad; lo consideraba, además de una gran falta de respeto hacia quienes esperaban, algo intolerable ya que si uno se comprometía, lo mínimo que podía hacer era comportarse.

Una lección que a su edad debía tener bien aprendida pero que por mil y una circunstancias olvidaba a las primeras de cambio.

Y en estos momentos no tenía ninguna excusa medianamente decente que ofrecer, lo cual inevitablemente desembocaría en una amarga y estúpida discusión sobre la conveniencia de acudir puntual a las reuniones familiares.

Entendía esa postura, por supuesto que sí. Y le gustaba juntarse con sus hermanas y sus padres a pasar el día, hablar de todo un poco e intercambiar opiniones, aunque en muchas ocasiones acababan hablando de índices bursátiles e inversiones, cosa que tanto a Gaby como a él les aburría mortalmente, pero es que en casa de los Boston era muy difícil separar el trabajo de la vida doméstica.

Además de aburrirle soberanamente, el tema bancario suponía entrar en un terreno pantanoso, pues a su padre aún le escocía, y mucho, que no fuera su sucesor. Sin embargo, aunque terminara asimilándolo, suponía más de un enfrentamiento.

En algún momento su padre acabaría aceptando que él no estaba hecho para encerrarse en un despacho durante horas, leyendo informes, balances y demás para decidir dónde sí y dónde no invertir el dinero propio y ajeno.

Nunca le había interesado y menos ahora, cuando se estaba forjando una reputación como médico.

—¡Maldita sea! —exclamó volviendo a comprobar la hora.

Para cuidar del legado familiar, la tradición y demás historias con las que su padre intentaba atraerlo de nuevo al redil familiar estaba su hermana mayor, quien, junto a su marido, «el yerno perfecto», manejaban perfectamente los negocios financieros de la familia.

Puede que muchas de sus amistades no entendieran la decisión de no seguir la tradición familiar, pues era lo que se esperaba de un hombre de su posición; por no mencionar que aceptar ese cargo le ahorraba el esfuerzo de sacar adelante unos estudios y labrarse un nombre, todo ello de espaldas a su apellido.

Por nacimiento tenía la vida resuelta y, siendo mínimamente espabilado, podía pegarse la buena vida buscándose buenos colaboradores y encargándose de supervisarlos. Nada de noches estudiando, prácticas interminables y caras de asombro por ver a un miembro de una familia acaudalada esforzarse sin necesidad. Conocía a más de uno que, en una situación similar, se pasaba la vida sin dar un palo al agua, viviendo de las rentas.

Y, siendo francos, aceptar una responsabilidad de ese calibre le daba pereza y miedo a la vez, ya que si gestionaba mal el patrimonio y todo se iba al garete por su mala cabeza o su falta de capacidad, no se lo perdonaría jamás.

No, definitivamente llevar un banco no era lo suyo.

Alfred aparcó en un lateral de la finca y subió a toda prisa las escaleras de la casa familiar, su casa hasta hacía bien poco, y entró.

Menos de un mes antes había tomado la decisión de buscarse un apartamento e irse a vivir por su cuenta. Era una decisión que había pospuesto desde hacía tiempo, más que nada por pereza, pero ya iba siendo hora de tener su propio espacio.

Aunque en la gran casa familiar se estuviera perfectamente, siempre debía mantener las formas y dar explicaciones.

Implicaba ser objeto de «supervisión» paterna y, pese a que nadie le pedía aclaraciones directas sobre sus idas o venidas, tenía la edad suficiente para ello, prefería evitar controversias sobre sus aficiones o sobre sus compañías.

De algunos asuntos no importaba, pero de otros…

Saludó al mayordomo y le preguntó si toda la familia estaba ya reunida para la comida de obligada asistencia que se celebraba una vez al mes.

Le sorprendió que no fuera así, pues llegaba tarde y era de esperar que todos estuvieran sentados a la mesa y él, siendo el último en aparecer, fuera el blanco de todas las miradas, empezando por la de su padre, que sin decir una palabra te interrogaba con la mirada.

Por lo visto aún estaban en el estudio arreglando el mundo,

como les gustaba, así que se encaminó hacia allí de buen humor a enterarse de qué hecho importante había alterado los planes habituales.

Alguna crisis de última hora, pues, a pesar de no interesarse en demasía por los temas financieros, no era ajeno a la época tan inestable que estaban viviendo.

—Buenos días —saludó nada más entrar. Solo estaban reunidos su cuñado, James, y su padre.

—Buenos días —respondió su cuñado mirándolo con media sonrisa mal disimulada.

Eso hizo que Alfred sospechara inmediatamente, pues «el yerno perfecto» no daba puntada sin hilo. Si por algo se caracterizaba era por estar al tanto de todo.

—Ya sé que llego tarde, una urgencia de última hora… —Detuvo sus tontas excusas al ver la cara de su progenitor.

Allí se estaba cocinando algo serio, pensó aguantando las ganas de hacer alguna broma.

—Cierra la puerta —le pidió su padre con gesto serio.

Obedeció y empezó a preocuparse. Por el tono la cosa no pintaba nada bien, así que mejor era mantener la boca cerrada y esperar a que le informaran del asunto, que iba a ocurrir de forma inminente y de modo directo.

Se sentó en uno de los sillones dispuestos frente al gran escritorio, el mismo que debía llevar en la familia años y años, en el que siempre había visto a su padre trabajar desde que era un crío junto a sus hermanas, distrayéndole o imitándole, pues a ciertas edades uno repite esquemas sin ser consciente.

Observó de nuevo a su cuñado.

Y después a su padre.

¿Qué narices estaba pasando?

¿Por qué uno se mostraba disgustado y el otro estaba conteniendo la risa?

Todo aquello le dio mala espina, y no era para menos.

—Ya sé que voy a arrepentirme por preguntar, pero ¿se puede saber qué está pasando? —inquirió dispuesto a acabar con el jodido misterio cuanto antes.

James se volvió y se rio socarronamente.

—Mira esto —exigió su padre tendiéndole un folleto, con claras muestras de mal humor. Su tono falsamente amable le puso los pelos de punta.

Lo cogió y volvió a mirar a James, que se había sentado a su lado y hacía lo indecible para no reírse.

Alfred hizo un gesto malhumorado con la cabeza. Mira que había que aguantar estupideces.

Sin mucho interés lo cogió dispuesto a salir de dudas. Era un pequeño librillo que hacía referencia a una exposición de fotografía artística. Con apatía lo abrió y si bien le resultó interesante, por el contenido principalmente, no le dio mayor importancia.

Miró alternativamente a los dos hombres que no le quitaban la vista de encima esperando ¿qué exactamente?

Seguía en la inopia y cuando su padre hizo un gesto de desesperación, y el idiota de James continuaba descojonándose, preguntó:

—¿Por qué debería interesarme esto?

—¡Será posible! —masculló Samuel sin entender a su hijo.

—Dale un repaso —indicó James.

Alfred, obediente y con ganas de acabar con aquella estupidez, echó un vistazo llegando a la misma conclusión que la primera vez, o sea, nada.

—¿No tienes nada que decir? —inquirió el patriarca visiblemente molesto cruzándose de brazos y mirándolo como si fuera un chiquillo revoltoso. Cosa que, por cierto, ya había dejado atrás, pero por su tono volvía a sentirse un adolescente metido en un lío.

James se levantó y se acercó a la ventana. Continuaba con su personal festival de humor privado y le estaba sacando de quicio ver cómo trataba de contener las risas cuando su padre parecía que estaba en un funeral.

—No soy muy aficionado a este tipo de manifestación cultural —le respondió sin molestarse en ver el contenido hasta el final del pequeño cuadernillo. Lo había ojeado por indicación de ellos, no por manifiesto interés. Por lo que lo dejó de nuevo sobre el escritorio.

—Página tres —sugirió su cuñado con regocijo.

—Muchas gracias —le respondió Alfred con sarcasmo y rápidamente lo agarró de nuevo y pasó la hoja hasta llegar a la indicada.

Alfred sintió, mientras buscaba la página indicada, que no le quitaban ojo de encima. Quiso mandarles a paseo pero se resignó; cuanto antes hiciera lo que le pedían antes podría salir de aquel tribunal inquisitorial.

Cuando sus ojos enfocaron la página tres casi se cae de culo.

—¡Joder! —exclamó tragando saliva y sintiéndose el estúpido número uno del planeta, era lo último que esperaba.

—Sí, yo también pensé lo mismo —añadió su padre más enfadado aún con su habitual tono calmado a la par que peligroso.

—Lo siento, lo siento —se disculpó James entre risas. Las cuales, por cierto, iban en aumento.

Alfred estuvo a punto de darle con el folleto en todo el morro, a ver si con un poco de suerte dejaba de tocar los cojones.

—No entiendo cómo… —murmuró haciendo un rápido examen de memoria para intentar resolver ese misterio.

—¿Qué es lo que no entiendes? —inquirió Samuel exasperado.

—Pues yo me muero por oír una explicación —apuntó el guasón de James ganándose una mirada reprobatoria de Alfred.

—¿Cómo es posible que una foto tuya, desnudo para más señas, aparezca en ese maldito catálogo y no sepas nada al respecto? —Su tono marcadamente escéptico dejaba a las claras que le tomaba por poco menos que irresponsable, por no decir tonto.

Y, la verdad, empezaba a creer que iba a tener que darle la razón.

—Yo, joder… —Alfred estaba totalmente desconcertado.

—Pues si tú no lo sabes… vamos listos —apuntó Samuel sin intención de facilitarle las cosas.

—Haz memoria —sugirió su cuñado—. Está claro que no es algo accidental, se te ve…— disimuló, mal, la risa— casi posando.

—No… Joder, que no sé…

Y seguía en Babia, porque por más que intentaba acordarse no lo lograba, y menos aún con esos dos ahí delante, con actitud inquisitorial, atosigándole.

—Mira, Alfred, sabes perfectamente que he pasado por alto muchas de tus indiscreciones y he sido paciente, en parte gracias a tu madre, pero esto es inadmisible.

—A mí tampoco me hace ni puta gracia —masculló Alfred pasándose la mano por el pelo intentando, sin éxito, establecer una conexión.

—¡No puedes aparecer desnudo en una exposición de fotografía! —estalló su padre mencionando lo obvio.

—¿A qué vienen esos gritos? —interrumpió una voz femenina y, lo que era peor, conocida.

Alfred, al oír la voz de su madre, intentó esconder las pruebas, ya era bastante bochornoso aparecer desnudo, no acordarse de cómo y además permitir que su madre lo viera.

—Nada, estamos hablando —dijo Samuel besándola en la mejilla cuando ella se situó junto a él.

—Hola, hijo. Me alegro de que estés aquí. —Se acercó a su hijo de forma inocente y, tras saludarle afectuosamente, le arrebató lo que tan mal escondía.

—¡Mamá! —se quejó cruzando la mirada con su padre; aquello solo podía ir a peor.

—Señora Boston, no creo que… —James intentó ayudar pero por su tono estaba claro que empeoraba las cosas.

—Llevas cinco años casado con mi hija, ya deberías abandonar ese formalismo —le dijo Maddy a su yerno distraídamente; estaba más interesada en lo que tenía entre manos. Se apartó convenientemente para comprobar cuál era el motivo de las caras de enfado que veía.

—Maddy, ¿qué te parece si vamos al comedor? —sugirió Samuel en un intento de desviar la atención de su mujer.

Como era de esperar, la matriarca se preocupó aún más, ya que los tres hombres se afanaban en distraerla.

—No entiendo a qué viene tanto alboroto, es un catálogo de desnudos, pero a estas alturas… —Ya no iban a escandalizarse por ello.

—Mamá, por favor —dijo entre dientes el principal afectado.

—¡Oh! ¡Dios mío! —saltó de repente y tuvo que sentarse para poder ver con mayor detalle lo que allí se mostraba. Tras el impacto inicial empezó a disimular la risa. Mirando de reojo, alternativamente, a su hijo, a su marido y a la foto de su hijo desnudo—. ¡No me lo puedo creer! ¡Cómo has podido! —exclamó fingiendo horrorizarse.

—Lo mismo llevo preguntándome yo un buen rato —intervino Samuel sumándose a las palabras recriminatorias de su esposa.

—Joder… —masculló Alfred negando con la cabeza. Hacía años que no se sentía tan abochornado delante de sus padres y para colmo estaba el tocapelotas de su cuñado.

—¡¿Cómo has podido crecer tanto sin yo enterarme?! —remató su madre para sorpresa de todos los presentes, en especial de un Alfred cada vez más avergonzado. Tras decirlo no aguantó más y se echó a reír, sin disimular, echando de paso más leña al fuego—. Ay, hijo, es que a veces tienes unas cosas…

Alfred cerró los ojos, esto era una pesadilla y él era incapaz de despertarse.

—¡Deja de reírle las gracias! Esta vez ha ido demasiado lejos —dijo Samuel visiblemente enfadado.

—No sabía que tenías estas inquietudes artísticas —apuntó su madre pasando por alto el enojo de su marido.

—Mamá, por favor, dame eso —intentó arrebatarle el maldito catálogo, sin éxito—. ¡Y deja de reírte! Y tú… —se dirigió a su cuñado— haz el favor de largarte, no eres de ninguna ayuda —le reprochó por su constante actitud burlona.

Alfred no sabía muy bien cómo salir de la situación. En primer lugar su cabeza estaba todo el tiempo dándole vueltas al asunto, intentando recordar cómo era posible que hubiera sido fotografiado desnudo.

No era ningún santo, de acuerdo, y quizás había tenido demasiadas aventuras. Al principio, llevado por la juventud y las prisas, fue imprudente y se arriesgaba más de la cuenta. Pero a medida que fue madurando llevaba mucho más cuidado y hasta podía afirmar, sin riesgo de ser pedante, que seleccionaba con esmero a quién se llevaba a la cama. Ya no buscaba mujeres fáciles de desnudar, sino a aquellas con las que poder pasar buenos momentos y que además fueran buenas en la cama. Era complicado, sí, pero no imposible.

—Siento llegar tarde.

Alfred se giró al oír la voz de su hermana mayor.

—La que faltaba —masculló entre dientes preparándose para lo peor.

Samantha miró a todos los presentes e hizo una mueca, ahí se estaba cocinando algo muy gordo. Tras su repaso visual se detuvo en su marido, esperando que este le contara algo.

—Como se te ocurra… —intervino Alfred mirando a su cuñado, advirtiéndole que mantuviera el pico cerrado.

—Estoy segura de que James sabe lo que le conviene —replicó Samantha mirando a su hermano.

—Por una vez en la vida, lleva tú los pantalones, joder —se quejó Alfred.

—Aplícate el cuento —le contestó James y se echó a reír, contagiando a su suegra. No así a Samuel, que continuaba con semblante serio.

—¿Se puede saber qué pasa aquí? —inquirió la recién llegada cada vez más intrigada; odiaba ser la única que no estaba al tanto, así que más le valía a su esposo dejar de hacer bromas incomprensibles y hablar claro de lo que allí pasaba.

—Toma, echa un vistazo —intervino su madre pasándole la evidencia.

Toda resuelta y mirando a los hombres allí presentes como si fueran tontos, se acercó hasta donde se hallaba su madre y cogió el catálogo.

—Joder… no me lo puedo creer…

—No entiendo por qué montáis tanto escándalo por unos desnudos… Es una artista muy buena, he oído hablar de ella y por fin va a organizar una exposición. Me alegro de que haya llegado tan lejos. —Continuó pasando las páginas sin detenerse en ninguna en concreto—. Son buenas fotos —dijo dejando sobre la mesa el folleto como si todos los días asistiera a una exposición de ese tema.

—Mira la página tres —apuntó su madre para disgusto del protagonista involuntario de todo aquello.

—¡Mamá, por favor! —suplicó Alfred.

Aunque para lo que le sirvió...

—Se supone que hemos venido a comer, no a discutir sobre arte. —De nuevo pasó las páginas sin demasiado interés hasta que...—. ¡No puede ser! ¡Oh, por favor! ¿Cómo has podido?

—Vaya, esa parece la frase del día —murmuró James encendiéndose un cigarrillo, ahora un poco más calmado tras su inicial ataque de risa.

—Ya está bien, será mejor que busquemos una solución —interrumpió Samuel dispuesto a atajar el problema y no a convertir aquello en un circo.

—De acuerdo, está bien. —Samantha intentó controlar sus carcajadas—. No entiendo por qué os molesta tanto. —Hizo una pausa, miró de nuevo la instantánea y añadió—: Al fin y al cabo todas las familias adineradas patrocinan el arte.

El coro de risas compuesto por su madre, su marido y ella misma no le hizo mucha gracia a Alfred ni a su padre.

—Muy graciosa, hermanita —murmuró Alfred cada vez más molesto. No conseguía recordar y las bromas le estaban sacando de sus casillas.

—No te enfades, cariño —dijo su madre consolándole—. Yo me siento orgullosa de ti.

Alfred la miró sin comprender.

—¿Pero qué dices? Tu hijo va a ser el hazmerreír y la comidilla de todo el mundo ¿Y tú te sientes orgullosa?

—Mírale. —Maddy señaló la maldita foto—. Para cualquier madre ver que su hijo ha crecido sano y salvo es un orgullo.

Samantha, que había controlado un poco sus carcajadas, empezó de nuevo.

—No tiene ni puta gracia —se quejó Alfred.

—Por supuesto que no —admitió su padre—. Hay que solucionar este desagradable asunto.

—Por supuesto que no es gracioso, ¡es arte! —apuntó Maddy toda satisfecha—. Un motivo para presumir ante mis amistades.

—Dios no lo quiera —masculló Samuel pensando en cómo disuadirla más tarde, porque era capaz de eso y de mucho más.

—Por favor, papá, que no es para tanto. Es una fotógrafa que, aunque conocida en el mundo artístico, se mueve solo en su círculo. No creo que vaya a ser la exposición del año. —Samantha le quitó hierro al asunto; al fin y al cabo no era el único retrato que se iba a mostrar, por lo que si no se armaba mucho ruido podía hasta pasar inadvertido para el gran público.

—¿La conoces? —preguntó su marido abandonando por un instante las risas.

—¡Pero que pregunta tan tonta! ¡Pues claro! ¡Y tú también! —le espetó sin creer que James, el obseso de la información, no estuviera al tanto.

—¿Cómo que la conoces? —inquirió James de nuevo.

—Hija, ¿de qué la conoces?

Samantha los miró a todos como si fueran tontos.

—Fue una de las periodistas que hizo fotos de mi boda. Parece mentira, con lo que os gusta controlar a la gente y que no os hayáis dado cuenta. —Samantha aprovechó para criticar un poco. Y eso que ella era muy parecida.

James frunció el ceño, algo se le estaba pasando por alto. Cogió el dichoso panfleto de nuevo para repasarlo. Esta vez sin chuflas ni tonterías.

—No puede ser, no recuerdo a ninguna Tina Velizy —murmuró repasando las fotografías.

Samantha se situó junto a él con un gesto cansino dispuesta a ser ella esta vez quien le sacara de dudas.

—Ese es su apellido artístico —le corrigió Samantha encantada de pillar a su eficiente marido descolocado. Lo quería con locura pero a veces se irritaba por lo ofuscado que podía ser.

—¿Entonces?

Todos, especialmente Alfred, esperaban ansiosos la respuesta de la mayor de los Boston.

—Yo la conocí como Valentina Smith —respondió por fin.

De los allí presentes solo uno pudo recordar.

Alfred cerró los ojos.

Capítulo 2

Verano de 1928

*É*l no iba a ser quien se saltase el protocolo delante de todos los invitados a la boda de su hermana mayor. En este tipo de eventos existía una especie de guion no escrito sobre lo que se debía hacer en cada momento. Por tanto, cuando el padrino y padre de la feliz novia levantó su copa en un brindis, él alzó la suya y se unió al brindis.

No le resultaba chocante que allí se hubieran congregado la flor y nata de la sociedad. A este tipo de celebraciones no solo se acudía para brindar por la felicidad de los novios, y él bien lo sabía. De hecho, llevaba años acudiendo a eventos donde lo de menos era el motivo, lo importante era ver y dejarse ver; un arte que no dominaba pero en el que podía defenderse.

Tenía que ejercer de anfitrión y mezclarse con los invitados, escuchar alguna que otra conversación aburrida y sonreír amablemente aun cuando hubiese preferido estar en cualquier otro lugar. Esperaba que no hubiese un coro de cotorras dispuesto a endilgarle a alguna joven casadera o, lo que era peor, aburriéndole con anécdotas absurdas propias de gente aburrida.

Sin embargo, una boda, en este caso la de la primogénita de la familia, implicaba estar a la altura de las circunstancias y él no podía escaquearse como hubiera sido su deseo.

Que su hermana se casara, por fin, era una buena noticia. En primer lugar por ella misma y en segundo lugar porque así su padre se relajaría un poco ahora que había conseguido casar a la mayor. Un matrimonio que le había sorprendido ya que nunca pensó que el ahora recién estrenado cuñado albergara algún tipo de sentimiento en general ni hacia su hermana en particular.

Puesto que sus padres habían aceptado el hecho no solo con normalidad, sino con regocijo, él no podía poner ninguna objeción. Además, conocía al tipo en cuestión y no se le podía poner pegas. La única parte negativa de todo esto era que, una vez casada la mayor, Alfred recogía el testigo, lo cual no le gustaba nada de nada ya que aquello implicaba, por orden sucesorio, ser el siguiente. Y a él ni se le había pasado por la cabeza.

Bastante tenía con su profesión.

Y estaba muy bien como estaba, entrando y saliendo a su antojo, con más o menos discreción, para que sus padres no le vinieran con preguntas a las que no deseaba contestar.

Bebió un sorbo de su copa al tiempo que oía los buenos deseos que todo el mundo dedicaba a los novios. Lo típico, nada fuera de lo común. Bueno, tampoco nadie iba a arriesgarse a desentonar.

De nuevo se cumplía el guion punto por punto.

Cruzó una mirada con su padre, al que poco o nada se le escapaba, y Alfred torció el gesto. Aunque todo pareciese ir sobre ruedas, lo cierto era que aún resonaba en su cabeza la discusión mantenida con su padre hacía tan solo tres días.

Siempre la misma canción.

El patriarca había aceptado, o más bien se había conformado, que fuera Samantha quien le relevara y no él, como era la tradición y como todos, desde su nacimiento, habían pensado. Por mucha tradición que existiera, Samantha era la candidata ideal, y lo estaba demostrando, pese a que muchos opinaran lo contrario. Su hermana mayor había heredado no solo las cualidades de su padre para dirigir con éxito un negocio, sino además la vocación y el carácter para ello. Cosa que él, desde muy joven, sabía que no podía llevar a cabo. Siempre se interesó más por la medicina y, a pesar de no contar con la aprobación paterna, había logrado licenciarse y ahora empezaba a ejercer.

Su padre, resignado a tener un hijo médico, había movido los hilos necesarios para que ejerciera en un hospital de categoría. Sin embargo, Alfred amablemente declinó la oferta, empezando así una pelea que servía más que nada para dar vueltas a lo mismo.

Todas y cada una de las conversaciones que últimamente tenía con su progenitor no eran sino una suma de las diferencias entre ambos, que por mucho que su madre intentara solventar, nunca llegaban a desaparecer, ya que solo se daban una tregua.

Su padre seguía sin comprender por qué prefería no solo labrarse un futuro fuera del negocio familiar sino también sin el respaldo de su apellido. Cierto que al rechazar las influencias que su origen podía ofrecerle debía esforzarse mucho más, pero le parecía mucho más valioso el resultado.

Ahora, en medio de la recepción del banquete de bodas de su hermana, no era el mejor momento para ponerse a pensar en ello, sin embargo, era difícil no hacerlo cuando, con toda probabilidad, ahora él tendría que ser el siguiente. Pero solo de pensarlo le entraba una pereza…

Se vivía muy bien así, dedicándose a lo que le gustaba, labrándose una reputación como médico y disponiendo de su tiempo libre como más le conviniese.

Lástima que ahora James, su recién estrenado cuñado, ya no era el compañero de juergas ideal. No resultaba conveniente saber que le era infiel a su hermana, cómo ni con quién. Por no mencionar que de darse tal circunstancia tendría que romperle las dos piernas.

Menos mal que siempre quedan amigos como Sebastian.

Sonrió y lo buscó con la mirada por la sala. Le apetecía distraerse un poco y su buen amigo siempre resultaba una excelente compañía para animar la velada. Tardó un poco en localizarlo pero al fin dio con él. Sonrió: allí estaba, tonteando con la recién casada para disgusto del novio y regocijo de su amigo.

Sebastian no tenía remedio.

Y eso que durante mucho tiempo todos, incluido él, pensaron que esos dos acabarían casados. Pero por lo visto a su hermana le gustaba ir contracorriente y al final había dado el sí quiero al hombre que a priori tenía menos papeletas para convertirse en su marido.

Cosas inexplicables de la mente femenina que él ni siquiera se molestaba en aclarar, pues a buen seguro acabaría con dolor de cabeza y tan perdido como al principio.

Siguió observando la escena y esperó a que el entrometido de Sebastian dejara de picar al novio, que tenía cara de querer romper los dientes a alguien, y se acercara para poder intercambiar impresiones durante un rato y así no acabar hastiado de conversaciones insustanciales o, lo que podía ser peor, obligado a bailar con alguna invitada.

Miró en su dirección hasta que su amigo se percató y, tras besar de nuevo a la novia, se dirigió hacia él no sin antes detenerse a saludar a un par de mujeres a las que, aparte de una sonrisa pícara, obsequió con un roce provocador. Una especie de tarjeta de visita.

—Deberías dejar de meterte con James —le dijo nada más detenerse a su lado. Sabía que no iba a hacerlo, pero no pasaba nada por recordarlo.

—Lo sé, pero es que me encanta hacerlo y ¿sabes qué? Tu hermana también se divierte, así que… —Se encogió de hombros indiferente a la recomendación.

Los dos amigos permanecieron unos instantes en silencio; entre ambos resultaba absurdo hablar por hablar. Ninguno de los dos era de esos que parecen encantados con oír su propia voz y que no callan ni debajo del agua.

Cambiaron sus copas vacías por dos bien llenas de champán cuando uno de los camareros pasó por su lado. A continuación, observaron a la multitud hasta que uno de los dos, con ganas de bromear, rompió el silencio.

—Eres el siguiente —comentó Sebastian a su lado sin mirarle para poder proseguir su inspección visual de asistentes.

Alfred lo miró de reojo y no entró al trapo.

—Amigo mío, me parece que tienes más papeletas que yo.

—Te aseguro que no —alegó de buen humor.

—He oído decir a tu madre que te están buscando novia —contraatacó, siendo perfectamente consciente de que la sola mención de su querida tía Alice le haría desistir de seguir por ese camino.

Sebastian tembló solo de pensarlo.

—Ya sabes cómo es —murmuró mientras rogaba en silencio que no aprovechara esa celebración para buscarle candidatas a convertirse en su esposa. Su madre andaba por allí y, si no se andaba con ojo, acabaría con alguna pretendiente colgada del brazo.

¡Con lo que costaba luego desilusionarlas!

—Por eso lo digo —añadió riéndose—. No puedes negar que cuando se propone algo...

—No deja títere con cabeza —asintió Sebastian—. Por eso prefiero hacer como que no me entero y darle largas. Soy joven, todavía tengo mucho tiempo por delante. Ahora mismo lo que menos me apetece es atarme de por vida.

Alfred no necesitaba meditar esa afirmación para sumarse a ella.

—Suscribo todo lo que has dicho.

—Además, a mí solo me gusta atarme un ratito, ya me entiendes —añadió sonriendo de medio lado.

No hacía falta ser más explícito.

—En eso también estamos de acuerdo.

—Conversemos de temas más festivos y más acordes con el día —sugirió Sebastian dando otro sorbo a su copa.

—¿Por ejemplo?

Antes de hablar, Sebastian hizo un barrido visual por toda la sala, evaluando las posibilidades de éxito a la hora de encontrar a alguna mujer dispuesta a continuar la fiesta en un entorno más privado y que no entrara en la categoría de posibles esposas; para evitar disgustos, más que nada.

—Debo decir que hay un alto nivel entre las invitadas. —Por lo visto tenía serios problemas para decidirse.

—¿Dudas a la hora de elegir? —inquirió Alfred sonriendo ante la expresión falsamente irritada de su amigo. Dio un sorbo a su copa y se dedicó a lo mismo, la vida contemplativa.

—Humm, no sabría decirte —murmuró con cierto aire indolente, como si estar rodeado de mujeres interesantes fuera el pan nuestro de cada día.

—Ten cuidado, amigo mío, hay muchas invitadas que fingen ser liberales y luego te echan el lazo sin ni tan siquiera haberlas desnudado antes —le advirtió a su amigo y de paso se lo recordaba a sí mismo, que nunca estaba de más.

—Tengo especial cuidado en ese punto; gracias por recordármelo.

—De nada.

Sebastian abandonó su inspección ocular y se fijó en su amigo. Por el tono dedujo que no iban bien las cosas, así que aparcó la búsqueda de compañera para un fin de fiesta y se centró en él.

—Te veo excesivamente cínico, Alfred. ¿Algo que yo no sepa?

—Precavido más bien —asintió con una sonrisa—. No creo tener edad para ataduras, como bien has dicho antes —añadió señalando a su cuñado con la copa.

—Pues ten cuidado, pues si mi madre fracasa conmigo va a ir a por ti —le advirtió.

—¿Crees que un tipo como James está preparado para el matrimonio? —preguntó Alfred planteándose no por primera vez cómo ese hombre, que había presumido de su soltería, ahora firmaba su cadena perpetua sin parecer afligido por ello.

—Pobre diablo —convino Sebastian con regocijo, nada mejor que reírse de las desgracias ajenas para olvidar las propias—. No sabe dónde se ha metido.

—Mi hermana sabe manejarlo —aseveró convencido de que él, ni borracho, consentiría que una mujer lo manipulara a su antojo.

Si algo tenía que hacer era aprender de los demás y James era el mejor ejemplo de lo que no debía pasar, así que mejor aplicarse el cuento y no caer como un tonto. No podía dejarse engañar por las muestras de felicidad en el día de la boda.

—Y siempre que pueda le echaré una mano —dijo Sebastian sonriente—, no hay cosa más divertida que hacerle perder los nervios.

—Hasta que se canse y te parta la cara —apostilló Alfred conocedor del mal entendimiento entre ambos hombres.

—Lo dudo, soy el mejor amigo de tu hermana, no creo que llegue la sangre al río —comentó todo ufano.

—¡Joder! —exclamó de repente Alfred al sentir cómo le empujaban por la espalda haciendo que se derramara el champán sobre su impecable traje.

Sebastian fue hábil y se apartó logrando así salir ileso.

—Lo siento. —Oyeron los dos en tono suave.

—¿Es que no hay suficiente sitio para moverse? —protestó,

pero su voz se fue desvaneciendo a la par que se intentaba limpiar y se volvía para decirle al maleducado, quienquiera que fuese, cuatro cosas bien dichas.

—Perdón —murmuró una mujer distraída, como si no fuera la causante de tal desastre, mostrándose totalmente al margen.

Alfred la observó, esperaba una disculpa mucho más elaborada, pero por lo visto la mujer estaba más pendiente del resto de los invitados a los que perseguía con una cámara fotográfica.

Ella continuó su labor sin detenerse siquiera a limpiarle con una servilleta, como hubiera hecho cualquier otra fémina, añadiendo unos cuantos aspavientos de preocupación para quedar bien.

—Esto es la consecuencia de abrir la mano —apuntó divertido Sebastian sin quitar ojo a la fotógrafa, que continuaba moviéndose delante de ellos.

—Más bien de la mala educación, diría yo. Me ha puesto hecho un asco —protestó mirándose el desaguisado.

—Pues exige una reparación —arguyó su amigo con guasa.

Alfred arqueó una ceja.

—No digas bobadas. ¿Una reparación? —inquirió en el mismo tono sarcástico.

—Eso he dicho —confirmó Sebastian.

—¿Le pido que sacrifique a su primogénito o que pague un traje nuevo?

—Hombre…, si me lo pones así…

—Pues deja de decir estupideces.

Sebastian negó con la cabeza. Y como al parecer su amigo no se fijaba en lo verdaderamente importante, decidió sacarle de su ignorancia.

—Es atractiva. Buen culo, delantera decente y si se dedica a una profesión de hombres será una de esas liberales que tanto te gustan.

Alfred hizo una mueca, este hombre no podía dejar de pensar en las mujeres si no las relacionaba con el sexo. No necesitaba que le hubiera proporcionado una descripción tan gráfica, joder, que tenía ojos en la cara.

—Vaya, vaya. ¿Desde cuándo eres tan generoso? —le preguntó a Sebastian, que de repente parecía más pendiente de otra cosa que de la conversación.

—Acabo de ver a una vieja amiga. —A la que sonrió con descaro siendo correspondido—. Con esta mujer no tengo de qué preocuparme. —Se colocó bien las solapas de su chaqueta innecesariamente y añadió satisfecho—: Ya está casada. Son las mejores.

Buenos momentos, rápidos y sin preocupaciones. Después siempre puedes dormir solo y a pierna suelta sin preocuparte de despertarte con ellas. ¿Qué te voy a contar que no sepas? En fin, creo que te las puedes apañar tú solo.

Alfred no se sorprendió de la actitud despreocupada de su amigo; se conocían desde niños y a estas alturas sobraban las explicaciones.

Así que sin otra cosa mejor que hacer se dedicó a contemplar a la concurrencia para inmediatamente fijar su atención en un solo punto: la fotógrafa.

Resultaba cuando menos sorprendente verla moverse de aquí para allá entre los invitados y ataviada como si fuera una de ellos, con un vestido de color coral lo suficientemente ajustado como para marcar los puntos de especial interés de su anatomía.

Era una pena que las mujeres ya no llevasen el pelo largo, sin duda con ese color oscuro una melena alborotada sería una imagen de lo más sugerente.

Sebastian tenía un sexto sentido para estas cosas de no complicarse la existencia, así que bien podía tentar un poco a la mujer y exigirle disculpas. Al fin y al cabo, si tenía una mancha en la pechera era culpa de ella.

Se mantuvo paciente, junto a la mesa donde los invitados podían probar algunas de las exquisiteces que se servían como ágape a los convidados. Esa posición le permitía tener una visión general de la sala y evitar que la gente le abordase y mantener conversaciones insulsas.

Aunque siempre había alguien con ganas de joderle la teoría.

Así que para evitar responder prefirió tener la boca ocupada y picoteó un rato, dando la espalda a la gente.

—Joder. ¿Qué porquería es esta? —dijo tras probar uno de los canapés.

Qué cosas más raras le gustaban a la gente, pensó Alfred disimulando un poco la cara de asco. Disimuladamente lo dejó a un lado y prosiguió con el examen de la comida allí colocada, sin terminar de decidirse.

Tras probar un par de cosas más sin mucho interés se dio por vencido.

Quizás limitarse a lo conocido resultaba la opción más fiable, así que optó por tomar únicamente champán, y decidió centrarse en lo que ahora captaba su interés.

Maldito Sebastian… De no haber sido por las palabras, cargadas de segundas intenciones, se hubiera conformado con mirar a todas las candidatas a pasar un buen rato y no a concentrarse solo en una.

Además la fotógrafa no permanecía de pie en un corrillo charlando animadamente con los invitados. Al contrario, iba de un lado a otro, interrumpiendo si era preciso para fotografiar a quienes consideraba oportuno.

Tarde o temprano la mujer tendría que descansar y reponer fuerzas, así que él se limitaba a esperar.

Y se hizo esperar, parecía incansable con su cámara de fotos de aquí para allá. Cosa que le desesperaba por mucho que le permitiera observar el estupendo trasero, en especial cuando se inclinaba para realizar su trabajo y la tela del vestido se pegaba aún más.

Lo que al principio no era más que una excusa para no aburrirse, se iba poniendo de lo más interesante. Ya no la observaba de forma distraída, ahora lo hacía con los cinco sentidos, con interés creciente y comenzando a imaginar posibilidades.

Como la araña que espera a su presa se mantuvo en su sitio; tarde o temprano ella tendría que acercarse a la mesa de los canapés.

Repiqueteó con el zapato en el suelo, uno tiene paciencia, pero no tanta…

Un vistazo rápido a su reloj…

Cinco minutos más tarde…

Otra comprobación innecesaria de la hora.

Y dos copas de champán más tarde…

—No cojas de esos. Están asquerosos.

Ella lo miró parpadeando; no esperaba que uno de los invitados hablara mal de la comida. Normalmente en este tipo de convites solo se servía lo más exquisito.

—Por cierto, espero que me pagues la factura de la tintorería. Me has puesto hecho un asco.

Ahora sí que no entendía de qué estaba hablando este hombre. Sabía que pertenecía a la familia de la novia, así que no podía responderle de forma grosera.

—Gracias por el consejo —le dijo mirando la comida expuesta en la mesa. Necesitaba alimentarse pues llevaba ya más de dos horas de pie, de un lado para otro, cámara en mano, intentando captar todo lo importante—. Y respecto al otro asunto, no sé a qué se refiere. —Estiró la mano y cogió un canapé sin pensar. Al probarlo pensó que debería haberle hecho caso, aquello no podía ser bueno, pero el hambre y el orgullo hicieron que se lo tragara, manteniendo, eso sí, la compostura.

Alfred sonrió de medio lado, la cosa no había empezado bien pero tenía visos de mejorar.

Capítulo 3

*B*ien sabía que no debía precipitarse, al fin y al cabo no tenía prisa. Después de haber esperado a que fuera ella quien se acercara, carecía de sentido mostrarse impaciente. Total, no tenía nada mejor que hacer.

Como si uno de esos vividores sin oficio ni beneficio que pululaban por allí se tratase, bebió de su copa, mostrándose indiferente, como si todo cuanto ocurriese a su alrededor le importara poco menos que un pimiento. Cuando le convenía sabía muy bien recurrir a los clichés de la clase alta para su beneficio.

Nadie mejor que él para saber que por mucho que madrugaras, trabajaras o estudiaras, no había nada que cambiase la opinión de los que pensaban que al ser hijo de un hombre de negocios multimillonario no daba palo al agua y vivía dedicado a los placeres de la vida, amparado por el dinero, la influencia y los contactos de su familia.

Nada más lejos de la realidad.

Y no solo porque a él no le gustara esa forma de vivir, sino porque desde bien joven lo educaron para ganarse las cosas. Iba listo si pretendía subsistir de una generosa asignación familiar.

Sus padres jamás se lo permitirían.

Pero ahora no era el momento de esos pensamientos.

—Veo que tienes buen apetito —comentó sonriéndole.

De vez en cuando ver a una mujer comer sin mover un número indefinido de veces la comida en el plato resultaba alentador.

—Con las prisas no me ha dado tiempo a desayunar —admitió ella de pasada, sin mirarle, más pendiente de lo que podía comerse durante el breve descanso; no estaba para dar conversación a nadie sino para hacer su trabajo.

—Ya veo —dijo dejando que recobrara fuerzas. Dejó en un lado de la mesa la copa de champán que le había estado haciendo compañía y se cruzó de brazos mientras pensaba en algo que decir para así avivar la conversación—. Una profesión poco común para una mujer, ¿no? —comentó señalando la cámara fotográfica con la mirada.

Ella tragó un bocado y pensó cómo responder, otra vez, a esa pregunta.

Porque estaba más que harta de que cuestionaran su profesionalidad.

Y como tema para iniciar una conversación era de lo más manido. Al menos el tipo podía haberse esforzado un poco.

—¿Por qué? —preguntó ella a su vez en tono poco amable, evidenciando lo mucho que la cansaba la cuestión.

—Dímelo tú. —Alfred se dio cuenta de que no debía seguir por ese camino y prefirió jugar un poco al despiste.

Ella se planteó dar una contestación educada, típica y que zanjase el asunto, sin embargo, no era el mejor día para comportarse de ese modo, por lo que respondió con aire impertinente:

—Prefiero no dar explicaciones. Hago lo que me gusta. Aunque a veces resulte difícil —se defendió y, para evitar soltar alguna tontería más y ofenderle, se metió otro bocado.

Masticó deprisa, sabiendo que luego podía terminar con hipo, pero no disponía de mucho tiempo antes de volver a colocarse tras la cámara.

—¿Difícil? ¿Alguien te ha impedido hacer tu trabajo? —inquirió frunciendo el ceño.

Una cosa era considerar inusual su ocupación y otra bien distinta entorpecer su labor. No era que le inquietara particularmente el campo de la fotografía, pero como le interesaba ella bien podía mostrarse levemente atraído por la cuestión.

—¿Aquí? —inquirió ella mirando a su alrededor. Negó con la cabeza. No se refería a ese preciso instante.

—¿Segura? —insistió por si acaso.

—¡No! Nadie se ha metido conmigo. —De momento, pensó, porque cuando el alcohol ingerido fuera causando estragos, a más de uno le daría por decir estupideces y no quería ser un blanco fácil.

—¿Entonces?

No deseaba hablar más de la cuenta, contarle a un extraño sus cuitas laborales o, mejor dicho, la multitud de trabas que encontraba para poder ejercer su profesión no era muy acertado. Especialmente porque, amén de que no aportaría ninguna solución, era hombre y como el mundo estaba hecho a su medida pocas cosas les entorpecían su vida.

—Simplemente no siempre es sencillo —murmuró volviendo al terreno de la corrección para zanjar el asunto.

Alfred se dio cuenta de que ella se mordía la lengua y claro, le picó la curiosidad.

—¿Llevas mucho como reportera?

Ella se encogió de hombros.

—Esto lo hago como complemento.

—¿Complemento?

—Mi verdadera pasión es la fotografía artística —le respondió intentando dar información concisa y poco más, para que no la considerase una maleducada.

Mientras hablaban, no dejó de observarle con ojo profesional. Si consiguiera llevarle a su estudio...

—He oído hablar de ello. Está muy de moda. No entiendo por qué te resulta complicado —comentó él como si tal cosa.

Saltaba a la vista que no estaba al tanto de los pormenores de la profesión.

—Es bastante difícil encontrar modelos disponibles —le dijo con cierto tono, esperando ver si captaba la intención.

Ese era solo uno de los aspectos técnicos que entorpecían su labor, así que aprovechó la ocasión para mencionarlo. Además, resultaba el menos complicado de explicar y, por supuesto, el más comprensible para alguien ajeno al mundillo artístico.

Alfred dio un sorbo al tiempo que analizaba sus palabras antes de responder; no era tan tonto como para no adivinar el verdadero significado.

—¿Ah, sí? —preguntó sin comprometerse, de algo tenía que servir tener una familia tan aficionada a la negociación.

—Desgraciadamente así es. —Ella exageró su descontento—. Cada vez es más complicado... —No era amiga de utilizar sus armas femeninas, en especial porque no sabía sacarles todo el partido, pero un suspiro a tiempo sí podía hacerlo. El hombre que tenía a su lado sería un excelente modelo.

—Todo es cuestión de la oferta y la demanda. —A Alfred le salió la vena banquera familiar tan buena para estos casos y, de paso, continuaba hablando sin realmente decir nada del otro mundo. Una forma de mantener viva la conversación y no aburrirse.

—Si lo que pretendes decirme es que pague más a los modelos ahórratelo, no puedo permitírmelo. —Puso cara de pena, exagerando lo justo; ella nunca había sido buena fingiendo—. Además ese no es el único inconveniente. —Se acercó un poco más a él. Sí, definitivamente poseía un perfil envidiable. Tuvo que contener un suspiro.

—No me extraña que tengas problemas —convino él importándole más bien poco el asunto—. Aunque si ofrecieras algún tipo de contraprestación lograrías convencer a los posibles candidatos.

Otra vez hablando como su padre y su hermana mayor, hecho que le disgustaba. Se suponía que él no servía para esto.

—Humm. ¿Ofrecer... el qué? —preguntó con cautela, esperando que su respuesta no fuera excesivamente grosera para no tener que actuar en consecuencia.

Alfred la miró de arriba abajo, otra vez, deteniéndose unos segundos en las partes de su cuerpo que consideraba más interesantes, eso sí, sin ser todo lo evidente que hubiera deseado.

Con ese trasero...

Alfred calculó que sería contraproducente y de mal gusto decirlo en voz alta, así que se mordió la lengua. No era ni el momento ni el lugar.

Ella, por supuesto, se dio por enterada.

¿Y si coqueteaba un poco? ¿Y si con ello conseguía engatusarlo para que posara?

Con la planta que tenía desde luego sería un modelo de excepción. Claro que, si quería llevar a buen término sus objetivos, debería omitir cierta información.

—Algo que... —Alfred hizo una pausa para dar mayor efecto a sus palabras— no puedan rechazar.

—*Quid pro quo*. ¿Me equivoco?

—No, no te equivocas —confirmó sonriendo.

No se podían dar más rodeos al asunto, pensó Alfred, empezando a aburrirse. Él no era amigo de circunloquios en general, pero en los casos del flirteo muchos menos. Al fin y al cabo no era más que una pérdida de tiempo, considerando que al final iba a llevársela al huerto.

—Entonces, ¿puedo contar contigo? —preguntó ella arriesgándose. No tenía sentido dar más vueltas. Ya vería luego cómo salir ilesa del embrollo.

Alfred sonrió de medio lado antes de responder.

—¿Crees tener algo que pueda interesarme?

—De no ser así, estoy segura de que no me hubieras prestado tanta atención —le replicó con descaro. «¡Madre mía! ¿Dónde me estoy metiendo?», pensó—. Tengo que volver a mi trabajo. Toma.

—Le entregó una tarjeta que sacó del escote de su vestido—. Aquí está mi dirección. Te espero mañana por la tarde.

Alfred la observó distanciarse y volver a mezclarse entre los invitados. Ni una sola vez se volvió para mirarle, como hubiera hecho cualquier cabeza hueca de las que él conocía y que últimamente evitaba.

Solo cuando quedó claro que ella no le iba ni a dedicar una sola mirada bajó la vista y leyó la tarjeta.

—Bueno, señorita Smith, veremos la clase de artista que es —se dijo a sí mismo. Y tras guardar la tarjeta en el bolsillo interior de su chaqueta decidió que ya estaba bien de aislamientos. Podía hacer un esfuerzo y mezclarse con los invitados, evitando así más críticas por parte de su padre.

Como buen hijo habló con los invitados ansiosos por caer bien a su familia. Bailó con algunas de las damas, sin hacer demasiados remilgos en cuanto a su edad o a sus intenciones, para que nadie pudiera decir nada sobre su criterio a la hora de elegir.

Claro que no hacer excepciones incluía a su madre, que estaba en todo.

—¿Me concedes este baile? —preguntó exagerando su petición.

—Por supuesto —respondió su madre. Dejó su copa tranquilamente y acompañó a su hijo hasta la pista de baile.

Una vez rodeados de gente no tenían por qué hablar, simplemente dedicarse a mantenerse en la pista sin llamar demasiado la atención, sonreír a los demás allí presentes y poco más.

—Eres el único que ha heredado mis dotes para estar en sociedad. —Alfred sonrió, su madre tenía razón—. Tu padre siempre ha pensado que estas cosas sirven para hacer negocios.

—Tú opinas lo mismo —replicó Alfred no muy convencido de poseer esas supuestas dotes—. La única diferencia es que lo disimulas mejor.

—Eso es cierto —convino ella—. Pero esta noche te veo un poco mustio. ¿Tiene algo que ver con la conversación con tu padre?

—Prefiero olvidarme de ello.

—Ya lo sé, pero tienes que entenderle; le cuesta aceptar tu elección.

—Samantha está preparada para ocupar su puesto y ahora que ha pescado a James para la familia y la causa, no veo por qué sigue insistiendo —recordó de manera innecesaria, ya que esto lo habían hablado mil veces.

—Lo sé, cielo, terminará por aceptarlo. Dale tiempo —susurró su madre en tono conciliador.

—Mamá, no va a asumirlo nunca, tiene esperanzas de que abandone la medicina y me incorpore al negocio familiar —dijo, conocedor de los esfuerzos de ella por lograr que las aguas volvieran a su cauce y evitar más discusiones familiares.

—Bueno, hablaré otra vez con él, intentaré convencerle, pero no discutáis, por favor —le rogó demostrando el cariño que solo una madre sabe dar.

—Lo prometo —aseveró Alfred; si alguien podía hacer cambiar de opinión a su padre esa era ella.

—Hablemos de cosas más alegres. Por ejemplo, de la larga conversación que has mantenido con esa reportera.

—No se te escapa una. Estaba siendo amable, mamá —dijo intentando desviar la atención —. Y no me negarás que resulta peculiar ver a una mujer en ese trabajo.

Ese comentario le valió una mirada severa por parte de su madre.

—¡Parece mentira que digas eso!

—¿Sabes? Creo que a veces papá tiene razón —alegó con una sonrisa—. Dos hijas y una madre… tres demonios para un padre.

—¡Alfred! —le reprendió su madre con una sonrisa—. En el fondo eres igual que él. Creo que esa es la razón por la que chocáis constantemente.

Puede que ella tuviera razón, no era la primera persona que se lo decía, aunque muy pocas llegaban a conocerle realmente, él era el primer interesado en no permitirlo.

—Y dime, mamá, ¿cuál es el último cotilleo? —preguntó para desviar la conversación hacia asuntos más seguros.

—Querido, no has sido nada sutil cambiando de tema, pero haré como que no lo he notado.

Al acompañar a su madre de nuevo junto a la mesa donde estaban los novios, se toparon de frente con cierta fotógrafa vestida de color coral y que disparó sin avisar su cámara, retratándole junto a su madre.

Alfred la observó, tan profesional, tan ajena a la conversación que habían mantenido, como si no hubiesen fijado una cita para el día siguiente.

Las mujeres liberales y sus cosas.

Interesante.

Capítulo 4

*Q*uedaba patente que la fotografía no era un negocio lucrativo, no al menos para ella. Esa era la conclusión a la que había llegado cuando arribó a la dirección indicada. Echó de nuevo un vistazo a la tarjeta para asegurarse de haber acudido a la dirección correcta. Sí, allí trabajaba, o lo que fuera, Valentina Smith.

Quizás se iba a meter en un jardín de rosas lleno de espinas, no sería la primera vez. Sin embargo, ya había dejado atrás los años de comportamiento inconsciente y ahora iba a tropezar con la misma piedra, y todo… ¿para qué?

En resumidas cuentas, había coqueteado con una desconocida, eso no era ninguna novedad; había quedado con ella, de nuevo algo de lo más rutinario. No obstante, donde podía radicar la diferencia era en el comportamiento de ella, o dicho de otro modo, en cómo lo había tratado, sin rastro de ese molesto peloteo de aquellas que se interesaban en él por su apellido y lo que conllevaba congraciarse con él.

Hacía tiempo que a esas las veía venir de lejos y él, que había aprendido de los errores propios de una juventud alocada, ahora huía de ellas como de la peste. Cuando su madre o hermanas le provocaban diciéndole que fulanita o menganita había preguntado por él, se escabullía a la menor oportunidad posible porque odiaba la afición casamentera de las mujeres de su familia. Aunque intuía que lo hacían a modo de diversión, ya que dudaba de que su querida madre deseara verle junto a una mujer insufrible.

A veces envidiaba a quienes no tenían un apellido que les siguiera a todas partes para poder relajarse un poco y evitar tantas precauciones, porque en algunos momentos ese juego del gato y el ratón le ponía de mal humor.

Acudir a un evento sabiendo que debía cuidar y medir cada una de sus palabras resultaba agotador. De ahí que escogiera con sumo cuidado dónde hacía acto de presencia, pero en su consulta era otro cantar.

Muchas de esas arpías acudían a su consulta para fingir enfermedades y así poder comprometerle. Algunas acompañadas incluso de sus madres para disimular, lo cual desembocaba en situaciones grotescas como tenerse que inventar una enfermedad para quitárselas de encima. Menos mal que cuando se ponía la bata blanca apartaba de su cabeza cualquier pensamiento que no tuviera que ver con la medicina, para concentrarse al cien por cien en su labor.

Y, desde que había optado por atender solo a pacientes en su consulta del hospital público, le iba mucho mejor. La gente con pocos recursos no se dedicaba a fingir enfermedades o exagerar simples afecciones para flirtear con el médico.

Como pensar en mujeres que tenían por costumbre intentar atraparle podía desanimarle y estropearle el momento, decidió centrarse en la fémina a la que iba a visitar. No tenía pinta de ser una cabeza «aparentemente» hueca decidida a pescar marido, por lo que quizás podría relajarse hasta cierto punto.

Claro que siempre debía leer entre líneas. Y lo cierto era que la reportera había hecho de todo menos perseguirle, insinuarse y buscarle para atraparlo en su red.

Curioso...

Sebastian tenía razón, estas eran las menos problemáticas.

Llamó con los nudillos a la desvencijada puerta de madera; a través del vidrio poco se podía ver, pues un visillo amarillento tapaba toda la superficie.

Las letras que anunciaban la actividad del local grabadas sobre el cristal hacía tiempo que se estaban desdibujando por lo que no resultaban legibles.

—Tampoco es que me importe mucho —murmuró mientras aguardaba a que le abrieran. Miró a su alrededor: un barrio de clase baja, de esos decentes pero con pocas posibilidades de prosperar. Por desgracia estaba al tanto de las miserias de la gente; en su trabajo se topaba a diario con personas en muy precaria situación económica, algo que le daba una visión muy diferente de la sociedad, ya que él se había criado entre algodones.

Levantó la mano de nuevo para llamar y, al rozar la pintura, esta se descascarilló un poco más. Tampoco iba a notarse mucho dado el aspecto lamentable en general.

Cuando ya estaba pensando en darse media vuelta, oyó el chasquido del pestillo y por fin se abrió la puerta. No solo daba la sensación de ser antigua, sino de necesitar una buena reparación, empezando por las bisagras que chirriaban bastante.

—Pasa, pasa. No te quedes ahí —dijo la fotógrafa a toda velocidad entornando la puerta y dándose la vuelta, dejándole en la entrada sin más.

Esperaba un recibimiento más entusiasta, o al menos una sonrisa de bienvenida, sin embargo, aún quedaba una sorpresa más...

Ella lo miró un instante para mostrarle el camino y entonces pudo ver que su aspecto iba a juego con la decoración. A Alfred casi le dio algo cuando la vio. Tapada con una bata gris amorfa, despeinada y con una mancha de algo indeterminado en la mejilla.

Vaya manera más extraña de recibir visitas, pensó encogiéndose de hombros. No era el día para empezar a cuestionarse los gustos ajenos.

La fotógrafa de nuevo comenzó a andar y Alfred, sin saber muy bien qué demonios pintaba ahí, la siguió.

—¿Te pillo trabajando? —inquirió a su retaguardia procurando no parecer maleducado y así poder marcharse si le convenía. Seguía sin tener claro si esta mujer esperaba una cita, o al menos una cita de índole romántica—. Si prefieres vuelvo en otro momento —alegó con educación.

—Claro que estaba trabajando, pero no importa, habíamos quedado, ¿no? Acompáñame —le indicó sin girarse para mirarle.

La siguió sin decir una palabra. El interior estaba en las mismas pésimas condiciones que el exterior, lo cual era de esperar.

Él, acostumbrado a los mejores ambientes, no iba a ser quién para criticar el lamentable estado de aquello, pues entendía que no todo el mundo podía acceder a ciertos lujos. Y desde que ejercía como médico en un hospital público era aún más consciente de todo aquello.

Al final de un estrecho pasillo, mal iluminado, ella abrió una puerta y accedieron al estudio. No hacía falta estar al tanto del mundillo fotográfico para deducirlo, pues allí estaban colocados todo tipo de aparejos, focos y cámaras.

Aunque, siendo sincero, Alfred esperaba que lo acomodase en un saloncito o algo similar, más propio para la ocasión.

—Detrás encontrarás un vestidor. Puedes dejar tu ropa en las perchas, yo te espero aquí —le indicó sin ni siquiera mirarle a los ojos pues se había dirigido automáticamente a su equipo técnico con la idea de revisarlo.

Él arqueó una ceja. ¡Vaya con la fotógrafa! Un poco de seducción, cuatro frases bien dirigidas, una copa y dos o tres comentarios cargados de intención no hacían daño a nadie.

No obstante, por lo visto ella tenía otra visión del asunto.

Él se encogió de hombros, no era nadie para contradecirla.

—Como quieras —aceptó Alfred yendo hacia el biombo.

Seguramente ni era el primero ni sería el último. Valentina lo tenía todo bien organizado. Bajo la fachada de un establecimiento comercial podía recibir todo tipo de visitas sin temor a ser tildada de ligera de cascos, cosa que a él le venía muy bien.

Aquello podía estar hecho un desastre y no le vendría mal una mano de pintura, pero al menos parecía limpio y, lo que era más importante, estaba realmente limpio.

Se percató de las dos batas blancas que colgaban del perchero, bastante amplias, sin duda para ser utilizadas por un hombre.

Descolgó una, no para comprobar si le servía, sino por curiosidad y la volvió a poner en su sitio. No iba a utilizarlas.

Las miró con recelo, a saber quién se las había puesto antes.

Era demasiado quisquilloso con el uso de efectos personales. Así que prescindiría de tales prendas, además ¿para qué necesitaba una bata?

Echó un vistazo alrededor, aquello destilaba cierto componente bohemio y prohibido, una buena mezcla para lo que él tenía en mente, pero logísticamente hablando muy poco práctico.

¿Era mucho pedir una cama?

Se sentó en un pequeño diván, forrado de un terciopelo azul que había visto tiempos mejores, y se quedó así, con los brazos apoyados sobre las piernas, sin ni siquiera desatar los cordones de los zapatos.

¿Se estaba haciendo mayor?

¿Cómo era posible que tantas facilidades por parte de una mujer le desconcertaran?

¿No era ese el ideal masculino, llegar y besar el santo?

—¿Qué narices hago yo aquí? —murmuró como si de esa forma pudiera aclararse un poco las ideas que en aquel momento no eran muy lúcidas.

Valentina, por su parte, tenía todo el equipo a punto. Se acercó a la ventana y se aseguró de que las cortinas estuvieran bien cerradas, no podía arriesgarse a que algún vecino cotilla, de esos que siempre hay en cualquier barrio, echase un vistazo y contara lo que allí sucedía. Hizo una mueca al correr los visillos pues daban pena. Puede que los hubiera lavado mil veces pero la tela se veía ajada y amenazaba con rasgarse. De momento debían servir para su cometido: ocultar al mundo su vocación.

Para muchos, retratar cuerpos desnudos era poco menos que un crimen y de nada servirían sus explicaciones sobre conceptos artísticos.

Solo veían lo que querían ver para poder destriparla a gusto, ni siquiera se molestaban en pensar, durante un solo segundo, que podía haber otro punto de vista.

Llevaba demasiado tiempo soportando esas críticas y había aprendido de sus errores.

Y ese crimen sin duda se veía agravado por su condición de mujer.

—¿Ocurre algo? —preguntó al ver que su invitado tardaba tanto.

—No —respondió él.

Había contestado de forma algo extraña. Por su tono de voz dedujo que sí, algo no estaba bien. Quizás dudas de última hora o a saber, pero lo primero de todo era hacer que sus modelos se sintieran cómodos, por lo que caminó hasta el biombo y se aclaró la garganta por si le incomodaba. Al no obtener respuesta, se asomó.

Se quedó sorprendida de que él ni siquiera se hubiera quitado la chaqueta.

De acuerdo, debía tranquilizarle y conseguir que se sintiera cómodo para poder seguir adelante. Para ello nada mejor que sentarse a su lado, ya que si regresaba junto a sus aparejos tendría que hablarle casi a gritos y eso no transmitía mucha serenidad, por mucho que se esforzase en utilizar las palabras adecuadas.

—Podemos hablar un rato, para que te sientas relajado y evitar la tensión.

Alfred sonrió sin ganas ante tal comentario. ¿Tensión? Eso sí que tenía gracia. La observó de reojo, ella parecía realmente seria mientras hablaba.

—Creo que a mi edad ya sé de qué va esto. ¿No crees? —comentó arqueando una ceja; esta mujer tenía cada cosa.

Valentina hizo una mueca, bueno, esa no era la palabra apropiada.

—Me alegra oír eso. —Le dio unas palmaditas en el muslo de forma amistosa, como queriendo transmitirle confianza en sí mismo.

Pero en el acto se dio cuenta de que esa no era la cuestión.

Le observó de reojo y confirmó sus sospechas.

Alfred Boston era ese tipo de hombre con aspecto atractivo y con aire inocente, pero de los que no debía fiarse. A los que las madres señalaban como peligrosos, y, sin embargo, a pesar de los consejos, una se empeñaba en desobedecerlos y meterse de lleno en la boca del lobo, porque cree, equivocadamente, que tendría alguna posibilidad de mantenerlo a raya y no salir escaldada.

Consideraciones aparte, esa no era la razón por la que estaba allí; no debía fijarse en él desde el punto de vista de una mujer con ganas de meterse en jaleos, sino como artista, centrarse solamente en eso y dejarse de otro tipo de fantasías. Por mucho que su, hasta ahora inactivo, instinto femenino la instara a otra cosa.

—Tómate el tiempo que necesites —le dijo toda comprensiva, sonriendo amablemente incluso para que sus palabras surtieran mayor efecto.

Él contuvo las ganas de echarse a reír, no salía de su asombro ante la técnica de esta mujer para seducir.

—Estoy más que preparado —comentó, porque lo curioso del caso era que, a pesar de todos los signos desalentadores, su cuerpo iba por libre y se estaba animando.

Abandonando su postura relajada se giró para mirarla de frente. Ya estaba cansado de tonterías, los dos sabían perfectamente a qué habían venido y si ella no deseaba los complementos, pues muy bien, directos al grano.

Inclinándose sobre ella la sujetó de la nuca para poder besarla. No esperaba contratiempos, pero se sorprendió al ver que no se mostraba todo lo entusiasta que cabía esperar, por lo que cambió de actitud mostrándose un poco más agresivo. A juzgar por su comportamiento, Valentina no era amiga de prólogos, ergo las delicadezas carecían de sentido.

Actuó en consecuencia.

Besándola de forma expeditiva, sabiendo que era solo el comienzo, un breve aperitivo de lo que iba a venir después. Necesitaba más, mucho más.

Devoró su boca sin contemplaciones y le encantó que ella se mostrara un poco recatada, como si no supiera muy bien qué hacer con su lengua; siempre le había gustado llevar el mando y algunas mujeres se empeñaban en demostrarle lo mucho que conocían los asuntos de alcoba restándole misterio al asunto.

No le importaba que tuvieran experiencia, sin embargo, besar a Valentina le estaba resultando diferente, refrescante...

Ella, por su parte, no sabía cómo decirle que se estaba equivocando, que eso no debía pasar, que no podía seguir, que...

—¡Oh! —gimió al sentir cómo le lamía el lóbulo de la oreja. No recordaba una sensación así. Claro, nunca nadie le había prodigado tal atención.

Alfred, al comprobar que por fin reaccionaba como una mujer dispuesta, repitió el gesto y obtuvo el mismo resultado, por lo que el paso a seguir era obvio.

—Pongámonos un poco más cómodos —insinuó él, instándola a que se recostara sobre el diván para después poder tumbarse encima.

Maniobrando con efectividad, conocedor del medio, sin dudas y sin espacio para rechazos, siempre era mejor tomar las decisiones antes que quedarse a la espera de que otros las tomaran por uno. Por lo que Alfred se colocó encima notando que su cuerpo no solo se animaba sino que pedía más.

Valentina cerró los ojos un segundo e inhaló profundamente.

Quería, además de controlar su cada vez más errática respiración, detenerlo en ese mismo instante, antes de que las cosas se desmadraran y tuviera que lamentarse.

Pero su vacilación lo único que consiguió fue que de nuevo

Alfred la besara, esta vez con más ímpetu, trastornándola, consiguiendo que flaqueara aún más. Dándole, sin saberlo, vía libre a lo que él tuviera en mente.

Él no se limitó a sus labios, los abandonó y encontró un millar de terminaciones nerviosas en su cuello. Tan absorta estaba en lo que experimentaba que tardó más de la cuenta en percatarse de las maniobras que él llevaba a cabo para despojarla de su horrenda bata de trabajo.

—Veamos qué escondes —murmuró él con voz ronca cambiando de postura para poder maniobrar encima de ese angosto diván. En peores sitios había llegado a montárselo con una dama, así que tampoco era cuestión de ponerle pegas, podía apañárselas.

Ella gimió, confundida y sin la voluntad necesaria para hacer que se detuviera. Todo estaba resultando demasiado extraño como para reaccionar de forma apropiada. Los chicos con los que ocasionalmente salía no se atrevían a tanto.

Puede que su cabeza dijera una cosa, sin embargo, su cuerpo decía otra bien distinta pues un cosquillo entre sus piernas, hasta ahora desconocido, tiraba por la borda cualquier mínimo intento de comportamiento cabal.

La fea bata de trabajo cayó al suelo de cualquier manera para dar paso a una sencilla falda marrón y una blusa beis. Todo carente de atractivo, solo pensado para estar cómoda, pero a él no parecía importarle; fue directo a los botones.

Y tardó bien poco en desabrocharlos, revelando la igualmente sencilla combinación.

Alfred volvió a modificar su posición, joder, a veces esto de la seducción se ponía complicado, más que nada por problemas logísticos. Si hubiera otra superficie horizontal disponible más acorde con sus intenciones ni lo dudaría, pero en ese viejo estudio de fotografía el diván resultaba la única opción.

También podían acabar en el suelo, pero le parecía más incómodo todavía, así que desestimó la idea en el acto.

Con las dificultades propias de la situación consiguió meter las manos debajo de su falda e ir levantándola poco a poco hasta quedar arrugada en la cintura; después, sin más preámbulos, metió la mano dentro de sus bragas para agarrar el elástico y bajárselas por las piernas, hasta dejarlas de cualquier manera en uno de sus tobillos. No se molestó en desatarle las ligas, las medias permanecerían en su sitio, aunque percibiendo la suavidad de su piel bien podría recorrerlas con sus manos.

Valentina se removió inquieta, aferrada a sus hombros, en

una reacción de lo más normal teniendo en cuenta las circunstancias; iba a suceder lo inevitable, tenía que decirle que no, pero sus movimientos fueron interpretados erróneamente pues Alfred creyó que estaba impaciente.

Y ella, en el fondo, también; podía negarlo, pero mentiría si lo hiciera. Pese a que nunca antes había llegado tan lejos, estaba deseosa de que él continuara.

Sintió el tacto del terciopelo azul en su trasero, hasta ahora nunca se había percatado de ello, pues consideraba al viejo mueble un simple accesorio, jamás pensó que podría servir para lo que estaba a punto de ocurrir.

—¡Oh…! —exclamó mordiéndose el labio inferior al notar cómo él la penetraba con un dedo, encontrándola húmeda y resbaladiza, como nunca antes lo había estado. La reacción innata fue contraer sus músculos internos ante aquella invasión, lo cual hizo que Alfred profundizara aún más logrando que sus gemidos fueran más intensos.

—Perfecto —convino satisfecho por su respuesta.

Siguió unos instantes más masturbándola e incluso añadió un segundo dedo para estimularla con más precisión hasta que no pudo aguantarlo más, pues su erección reclamaba atención y ya no podía posponerlo más; ella estaba lista, él también.

Alfred se incorporó para quitarse su propia ropa. La observó, allí recostada, con ropa de faena pero los labios entreabiertos, su pecho subiendo y bajando a causa de la respiración errática y las piernas separadas en una clara invitación. Valentina se dio cuenta de lo que iba a pasar. Podía ser una novata en estas lides pero, aun corriendo el riesgo de equivocarse y de arrepentirse más tarde, quería que sucediera; por eso se encargó de su propia ropa.

Aquello era irreversible.

Iba a pasar.

Él agradeció el gesto con una sonrisa, por fin un poco de coherencia, porque hasta el momento ella se había comportado como una virgen temerosa en vez de como una mujer acostumbrada a lidiar con un amante.

Una vez desnudos, él esperó a que ella se tumbara primero y, sin perder un segundo, se colocó encima. Separó sus piernas con la rodilla y se posicionó para penetrarla. Antes de seguir la tocó de nuevo con dos dedos para después restregar su polla e impregnarla de sus fluidos.

Iba a ser la faena más corta de la historia, cosa extraña, pues en otras circunstancias nada más ver el panorama se hubiera ido a otra parte. Como seductora, Valentina tenía poco que rascar, aunque, extrañamente, él se había empalmado viendo una fea bata gris.

La observó cerrar los ojos y morderse el labio, tensa, en el mismo instante en que entró en ella, como si esperase algo diferente, sin embargo, enseguida se relajó.

—Joder, qué tensa estás… —gruñó deteniéndose un instante.

—Sigue… —acertó a decir.

Valentina esperaba dolor, un dolor de esos que te parten en dos, tal y como todas decían, tal y como las viejas contaban para meter miedo, pero ni rastro de dolor; al contrario, aquello, aunque extraño, era agradable.

Él gimió encantado con la presión y el calor que envolvía su erección; comenzó a moverse sobre ella, respirando de forma discontinua, jadeando por el esfuerzo. Volvió a mordisquearle el lóbulo de la oreja y ella se aferró a él para no caerse del estrecho mueble.

Definitivamente aquello, pese a ser de lo más convencional, le estaba gustando. Puede que no fuera memorable, ni reseñable, sin embargo, resultaba placentero.

Puede que a veces, en la búsqueda de nuevas sensaciones, se dejara a un lado lo cotidiano, aun cuando funcionara, como era el caso.

Con cada envite tenía el temor de que el viejo mueble se terminara de romper y ambos acabasen en el suelo, pero una vez que uno empezaba no podía andarse con zarandajas. Sus embestidas iban cogiendo velocidad y prefería una y mil veces arriesgarse a follar de mala manera.

Tina fue poco a poco acoplándose a los vaivenes, empezaba a disfrutar; las sensaciones que iba experimentando eran realmente buenas. La novedad y el placer resultaban tan excitantes…

No era desagradable, no dolía y soportar el peso de un hombre no ahogaba ni atosigaba. Aquello no era como se lo habían contado, era infinitamente mejor.

Su cuerpo iba poco a poco acumulando una especie de tensión, en algunos momentos incluso insoportable, como si necesitara llegar a un punto pero sin conocer el camino.

—Voy a correrme —gruñó él embistiendo como un poseso.

El viejo mueble traqueteaba, amenazando con desarmarse bajo el peso de ambos, sin embargo, ella tampoco podía prestar atención a ese hecho. Sentía la tensión recorriéndola de arriba abajo, el corazón latiendo a mil por hora y la garganta seca de tanto gemir.

Alfred se incorporó sobre los brazos para mirarla una vez más y se quedó aturdido durante unos instantes al ver la expresión de la mujer, tan distinta de sus amantes habituales. No empezó a ronronear, ni a decirle lo bien que lo hacía, ni a contonearse de forma desbocada. Únicamente se mordía el labio y permanecía con los ojos cerrados mientras sus piernas le rodeaban las caderas y sus manos le acariciaban el rostro.

—No puedo esperar más... —añadió penetrándola de forma incansable.

Ella intuyó a qué se refería y confió en poder decir lo mismo.

Pero todo sucedió demasiado rápido, sin apenas tiempo para disfrutar y de comprobar el alcance de todo aquello; sintió que él se estremecía, gemía y caía como un peso muerto sobre ella.

Valentina aguantó las ganas de llorar; se movió y haciendo palanca consiguió quitárselo de encima. Cogió su bata y se tapó rápidamente con ella.

No quería mirarle pero mientras se abrochaba los botones lo observó, allí tumbado, de lado, desnudo, con los ojos cerrados, un brazo cayendo a un lado y el otro sobre el estómago y despeinado.

Como amante, si se tomaba como referencia la satisfacción, no valía un céntimo pero como modelo...

Sin pensárselo dos veces se dirigió hacia su cámara y apartó el biombo para poder obtener el plano apropiado.

El objetivo estaba preparado desde primera hora y no falló.

Disparó la cámara olvidándose en el acto de la mala experiencia.

Un chasquido extraño sacó a Alfred del ensoñamiento poscoital.

—¿Qué pasa? —preguntó incorporándose al escuchar un sonido fuera de lugar. Volvió a escucharlo y se sentó, ya más espabilado tras el breve descanso.

—Nada. —Valentina fingió una sonrisa—. Tengo que irme. Ya nos veremos.

Alfred abrió los ojos y miró a su alrededor. En peores plazas había toreado, desde luego. Negó con la cabeza y se incorporó con la idea de salir cuanto antes de aquel espacio decadente y olvidarse en el acto de lo que allí había sucedido.

Puede que los preliminares, además de raros, le hubieran llevado a avanzar, pero ahora, visto en retrospectiva, había sido un fiasco.

Normalmente para dilucidar que una amante merecía la pena tomaba como indicador las inmediatas ganas de repetir y no las sintió.

Buscó con la mirada su ropa, la recogió del suelo y negando con la cabeza se fue vistiendo.

—Vaya mierda de polvo —murmuró al darse cuenta de que por un instante se había sentido confundido.

Seguramente una mujer como esta, de las que se llaman liberales, se pensaba que con cuatro gemidos y abriendo las piernas ya estaba todo hecho. Un poco más de entusiasmo siempre venía bien; hacía tiempo que buscaba algo más que un agujero, para eso prefería quedarse solo en su dormitorio y masturbarse, porque para el caso…

Una lástima, pues la verdad es que era muy atractiva.

Se terminó de arreglar y se fijó en el lamentable estado de su ropa. Si al menos hubiera merecido la pena quitársela…

Y ahora encima tendría que volver a casa con el traje arrugado.

Capítulo 5

—¿*Qué* estáis haciendo todos aquí?

Alfred volvió al presente al oír a Gaby. Su hermana pequeña estaba en la puerta mirándolos a todos con el ceño arrugado.

Sospechaba, y tenía motivos para ello, que allí ocurría algo importante.

Los presentes se miraron unos a otros, sin decir nada, para que la menor de los Boston permaneciera ajena a los descuidos de su hermano. Todos se empeñaban en sobreprotegerla, pues Gaby era toda candidez e inocencia. No tenía malicia, siempre veía el lado bueno de las personas y pocas veces se enfadaba.

—Se supone que hemos quedado para comer todos juntos —continuó ella—, no sé cómo os gusta tanto conspirar.

—Es nuestro pasatiempo favorito —apuntó Samantha distrayéndola.

Inmediatamente todos se pusieron de acuerdo en una cosa y, con rapidez, el maldito catálogo de la exposición llegó a manos de su padre, que lo escondió en uno de los cajones del escritorio y lo cerró con llave.

—Tienes razón, cielo. —Maddy se puso en pie y caminó hasta la puerta.

Todos las siguieron y se dirigieron al comedor donde cada uno ocupó su lugar.

La comida a priori debía ser distendida, pero, a excepción de

Gaby, todos se mostraron más prudentes de lo normal. Estaba claro que no era el mejor momento para hacer bromas.

—¿Ha habido algún descalabro financiero? —preguntó Gaby medio en broma al ver la cara tan seria de los comensales.

—No —respondió su padre intentando no sonar muy seco—, pero casi —añadió mirando a su hijo.

—Deberíamos ser como las familias normales, hablar de chismorreos y esas cosas —protestó Gaby—. Me aburro cada vez que os ponéis a discutir sobre finanzas.

—Pues teniendo de novio a un futuro notario no creo que vayas a divertirte mucho en las comidas —la pinchó su hermana.

—Samantha… —advirtió James a su esposa para que no hablara de lo que no tocaba.

—Por mucho que os empeñéis en ofender a Frank, él me quiere, y vamos a casarnos. Pese a quien pese.

Todos los allí presentes hicieron lo imposible para morderse la lengua.

Alfred, en cuanto pudo, se marchó de allí dispuesto a evitar un nuevo sermón por parte de su padre. Necesitaba pensar qué hacer y no dejarse llevar por un impulso.

Quizás consultar con un abogado la situación era el punto de partida, pero el abogado de la familia, es decir, su cuñado, aún estaba riéndose como un idiota. Estaba obligado a esperar a que se le pasase la guasa, al muy payaso, antes de hablar de las opciones posibles.

También podía buscar asesoramiento legal fuera del círculo familiar, pero prefería que las risas provinieran de alguien conocido.

Joder, vaya panorama.

Ahora que su fama de libertino iba quedando atrás, cuando empezaba a ser aceptado en los círculos médicos más recalcitrantes y que su reputación ya no iba asociada solo a su apellido, sino a sus logros… todo se podía ir al garete.

¿Quién iba a tomarle en serio si aparecía con el culo al aire?

Bueno, de haber sido el culo, todavía podía aparecer con la cabeza bien alta. El problema era que las joyas de la corona quedaban bien a la vista.

Y para más inri, al rememorar todo aquel episodio, no podía pasar por alto que fue una pésima faena. Un polvo sin pena ni gloria pero con unas terribles consecuencias a las que enfrentarse.

Porque no había explicación, sencillamente hay cosas que no pueden suceder, pues nadie iba a molestarse en verlo como una expresión artística.

Hecho al que nunca se hubiera prestado aun sabiéndolo.

¡Maldita sea, la gente con dinero apoya el arte de otra manera!

Estaba bien jodido.

Y encima salía de viaje al día siguiente, para asistir a un congreso, por lo que estaría ausente una semana.

No podía cambiar sus planes así como así; tenía que asistir, por lo que debía aplazar una maldita semana todo este desagradable asunto.

Quizás la solución pasaba por no pensar más en ello, pues dándole vueltas a la cabeza poco o nada se podía arreglar hasta su regreso. Entonces James ya habría dejado de reírse y empezaría a tomar cartas en el asunto y a considerar todas las opciones legales.

O no tan legales, porque puede que Alfred no participara en el negocio familiar, pero conocía a su cuñado, y sabía muy bien que se manejaba al filo de la legalidad.

Investigaría y hablaría con cualquiera que pudiera ofrecerle información sobre la «artista» para tener disponible cualquier detalle y así manejar bien los hilos.

En otras ocasiones siempre cuestionaba tal proceder, lógico, pues a él no le afectaba directamente, pero en este caso era el primer interesado en saber la vida y milagros de esa mujer.

Decidido al menos a no amargarse pensó que la mejor opción era rodearse de la compañía adecuada.

Nada de mujeres.

Al menos de momento, porque con la que tenía encima no se animaba ni a tocar una teta. Hecho preocupante, sin lugar a dudas, pero de momento solucionaría el asunto de mostrar su anatomía al público para después ocuparse de su libido.

Joder, tenía guasa la cosa;, él, médico, que había visto multitud de cuerpos desnudos de manera profesional, iba a tener que aguantar la infinidad de chistes por ser ahora él el objeto de estudio.

Lo más indicado en estos casos era un amigo alérgico al compromiso, un buen licor y un par de habanos de importación.

Así que al final del día, estaba sentado plácidamente con un buen puro en una mano, una copa en la otra y al mejor amigo que uno pueda tener enfrente.

O no tan bueno.

—Cuéntamelo otra vez —le pidió el no tan amigo, tratando de ahogar las risas. Desde el minuto uno en el que comenzó a relatarle los hechos, este no había disimulado su regocijo ante la desgracia ajena.

Otro payaso.

—Joder, Sebastian, ya vale. No he venido a tu casa para soportar tus bromas —se quejó amargamente porque con las bromas de su familia ya había cubierto el cupo de tocapelotas en un día.

—Pero es que… —tuvo que detenerse para reírse sin atragantarse— a cualquiera que se lo cuentes…

—Espero que esto no salga de aquí —gruñó Alfred. La advertencia estaba de más, pero por si las moscas…

—La duda ofende. No seré yo quien publicite el evento, desde luego, pero en cuanto se entere mi madre… Y ten por seguro de que se va a enterar… —canturreó.

Alfred se estremeció de solo pensarlo. Su querida tía Alice era una mujer a la que quería con locura pero al mismo tiempo deseaba tirar a un pozo. Sus comentarios eran ácidos y certeros, y la verdad solía escocer.

—Lo sé —suspiró resignado—. Pero llegado el caso es lo que menos me preocupa. Mañana salgo de viaje y estaré fuera una maldita semana. ¿Cómo cojones voy a arreglarlo?

—¿Quieres que me encargue yo del asunto? —preguntó dispuesto a cualquier cosa por su amigo. Puede que se descojonase a su costa, pero en público lo defendería a muerte.

—No —respondió categórico. Ya estaba harto de que todos saliesen a su rescate.

Sebastian, además de amigo, era como su hermano mayor y sabía que era muy capaz de presentarse donde la mujer e intimidarla, o seducirla, dependiendo de su estado de ánimo. En cualquiera de los dos supuestos ella saldría perjudicada.

—De acuerdo. Pero en estos casos, y aunque esté de más recordarlo, el tiempo apremia —le recordó aplacando un poco las risas.

—Dime algo que no sepa —arguyó molesto, no con su amigo, sino consigo mismo.

—Tienes razón, es mejor hablar de otros temas. Y bien, dime, ¿valió la pena?

—¿El qué? —inquirió Alfred sin comprender.

—La fotógrafa, la periodista esa. ¿Quién va a ser, hombre?

Alfred no tuvo que reflexionar mucho sobre esa cuestión.

—Pues no —respondió y dio un trago a su copa—. Baste decir que ni siquiera me acordaba de ella.

—Sí que fue malo entonces, sí —apostilló Sebastian que compartía con su atribulado amigo el mismo indicador de satisfacción.

—Tuve que hacer un esfuerzo para recordarlo, imagínate.

—Te comprendo perfectamente —apuntó el otro—. Hay ocasiones en las que yo mismo me pregunto para qué me he desabrochado los pantalones —hizo un gesto apesadumbrado con la cabeza—. Será la edad o es que me he vuelto demasiado exigente, pero lo cierto es que últimamente me estoy replanteando muchas cosas.

—O que cierta hija de diplomático te las está haciendo pasar putas —lo corrigió Alfred sabedor de las cuitas amorosas de su camarada.

Sabía perfectamente que estaba tras una mujer que le ignoraba y que su compañero de juergas se empecinaba en perseguir.

—Eso también —admitió Sebastian con una mueca—. Cosa que pienso remediar cuanto antes. Se acabó eso de intentar convencer a una mujer que, aparte de ser lo menos femenina posible, me deja frío.

Alfred dudaba de tal aseveración pues era la primera vez que perseguía a una mujer durante tanto tiempo. En otras ocasiones no se hubiera rendido, desde luego, pero sí entretenido convenientemente por el camino.

—Eso lo dices por las duchas frías, ¿verdad?

—Por eso mismo voy a buscarme alguna bien dispuesta —dijo con determinación—. Y tú deberías acompañarme.

—Ahora mismo lo que menos me apetece es follar.

—¡Joder! Es más grave de lo que pensaba —exclamó Sebastian con aires de preocupación—. Eso no debes decirlo ni en broma.

—No te preocupes, se me pasará —le tranquilizó—. Pero como comprenderás, en estos momentos las mujeres, en especial las traidoras, no son lo que se dice mi prioridad.

—¿Qué quieres que te diga? Esa teoría hace aguas por todos lados, es mejor la de un clavo saca otro clavo.

—El caso es clavar. ¿Me equivoco? —preguntó sonriendo de medio lado.

—Solo quería dejarlo bien claro, por si acaso. Que nunca se sabe —arguyó Sebastian con temor a verse en una situación similar.

—No sufras, querido amigo. Es algo transitorio —añadió por si acaso, no fuera a ser que Sebastian, en su afán de arreglarle la vida, lo arrastrara hasta un burdel o club de dudosa reputación para solucionar esa misma noche el problema.

—De todas formas asegúrate, que luego vienen los disgustos.

—A veces hablas como tu madre —le reprochó Alfred mientras se levantaba para rellenar su copa de licor.

—No eres el primero que me lo hace saber —aseveró con ese tono displicente tan característico de la clase alta—. Ocúpate también de esto. —Movió su propia copa—. De todas formas, sigo sin comprender el asunto. Me has contado que fuiste a verla con la intención de tirártela y después… ¿Te dejaste fotografiar en pelotas?

—No fue así. Si en vez de partirte de risa escucharas cuando se te habla…

—¿Entonces…?

—No me dejé —se defendió Alfred—. Me quedé unos segundos… joder, ya sabes. Debió de aprovecharse de mi debilidad.

—Mira que me he visto metido en situaciones complicadas, pero tú, querido amigo, te llevas la palma. Aunque, deberías verlo por el lado positivo… como integrante de una familia importante y adinerada, puedes presentarte ante la opinión pública como un jodido mecenas. —Dicho esto, empezó a reírse de nuevo.

—Muy gracioso. Pero te hago saber que Samantha ya hizo ese comentario, así que no tiene nada de original.

—Mi querida Samantha… — suspiró Sebastian recordándola con cariño.

—La dejaste escapar, ahora no te quejes —le recordó Alfred, pues durante mucho tiempo creyó, al igual que ambas familias, que eran la pareja perfecta.

—Lo sé —dijo con pesar—. Debería haber quitado del medio a ese picapleitos, pero… —se encogió de hombros— tu hermana estaba enamorada de él y… ¿Quién soy yo para arruinar una bonita historia de amor?

—Mira que eres cínico. Como si fuera la primera vez que acabas con «una bonita historia de amor» —se burló Alfred—. De todas formas mi hermana está encantada y el otro… bueno, ya sabes cómo es, no suelta prenda, pero creo que no tiene nada que lamentar.

—Eso espero, porque como se atreva a hacerle daño…

—Para el carro, amigo mío. Se supone que yo soy su hermano. Aunque, de todas formas, Samantha es capaz de cortarle las pelotas. ¡Si lo tiene domesticado como a un corderito! ¡Con lo que ha sido ese hombre!

—A veces hasta tengo ciertos impulsos de solidaridad masculina con él, pero se me pasan enseguida —aseveró por si acaso, jamás podría confraternizar con el maldito abogado.

—Dejémosles que hagan su vida. Se los ve felices, discuten lo necesario y con eso me basta.

—Sí, eso parece —murmuró Sebastian reflexivo.

—¿Antes has dicho historia de amor? —preguntó haciendo una mueca.

—Eso parece —admitió mirando el fondo de su copa como si a él mismo le sorprendiera su vocabulario.

—Entonces es más serio de lo que crees, si ya empezamos con cursilerías… —dijo Alfred para picarle un poco.

—De ahí mi firme convicción de volver a ser el mismo de antes, ¡yo no puedo ir por ahí diciendo ñoñerías de ese tipo! —exclamó horrorizado.

—No es para tanto —lo consoló, aunque conociéndole sabía que solo estaba dramatizando un poco.

—¿Cómo que no?

—No exageres.

—¡Tengo una reputación que mantener! —exclamó Sebastian en tono teatral, llevándose incluso la mano al corazón como si se sintiera ofendido.

Lo cual hizo que ambos cayeran en un cómodo silencio. Muchas veces no hacía falta hablar y esa era una ocasión perfecta para dejar que el alcohol embotara sus sentidos sin más pretensiones que pasar el tiempo.

Capítulo 6

—*T*iene visita, señora Velizy.

Tina levantó un instante la vista de las fotografías que tenía delante para mirar a su asistenta. La señora Willians llevaba a su servicio más de cuatro años e insistía en no tutearla, y mira que se lo había repetido por activa y por pasiva, pero la mujer, de la vieja escuela, se mostraba inflexible respecto a la idea de introducir cambios en su profesionalidad.

Negó con la cabeza y no insistió, no terminaba de acostumbrarse. Ella nunca había tenido servicio en casa y que una mujer mayor la tratara de usted la incomodaba, pero no podía hacer otra cosa. No quería pensar mal de la señora Willians, pero a veces sospechaba que lo hacía a propósito para molestarla pues con otras personas no se mostraba tan intransigente. Rara era la ocasión en la que acompañaba con una sonrisa sus indicaciones.

—¿Quién es a estas horas, Martha? —inquirió volviendo a su cometido sin prestar, la verdad, mucha atención a lo que la señora Willians decía.

Se encontraba absorta en su trabajo, debía hacer una selección de imágenes para un nuevo libro. Un editor le había propuesto la interesante idea de publicar un libro de fotografía tras la exposición, garantizándole que sería un éxito, pues la doble moral iba a impedir que muchos se acercaran a la galería de arte, por miedo a ser señalados, pero en cambio disfrutarían en privado de su trabajo.

Tenía encima la inauguración de la exposición de sus trabajos más representativos, una retrospectiva, nada del otro mundo, aunque especialmente polémica por tratarse de desnudos. La prensa más conservadora ya se había encargado de boicotearla y de escribir todo tipo de artículos, descalificando no solo su obra como cabía esperar, sino a ella misma, tachándola de inmoral, siendo este el adjetivo más suave que habían utilizado.

—Dice llamarse Samuel Boston. —Martha pronunció el nombre del visitante con educación, al parecer impresionada porque alguien de su clase la visitara, después se encogió de hombros.

Tina abandonó por completo su labor, inspiró y cerró los ojos un instante.

Tarde o temprano iba a recibir una visita así, aunque esperaba la de otro miembro de la familia, o mejor dicho, la de un abogado representando a la familia anunciándole que tenía una querella si no retiraba cierta imagen.

—¿Le hago pasar? —insistió la buena mujer ante el silencio de su patrona.

Tomó aire. Intuir de qué iba a versar la conversación la inquietaba, desde luego, pero con todo y con eso no iba a dar marcha atrás. Rendirse a estas alturas ya carecía de toda lógica. Ahora ya no era una mujer indefensa y sin recursos. Había permanecido mucho tiempo a la sombra, esperando su momento, luchando por salir adelante y ahora era una fotógrafa reconocida. Había trabajado duro y nadie iba a tirar por tierra sus esfuerzos.

Podía con esto.

Miró a su asistenta, que esperaba impasible una contestación, aunque en el fondo sabía que la señora Williams disfrutaba viéndola en apuros y aquella visita distaba mucho de ser de cortesía. Lo extraño era que no se hubiera producido antes.

—Hazle pasar —respondió a la mujer mientras controlaba la respiración. Tenía que serenarse para no perder los nervios y hablar con convicción.

Y no solo defender su posición sino también hacer valer su opinión y no dejarse avasallar.

Al oír los pasos acercándose a su estudio se puso en pie; la educación nunca estaba de más y esperó a que su no tan inesperado invitado entrara; quería dar una imagen de seguridad, de aplomo, nada de titubeos.

Tenía el tiempo justo para mirarse en un espejo y al no tener ninguno a mano comprobó su estado en el vidrio de la ventana. Para dar esa imagen de respetabilidad lo primero siempre era vestir adecuadamente. Hizo una mueca, ya poco o nada podía hacerse con su sencillo atuendo. Se limitó a pasarse la mano por el pelo para no dar la sensación de estar despeinado.

Martha acompañó a su visitante y, tras presentarlo con exquisita educación, le preguntó si deseaba tomar algo y él negó con la cabeza; el ama de llaves, como correspondía a sus obligaciones, salió y cerró la puerta tras de sí.

Tina esperó unos segundos antes de hablar para asegurarse de que su criada se alejaba, no quería que su indiscreto oído captara nada de la conversación que iba a tener lugar.

—Buenas noches —lo saludó.

—Buenas noches —respondió él en tono frío, dejando claro desde el primer segundo que no era ni iba a ser una visita de cortesía.

—Siéntese, por favor. —Señaló un cómodo sillón con la mano y se acercó al carrito de las bebidas—. ¿Puedo servirle algo? —Era absurdo volvérselo a preguntar pero al menos resultaba una forma de iniciar la conversación que sin lugar a dudas sería tensa.

—No, gracias. Sabes perfectamente que esto no es una visita social.

Tina no se dejó engañar por esa voz educada y aparentemente inexpresiva. Aunque debía admitir que podía llegar a ser intimidante. Ella bien podía acomodarse en su sillón, pero al hacerlo quedaría en una posición de desventaja, así que mientras el caballero permaneciera de pie, ella haría lo mismo.

—Muy bien. Usted dirá.

Otra muestra innecesaria de buena educación, pues ambos sabían el motivo.

Lo observó detenidamente. Esperaba que el padre fuera una versión mayor del hijo. Pero Alfred no se parecía demasiado. Algún rasgo, pero poco más.

—Ahorrémonos la parafernalia y vayamos al grano. Mi visita no es ni mucho menos debido a mi interés por el... arte.

Ella se mantuvo serena, estaba claro lo que opinaba de su obra. Ninguna sorpresa, uno más de tantos incapaces de apreciar el arte. No había más que fijarse en cómo había pronunciado la palabra.

—Como desee. Diga lo que tenga que decir. —Comportarse de forma tan fría y distante no era lo suyo, pero estaba claro que si no fingía indiferencia, el padre de Alfred la dejaría a la altura del barro en medio segundo.

—Sobra decir que la exposición que prepara me trae sin cuidado siempre y cuando elimine una de las fotografías. —Hizo una pausa con la evidente intención de ponerla nerviosa—. Dudo que tenga que señalar cuál de todas.

Serenidad, esa era la clave, se recordó Tina en silencio escuchando atentamente y dándose el tiempo necesario para elaborar una respuesta coherente.

—Creo que no está en su mano decidir qué va a exponerse y qué no —respondió fingiendo indiferencia, como si no estuviera hablando con alguien importante, como si su ritmo cardíaco fuera el normal. Escondió las manos en su regazo, bajo la mesa, para que él no se percatara de que las movía cada vez más—. La dirección artística del evento está bajo mi supervisión.

—Creo que no es consciente de la repercusión de su supervisión. —De nuevo en tono educado pero seco.

Una amenaza en toda regla. Ella lo advirtió sin dudarlo.

No iba a apartar la vista, de ninguna manera; ya se permitiría hiperventilar más tarde.

—¡Mamá! ¡Mamá!

De repente, la tensa situación fue interrumpida al abrirse bruscamente la puerta y un chiquillo a medio vestir entró corriendo hasta detenerse junto a ella y agarrarse a su falda. El niño miró al invitado como si nada y siguió llamando la atención de ella, tironeando de su falda y sin ser consciente de nada más.

Tina lo miró e inspiró.

—¡Señorito Eric! —Martha entró tras el niño con cara de pocos amigos y signos evidentes de llevar un buen rato persiguiéndole.

—¿Qué ocurre? —preguntó Tina incómoda pasando un brazo protector alrededor de su hijo.

No quedaba ni muy formal ni muy profesional que su hijo entrara en medio de una reunión. Si ya era complicado que la tomaran en serio, siendo mujer… tener un niño colgando de sus faldas no ayudaba a mantener una imagen de profesionalidad.

Samuel observó en silencio la escena y se apartó discretamente para que ella solventara su problema familiar. Por lo visto su casa no era la única donde se entraba sin llamar antes a la puerta, pensó con sorna.

El niño repetía una y otra vez que no quería bañarse, la asistenta intentaba convencerle con zalamerías y promesas de chocolate mientras que su madre intentaba mantenerse firme.

—¡Me bañé ayer! —protestó el niño haciendo pucheros.

Chilló, pataleó y acabó tirándose al suelo, revolviéndose como si estuviera poseído con tal de que no le agarraran de la oreja y lo arrastraran a la bañera.

La madre se inclinó para mostrarse medianamente autoritaria pero el niño se las sabía todas.

—Eric, sé bueno... —canturreó la madre algo avergonzada por tener a un invitado como testigo del mal comportamiento del chiquillo.

—Señorito, tiene que quitarse esa roña de las orejas, ha estado todo el día en el jardín ensuciándose —dijo la señora Willians intentando ganarse la atención del mocoso.

—No, no y no —se empecinó el crío volviendo locas a las dos mujeres que ya no sabían qué hacer con él.

—Cariño, por favor, ve a bañarte; enseguida estaré contigo —prometió Tina con voz suave.

A Samuel le resultaba prácticamente imposible obviar aquel pequeño drama familiar, una situación ya lejana en el tiempo para él, pero imposible de olvidar. Ya habían pasado muchos años desde que pasara por situaciones similares y por experiencia sabía que si el crío era un poco listo tendría las de ganar. No había más que ver a las dos mujeres apuradas intentando convencerle con zalamerías. Si de él dependiera nada mejor que imponer un poco de autoridad, pero de eso tendrían que darse cuenta por sí mismas.

Evidentemente no podía intervenir.

El niño seguía en sus trece, quiso sonreír pero eso sería desautorizar a la madre, así que permaneció neutral.

Había que reconocer que el niño sabía muy bien cómo hacerse la víctima aunque tanto la madre como la criada intentaran con sobornos, principalmente dulces, convencerle.

La pataleta del niño iba en aumento, así que resultaba complicado no prestar atención.

Siguió observando la escena con la idea de mantenerse al margen en todo momento.

Pero...

Se fijó con más detalle en el crío.

En cómo ponía cara de no haber roto un plato...

Esa forma de salirse con la suya...

La expresión de al final cederé no sin antes conseguir un buen botín...

Esos ojos de pillo, entrecerrados, metiendo la barbilla hacia dentro y mirándote desde abajo, aguantando la sonrisa para que no descubrieran su juego...

Agudizó la vista, prestó atención hasta el último detalle y casi se le paró el corazón.

Habían pasado los años, pero aun así...

Había visto antes esa misma cara, la recordaba muy bien.

—Ve con Martha, ¿de acuerdo? —le pidió Tina a su hijo agachándose junto a él cuando por fin lograron que se levantara del suelo y dejara de revolverse—. En un ratito estoy contigo —añadió en voz baja con una sonrisa comprensiva para que el niño no iniciara de nuevo las hostilidades.

—Ven conmigo, Eric —intervino Martha extendiendo la mano para que el crío la acompañara—. Venga, cielo.

El niño dio la mano a la criada y sabiéndose vencedor miró por encima del hombro a su madre, mientras caminaba más despacio de lo normal, arrastrando los pies y sin sonreír abiertamente.

La cara del chaval la había visto centenares de veces antes.

—Siento la interrupción. —Tina recuperó su faceta distante y serena. No quiso que sonara a disculpa. No tenía por qué justificarse ante nadie por ser madre.

Samuel recuperó la compostura y se obligó a fijar de nuevo la vista en la mujer. Había acudido allí con un objetivo claro y sencillo, pero después de lo que acababa de presenciar estaba claro que toda la historia había dado un vuelco inesperado.

Pero no podía dejarse llevar por la emoción ni precipitarse. Ahora había mucho más en juego.

—¿Le ocurre algo? —inquirió ella abandonando la faceta de madre superada por las circunstancias y retomando la de mujer práctica. El señor Boston llevaba callado demasiado tiempo y su expresión resultaba confusa.

—No —respondió de forma escueta—. He dejado claro mi parecer. Espero tener noticias suyas.

Tina comprendió el mensaje, no hacía falta añadir que esas noticias debían ser de su agrado. No recordaba haber conocido a alguien tan parco en palabras pero tan contundente. Intimidaba, sin embargo, ella no se dejaría vencer.

—Las tendrá, sin duda alguna. —No era buena tirándose faroles, pero no quedaba más remedio que arriesgarse.

—Ahora, si me disculpa, tengo asuntos más importantes que requieren mi atención. Buenas noches.

—Buenas noches —respondió sentándose delante de su escritorio dispuesta a intentar sacar una conclusión de aquella extraña conversación.

Él se marchó sin dar muestras de su enfado por no haber conseguido lo que se proponía y Tina pudo por fin relajarse al oír el sonido de la puerta al cerrarse y quedarse por fin a solas.

No tenía muy claro qué conclusión extraer, pues si bien el señor Boston había permanecido inalterable y con su tono de voz distante, aun así no se había comportado de forma excesivamente desagradable. Ni una salida de tono, ni un insulto. Una velada advertencia.

No hacía falta ser muy lista para saber que esa familia poseía los medios económicos y las amistades precisas para hacerle la vida imposible pero que preferían una y mil veces la discreción, de ahí que en vez de mandar a un subalterno se hubiera presentado él en persona.

Otro dato que tener en cuenta era que en ningún momento había insinuado la posibilidad de retirar la fotografía a cambio de una nada despreciable suma, lo que venía a confirmar otra sospecha: no era tonto. Pues sabía muy bien que una vez que empezara a pagar siempre podría sacarle más, es decir, vivir pendientes de su palabra.

Abandonó la idea de continuar trabajando. Se frotó las sienes e intentó no agobiarse con todo aquel asunto. Necesitaba estar bien concentrada y si empezaba a dudar de ella misma todos sus esfuerzos se irían al garete.

Sabía dónde se estaba metiendo cuando incluyó esa fotografía en las elegidas para la exposición. Si bien no era uno de sus mejores trabajos ni tampoco de los más recientes, sí tenía algo especial; quizás el lado sentimental vencía al artístico.

Era una tonta e iba a perder su tranquilidad por comportarse de forma visceral. De todos modos, ya no quedaba otra alternativa que mirar de frente.

No era la primera vez que debía afrontar las consecuencias de su proceder; sería difícil, sin embargo, aguantaría hasta el final.

Era una promesa que se había hecho a sí misma el día que tomó la valiente decisión de no continuar escondiéndose. Nadie iba a regalarle nada, sino más bien todo lo contrario. Pero una vez asumido todo eso, sabía que cuando lograra sus objetivos sería mucho más placentero debido a todo el esfuerzo y dedicación que había puesto.

Ahora ya más calmada tras la tensa entrevista, recogió apresuradamente su escritorio y se dispuso a cumplir una promesa.

Capítulo 7

—¿*H*as recopilado toda la información sobre esa mujer?

—Pues sí —respondió James a su suegro—. Si esperamos encontrar un historial oscuro, me temo que vamos a sufrir una gran decepción.

Se sentó en una de las grandes butacas que había frente al escritorio, dispuesto a dar cumplida información de sus pesquisas.

—Ahórrate los preámbulos —le pidió Samuel impaciente—. Ve al grano.

El abogado no se sorprendió ni del tono imperativo ni de lo conciso del comentario.

—Muy bien. —James abrió una de las carpetas y comenzó a leer—. Tina Velizy, de soltera Valentina Smith. Edad veinticinco años, estado civil viuda.

—Una viuda muy joven —comentó Samuel con cierto aire de sospecha, no iba a ser la primera ni la única en labrarse un porvenir casándose, así que las sospechas podían considerarse como de lo más normal.

James movió sus papeles, ya estudiados convenientemente, pero perfectamente organizados por si era necesario mostrar alguno.

—Hombre, teniendo en cuenta que se casó con un hombre que podía ser su padre… —añadió para dar más empaque al comentario.

—Interesante… —reflexionó acomodándose en su gran sillón a la espera de conocer todos los detalles, ya que su yerno en estas lides siempre resultaba de lo más eficaz. Todo un acierto al incorporarlo primero al negocio y segundo, a la familia.

—Veamos: el difunto, Pierre Velizy, francés, artista, pintor de más o menos calidad pero bien considerado dentro de los círculos profesionales —prosiguió el eficiente James leyendo por encima sus anotaciones—, ganó bastante dinero con sus primeras obras pictóricas, lo cual le permitió vivir de las rentas…

—Me importa un carajo si pintaba bien o mal —lo interrumpió Samuel, dando a entender que ya por el simple hecho de ser «artista» no podía uno fiarse. Y en segundo lugar porque dudaba de que ese dato fuera relevante—. La que nos interesa es ella y no el muerto.

—De acuerdo, aunque todo tiene un porqué. Se casó con ella en 1929, sorprendiendo a todo el mundo, pues por lo visto no era muy aficionado a las mujeres y mucho menos a sentar la cabeza, pero se buscó una jovencita para que al menos quedara bien en las fotos.

—¿Intentaba esconder algo? —preguntó de forma retórica, pues no hacía falta leer entre líneas para comprender el significado.

—Eso parece. Murió el año pasado, tras una larga enfermedad que lo tuvo postrado en la cama durante meses y que le impidió trabajar. —Al ver la cara de su suegro, que seguramente pensaba lo mismo, añadió—: Si es que había trabajado alguna vez.

—Y ella lo heredó todo —reflexionó en voz alta.

—Sí, la viuda se quedó con todo.

—Eso tampoco nos interesa —dijo esperando llegar de una vez al meollo de la cuestión. Que una mujer joven se cubriera las espaldas podía ser criticable, sin embargo, no era relevante para el caso.

—Pues yo creo que sí es interesante porque gracias a ese matrimonio consiguió varias cosas.

—¿Por ejemplo?

—Primero, prestigio; segundo, capacidad económica, y tercero, la oportunidad de dedicarse a lo que quería —le contradijo James, que no daba puntada sin hilo.

Samuel llegó a la conclusión de que lo que esa mujer hiciera con el dinero le traía sin cuidado.

—¿Familia? —inquirió con el objeto de tener cubiertos todos los posibles frentes. No quería más sorpresas de las necesarias, de eso ya se encargaba su mujer y de vez en cuando alguno de sus tres hijos.

—No tiene —respondió siempre atento y por si acaso amplió la explicación—: Su madre murió cuando ella era niña. Su padre terminó arruinado y más interesado en ser aceptado en ciertos ambientes bohemios que en educar a una jovencita. Falleció siendo ella adolescente y dejándole un negocio en quiebra, deudas y sola. Trabajó de periodista, de fotógrafa para varios periódicos, nada serio, pues no está bien visto que una mujer escriba a no ser que sea de moda y esas cosas. Cuando se casó pudo al fin ponerse al día con los pagos y quedarse con el maltrecho estudio que había pertenecido a su padre, supongo que por una cuestión sentimental.

—¿Nada más? —preguntó decepcionado.

—Poco más, solo la partida de nacimiento de... —James rebuscó entre sus notas— su hijo, Eric Velizy.

—Déjame verla —le pidió Samuel casi arrancándosela de las manos. Ese era el único asunto que le interesaba, lo demás podía considerarse superfluo.

—No sé qué interés puede tener...

Samuel leyó rápidamente todos los datos allí reflejados, atando cabos y haciendo un rápido calculo. Podía seguir dando la enhorabuena a su intuición pues funcionaba. Tras leer detenidamente el documento optó por confirmar lo que ya sabía:

—¿Recuerdas el día de tu boda?

James frunció el ceño ante esa pregunta y su tono irónico.

A priori poco o nada tenía que ver esa mujer con su boda, ya que el hecho de que hubiese estado presente como reportera no quería decir nada.

Y sí, claro que recordaba el día de su boda, pero era su suegro, por Dios, hay cosas de las que no podía hablar. Disimuló como pudo.

—¿Perdón? —murmuró con la idea de no meterse en camisa de once varas. Las cosas funcionaban bien tal y como estaban, así que nada de tocar ciertos aspectos. Puede que hasta la fecha su suegro hubiera permanecido al margen de su matrimonio pero podía, llegado el caso, llegar a interferir y no le hacía mucha gracia.

—Pues haz una simple suma y añade nueve meses. —Samuel comprobó la fecha de la partida de nacimiento del niño de nuevo. Conocía a su hijo, si coincidió ese día con ella seguramente no había perdido el tiempo.

—¿Y eso qué tiene de especial? Quiero decir, que ella se casara embarazada no significa qué... ¡Joder! —exclamó al sumar dos y dos—. ¿Eso quiere decir que puede que no sea hijo de Velizy? —preguntó de forma retórica.

Samuel se puso en pie y le devolvió el documento antes de hablar.

—Esto solo confirma lo que ya sé —aseveró dejando a su yerno momentáneamente confundido pues no alcanzaba a adivinar por qué era tan importante ese hecho.

—Si el hombre aceptó el desliz de su mujer y asumió la responsabilidad de otro hombre...

—Tú lo has dicho, solo que en este caso el hombre en cuestión es de todo menos responsable —masculló Samuel.

James puso cara de circunstancias porque aquello empezaba a complicarse.

—No quiero parecer grosero pero ¿conocemos a ese tipo?

—Creo que el verdadero padre es aficionado a posar desnudo.

—¡Joder! ¿Y cómo…? —También se puso en pie, maldita sea, ¿cómo se le había escapado ese detalle?

—Usa tu imaginación —indicó con sorna.

—Bueno, ya se cómo, pero no me explico que ella no lo reclamara, al fin y al cabo estaba en la miseria, si buscaba solucionar su vida solo tendría que haberse presentado aquí y montar un buen jaleo.

—Supongo que le surgió una buena oportunidad sin tener que quemar todos los cartuchos.

—Puede ser. Pero ¿cómo iba a saber que un tipo como Velizy aparecería en su camino? ¿Qué necesidad tiene ahora de sacarlo todo a la luz?

—¿Quién sabe? Aunque apostaría que la mueve más un afán de venganza.

Tan concentrados estaban en encajar las piezas que no se percataron de la presencia de alguien más en la estancia.

—Cuando os veo a los dos así, reunidos, me temo lo peor —dijo Maddy desde la puerta sonriendo de medio lado, allí se cocía algo.

—¿Ha llegado ya tu hijo?

—No. —Caminó hasta él y tras darle un beso se sentó—. Y cálmate, por favor, llevas unos días rarísimo —le respondió a su marido al notarle extraño.

—Cuando leas estos documentos veremos si te muestras tan proclive a la calma —masculló entre dientes enfadado por cómo se estaba tomando todo este asunto.

—Esa afición que tenéis por saber hasta el último detalle de la vida de los demás a veces resulta aburrida.

Maddy leyó los documentos por encima, sin prestar demasiada atención.

—Una mujer con visión de futuro —concluyó ella devolviendo los papeles.

—¡Y lo dices así! ¡Cómo si tal cosa! —exclamó Samuel concentrado en no perder la calma, ¿es que todo tenía que tomárselo a broma?

—A mí no me parece nada extraño —remató enfadándole aún más.

Samuel extrajo el único documento importante de todo aquel montón de papeles y se lo puso frente a los ojos.

—¿Qué quieres decirme exactamente, querido? —sugirió en

tono falsamente amable. Más bien intentaba provocarlo, cosa que hacía a la menor oportunidad.

—Que tienes un nieto y que estoy seguro de que el irresponsable de tu hijo ni siquiera lo sabe —espetó, harto de perder el tiempo con sutilezas.

James quería salir de allí pitando y no ser testigo de aquella más que probable discusión entre sus suegros.

—¡Oh, Dios mío! —exclamó ella atónita por la noticia; hubiera esperado cualquier cosa de su único hijo varón, pero esto…

—Sabes que he tenido más paciencia con él que con nadie y… ¡Maldita sea!

En ese instante llamaron a la puerta y, frustrado como estaba, Samuel solo pudo decir adelante de modo brusco y quizás impertinente.

—¿Se puede? —preguntó Alfred tardando más de lo necesario en entrar. Allí no se estaba hablando precisamente del tiempo e intuía que él seguía siendo el tema principal de conversación de las últimas reuniones familiares.

—Tiene gracia la cosa, solo llamáis a la puerta cuando os conviene —le reprochó su padre.

—¿Qué tal el viaje, hijo? —preguntó su madre acercándose para abrazarle y ponerse de su lado, las cosas no pintaban nada bien para él.

—Dejémonos de ceremonias y vayamos al grano.

—Tan paternal como siempre —murmuró en voz muy baja, pero lo cierto era que últimamente solo tenía enfrentamientos con su padre, cosa que aborrecía. Le gustaría recuperar la relación anterior y eso implicaba, obviamente, dejar a un lado su vocación y seguir la senda familiar entre otras cosas. Sin embargo, por ahí no iba a pasar. Su hermana estaba desempeñando un papel excelente. ¿Cuándo terminaría su padre por asumirlo?

—Ten paciencia, esto es serio —le susurró su madre conciliadora.

Alfred sospechó inmediatamente que algo pasaba, la experiencia le decía que las noticias no le iban a gustar absolutamente nada; el tono de su madre daba qué pensar.

—Espero que hoy no tengamos festival de humor —dijo Alfred mirando a su cuñado. Porque James, cada vez que se encontraban, no disimulaba ni un ápice su sonrisa, crispándole los nervios.

—Lo intentaré —prometió James—. Aunque sospecho que cuando hablemos dudo mucho de que alguien tenga ganas de reírse.

—Cómo te gusta la intriga, cuñado —arguyó Alfred y se acercó al carrito de las bebidas para servirse algo. Aquello era peor que un tribunal médico.

—Centrémonos, por favor. —Samuel dio por zanjado el combate verbal—. ¿Has hecho algo para solucionar tus problemas, mejor dicho, tu problema?

—Acabo de volver de viaje, sabes que no he podido —le respondió molesto. De haber sido posible primero se hubiera pasado por su casa para descansar—. Pero no te preocupes, mañana mismo haré las gestiones necesarias para parar esta locura.

—¿Cómo? —inquirió su padre y no era una simple pregunta; por el tono implicaba que desconfiaba de sus capacidades.

—Soy capaz de encargarme de ello —se defendió Alfred.

—No me cabe la menor duda —ironizó Samuel.

—¡Así es imposible! ¡Joder! ¿Tan difícil te resulta darme un voto de confianza?

—No es cuestión de confianza —le contradijo su progenitor—. Es cuestión de que haces las cosas sin pensar, sin tener en cuenta las consecuencias. Como siempre, claro, y el culpable soy yo por habértelo permitido, por no haber frenado a tiempo tus malos hábitos.

—¡Ya empezamos! ¿Sabes? Me sé de sobra ese sermón.

—Pues no lo parece.

—Dejadlo ya, por favor. Así no vamos a ninguna parte —intervino Maddy cansada de oírles discutir, siempre lo mismo. Eran tal para cual, dos cabezotas, tan iguales que por eso siempre chocaban.

—Lo siento, mamá. Sé lo mucho que te disgusta esto. Pero estoy cansado de defenderme, de tener que justificarme. He cometido errores, joder. ¿Y quién no? Pero soy capaz de resolverlos por mí mismo.

—Yo soy el primero que estaría encantado de que así fuera. —Samuel no daba su brazo a torcer.

—¡Así es imposible! —exclamó Alfred.

—Tus acciones no te avalan. Durante tus años de universidad fuiste el foco de habladurías por tus… excesos.

—¿Y? No me digas que tú fuiste un santo —le acusó.

Su madre tosió.

—Ejem, ejem.

—Pero sí mucho más discreto —admitió a regañadientes.

—Está bien, lo reconozco. Pero terminé mis estudios.

—Y seguiste con tus andanzas, incluso te volviste aún más

descuidado. Tus líos de… faldas se han aireado públicamente. ¿Y qué has hecho? En vez de volverte más cauto, no solo no has tenido cuidado, sino que te has dedicado a vanagloriarte.

—A ver si lo entiendo, ¿lo que te molesta es que sea público que tenga líos, como tú dices, de faldas? —Se sentía incómodo estando su madre delante.

—Uno puede hacer muchas cosas sin que por ello los demás tengan que saberlo. ¿Me equivoco? —preguntó Samuel a su yerno.

—No va a llevarte la contraria y lo sabes —respondió Alfred por él adelantándose a la más que previsible respuesta del admirador número uno de su padre.

—Tiene razón, todos hemos tenido nuestros… —James miró a su suegra y se detuvo— pero nadie tiene por qué saberlo.

—Podéis hablar libremente —indicó Maddy arqueando una ceja, a estas alturas no iba a sorprenderse de nada.

—Está bien, de acuerdo. Lección aprendida —convino para que no le insistieran más ni le recordaran sus fallos; lo cierto es que de un tiempo a esta parte había procurado, y conseguido, ser más selecto y, por ende, precavido.

—Nos estamos desviando del tema principal —les recordó Maddy. No estaba por la labor de que los tres se pusieran a hablar de lo que se debía o no hacer en cuestiones amorosas.

—Tu madre tiene razón.

—Mañana mismo hablaré con ella, estoy seguro de poder hacer que recapacite y acceda a retirar esa maldita fotografía.

—¿Hablar con ella? —replicó su padre cada vez más enfadado—. Lo que tienes que hacer es…

—¡Maldita sea! Sé lo que tengo que hacer. James me acompañará, estoy seguro de que si la presionamos correctamente, es decir, legalmente, podemos obligarla para que cambie de idea. Quiero que la investigues —pidió a su cuñado y este, evitando parecer demasiado eficiente, le entregó una carpeta.

—Aquí tienes —murmuró regocijándose ante el apuro de Alfred.

—A veces tanta profesionalidad resulta molesta —le espetó, recogiendo bruscamente los documentos que le entregaban.

¿De qué se sorprendía?

Maddy ocultó su sonrisa, cuando su hijo se ponía en plan serio y autoritario parecía un doble de su padre.

—¿Ves algo que te resulte útil? —Samuel interrumpió la lectura de su hijo con sarcasmo.

—Estoy en ello —contestó Alfred sin mirarle, concentrado en leer.

—Déjale, no seas impaciente —dijo Maddy.

—¿No hay nada que te llame la atención? —insistió Samuel haciendo caso omiso del consejo de su mujer.

—¡Así no hay quien se concentre! —se quejó al ser el centro de todas las miradas—. Me llevo esto a casa. Allí podré leer sin que me interrumpan.

Su padre, cansado de la situación, agarró los documentos de mala manera y extrajo el único que merecía la pena de todo.

—Lee esto —le exigió.

—¿Y? —murmuró Alfred sin entender a santo de qué venía tanto alboroto.

—¡No me lo puedo creer! —exclamó Samuel ya frustrado sin remedio—. ¿Qué hiciste con esa mujer aparte de enseñarle el trasero?

—Si solo hubiese sido el trasero… —apostilló James llevándose por ello una mirada recriminatoria de todos.

—¡La dejaste embarazada! —le espetó Samuel.

Alfred se quedó mudo, inmóvil, procesando la información que acababa de recibir. No podía dudar de la palabra de su padre, si por algo se caracterizaba era por estar siempre bien informado.

Tanto él como su cuñado no daban puntada sin hilo y era obvio que durante su ausencia no habían perdido el tiempo.

—Joder… —murmuró perdiendo parte de su elocuencia—. No me lo puedo creer. ¡Joder! —repitió. Se pasó la mano por el pelo, no una, sino dos veces, esa información era demasiado importante para cualquier hombre. Implicaba muchas cosas.

—¿Eso es lo único que se te ocurre? —inquirió su padre perdiendo la paciencia.

—Samuel, por favor —intervino Maddy colocándose a su lado, entendiendo su reacción pero al mismo tiempo la de su hijo. Si para ellos había sido impactante, para él, sin duda alguna, lo había sido muchísimo más.

Tenían que darle al menos unos minutos para que asimilara la idea.

Alfred ya no prestaba atención a las palabras, aunque fueran una provocación. Ya no le importaba, la noticia tenía el suficiente empaque como para que todo lo demás empequeñeciera a su lado.

Joder, y mil veces joder.

—¿Adónde vas? —preguntó su madre al verle salir casi en estampida en dirección a la puerta.

—A emborracharme —dicho lo cual dio un buen portazo deján-
doles a todos más preocupados aún que al principio de la reunión.

Capítulo 8

—*O*ye, si has venido a mi casa para desahogarte, muy bien, pero
deja de joder la cristalería. ¿De acuerdo? —se quejó el anfitrión
previendo que quizás ese loco, aparte de acabar con su reserva de
licores, podía cometer alguna estupidez.

—No me toques los cojones, no estoy para bromas —masculló cansado de todo en general. Necesitaba apoyo, maldita sea, no
otro incordio al que aguantar mientras intentaba perder el sentido bebiéndose todo lo disponible y de calidad.

—¿Estás seguro de que así vas a solucionar algo?

—Pues sí.

—¿Bebiéndote mis licores hasta caer redondo? Alfred, joder,
dime qué te pasa e intentemos buscar una salida.

A Sebastian no le importaba compartir su exquisito mueble
bar con un buen amigo y escuchar sus problemas. Sin embargo, le
ponía de muy mal humor ver a uno de sus camaradas ejerciendo
de borrego delante de sus narices.

Entre ambos existía la suficiente confianza como para hablar
sin tapujos.

—Me mintió, me engañó, se aprovechó de mí —se lamentó,
pronunciando cada vez peor las palabras debido a su cada vez más
obvio estado de embriaguez.

Sebastian negó con la cabeza ante el tono exageradamente
lastimero que utilizaba Alfred.

—Mira que a veces eres tonto. ¿Se aprovechó de ti? —repitió
burlándose—. No me hagas reír, por favor.

—Cuando hablas así no te soporto —le espetó, mirándolo de
mala manera; necesitaba un amigo, no una madre regañona—. Y
pásame esa botella.

—Toma, sírvete. Tú, mejor que nadie, sabes los efectos a largo
plazo del alcohol. Venga, dale, rellena el vaso, pero te lo ruego, no
vomites en mi alfombra —le animó, a ver si notaba la indirecta y
se controlaba un poco.

No iba a ser la primera vez que los dos, en una de esas noches
en las que bien por decisión propia o bien por imposición, acababan

juntos bebiendo y conversando, pero siempre hasta un límite. Por lo visto aquella noche Alfred quería sobrepasarlo con creces.

—Se supone que eres mi amigo, tienes que impedir que beba, tienes que convencerme para que haga lo correcto, no tocarme la moral e incitarme a que acabe como una cuba y tirado como una colilla en el suelo.

—De acuerdo, te aguaré la bebida sin que lo notes —apuntó negando con la cabeza—. Ahora vamos a lo importante. Habíamos quedado en que se…, perdona, necesito reírme —cosa que hizo descaradamente— aprovechó de ti. ¿Te obligó? —preguntó conteniéndose para no estallar en carcajadas.

—El día que tengas un problema serio y vengas a buscar ayuda pienso vengarme, no lo dudes —lo amenazó Alfred.

—Pero hombre, es que decir que se aprovechó de ti… es exagerar —murmuró más para sí mismo que otra cosa, ya que si seguía por ese camino le cabrearía de tal forma que se quedaría sin los detalles jugosos de la historia—. En fin, si tú lo dices… te creo —mintió—. Y, perdona que lo pregunte, ¿cómo exactamente?

—¿Alguna vez… después de tirarte a alguna tuviste dudas?

—Constantemente —respondió rápidamente Sebastian sin detenerse a pensar en la veracidad de sus palabras.

—Haz un esfuerzo, piensa bien la respuesta —le advirtió con infinita paciencia; era imposible con este hombre.

—Constantemente.

—¡Dudas sobre si las has dejado preñadas! —gritó dejándose de rodeos para ver si de una puñetera vez llegaban al meollo de la cuestión.

—¡Ah, eso! Bueno, en primer lugar soy desconfiado por naturaleza, así que suelo ocuparme yo del asunto. Llámame quisquilloso, pero así evito disgustos —alegó todo ufano.

—Pero alguna vez, con las prisas, con eso de que la conoces desde hace tiempo… ¿Nunca te has arriesgado?

—Hummm, puede que mientras estaba en la universidad, con eso de la juventud, pero desde hace bastante tiempo ni se me ocurre montar a pelo.

—Joder…

—Sí, tu elocuencia resume bien la situación. ¿Cómo estás tan seguro?

—Conoces a mi cuñado, ese obteniendo información no falla —admitió de mala gana. Puede que tener a alguien así en la familia, de una eficiencia irritable, tuviera sus ventajas, pero en su caso jodía bastante.

—Por desgracia, así es —concordó Sebastian evidenciando de paso su antipatía—. De acuerdo, pero no me hagas mucho caso, ¿no sería mejor que lo comprobaras por ti mismo?

Alfred entrecerró los ojos y lo miró con desagrado antes de hablar.

—¿Pero tú me escuchas? Tanto mi padre como James no disparan al aire. Y menos con algo así —recordó innecesariamente, pues Sebastian conocía perfectamente la personalidad de ambos.

—De acuerdo. No me queda otra opción. Enhorabuena chaval, eres padre —dijo tomándoselo de forma optimista.

—Deja de tocarme las pelotas —masculló Alfred cada vez más molesto por cómo se estaba desarrollando toda la situación.

—Teniendo en cuenta que dentro de poco será de dominio público, yo no me preocuparía tanto por eso —apuntó en tono burlón. Por mucho que lo intentara, no podía ponerse serio, iba en contra de su naturaleza.

Alfred respiró profundamente, así no había manera.

—¿Para qué quiero enemigos teniéndote a ti como amigo? —reflexionó, no sin cierta razón, ante los constantes comentarios jocosos que sobre su situación escuchaba.

—¿Para aguantarte? ¿Para aconsejarte? ¿Para ser tu paño de lágrimas? No, eso no, para eso último están las mujeres. Solo te aguanto y te aconsejo.

—Muy bien, amigo. Aconséjame.

—No soy de los que dicen lo que uno quiere oír —le advirtió Sebastian.

—Por desgracia, ya lo sé. Continúa. —Alfred apuró su copa y se puso cómodo en el sillón donde estaba apoltronado; quizás se estaba recreando demasiado en su miseria, pero todo el mundo tenía derecho a ello. Después recuperaría la cordura y agarraría el toro por los cuernos.

—Si yo estuviera en tu pellejo lo primero que haría es no aceptar consejos de nadie —comenzó pensando en que quizás, no a mucho tardar, iba a tener que aplicarse el cuento.

—Muy agudo —se burló el hombre con problemas fulminándole con la mirada ante semejante majadería.

—Pero ya que insistes… Si hubiera dudas razonables sobre mi paternidad lo más urgente es cerciorarse, no vayamos luego a lamentarnos. Si se acostó contigo el primer día, ¿quién te garantiza que no lo hizo con otro?

—Te repito que he visto la partida de nacimiento del crío —le entraron sudores al pensar en ello, cada vez la idea de ser padre se estaba imponiendo al enfado por haber sido objeto de engaño—. Las cuentas cuadran.

—Entonces lo que no me parece lógico es que pudiendo pescarte en su momento lo dejase pasar para provocarte cinco años más tarde. ¿Tan malo fuiste con ella?

—Deja de decir bobadas. Si fue bueno o malo, carece de importancia —farfulló enfadado, no iba a dar detalles sobre ese aspecto.

—Pues yo no estaría tan seguro...

—¿Por qué? —se atrevió a preguntar haciendo una mueca. A saber con qué estrafalaria teoría le ilustraba.

—La mente femenina tiene algo de lo que nosotros carecemos, querido amigo: un lugar especial para guardar sus rencores. Puede que durante un tiempo los dejen ahí, como si durmieran, pero saben muy bien cuando despertarlos y sacarlos a la superficie.

—Tú estás hoy más cínico de lo habitual. Esa mujer a la que persigues te está trastornando —le acusó para devolverle un poco la pelota. No ganaba nada, pero al menos se recreaba también en las penurias ajenas.

Sebastian disimuló su malestar, su camarada había dado en el clavo.

—Por eso sé de qué hablo —no hay mejor excusa que la verdad—. Preséntate en su casa y exige explicaciones.

—Humm, no sé, es tarde.

—Joder, no me refiero ahora mismo, además estás borracho —replicó mencionando lo obvio.

—Casi —le corrigió Alfred bebiéndose de un trago lo que le quedaba en la copa para salir de dudas.

—Mañana, sin falta. Y por supuesto, no le des opciones, te ha tomado el pelo, ¿no? Pues entonces deja clara tu opinión.

—De acuerdo. —Esa era la parte fácil, evidentemente, y además ya lo tenía pensado. La parte complicada era ver con sus propios ojos al crío. No tenía dudas, pero una cosa era saberlo, de forma genérica, y otra muy distinta comprobarlo con tus propios ojos.

—Tampoco hace falta que te pongas agresivo, que te conozco. Cuando quieres eres peor que tu padre.

Alfred sonrió de medio lado al oír ese comentario. Su amigo le conocía demasiado bien, como pocas personas se habían molestado en hacer.

También era cierto que él siempre procuraba mantenerse distante, no antipático, pero sí cauto.

—¿Alguna vez has pensado en ser padre? —inquirió Alfred tras un buen rato de bendito silencio, durante el cual se relajó y dejó que el alcohol fuera entumeciendo sus sentidos. En especial el de su capacidad de pensar. Sin éxito, evidentemente.

—Todos los días —bromeó Sebastian—. Quiero decir que mi madre me lo recuerda todos los días. No, la respuesta es no.

—Yo tampoco. Es algo que está ahí. Sabes que pasarás tarde o temprano por ello pero que… no sé…

—Retrasas todo lo que puedes —remató Sebastian por él.

—Algo así. Estoy seguro de que tras la fachada de enfado, mis padres están dando saltos de alegría; no veas la ilusión que les hace tener un nieto. Samantha está hasta el gorro de oírles.

—Cosa bastante extraña, tu cuñado hace lo indecible por satisfacer a tu padre. —Sebastian criticó abiertamente al marido de su mejor amiga. Cosa que hacía a la menor oportunidad disponible.

—Deja en paz a James, no sé por qué te empeñas en enjuiciarlo constantemente.

—Es un hábito adquirido y mutuo, te lo aseguro.

Alfred no iba a insistir en ello. No sabía toda la historia pero andaba con la mosca detrás de la oreja, al fin y al cabo toda la vida pensó que aparte de amigo, Sebastian terminaría siendo su cuñado, pero su hermana sorprendió a todos casándose con el abogado de la familia. Un buen tipo que hasta la fecha trataba estupendamente a su hermana mayor y con el que podría divertirse más a menudo, pero claro, no queda bien saber lo que hace tu cuñado fuera del ámbito doméstico.

Siempre tendría dudas respecto a si debía lealtad a su hermana o a James por eso de la solidaridad masculina.

—Pásame esa botella. Creo que ya estoy suficientemente borracho como para hacer tonterías sin que por ello tenga que acordarme y pedir disculpas.

—Toma, y espero una compensación, hoy tenía una cita a la que evidentemente no he acudido por ti.

—Lo cual te agradeceré toda mi vida. —Y añadió en tono jocoso—: Cuando te veas en una situación similar seré tu paño de lágrimas.

Capítulo 9

—¿*Q*uién demonios será a estas horas? —refunfuñó la señora Willians mientras caminaba por el pasillo en dirección a la puerta principal. Debería estar acostumbrada, pues sirviendo en casa de artistas o vividores, como ella prefería denominarlos, las visitas a horas intempestivas resultaban el pan de cada día, aunque pensara que era de lo más inmoral. Pero como donde hay patrón no manda marinero, no quedaba más remedio que oír, ver y callar.

Y últimamente todo eran visitas a deshoras.

Pero ¿quién era ella para cuestionar a sus amos?

Volvieron a golpear la puerta, haciendo cada vez más ruido; desde luego había mucho maleducado suelto. No iba a ir más deprisa. Por esperar unos segundos más no se acababa el mundo.

—¿Está la… señora? —escupió él con evidente recochineo mirando a la mujer achicando los ojos y apoyándose en el marco de la puerta, sin duda que de no hacerlo perdería el equilibrio. Se frotó los ojos por si acaso era un problema de vista, pero no, ahí seguía la adusta mujer mirándolo como si fuera un apestado.

La sirvienta dio un paso atrás y miró a aquel hombre arrugando el morro. Pinta de artista muerto de hambre sí tenía, pues iba con la ropa arrugada, apestaba a alcohol y a juzgar por cómo pronunciaba estaba claro que llevaba un buen rato dándole a la botella.

Uno más de tantos, pensó con disgusto, echándose un poco hacia atrás, con disimulo para no soportar el olor a alcohol.

Martha sabía que su señora pocas veces se acostaba a una hora prudente y que seguramente aún estaba en su despacho trabajando, cosa que ella tampoco aprobaba. Una mujer decente, con un hijo a su cargo, no abría las puertas de su casa a cualquier vividor.

—Espere aquí, enseguida vuelvo. —Intentó cerrarle la puerta en las narices, ni loca iba a dejar que esperase dentro de la casa, pero él colocó un pie de tal forma que le fue imposible.

Murmurando por lo bajo su opinión sobre estos que decían llamarse bohemios y que en realidad, según su criterio, solo pretendían vivir del cuento, se encaminó hacia el despacho de su ama.

Llamó suavemente para no asustarla y esperó a que le dieran paso, después entró.

—En la puerta hay otro de esos —anunció dejando claro que desaprobaba el interés de Tina por ayudar a esos hombres que ni siquiera tenían la vergüenza de trabajar para ganarse el jornal. Como se había corrido la voz de que en esta casa se les daba cobijo y alpiste, pues no paraban de llegar, atraídos sin duda por la posibilidad de vivir otro día sin trabajar.

Como era de esperar su ama no le mandó que inventara una excusa y se deshiciera de él, como ella desearía. Tarde o temprano se llevaría un buen disgusto por ayudar a esos zarrapastrosos. Esperaba que entonces aprendiera la lección.

—Hágale pasar al saloncito y dígale que enseguida estoy con él —indicó con media sonrisa.

—Algún día vamos a tener un serio disgusto —aseveró Martha entre dientes dispuesta a cumplir sus órdenes, que no a aceptarlas.

Tina sonrió en respuesta, su criada no lo entendía. Para ella, quien no se ganaba el pan con el sudor de su frente no era persona de Dios. No comprendía que muchas veces el talento no significaba automáticamente reconocimiento, sino penurias y una mala vida.

Ayudar, aunque fuera dando cobijo y comida a artistas o gente con problemas, era su forma de agradecer la suerte que ella había tenido en el pasado.

Conocía, por desgracia mejor que nadie, lo que era verse con el agua al cuello, por lo que había decidido, aunque solo fuera de forma superficial, mitigar las penas de esa gente.

Si bien algún caradura se aprovechaba de su buena fe, lo cierto era que hasta el momento la mayoría de ellos se comportaba de forma correcta y los pocos que habían tenido suerte volvían para agradecérselo, en algunos casos con el simple detalle de algunas de sus obras o bien en forma de regalos para su hijo.

—Puedes retirarte ya, Martha —dijo Tina levantándose—. Yo me encargaré de él.

—¿Está usted segura? —preguntó preocupada. Si alguno de esos indeseables se ponía violento poco o nada podía hacer para defenderse.

—Sí, no se preocupe. Vaya a dormir —la tranquilizó. Prefería ocuparse ella misma del asunto pues la señora Williams, con sus miradas asesinas, atacaba la dignidad de esos hombres a los que ya les suponía un gran esfuerzo rebajarse y venir a pedir ayuda.

Tina dejó la mesa sin recoger y la luz de la lamparita encendida, pues en cuanto acomodara al visitante volvería inmediatamente a sus cosas. Odiaba robar minutos, incluso horas, de sueño para sus proyectos, pero no quedaba más remedio.

A lo que jamás renunciaría era a pasar tiempo con su hijo, bastante culpable se sentía a veces con dejarlo al cuidado de una niñera.

La casa a esas horas estaba en silencio y caminó tranquilamente hasta llegar a la parte delantera, donde había dispuesto una estancia para recibir a quienes buscaban cobijo. Nada ostentoso para que no se sintieran molestos, un espacio cómodo, familiar.

Entró en la sala de recibo y se lo encontró inclinado sobre un aparador entretenido con las fotografías familiares que allí tenía.

Lo observó unos instantes más antes de hacer notar su presencia.

Era evidente que llevaba varias horas con la misma ropa, pues a pesar de parecer de buena calidad estaban arrugadas. Lo vio moverse ligeramente y tuvo la impresión de que no era un artista callejero al uso. Con las manos en los bolsillos del pantalón y esa postura, no podía atestiguarlo. Seguramente, cuando pudiera contemplar sus manos, vería los restos de pintura en caso de ser pintor, los dedos callosos en caso de ser músico o las manchas de tinta en caso de ser poeta.

Lo que quedaba fuera de dudas era su envergadura; era alto, proporcionado, podía esconder una barriga incipiente, pero lo dudaba.

Cabía la posibilidad de que fuera un caradura, de esos que se juegan la paga semanal en cualquier club y buscan no un sitio donde dormir, sino un lugar donde esconderse. Sin embargo, tampoco tuvo esa sensación.

Lo cierto era que daba la impresión de ser uno de esos hombres de familia acomodada, pero que han decidido salirse del redil para probar suerte en el mundo bohemio. No mantenía una de esas posturas desgarbadas, ni de cansancio.

Tosió para advertirle que estaba allí. Era una forma como otra cualquiera de no desvariar demasiado y centrarse en lo que debía hacer.

Él se irguió.

Ella puso cara distante pero amistosa.

Él se giró…

Ella dio un paso atrás y se llevó una mano a la boca.

—No… —musitó.

Tina cerró los ojos, respiró y los volvió a abrir, estaba soñando. Tantas horas levantada, trabajando, tantas cosas en la cabeza… sin duda era una alucinación, producto de la falta de sueño.

Puede que no fuera la expresión somnolienta y relajada que tantas veces contempló sobre el papel, pero no había lugar para dudas.

Era él.

Estaba en su casa.

Y ella sabía por qué.

—¿No tienes nada que decir?

Ella no respondió, no podía.

Debía recomponerse, mostrarse segura, indiferente incluso.

Su respiración alterada iba a dejarla en evidencia. No podía engañarle y lo que era peor, engañarse a sí misma fingiendo no estar afectada por su presencia.

—¿Y bien? —insistió él mirándola de arriba abajo sin estar muy seguro de lo que debería hacer a continuación. Dudaba entre exigirle respuestas o desquitarse por haberle causado tantos problemas y dejarlo en evidencia.

—Buenas noches —fingió no estar afectada, pero su tardanza en responder daba muestras de lo contrario.

Era él, lo tenía delante.

—Muy original —dijo Alfred de forma indolente—. ¿Dónde está?

—¿Perdón? —inquirió sin comprender.

—No estoy aquí para perder el tiempo. O me dices ahora mismo dónde está o levanto a toda la casa, tú eliges —amenazo él pronunciando las palabras de forma arrastrada evidenciando así su estado etílico.

Él se dirigió a la puerta sin esperar ninguna indicación de ella.

—¿Quién?

—Mi hijo, joder…

—No, por favor… —le pidió abandonando definitivamente su máscara de indiferencia. Alargó la mano y lo agarró de un brazo para detenerle.

—Aparta —dijo él con voz amenazadora mirándola como si fuera lo peor. No tenía ni la menor idea de dónde buscar en aquella casa, estaba siendo un irresponsable, arriesgándose a hablar más de la cuenta o a hacer alguna tontería que luego entorpecería sus objetivos. Pero, tras la improductiva reunión con su camarada, llevado por un arrebato se había presentado en la casa de ella. Solo había tenido que consultar el completo informe de su cuñado para saber la dirección.

Negar la evidencia era de necios y Tina aparcó su orgullo y su miedo. Siempre era mejor colaborar.

—Sígueme, por favor —balbució intentando contener las lágrimas ante la que se le venía encima.

Él no disimuló su desprecio y con un gesto brusco movió el brazo para que ella le soltase. Como si le diera asco que lo tocara.

Ella salió primero al pasillo y, sin decir nada, Alfred la siguió.

Subieron a la segunda planta, en silencio.

El suelo enmoquetado amortiguaba el ruido de los pasos.

Tina se detuvo delante de una puerta y se colocó a modo de escudo para que él no entrara; si tenía que suplicar, por el bien de Eric, lo haría.

—Te lo ruego. Estará dormido. Te pido por favor que no lo despiertes. No tiene por qué pagar los platos rotos —dijo en tono suplicante, en un último intento para que él no entrase y asustase al niño.

Él percibió su tono desesperado pero le dio igual. Estaba en su derecho, ya podía ponerse de rodillas si quería, él no lo tendría en cuenta.

—Quítate del medio. —Sin miramientos la movió a un lado y bajó la manilla. No iba a tolerar más estupideces.   ·

—Por favor… —rogó ella a su espalda.

Alfred entró en la habitación, despacio, sin hacer el menor ruido y se detuvo junto a la cama. Apenas entraba luz procedente del corredor pero sí la suficiente como para ver al niño, acostado, boca abajo, con las mantas arrugadas a sus pies.

Tragó saliva, impactado con aquella escena.

Se puso en cuclillas para observarlo mejor.

Se frotó los ojos.

Eric cambió de postura dormido y pudo verle la cara.

Si había albergado dudas ya las daba por resueltas al observarlo.

No había ejercido nunca de padre, pero como si fuera lo más natural del mundo extendió una mano y le acarició el rostro. Después cogió las mantas y las estiró tapándolo; aunque si salía a él terminarían de nuevo a los pies de la cama en breve.

Agachó la cabeza intentando que todas las emociones no le hicieran proceder de forma incorrecta. Controlándose para no cometer ninguna estupidez, pero sobre todo relajándose para no mostrar sus sentimientos habiendo público delante.

Sentía un nudo en la garganta muy complicado de deshacer.

La palabra «padre» adquirió de repente todo su significado. Una cosa era hablar de ello, imaginárselo, pero otra bien distinta era verlo con sus propios ojos; la idea que uno tenía cambiaba por completo al transformarse en algo tangible.

El niño se removió en sueños y no quiso arriesgarse a despertarlo y que se sobresaltara al ver la cara de un desconocido. De momento, aunque jorobase bastante, no era más que eso para el niño. Aunque se encargaría personalmente de que tal circunstancia cambiara cuanto antes.

Con cuidado se irguió, resistió la tentación de acariciarle, eso de momento tendría que esperar. Y poco a poco se fue alejando hasta salir del dormitorio, donde le esperaba una compungida madre.

—Gracias —murmuró Tina cuando pasó junto a ella, que había observado toda la escena desde la puerta con el corazón en un puño por lo que podía haber ocurrido. Afortunadamente no había montado un escándalo ni exigido llevarse a Eric.

Él ni respondió, ni tan siquiera la miró, dejando patente su desprecio por ella. Un hecho con el que ya contaba; sin embargo, la afectó más de lo que pensaba.

Cerró la puerta con cuidado, él había desaparecido escaleras abajo. Dudaba mucho que se diera por satisfecho con esa breve visita.

Podía dejarlo en ese punto y evitar una confrontación, no obstante debía afrontar los hechos y optó por bajar. Peldaño a peldaño se fue mentalizando para oír una larga lista de recriminaciones, que si bien podía entender, no estaba dispuesta a aceptar y menos aún tras comprobar la actitud tan manifiestamente déspota de Alfred.

Desde luego ese hombre conseguía sacar lo peor de ella.

Cuando llegó al saloncito él estaba allí, sirviéndose un vaso de licor. Evidentemente, la esperaba.

Tina entró y cerró la puerta, la conversación iba a ser tensa y seguramente algunas palabras se pronunciarían más altas que otras. No quería que la señora Willians oyera lo que allí se iba a decir, pues si ya tenía mal concepto de ella…

Le vio vaciar el vaso de un trago para rellenarlo de inmediato. Eso no era buena señal.

Alfred permaneció de espaldas y ella, ya de por sí inquieta, cada vez se notaba más nerviosa. No solo por las consecuencias de su encuentro, sino porque de forma absurda ella sentía algo más que temor a las consecuencias; algo cercano a la emoción por volver a verlo, a la excitación por la sencilla razón de tenerlo allí.

Y eso no era nada bueno, ni para afrontar la situación ni para su paz mental. De hecho, se podía desmoronar de un momento a otro.

Maldito corazón traidor.

Pero en el fondo siempre lo supo, desde el primer momento. Desde que tomó la decisión de incluir la fotografía de Alfred y del mismo modo siempre esperó este encuentro.

Por fin él se giró y la miró. Su expresión lo decía todo, quedaba manifiesto su desprecio.

Agitó la bebida dentro del vaso de esa forma tan indolente que tiene la clase alta, como si solo su punto de vista fuera importante.

Y ella no pudo más, tal suspense desquiciaba a cualquiera.

—Di lo que piensas y vete de mi casa —exigió, aunque no con el tono que tal petición precisaba, de ahí la reacción de Alfred.

Él sonrió burlonamente antes de apurar su vaso de licor y abandonó la postura relajada para caminar directamente hacia ella.

La palabra peligro no alcanzaba a definir con exactitud aquel momento.

Capítulo 10

—*N*o estás en posición de exigir nada —advirtió una indolencia desmesurada, deteniéndose frente a ella. Iba lista si pensaba que podía echarle de su casa así como así, tenía mucho de lo que hablar y no estaba por la labor de posponerlo.

Puede que en un principio no la recordara pero por desgracia su mente había acabado por hacerlo y, la verdad, no eran buenos recuerdos.

Tina ya no podía dar marcha atrás, tanto literalmente, ya que la pared detenía su retirada, como figuradamente, pues no iba a darle la satisfacción de parecer indefensa. Cara a cara se sentía en inferioridad de condiciones, pues él, mirándola como si quisiera aplastarla y aprovechando su altura, disponía de toda la ventaja.

Alfred rara vez se comportaba de esa forma tan intimidatoria. Desde siempre optaba por la vía amistosa. Dialogar e intentar buscar una solución de consenso. Claro que en esos otros casos podía decirse que actuaba como juez y no como parte implicada. De ahí que en aquel instante le costara tanto esfuerzo no empezar a exigir respuestas primero y a buscar una merecida venganza después. No recordaba haberse sentido tan insultado y ofendido, de ahí que, o bien ella se mostraba colaboradora, o no podría calcular el impacto no solo de sus palabras sino de sus actuaciones.

Esperaba que al menos la fotógrafa tuviera la decencia de aparentar un poco de arrepentimiento, por todo, pero empezando por el hecho de ocultarle la existencia del crío, para después dejar de mostrarse desafiante.

¡Joder, él era la parte ofendida!

Al parecer con su matrimonio no solo había obtenido buenas rentas sino que además había endurecido su carácter, o por lo menos esa era la conclusión a la que había llegado, pues según sus recuerdos ella no era tan altiva.

La miró de arriba abajo, con cierto aire de matón. Se cruzó de brazos y esperó a que ella dijera algo, que explotase ante su deliberado silencio. Una táctica que había observado llevar a cabo a su padre y a su hermana cuando estos se encontraban inmersos en alguna negociación complicada. La teoría de: dales cuerda para que se ahoguen ellos solos parecía funcionar, así que se aplicó el cuento.

La recordaba, sí, pero lo cierto era que durante aquel breve y desafortunado encuentro tampoco pudo extraer nada respecto a la forma de ser de ella. Solo vagas nociones que ahora de poco servían. Una cosa no había cambiado y era el aspecto sencillo de la mujer. Puede que ahora, gracias a su estabilidad económica, vistiera con mejores prendas y eso le confería un aspecto más refinado, sin embargo, mantenía la naturalidad que logró engatusarle la primera vez.

«¿Estoy tonto o qué?», se reprendió en silencio ante el rumbo que tomaban sus pensamientos. Embotados o no en alcohol, debían variar de inmediato hacia cauces más seguros pues a pesar de que le gustaba lo que veía no estaba allí precisamente con fines románticos o de índole similar. Podía quedarse tranquilo pues, aunque lo que ahora tenía delante le gustaba, aunque fuera contraproducente, no estaba allí para esas cosas. Debía ocuparse de dos asuntos, así que había que olvidarse de la educación y de las buenas formas.

—Di lo que tengas que decir —intervino ella con aire altanero sacándolo de sus complicados y nada convenientes procesos mentales.

Fijó de nuevo la vista en la que debía considerar su enemiga, decidido a no volver por esos derroteros.

Bueno, si había que comportarse como un cabrón…

—Supongo que tendrás una bonita, elaborada y lacrimógena explicación —levantó la mano para que no le interrumpiera—, la cual me importa una mierda, dicho sea de paso.

Se inclinó sobre ella para intimidarla aún más. Se lo tenía merecido.

Tina tragó saliva.

—Hablas sin saber —susurró ella intentando serenarse. Resultaba excesivamente complicado mantenerse distante cuando él se empeñaba en acortar esas distancias. Si al menos mantuvieran las distancias tendría una oportunidad de salir indemne de allí.

—Has intentado joderme —continuó él tenso y no solo por el tema de la conversación— y, la verdad, he visto cosas mejores.

—No debía acercarse tanto a ella pues ese maldito olor a piel femenina, limpio y sin perfumes agobiantes, estaba empezando a mermar su capacidad de concentración.

Ella respiró profundamente, debatiéndose entre apartarlo de un empujón o propinarle un rodillazo en la entrepierna. Pero olvidaba considerar una tercera posibilidad… dejar que él se acercase un poco más para ver hasta dónde era capaz, porque, inexplicablemente, la cercanía de Alfred estaba revolucionando sus hormonas.

Tanto tiempo sin ser abrazada... por un hombre, evidentemente, tenía ese efecto adverso en su cordura porque no estaba comportándose de modo inteligente.

Él la miró entrecerrando los ojos, sin duda desconfiaba de su actitud aparentemente sumisa. Pero bien sabía que eso no era posible, solo estaba intentando otra táctica más cobarde, pues en vez de enfrentarse abiertamente ahora optaba por callar y esperar a que él se aburriera y diese media vuelta, dejándola así tranquila.

—Y ahora vas a tener que asumir las consecuencias —apostilló Alfred, sin embargo, su tono iba perdiendo enfado.

Ella olía tan bien...

Y su instinto de cazador estaba ganando la batalla a su instinto de supervivencia. Puede que una voz interior le advirtiera de que se estaba exponiendo al peligro, pero no la oía. O no quería escucharla.

—Soy consciente de que no he actuado bien en algunos asuntos... —balbució ella incapaz de dar un paso atrás. Parecía como si alguien la hubiera atornillado al suelo.

Alfred arqueó una ceja. ¿Admitía, así sin más, su responsabilidad?

Muy extraño, pensó, ya que esperaba una batalla dialéctica en toda regla. Frunció el ceño... ¿Y si se trataba de otra táctica de despiste?

Era lista, muy lista pues, como bien decía Sebastian y los hechos no le desmentían, la fotógrafa estaba administrando la información a su conveniencia, ganando así tiempo para salirse con la suya. No obstante, no contaba con un factor determinante: a él, como digno hijo de su padre, no le ganaba nadie como negociador.

—¿Y cómo piensas resarcirme? —inquirió en tono falsamente educado, acechándola aún más, sabedor de que su presencia física podía intimidarla.

—Yo... —titubeó pues no podía saber a qué se refería exactamente y menos al sentirle tan cerca; así no podía pensar con claridad.

Alfred tampoco se encontraba lo suficientemente lúcido como para abordar la cuestión desde una perspectiva razonable. Podía culpar a su estado de embriaguez pero mentiría, al menos en parte, pues la influencia de la mujer era mucho más potente que la del alcohol.

Tina parpadeó y se dio cuenta de que aquello podía pasar de

peligroso a extremadamente peligroso pues él no dejaba de mirarla con una cara de amenazante resentimiento.

Sus pies parecieron responder y fue separándose poco a poco. Sin embargo, no le sirvió de nada ya que por cada centímetro de retirada que daba, él avanzaba implacable hasta que sintió la pared a su espalda.

Gimió bajito al verse acorralada.

Definitivamente se había metido en la boca del lobo.

—Debo de estar loco... —reflexionó inclinándose aún más cuando la escuchó gemir. Como si ni él mismo se creyera lo que sucedía.

La tenía atrapada, una mano a cada lado de su cabeza, su cuerpo como barrera y su respiración como único sonido.

Y en vez de exigirle una explicación o de advertirle sobre las medidas a tomar si ella no se avenía a un acuerdo, estaba tentado de cometer una estupidez.

Su instinto la advirtió una vez más del peligro y aun así no fue capaz de escabullirse, ni tampoco hizo que él se quitara del medio. Aquella tensión de no saber si, por la cara que ponía, Alfred iba a ser capaz de estrangularla o de besarla.

No podía descifrar aquella expresión.

Pero el miedo debía de ser un potente afrodisíaco.

Él inhaló profundamente, debatiéndose interiormente antes de cometer una locura.

No tuvo que aguardar demasiado; lo que recibió no fue muy distinto de lo que esperaba.

No la besaba pidiendo permiso ni tanteando el terreno. Estaba simple y llanamente castigándola, avasallándola. El beso era brusco e incluso podría llegar a ser desagradable.

Un atropello en toda regla.

Quiso apartarse pero, en cuanto hizo amago de ello, Alfred se volvió aún más expeditivo, sujetándola de las caderas y pegándose aún más.

Incomprensible, pues su instinto de conservación se fue a paseo y ya solo pudo pensar en aferrarse a él.

Era evidente que estaba excitado y que buscaba algo más que un simple besuqueo, pues se apretaba descaradamente contra ella esperando una respuesta mucho más entusiasta de la que Tina era capaz de ofrecer, no por no desearlo, sino por no saber qué hacer.

Tina se apartó de su boca; esos no eran los besos que ella anhelaba, pero cualquiera se atrevía a decírselo. Al igual que era consciente de que su erección, con toda probabilidad, era producto de su estado de embriaguez y no del deseo. Y eso, sumado a su enfado, resultaba un cóctel extremadamente peligroso y extraño.

—¡No! —protestó sin plasmar en ello toda la vehemencia necesaria, pues su cuerpo traidor reaccionaba sin pensar en lo contraproducente de aquello. Su exclamación era producto de su mente pero no de su cuerpo.

Ella cerró los ojos y permitió que su cuello fuera ahora el blanco de sus besos. Si era sincera consigo misma hubiera bastado un no firme y contundente para que la señora Willians acudiera y la rescatara. Pero mentirse a sí misma era lo peor que podía hacerse.

—Sí —la contradijo con autoridad, imponiendo su parecer, no estaba dispuesto a oír ni una sola queja.

—Espera… —rogó agarrándose a sus hombros para que se lo tomara con más calma; si la memoria no fallaba, todo acabaría en menos que cantaba un gallo y ahora ella no era la mujer tan inexperta e ignorante de la primera vez.

O al menos esperaba no seguir siéndolo.

—No, ni hablar —repuso maniobrando para meter la mano por su escote cuanto antes y para ello se ocupó de soltar los botones. Si se rasgaba la seda de su blusa poco le importaba.

Inexplicablemente Tina le dejó seguir, su inseguridad no podía con la creciente excitación que sentía, así que se arqueó y permitió que él se tomara cada vez más libertades.

Por omisión que no por acción, le facilitó la tarea y él gruñó en respuesta, no se esperaba ninguna clase de colaboración, no obstante eso carecía de importancia. Una vez que había empezado la cuenta atrás, no podía detenerse y Alfred estaba llegando al cero.

En su estado, las filigranas como follar de pie quedaban descartadas, así que si la memoria no le fallaba, al entrar en la estancia había divisado un sofá donde sin dudarlo podía manejarse mucho mejor.

Separó con brusquedad ambas partes de su blusa exponiendo una sencilla combinación blanca que marcaba su inconfundible grado de excitación. Se inclinó y sin miramientos chupó un pezón por encima de la tela, dejando una marca visible de saliva y a Tina mucho más entregada aún.

Gimió de nuevo cuando él se ocupó de repetir el movimiento en el otro pecho. No pudo evitarlo, como tampoco rodear su cabeza y enredar las manos en su pelo para mantenerlo bien pegado a su cuerpo.

Quien en esta ocasión gimió fue él, entregado por completo a su tarea de devorarla, dobló las rodillas para quedar a su altura y poder así dar el siguiente paso.

La agarró del culo y ella, en brazos, se movió hasta llegar al mueble y adoptar una posición horizontal.

—Así no —se negó ella revolviéndose nada más caer sentada—, otra vez así no —insistió enfadada. No permitiría que se repitieran los hechos y por cómo iban desarrollándose tenían toda la pinta de hacerlo.

Pero Alfred no la oía, seguía a lo suyo, inmerso en su propósito. A pesar de sus protestas le puso una mano en el pecho hasta dejarla tumbada, sin muchos miramientos, y le levantó la falda hasta poder vislumbrar su ropa interior. Tina jadeó e intentó cubrirse pero primero debía adoptar una postura más propia pues debía parecer cualquier cosa allí, acostada, con la blusa abierta y las piernas al aire.

Él posó la mano sobre sus bragas, presionando lo justo y con cierto cuidado dándose en el acto cuenta de un hecho innegable.

—Joder, estás mojada —aseveró confundido, ya que esperaba algo más de resistencia por su parte.

Lo dijo de tal forma que parecía poco menos que un delito y ella cerró los ojos, algo avergonzada. Se suponía que las mujeres decentes se resistían, luchaban si era preciso y por supuesto no se excitaban, solo cumplían con su obligación, eso sí, estando casadas, no antes.

Tina no quería poner adjetivos a su comportamiento, menos aún cuando notó unos dedos acariciándola por encima de la seda para después apartarla y tocar el interior de sus muslos, subiendo bajando, indagando hasta llegar a su coño y allí penetrar en su interior.

Gimió y se dio cuenta de que alguien podía oírla, por lo que cuando él añadió un dedo más al primero se puso el puño en la boca para reprimir su respuesta.

Tina sentía la humedad en su sexo y la vergüenza amenazó con hacer acto de presencia más aún cuando notó cómo le bajaba las bragas por las piernas dejándola expuesta por completo.

Ya no quedaba ninguna barrera y él pudo contemplar a placer la parte más íntima de su cuerpo. Y no solamente eso sino también acariciarla, ahora de forma delicada, logrando que Tina se sintiera como nunca antes, tensa y maleable al mismo tiempo. Expectante por saber cuál sería el siguiente paso y deseosa de que él lo diera. Su cuerpo respondió a todos los estímulos sensoriales que él le proporcionaba e incluso se arqueó pidiendo más sin palabras.

Alfred se desabrochó los pantalones como pudo y se los bajó para liberar su erección, ya estaba bien de contemplaciones.

Después se posicionó sobre ella.

—Maldita sea, me muero por metértela.

Dicho y hecho. No esperó más y entró en ella hasta el final.

Tina inspiró profundamente, hacía tanto tiempo... Algo tan agradable no podía ser malo, se dijo para no pensar en las consecuencias de todo aquello.

Él empezó a moverse, no de una forma sincronizada, sino más bien a intervalos más o menos rápidos y ella quiso acoplarse, ser partícipe y no una mera espectadora.

Esta vez fue Tina quien le sorprendió al besarle, pero con una sutil diferencia, ella tanteó con su lengua, lamió sus labios y los mordisqueó suavemente.

Alfred, apoyándose en sus brazos, se apartó, como si le molestara que tomara la iniciativa al besarle, para mirarla.

—¿Qué ocurre? —inquirió cuando se detuvo, no entendía el motivo, él estaba encima, tomando lo que quería.

—Nada —mintió y cerró los ojos para concentrarse y olvidarse hasta de su nombre si era preciso. Era la mejor política, estaba follando con una mujer, punto.

Una más de tantas.

Así que, como le importaba un pimiento, solo se preocupó de una cosa, de sí mismo. Sin ninguna otra preocupación.

Aceleró sus embestidas a su conveniencia y ella fue consciente en el acto de que el frágil instante en el cual habían conectado se había hecho añicos.

En el último segundo él se retiró convenientemente para dejar sus muslos pegajosos y a ella insatisfecha.

Otra vez volvía a ser la mujer inexperta, tumbada sobre un sofá, casi desnuda, a merced de un hombre, o mejor dicho, para ser utilizada por un hombre.

Qué tonta, qué ilusa. Pensar que con los años él habría adquirido mejores dotes como amante.

Aquella vez no se sintió tan mal como ahora, porque ahora conocía la diferencia.

Estúpida, estúpida, estúpida. Era lo único que podía llamarse.

El deseo, el anhelo, la sensación de sentirse abrazada, acariciada habían jugado en su contra. Quizás debería aceptar de una vez el consejo que una vez le dio Pierre: búscate un amante, visítale una vez a la semana y vuelve a casa a dormir relajada y sin complicaciones.

Sí, esa era una opción a tener en cuenta pero si lo pensaba detenidamente solo encontraba complicaciones; y esa era la razón por la que únicamente lo había intentado dos veces durante su matrimonio. En primer lugar por probar la teoría de Pierre y la segunda por saber si la primera vez había sido simplemente un mal encuentro y dar una nueva oportunidad al tema de los amantes.

Alfred se incorporó y la miró un instante, pero enseguida apartó la vista y compuso una expresión como si ella fuera una cualquiera. Se abrochó los pantalones y ni siquiera se dignó ayudarla.

Se arregló la ropa con la intención de salir de allí lo antes posible. Puede que ella fuera una cualquiera pero eso no justificaba su comportamiento. El estar enfadado no era excusa, pero sin saber por qué se había comportado como el energúmeno que distaba mucho de ser. Nunca antes había tratado así a una mujer.

El alcohol era capaz de sacar a la superficie lo peor de cada persona y él acababa de comprobar que llegar a ser ruin y cabrón también estaba entre sus aptitudes.

¡Joder! No podía ni mirarla, la despreciaba, sí, por lo que había hecho, pero aún más se despreciaba a sí mismo.

Decir lo siento no arreglaría las cosas, así que optó por marcharse sin más.

—Tendrás noticias de mi abogado —masculló a modo de despedida.

Tina se puso de pie inmediatamente. Se limpió los restos de semen que impregnaban sus muslos y se bajó la arrugada falda.

—Eres como el vino —le espetó conteniendo la rabia y las ganas de llorar. Delante de él aguantaría como fuera, luego, a solas en su dormitorio, daría rienda suelta a su llanto.

Alfred se detuvo arrugando el entrecejo ante tan extraña comparación.

—¿Perdón?

—El vino con el tiempo mejora o se avinagra. Evidentemente la segunda opción es tu caso —manifestó ella alisando su falda sin siquiera mirarlo—. Sigues siendo decepcionante como amante.

Caminó hasta la entrada, si alguien iba a salir de aquella habitación con la cabeza alta y habiendo dicho la última palabra sería ella, faltaría más, para eso jugaba en casa.

Alfred la observó salir por la puerta, ahora podía añadir un defecto más, claro que… ¿Importaba la opinión de la mujer hasta el punto de hacer algo al respecto?

Tina caminaba en dirección a las escaleras, sin prisas, sin el furioso taconeo propio de una mujer enfadada.

¿Mal amante?

¿Avinagrado?

Tardó más de lo que debiera en reaccionar a semejantes adjetivos dirigidos a su persona. Lógico, si al abotargamiento propio de la embriaguez le sumabas la somnolencia poscoital, su cerebro no podía responder con la agudeza habitual.

Capítulo 11

Caminó fingiendo normalidad, no iba a darle la satisfacción de parecer enfadada; eso sería demostrarle que le afectaba su comportamiento. Así que, conteniéndose para no echarse a correr y encerrarse en su alcoba, empezó a subir las escaleras agarrándose al pasamanos y sin mirar atrás.

No merecía la pena dar más vueltas, se recordó en silencio.

Aparentar tranquilidad, no perder la dignidad y no ponerse a gritar suponían un gran esfuerzo, pero por su paz mental así debía ser. Además, una mujer no tenía derecho a quejarse y de hacerlo, ¿quién la escucharía?

Giró el pomo de la puerta de su habitación, convencida de que a la mañana siguiente sus problemas no solo seguirían ahí sino que además aumentarían. Pese a todo necesitaba dormir, consultarlo con la almohada y descansar. Pasaría antes por el baño para eliminar los restos de su comportamiento y de esa forma facilitar la tarea al olvido. No había dado dos pasos en la dirección deseada, cuando una mano la agarró bruscamente de la muñeca, clavándole los dedos e impidiendo que escapara.

—¿Pero que...? —Se giró bruscamente con intención de encararlo. No hacía falta preguntar de quién se trataba. Solo podía ser la mano de Alfred.

Intentó ser valiente. Lo miró a los ojos pero apartó la vista. Él aún tenía el cuestionable poder de influir sobre su comportamiento. La escena en el saloncito de hacía breves minutos era prueba más que suficiente de ello.

—¿Avinagrado? —preguntó mostrándose muy ofendido por el adjetivo con el que ella le había obsequiado.

Puede que su comportamiento hubiera sido muy diferente si las circunstancias hubieran sido otras, pero no iba a disculparse.

—Suéltame. —Tiró de su brazo malhumorada. Si pretendía

que le diera explicaciones iba por muy mal camino, no estaba para diálogos. Además, en todo caso quien las debería pedir era ella por la pésima labor de hacía unos minutos.

Presentarse a unas horas intempestivas en casa de una mujer decente y encima tratarla como a una cualquiera no era de recibo, así que podía decirse que ahora estaban empatados en cuanto a agravios se refería.

Alfred la retuvo unos instantes, mirándola fijamente, con clara intención de ver hasta dónde podía intimidarla. Después la soltó empujándola hacia el interior de su habitación y ella se tambaleó ligeramente, al tiempo que el golpe seco de la puerta al cerrarse disparó su pulso.

—¿Mal amante? —continuó él a lo suyo. Podía escuchar muchas estupideces referidas a su persona y no inmutarse, pero había ciertos aspectos que le tocaban la moral. Cuestionar su capacidad como amante era uno de ellos. De ninguna manera iba a largarse de allí sin antes ponerla en su sitio.

—No puedes estar aquí —le advirtió con voz cortante, aunque no tan firme como debiera. La amargura por lo sucedido iba haciendo mella y dentro de poco sus fuerzas la abandonarían. Cuanto antes se marchara, mejor.

Él, haciendo caso omiso de su advertencia, sonrió de medio lado, manteniendo esa actitud indolente, como si ella fuera poca cosa, metiéndose las manos en los bolsillos y paseándose por la habitación. Su estado de embriaguez le estaba ayudando a comportarse como un inconsciente, entre otras cosas. Si cualquier otra mujer hubiera puesto en duda sus habilidades amatorias, como respuesta hubiese tenido una sonora carcajada y, si tenía un buen día, quizás unas monedas para que se tomara algo a su salud.

Sin embargo, por alguna incomprensible razón, que la fotógrafa afeara su conducta sin pantalones le tocaba la moral más de lo habitual, así que optó por serenarse y ver cómo podía devolver el golpe.

Observó la estancia, nada que le llamara especialmente la atención. Para ser un ambiente femenino faltaba esa saturación ornamental tan propia de las mujeres, pero, siendo objetivo, le importaba poco menos que nada, pues él no estaba allí para opinar. Únicamente debía preocuparse por que la cama fuera amplia, cómoda y silenciosa. Porque la mejor manera de sacarla de su error era demostrarle sus habilidades, claro que para eso mejor hubiera sido aparecer sereno. Aun así podía hacerlo, en peores situaciones se había encontrado.

Tina, por su parte, rígida a causa de la tensión, pues el silencio con el que la obsequiaba resultaba tan intimidante como el peor de los insultos, no dejaba de observarlo. Allí, en su dormitorio, donde la única presencia masculina había sido la de Eric en las noches que no quería dormir solo, Alfred destacaba por encima de todo.

Habían compartido cierto grado de intimidad, o mejor dicho sus cuerpos, pues apenas se conocían. Estaba segura de que él no tenía la más mínima intención de hablar y entonces tragó saliva al percatarse del motivo real de su presencia en el dormitorio.

—¿Qué pretendes? —inquirió con la voz algo más chillona de lo que debiera. La situación cada vez se ponía más peligrosa.

La estaba poniendo nerviosa con ese maldito silencio, analizando su alcoba con la vista. No le pasó desapercibida su mirada hacia la cama. Pero tras la inspección se dirigió a uno de los sillones y, sin más, se agachó para desatarse los cordones de los zapatos.

—¿Qué haces? —preguntó preocupándose, y con razón, por lo que él estaba haciendo o tenía intención de hacer.

Alfred se encogió de hombros y respondió con tranquilidad.

—Desnudarme —murmuró dejando caer de cualquier manera su ropa en el suelo, sin detenerse y sin mirarla.

—¿Perdón? —Ella se atragantó mientras lo miraba sin dar crédito.

Primero la chaqueta, mostrando su impecable camisa blanca junto con los tirantes que se bajó con rápidos movimientos, como si estuviera en su casa.

Cuando se quedó sin camisa miró a un lado para no caer de rodillas. Lo había visto muchas veces desnudo, pero la cosa era bien diferente. El papel fotográfico no era, ni por asomo, la mitad de excitante que la realidad.

Los pantalones fueron los siguientes, ya no sabía qué hacer para disimular su inquietud. Por otro lado resultaba complicado esconder su curiosidad. Por más que se obligaba a desviar la mirada sus ojos echaban un vistazo furtivo a la mínima oportunidad.

Una a una fue despojándose de cada una de sus prendas, las cuales acabaron tiradas y arrugadas. Estaba claro que el niño rico estaba acostumbrado a una legión de sirvientes para recoger sus cosas.

—¿A qué estás esperando? —preguntó él a su vez al ver que no se movía y señaló con un gesto la cama.

—Yo no soy una de tus putas —le espetó. Molesta o no por tener la oportunidad de contemplarle, lo decidiría más tarde.

—Querida, nunca he tenido que pagar por follar —aseveró

sonando pedante; pero no se detuvo ahí—: Más bien diría que podía haber sido al contrario.

Entrecerró los ojos. No se podía ser más arrogante, pensó ella.

—No imagino por qué —intentó de nuevo que su tono de voz fuera mundano e indiferente, pero dudaba de ello, como si todas las noches su amante de turno la esperase en la alcoba y ella, dependiendo de su estado de ánimo, hiciese o no acto de presencia.

Él se mostraba demasiado cómodo sin ropa, todo lo contrario que ella. Obviamente era de entender, con ese físico…

—Dentro de unos instantes lo entenderás —arguyó muy seguro de sí mismo acercándose al colchón y sentándose para probar su firmeza.

—Permíteme que, a tenor de mi experiencia, lo dude. —Tina intentaba minar su exceso de confianza. Claro que, para eso, debía centrarse en lo esencial, y no en el apetecible cuerpo masculino. Y en ese instante no hablaba la artista sino la mujer.

—Permíteme que, teniendo en cuenta tu escasa predisposición por no decir inexistente, uno tenga que ocuparse de todo y, claro, a veces uno no puede estar en todo. —Alfred no iba a dejar pasar ni una.

—Oh, perdón —se burló armándose de valor—, olvidaba que nosotras, las mujeres, somos seres inferiores esperando ser instruidas por seres superiores y yo, pobre de mí, aún no he tenido la dicha de ello.

Nunca sabría de dónde sacó los arrestos para decirle algo así.

—Muy graciosa. —Por lo visto el colchón cumplía sus expectativas y se puso en pie—. Pues matemos dos pájaros de un tiro: te demostraré lo bueno que puedo llegar a ser si me lo propongo, aun sin tener demasiados estímulos, y de paso te instruyo. —Se fue acercando a ella, que permanecía al otro lado de la cama, manteniendo todo lo posible las distancias físicas—. Aunque se supone que al haber estado casada ya tuviste un buen instructor, ¿no? —continuó él con la broma.

Explicarle la realidad de su matrimonio era, aparte de absurdo, un insulto a Pierre que no iba a permitir. Por lo tanto, mantener silencio resultaba la mejor opción.

Él estaba allí, ante ella, exhibiendo sus atributos de una manera… No recordaba haber estado nunca antes en una tesitura así.

¿Qué hacer?

Se mordió el labio. Odiaba sentirse indecisa, se sentó en el borde, dándole la espalda para evitar que viera su cara, ya sonrojada.

—¿Dudas? —se guaseó acercándose más, lo preciso para que ella solo viera una cosa si miraba al frente.

Ella continuó callada. Y cometió el error de levantar la vista. Ahogó un ¡oh! de esos que delatan a cualquiera.

—Has puesto en duda mis aptitudes. Y claro, me pregunto si no debo yo preguntar por las tuyas —sonrió de forma intimidatoria antes de añadir—: Para exigir, hay que contribuir, querida.

Tina bien sabía lo cierto de esa frase, pero ella en esos momentos contribuir lo que se dice contribuir más bien poco.

—¿Qué propones? —preguntó ella de farol, más que nada para ganar tiempo.

—Puedes empezar por chupármela —acentuó sus palabras moviendo las caderas.

—¡Oh! —En ese momento ya no pudo disimular su sorpresa. Su lenguaje vulgar al tiempo que explícito era tan inusual para ella como excitante. Nadie en su presencia hablaba así, por lo que incluso podía llegar a ser instructivo. Siempre hubo cosas que quiso preguntar pero que por decoro o por vergüenza se abstuvo de hacer.

Seguramente él se mostraría encantado de una clase teórica antes de la práctica.

—Estoy esperando —insistió él de nuevo moviéndose para provocarla. Quizás su forma de actuar estaba siendo excesivamente grosera pero el alcohol que corría por su sistema junto al enfado favorecían bastante ese comportamiento.

Tina intentó apartarlo, con desdén, como si día sí y día también se encontrara hombres desnudos en su alcoba solicitando tales peticiones.

¿Chupársela? No iba a hacer tal cosa. ¡Jamás! Especialmente porque dudaba sobre cómo hacerlo correctamente.

—¡Aparta! —se quejó ella. Levantó la mano con la intención de darle en el muslo pero como cerró los ojos para evitar tener pesadillas con lo que estaba viendo le dio de pleno en su erección.

—¡Joder! ¿No me digas que te va el juego duro? —gruñó él y dio un paso atrás; movió las manos para protegerse. Esa loca le había dado de pleno y su polla en esos momentos estaba preparada para otros menesteres. Estaba claro que iba a tener que asumir el mando.

Y ella pudo respirar.

—¡No grites! —exclamó poniéndose en pie—. Y deja de tratarme como a una puta.

—Creo haberte dicho que nunca he tenido que pagar por follar —repitió él empezando a cansarse de tanto tira y afloja.

—Es tarde.

Tina, en un hábil movimiento, se puso en pie y caminó hasta donde él había dejado caer su ropa. Con eficiencia fue cogiendo las prendas y estirándolas para acercarlas hasta la cama y ofrecérselas.

—Es tarde —repitió ella—. Como broma ya ha durado bastante. Así que será mejor que te vistas y abandones mi casa.

Alfred cogió su ropa, hizo una bola y la tiró por encima de su hombro, dejando claras sus intenciones.

—Vayamos entonces al grano —dijo con voz ronca con la clara intención de dejar muy alto el pabellón y que no se le ocurriera de nuevo llamarle mal amante ni avinagrado.

Además, por supuesto, que se había puesto cachondo con todo aquello.

Ella percibió el sutil tono de amenaza que implicaban sus palabras.

—Ya te he dicho que…

Él le rodeó la cintura con un brazo y la atrajo hacia sí, después, para asegurarse de sus propósitos, la sujetó de las muñecas, colocándoselas en la espalda, pudiendo así llevar a cabo sus planes.

Esta vez la besó, pero olvidando su enfado lo hizo de forma seductora, provocadora, para que fuera surgiendo el deseo de unirse a él.

Tanteando el terreno para que ella fuera aceptando la realidad, lamió primero el labio inferior, con esa paciencia que solo quienes tienen experiencia pueden hacer hasta que poco a poco pudo meterle la lengua y recorrer su interior.

Pero ella no respondía como se esperaba…

—¿Qué ocurre? —preguntó contrariado—. Tienes duros los pezones —indicó bajando la vista y recreándosela con lo que marcaba la tela, así que ya podía ir con el cuento a otro sitio pues su cuerpo daba claras señales de que estaba excitándose.

«No me siento a gusto, no quiero complicar más el asunto, esto es la peor idea, vas a volver a defraudarme…», eran tantas las cosas que podían pasar… Sin embargo, dijo:

—No me apetece —mintió ella recurriendo a un comentario despreocupado, sabiendo perfectamente que no lo había dicho con el tono adecuado.

Él se echó un poco hacia atrás y la miró entrecerrando los ojos, evidentemente con bastante diversión y, por supuesto, incredulidad.

—Empieza por quitarte esto. —Señaló su ropa discreta haciendo una mueca de disgusto ante lo poco recomendable que era la modista de esta mujer—. Y ya verás cómo te animas —añadió seductoramente.

Ella suspiró.

Alfred nunca supo si de resignación o de excitación.

Capítulo 12

*É*l no dijo nada mientras se deshacía de la camisa; después bajó la cremallera trasera de la falda y esta cayó al suelo. Todo demostrando su eficacia, habilidad y conocimiento del vestuario femenino. Dejándola tan solo con la fina combinación color crema de seda.

Una prenda de lo más funcional, sin adornos y poco provocadora a primera vista pero con un tacto que invitaba a seguir.

Él frotó suavemente sus hombros jugueteando con los finos tirantes y se le antojó bajar solo uno. No tenía prisa, así que bien podía dar muestras de su pericia para que no volviera a cuestionarle. Se inclinó hasta posar los labios sobre la inexistente marca del tirante y empezó a besarla allí, moviéndose acertadamente. Aprovechó para hincarle el diente y comprobar su reacción. Saber qué grado de dureza podía aplicar siempre resultaba útil. Ella respondió gimiendo, pero no abiertamente, sino de esa curiosa forma que algunas mujeres hacen con la intención fallida de disimular.

Descendió un poco más hasta la frontera entre la tela y su piel y lamió el contorno de sus pechos, empujando la tela hacia abajo y así poder tantear el primer pezón visible.

Ella emitió el primer gemido verdadero, sin contenerse.

—Si ya estamos así… —él negó con la cabeza—, no vas a durar ni cinco minutos —bromeó sabiendo que quizás sería él mismo quien durase ese tiempo, no obstante no tenía por qué compartir con ella ese pensamiento. Además, como ya había tenido el primer desahogo solo era cuestión de aguantar un poco más.

Alfred volvió a concentrarse, estaba en juego ni más ni menos que su estatus como amante experimentado, y obviamente uno no había estado desde su adolescencia levantando faldas para esto.

Prosiguió besando toda la parte superior de su escote sin apenas tocarla, besos leves, apenas perceptibles pero que provocaban el deseo de continuar, tanto en cantidad como en calidad.

Sin poder remediarlo, ella echó el cuello hacia atrás.

—Creo que empezamos a entendernos —murmuró él con los labios pegados a su piel.

Ella creyó más prudente no responder a eso, por supuesto era lo único prudente que iba a hacer esa noche.

Los toques suaves y tentadores iban dando paso a lengüetazos certeros e intensos y ella no estaba preparada para nada de esto. Pero lo primero era asegurar su integridad física y no caer redonda al suelo, por lo que se aferró a él, sujetándose a sus hombros.

—Tranquila… —murmuró él, que ante el repentino entusiasmo de ella decidió que lo mejor era abandonar la verticalidad.

Maniobrando para despojarla de la fina combinación y el resto de la molesta ropa interior, de igual estilo soso y práctico, fue caminando con ella hasta la cama, se detuvo en el borde y dio medio paso hacia atrás para contemplarla desnuda.

No estaba nada mal.

Ella sintió su mirada y al ver que se entretenía demasiado intentó cubrirse. Tina no era una de esas mujeres delgadas, y aunque hasta el momento no suponía ninguna preocupación, en ese instante se sintió incómoda.

—Ni hablar —protestó ante su amago de joderle la panorámica.

Alfred la agarró de las muñecas, abriéndole los brazos en cruz, por nada del mundo iba a privarse de mirar a su antojo.

Ella, sin dejar de sentirse incómoda, levantó la barbilla.

—He tenido un hijo, mi cuerpo es funcional, es lo que hay.

—Aunque no era el mejor momento de ponerse a la defensiva, podía largarse con viento fresco si hacía cualquier crítica a su anatomía.

—¿He puesto alguna pega al respecto? —inquirió él con sarcasmo.

¿Por qué esta mujer tenía tan mal concepto de su propio cuerpo? Joder, se le hacía la boca agua con esas curvas, con esos pechos plenos, con ese trasero redondeado donde uno podía agarrarse con fuerza, sin temor a hacer daño.

—Pues deja de mirarme como si fuera uno de tus pacientes —arguyó ella sin poder evitar esa sensación desagradable ante su escrutinio.

—Te garantizo que en estos momentos en lo que menos pienso es en ponerme la bata blanca —aseveró sin entender la extraña reacción pudorosa de ella. Debería estar más que acostumbrada a desnudarse para recibir a sus amantes, ¿no?

Dejando a un lado ese tipo de consideraciones, que no aportaban nada al momento, más bien lo estropeaban, hizo que ella se recostara sobre la cama, acomodándose a su lado para poder explorar a su antojo. Enredó una mano en su pelo y la sujetó para besarla y conseguir de nuevo ese gemido tan genuino que momentos antes le había encendido como nunca.

Nada de acercamiento, nada de pedir permiso, le metió la lengua profundamente, hasta succionar la suya, inmovilizándola para que no empezara a apartarse ni a intentar esquivarle.

Ella, como era de esperar, se movió inquieta y, en pos de algo memorable, la entretuvo con besos en diferentes puntos, mientras que con una mano iba acariciándola en el costado, subiendo y bajando la mano, dejando que tan solo las yemas de los dedos tocaran la piel femenina hasta sensibilizarla al máximo.

Cuando creyó que la dulce tortura era suficiente, pasó a mayores y, lo que hasta hace un instante únicamente servía para poner a flor de piel sus terminaciones nerviosas, ahora esos dedos querían llegar más lejos, indagar, por lo que se movieron hasta rozar su vello púbico, consiguiendo con ello otro gemido.

Se sorprendió por la naturalidad de ella, esperaba algo más escandaloso, algo más estridente. La miró un instante a la cara y comprobó que mantenía los ojos cerrados.

—Esto es de lo más revelador —murmuró él mientras sus dedos se impregnaban de los fluidos femeninos. Se inclinó hacia delante, sin dejar de recorrer su coño con los dedos, para posar sus labios sobre su ombligo y con la punta de la lengua tanteó esa parte del cuerpo que muchos obviaban pero que a él siempre le había parecido imprescindible.

—No hables —consiguió decir ella, demasiado confusa para poder ser más elocuente.

—Ese tono de ordeno y mando no va contigo —bromeó él e introdujo un dedo—. Caliente… pero que muy caliente…

Eso era quedarse corto, pensó ella tensando su cuerpo ante la invasión. Puede que solo fuera un dedo pero la cuestión no era el qué sino el cómo. Lo curvaba en su interior, rozando las paredes vaginales de tal forma que cada nervio mandaba la señal inequívoca a su cerebro de que aquello solo podía ir a mejor.

Alfred podía en ese instante mandar a paseo su intención de demostrar sus dotes como amante, su polla pedía precisamente eso, dejarse de toqueteos y tanteos, ella quería, estaba preparada y él evitaba sufrir esa tensión insoportable.

Pero no, aguantaría como un campeón, y luego, claro está, a ella le exigiría una rectificación, eso como mínimo, por haber dudado de él.

—¿Dudas? —susurró ella con la garganta seca al ver que sus

avances sufrían un inesperado e incómodo parón, para una vez que estaba disfrutando no quería quedarse, otra vez, a mitad del camino.

—Nunca —respondió sonriéndole evidenciando que nada podía minar su confianza—. Simplemente estaba dándote un respiro.

Ella ahogó la risa. ¡Qué hombre tan pagado de sí mismo!

Y se dio cuenta de que por primera vez sonreía, que el enfado, el mal humor y el miedo iban quedando atrás.

¿Le había juzgado mal?

—Gracias —le contestó solo por seguirle el juego.

—De nada —apostilló él sonriéndole.

Tina se sorprendió, pues por alguna extraña razón ambos estaban abandonando sus respectivas opiniones, dando paso a un extraño entendimiento. Asunto que daba que pensar, pues no era muy normal.

Alfred modificó su postura, ya no iba a limitarse a someros toques; quería más contacto y darse un buen festín saboreando lo que ella le ofrecía entre sus muslos.

Le abrió las piernas, pese a su resistencia, y se colocó entre ellas.

Tina, mortificada al pensar en el primer plano que él tenía ante sus ojos, intentó cerrarlas, pero él se había situado entre ellas, por lo que sus hombros se lo impedían.

—No… —gimoteó en vano, evidentemente, pues él la tenía bien sujeta.

Él separó sus labios vaginales con los dedos, buscando su clítoris hasta poder rozarlo con el índice y sonrió cuando ella jadeó de nuevo.

No conforme con ello, se acercó hasta poder posar su boca sobre sus labios menores y realizó una primera pasada con la lengua de abajo arriba, inundándose de su sabor, siendo testigo de primera mano de lo caliente y excitada que estaba.

—Mmmmm —ronroneó él transmitiéndole la vibración en el punto más sensible de su cuerpo. Repitió la operación sobre su hinchado y sensible clítoris—. Nunca falla.

Ella pasó por alto ese comentario, especialmente porque no podía ponerlo en duda y no iba a ver el lado malo, así que mejor beneficiarse de su experiencia que pensar cómo la había adquirido.

Ya no podía negarse ni objetar nada a que él se enredase a su antojo en sus piernas, que lamiese sus labios vaginales y que presionara a intervalos su necesitado clítoris. Sensación que, por otro lado, hacía que se replantease muchas cosas, empezando por una muy simple: ¿por qué nadie le había hablado de esto?

—Qué bueno… —dejó escapar entre murmullos, aunque

acto seguido la vergüenza por haberlo dicho hizo acto de presencia. Hecho que no debería importarle, pues él estaría más que acostumbrado a estas cosas, o mejor dicho, a todo tipo de mujeres. Obviamente no se iba a escandalizar ahora por su comentario.

—Lo sé —convino Alfred en ese tono indolente que ella empezaba a aborrecer pero que debía obviar si pretendía disfrutar como nunca.

—Si esperas… —No pudo continuar, Alfred entre sus piernas estaba siendo tan perverso como certero.

—¿Decías?

Ella se aclaró la garganta, quería dejar claro que por mucho que le gustase lo que él hacía no debía esperar reciprocidad.

—Si esperas… —comenzó ella de nuevo— que yo te haga… lo mismo…

Él levantó la cabeza y la miró.

—A lo mejor eres tú quien me lo pide… —Hizo una pausa para dar otro uso a su ávida lengua antes de añadir en tono marcadamente perverso—: De rodillas. —Bajó de nuevo la cabeza, ahora ya no iba a tener piedad.

—¿De… de rodillas? —tartamudeó intentando conciliar la imagen. Lo dudaba, sin embargo, tal y como se estaban desarrollando los hechos, hasta puede que tuviera razón.

—Es mi postura favorita —explicó él sin dejar de penetrarla con los dedos, sin dejar de succionar de forma codiciosa, todo con el claro propósito de conducirla al borde, al límite de su excitación.

—Yo no hago esas cosas —jadeó y por la forma de hacerlo no parecía una de esas mujeres reticentes a disfrutar en la cama, más bien todo lo contrario.

Como era de esperar, Alfred no la creyó; torres más altas han caído, pensó. Sin embargo, prefirió adoptar un tono indolente.

—Ya veremos —dijo él dejando caer la posibilidad, sin cerrar ninguna puerta—. Nunca digas de este agua no beberé, ni este cura no es mi padre.

Tina, que no estaba al tanto de esa versión del refrán, ahogó una risa. Vaya momento para bromear más inoportuno. No era de recibo más aún cuando notaba cómo en su interior iba formándose una sensación inexplicable, desconocida y demasiado buena como para ser cierta.

—¡Oh, Dios mío! —exclamó mordiéndose el labio para no gritar como una posesa.

Alfred sabía lo cerca que estaba, así que aminoró el ritmo obteniendo en respuesta un fuerte tirón de pelo. Ni ella misma daba crédito a lo que acababa de hacer.

—¡Cuidado! —exclamó para nada sorprendido, unas lo hacían al llegar al orgasmo, otras cuando se lo impedías... Nada del otro mundo, pensó con ironía.

—¿Por qué has parado? —inquirió algo contrariada y especialmente tensa, una situación que no dominaba.

—Tu postura, claramente egoísta, no me parece lo más apropiado. ¿No crees? Sobre todo teniendo en cuenta que no has movido un dedo —la acusó mirándola desde abajo y, por si las moscas no captaba la indirecta, apostilló—: ¿Te recuerdo lo de que para exigir hay que contribuir?

—¿Perdón?

—Añadiré también... —gateó hasta situarse cara a cara— que ya que te niegas a chupármela —notó cómo ella ahogaba un ruido de protesta— al menos podías compensarme por mis esfuerzos. —Sin más dilación la penetró, de una sola y potente embestida, consiguiendo que ella abriese los ojos como platos y él pudiese al fin dar rienda suelta a sus instintos más primarios, cosa que llevaba unos minutos deseando con todo su ser—. Joder, esto sí que es bueno —gruñó al sentir todo el calor y la humedad envolviendo su erección.

Hacía tiempo que su polla no estaba envuelta en algo así, aunque prefirió no pensar demasiado en ello, ya que al hacerlo podía derivar en caminos demasiado tortuosos.

«Yo lo hubiera expresado en otros términos», pensó ella uniéndose al ritmo que él imponía. ¿Qué importaba eso ahora? Su cuerpo, hipersensibilizado por las atenciones recibidas, necesitaba subir el siguiente escalón, olvidarse de todo durante al menos los siguientes minutos y olvidarse también de que tal vez estaba cometiendo el mayor error de su vida.

Error o no, lo cierto era que estaba disfrutando como nunca antes, pues él sabía muy bien qué hacer para que sus movimientos la mantuvieran en constante expectación.

Entrando y saliendo de su cuerpo, rotando las caderas para que su clítoris estuviera acertadamente estimulado, consiguiendo que ella se arqueara y se abriera al máximo para recibirle.

—¡Oh, Dios mío! —murmuró al sentir como él la sujetaba de las muñecas clavándose con más ímpetu.

—Deja a Dios fuera —protestó él entre jadeos—. Soy yo el que te la está metiendo y haciéndote disfrutar como una loca.

—Su corrección no venía al caso, sabía perfectamente a quién tenía encima jadeando y sudando.

—De… déjame en paz —musitó ella a punto de ceder ante el extraño sentido del humor de Alfred.

Él sonrió de medio lado;, joder, entre el esfuerzo físico, el esfuerzo mental para replicar a los constantes desafíos verbales y la borrachera que tenía encima, que afortunadamente remitía, iban a tener que condecorarle como poco. Pero amén de reconocimientos, ya lo exigiría más tarde, el que estaba disfrutando como un loco era él.

—¿No… tienes… nada… qué… decirme? —tanteó él empujando entre palabra y palabra, marcando el ritmo con sus golpes de cadera.

—Ahora… no —le dijo queriendo poner fin a este rifirrafe verbal. No era el momento de mantener una acalorada discusión.

Ella tenía razón, pese a lo divertido que resultaba pincharla y provocarla sin duda alguna lo más relevante ahora era lo que tenía entre las piernas; tanto lo propio como lo ajeno.

Él empezó a notar ese hormigueo previo al orgasmo, la tensión en los testículos y ella sin dar señales evidentes de estar a punto.

—¿Estás haciendo trampas? —inquirió observándola—. ¡Cómo te estés conteniendo…!

—¡No digas tonterías y cállate de una vez! —jadeó—. Me desconcentras.

Él tomó nota y ya no dio tregua, arremetiendo, embistiendo e imprimiendo una cadencia tan insoportable como necesaria. Y si a eso le añadías que la besaba, mordía o lamía cualquier punto al que pudiera acceder sin salirse de ella…

Y Tina no pudo soportarlo más. Su cuerpo se tensó, gimoteó dejando que su cuerpo experimentara y se guiara de forma natural hasta que se sintió cerca de la agonía justo antes de liberarse de golpe. Alcanzó el clímax, sin saber muy bien si en el futuro podría volver a soportarlo. Cerró los ojos, satisfecha como nunca antes. Ahora empezaba a comprender algunas cosas.

Alfred no iba a tardar mucho más y aunque le jodiese no podía arriesgarse, así que gruñendo y mascullando salió en el último instante de ella para eyacular sobre su abdomen.

Le costó Dios y ayuda lograrlo, pero lo que tenía bien claro era que de momento, correrse dentro de ella era tropezar más de una vez en la misma piedra.

A veces, hasta él mismo se daba cuenta de lo inconsciente que uno puede llegar a ser.

Capítulo 13

*E*l remordimiento no era buen compañero de cama, roba el sueño y hace que los minutos pasen despacio, agudizando el malestar. Incordia y hace muy cuesta arriba entender el propio comportamiento. Enturbia las ideas. Sin embargo, no puedes cerrarle la puerta en las narices.

Puede que el placer experimentado suavizara la situación, o al menos eso creía, pero era mucho pedir.

Si solo hubiese ocurrido una vez...

Una puede confundirse y cometer el mayor error de su vida sin por ello tener que fustigarse constantemente, pero... ¿cómo explicar la segunda vez?

Solo tenía que haberse negado. Un no rotundo, contundente, sin mostrar ni un ápice de debilidad que la otra parte pudiera utilizar en su contra.

Acurrucada en su gran cama, en la que tantas noches dormía sola, en un extremo y soportando los ronquidos del que parecía inmune a sus quebraderos de cabeza, no conciliaba el sueño porque su mente se negaba a desconectar.

¡Qué fácil les resulta a los hombres!

Un poco de esfuerzo y después a dormir como bebés.

Bueno, siendo realistas, algo más que un pequeño esfuerzo, aunque eso ahora carecía de importancia.

Miró por encima de su hombro y lo observó un instante, dormido como un tronco, con aspecto tranquilo, boca arriba, con una mano sobre el estómago y con la boca entreabierta. La viva imagen de la despreocupación.

Todo lo contrario que ella, incapaz de olvidarse de lo sucedido. Y no solo por la parte negativa sino por la positiva. ¡Cielo Santo! Aquello había sido impresionante.

Tina volvió a darle la espalda y a colocar por enésima vez la almohada y las sábanas, con más movimientos y ruidos de lo necesario. Nada parecía interrumpir sus sueños y ella seguía sin pegar ojo.

No sabía si estaba molesta por lo ocurrido, dos veces, o muerta de envidia por no sucumbir al sueño que parecía tan esquivo.

Estuvo tentada de despertarle y exigirle sin ambages que se marchara, que no tenían por qué compartir el lecho. Pero cayó en la cuenta de que seguramente él, con su carisma, acabaría convenciéndola de lo contrario.

Mejor no arriesgarse e intentar pasar la noche como buenamente pudiera.

A primera hora tenía una reunión de vital importancia con Jean Luc, el dueño de la galería donde iba a exponer su trabajo. Después hablaría con los encargados de la organización y por último regresaría al estudio para preparar algunas de sus composiciones.

Y seguía igual, despierta, dándole vueltas a la cabeza.

Sintió cómo él se movía para pegarse a ella y rodearla con un brazo.

—Estupendo, ahora solo falta que se anime —murmuró entre dientes agarrándose a la sábana con más fuerza de lo preciso.

Creyó que su malestar iría aumentando ante la invasión de su espacio y la más que probable intención de él de no limitarse a un simple abrazo.

Aunque… ese contacto, tan sencillo y elemental, resultaba tan agradable y reconfortante…

Hacía demasiado tiempo…

Demasiadas noches en las que la única compañía era la de su almohada. O como mucho el cuerpecillo de Eric durante esas noches en las que su hijo no podía dormir.

Nada parecido a la sensación actual. El cuerpo de un hombre junto al suyo, compartiendo espacio, notando su calor, su respiración en la oreja, su mano curiosa bajando hacia el sur para cuando la cosa se ponía interesante volver a su posición inicial…

Uno de sus mayores anhelos siempre había sido ser abrazada, que alguien le demostrara un poco de interés más allá de la responsabilidad. Ese del que apenas disfrutó, porque durante su matrimonio con Pierre tuvo seguridad y amistad, algo de cariño, pero poco más. Y ahora lo tenía, aunque fuera mentira, aunque supiera que para él era una más, una con la que pasar la noche o simple y llanamente una mujer a la que demostrar quién tiene la sartén por el mango. O algo peor, a quien intentar camelarse para evitar ser el centro de una próxima exposición de la que ella era la autora.

Esa noche no importaba.

Se movió ligeramente consiguiendo quedar mejor acoplados, aparcando por unas horas la realidad.

Inexplicablemente el sueño, que parecía tan esquivo hasta hacía unos momentos, dejó de serlo y por fin pudo descansar.

Abrazada a una mentira.

Hacía ya varias horas que había amanecido pero le daba igual. El cuerpo tenía su propio ritmo cuando uno ha de recuperarse de una noche de excesos, empezando por el alcohol y acabando por el sexo.

Aunque según su filosofía el sexo nunca era excesivo.

Alfred abrió los ojos y en el acto comprendió dónde estaba y el alcance de sus hechos. Por supuesto la resaca y el dolor de cabeza perdían importancia teniendo en cuenta el error, dos para ser exactos, de la noche anterior.

En teoría, su visita tenía dos objetivos, a saber: primero, dejarle clara su opinión respecto a la intención de exponer públicamente la jodida fotografía, incluyendo, por supuesto, todo el peso legal. Y en segundo lugar, reclamar el derecho sobre su hijo, empezando por el cambio de apellido y terminando con sus derechos como padre.

Pero, bajo ningún concepto, tenía que acabar follándosela.

—Esto pasa por empinar el codo —farfulló tapándose los ojos con el brazo a la espera de que se le pasara el malestar general que empezaba en las uñas de los pies y acababa en la coronilla—. Ese imbécil de Sebastian... podía haberme escondido las botellas.

Echarle la culpa a su colega no era sino una forma de escurrir el bulto y no ser consciente de que tenía una edad en la que las decisiones que uno toma deben ir acompañadas de cierto grado de responsabilidad.

Menudo gilipollas estaba hecho. Con razón su padre pensaba que era un inconsciente, un inmaduro y un insensato.

—A las pruebas me remito —expresó en voz alta utilizando las palabras que a buen seguro usaría su padre—. Joder —concluyó pasándose una mano por el pelo.

Se sintió como el adolescente que hacía tiempo que había dejado de ser, cuando sus hormonas llevaban la voz cantante y cuando se metía en más de un lío por culpa de sus impulsos. Cuando actuaba sin pensar.

Alfred había intentado por todos los medios dejar esos años locos atrás; todos los hombres tenían derecho a desfogarse para luego llevar una vida más o menos monótona y acorde con las normas sociales. Él ya tuvo su cuota de tales desahogos por lo que ahora debía estar concentrado en su profesión. Y de hecho lo estaba consiguiendo, la discreción formaba parte de su vocabulario y poco a poco iba centrándose en su carrera.

Hasta la pasada noche.

¿Qué clase de tonto estaba hecho para aparcar sus prioridades y terminar acostándose con la enemiga?

Mejor no comentar nada de esto porque se sabía de memoria la respuesta. Así que para evitar el más que repetitivo sermón resultaba imprescindible tomárselo como un accidente, un bache en el camino. Hacer recuento de las pérdidas y seguir hacia delante.

—Hablo como un jodido banquero —masculló con cara de estupefacción.

Ella pretendía arruinar su reputación y él la desnudaba.

Ella le había engañado y él se ocupaba de complacerla.

Definitivamente tenía que empezar a reconsiderar muchas cosas.

Obviamente, el mejor momento no era cuando tenía la cabeza como un bombo. Se estiró en la cama, bien podía holgazanear un rato más, las sábanas eran increíblemente suaves y el lecho cómodo como el que más.

Recapituló, hizo examen de conciencia y propósitos de enmienda, pero si hubiera tenido un buen desayuno a mano mejor que mejor.

De repente la puerta se abrió de par en par, seguido de un chillido que le hizo llevarse las manos a la cabeza.

—¡Mierda! —exclamó tapándose con la almohada. ¿Quién podía actuar de tan mala fe tan temprano?

—¡Señorito Eric! —gritó una mujer desde la puerta como si le fuera la vida en ello—. ¡Venga aquí ahora mismo!

—Joder —siseó entre dientes, esos sonidos eran como alfileres clavándose en su atormentada cabeza.

—¡Sal de ahí! —insistió la mujer sin dejar de gritar para llamar la atención del chico y torturar a un pobre hombre con resaca.

—¡Por favor! —imploró Alfred desde la cama—. Hable sin gritar.

Martha abrió la boca y los ojos como platos al verlo allí, en la cama de su señora, desnudo para más señas y con las sábanas tan arrugadas como para no albergar duda de lo que había pasado allí.

Alfred tiró la almohada a un lado y subió la sábana hasta la cintura; vaya, qué afición al nudismo estaba cogiendo.

—Disculpe, señor, no sabía… —murmuró avergonzada. Miró a su alrededor buscando al chiquillo para así poder salir cuanto antes.

Sospechaba que Tina no solo ayudaba a artistas de mala

muerte y que sus motivos no eran solo altruistas. Hasta la fecha no había tenido pruebas fehacientes, pero al encontrarse a este hombre en la cama de su señora... ya no le quedaban dudas.

—Señorito Eric, por favor —insistió la señora Willians haciendo gestos con la mano al muchacho para que abandonara la alcoba de su madre.

—No, no y no —gritó el chiquillo obstinado en salirse con la suya.

El niño estaba de pie, lo más alejado posible de la puerta, sabedor de que su perseguidora no iba a adentrarse. Miró al hombre que estaba en la cama y luego de nuevo a Martha. Negó con la cabeza, era su oportunidad para librarse de sus deberes.

Alfred se sentó, con bastante esfuerzo, en la cama e hizo balance de la situación. El chaval era listo, sabía que la mujer no iba a dar un paso más estando él, antes se moriría de la vergüenza y por supuesto una criada jamás cuestionaba quién visitaba a su ama.

El crío no podía ser consciente de las implicaciones de la situación pero sí tenía el don de la oportunidad, o mejor dicho, del oportunismo para sacar ventaja.

A pesar de que su dolor de cabeza le estaba crucificando acabó por sonreír.

Gran error pues Eric lo hizo también, sin duda encantado con salirse con la suya.

—Yo me encargo —dijo Alfred mirando de reojo al niño que disimulaba las ganas de celebrar su victoria.

—Pero señor... —La señora Willians intentó disuadirle. Tenía instrucciones precisas de la señora para ocuparse del pequeño, se podía meter en un buen lío.

—He dicho que yo me encargo —repitió impregnando esta vez sus palabras de más autoridad.

—El señorito Eric tiene que terminar sus deberes —lo intentó de nuevo la criada—. La señora ha dejado dicho que...

—Ocúpese de que me traigan café bien cargado y, por favor, no quiero escuchar ni una sola voz por encima de otra. ¿Queda claro? —sentenció mirando a la mujer. No estaba para sutilezas, así que, en contra de sus principios, se mostró altivo con la sirvienta para dejar clara su postura.

Ella, tras pensarlo, asintió, vencida, que no convencida. Contradecir al amante de la señora implicaba problemas, así que se batió en retirada. Lo que no entendía era por qué el hombre quería atender al chico; normalmente los amantes se van por la mañana, sin preocuparse de las cuestiones domésticas.

—Me ocuparé de que le sirvan el desayuno enseguida, señor —dijo en tono servicial, como correspondía a su puesto.

—Gracias.

Alfred odiaba utilizar ese tono de superioridad, tan propio de los de su clase, pero lo cierto era que surtía efecto. Hasta cierto punto comprendía a la mujer, para ella no dejaba de ser el amante de turno de la señora y por lo tanto asumiendo su papel le debería importar poco o nada la existencia del chiquillo.

¿Qué más le daba lo que la buena señora opinara?

Bien, ahora, a solas con su hijo, tenía que ser el adulto responsable.

Podía intentarlo, desde luego, pero con sus antecedentes en lo que a responsabilidad se refiere…

Pero antes debía hacer caso a la llamada de la naturaleza, localizar su ropa y ser capaz de entenderse con un crío de cuatro años sin desvelar demasiado.

Agarró la sábana y se la colocó alrededor de las caderas, al pasar junto a Eric le revolvió el pelo y le sonrió.

—Me visto enseguida y me ocupo de ti —afirmó acercándose al galán de noche.

Las prendas, que tan despreocupadamente había dejado esparcidas a saber dónde la noche anterior, estaban pulcramente colocadas.

Excelente, ya solo quedaban dos asuntos que reclamaban su atención.

—El baño está ahí. —Señaló el niño con timidez adelantándose a su pregunta.

—Excelente.

Capítulo 14

Alfred entró en la casa de sus padres con Eric de la mano. Preguntó a uno de los criados por su madre y este le informó que estaba en su pequeño estudio ocupada en sus cosas. Obviamente, su madre pocas veces se comportaba como una mujer de su clase, es decir, de esas que se pasan el día de aquí para allá pero que al final de la jornada no han hecho más que perder el tiempo.

Desde que tenía uso de razón la recordaba metida en faena, codo a codo con su padre, sin importarle trabajar en la sombra, cosa que afortunadamente no iba a pasarle a Samantha.

Se encaminó hacia allí con Eric a su lado, el cual miraba en silencio todo aquello. En su favor había que decir que el niño se comportaba bastante bien, sin pataletas. Alfred se había asegurado, antes de salir de la casa de la madre, de hablar con él para tranquilizarlo y que no empezara a berrear al sentirse fuera de su ambiente.

Se topó con su hermana pequeña que venía de la terraza, seguramente de pasar la mañana intentando plantar alguna cosa. Gaby se había aficionado no hacía mucho a la jardinería, pero por más que lo intentaba las plantas siempre terminaban por morirse. Sin embargo, ella se empeñaba en seguir, postura bastante admirable, pese a que él sabía muy bien que la menor de la familia no estaba hecha para esos menesteres. Esperaba que con el tiempo hallara un entretenimiento más acorde con su personalidad, pues sospechaba que aún no había superado ciertos acontecimientos del pasado, sobre los cuales toda la familia mantenía silencio para no causarle más dolor.

—Buenos días, Alfred. ¡Qué raro verte en casa por la mañana! —Se acercó a su hermano y le besó en la mejilla. Después se agachó para ponerse a la altura del niño—. ¿Y tú quién eres? —le preguntó sonriéndole—. Yo me llamo Gabrielle, pero puedes llamarme Gaby.

—Me llamo Eric Velizy —respondió el niño con timidez.

A Alfred se le revolvió el estómago al escuchar el apellido Velizy. Pero sabía que de momento no le quedaba otra opción que guardar silencio, el niño no podía comprender el alcance de todo aquello.

Gaby se puso en pie, observó a uno y a otro, y empezó a sacar conclusiones. De hecho, no tardó mucho en darse cuenta de que existía cierto parecido entre ambos. Miró a su hermano esperando una explicación, ya que a pesar de que casi todos se empeñaban en ocultarle las cosas, Gaby se percataba de muchas de ellas. Si mantenía el silencio era porque de este modo en más de una ocasión hablaban pensando que no le interesaba, sin embargo, no era así.

—Luego hablaremos —dijo Alfred—. Tengo que comentar una cosa con mamá.

—¿No puedes antes hablar conmigo?

Los dos hermanos se volvieron para ver a su padre observando toda la escena, manteniéndose, como era habitual en él, en una actitud prudente, mientras se acercaba.

Alfred maldijo entre dientes, prefería una y mil veces enfrentarse primero a su madre.

Notó un tirón en la mano y bajó la vista, Eric reclamaba su atención.

—¿Qué ocurre? —preguntó al niño en voz baja.

—Ese señor —susurró y señaló a Samuel— no me cae bien.

—Tranquilo —intervino Gaby colocándose junto a su padre—. A veces es un poco gruñón, pero es muy bueno —le dijo a Eric con una sonrisa cómplice.

Samuel arqueó una ceja ante la definición de su hija menor.

—Creo que ya nos conocemos —dijo mirando al niño e intentando suavizar el tono.

Eric asintió con la cabeza dándole así la razón, pero sin acercarse y aferrándose a la mano de Alfred.

Este no preguntó a su padre porque no iba a gustarle la respuesta.

—¿Te gustaría venir conmigo a ver el jardín? —inquirió Gaby sonriendo. Con su invitación intentaba dejarlos a solas pues se había percatado de la tensión entre ambos. Más tarde se pondría al día con los detalles.

Tendió la mano a Eric y este miró primero a Alfred esperando su aprobación.

—¿Quieres ir? —le preguntó Alfred en voz baja, consciente de que el niño estaba rodeado de extraños y que eso le desconcertaba.

—Podemos dar un paseo, jugar en la fuente… —murmuró Gaby intentando convencer al niño.

—¿Alfred? —Todos oyeron la voz de Maddy que apareció al instante. Sus ojos se fijaron inmediatamente en Eric—. Es… es increíble —susurró emocionada. Miró a su hijo y después al niño, como si no se lo creyera—. Hola —le dijo al menor—. Encantada de conocerte.

—¿Y esta quién es? —preguntó el niño.

—Buena pregunta —murmuró Samuel.

—Ven. —Gaby le tendió la mano—. Vamos a jugar fuera.

A Eric le convenció la sonrisa y el ofrecimiento de Gaby, así que soltó la mano de Alfred y aceptó marcharse con su nueva amiga.

—¡Oh, Dios mío! —exclamó Maddy mirando a su hijo—. ¡Es increíble! ¿Te das cuenta, Samuel? ¡Tenemos un nieto! —apostilló totalmente entusiasmada.

—Créeme, lo sé —respondió su marido guardándose el entusiasmo, ya que todavía quedaban muchos flecos que solucionar.

—No le hagas caso a tu padre. Está tan contento como yo. Y, dime, ¿cómo has conseguido que su madre te dejara traerlo? —la pregunta iba impregnada de lógicas dudas.

Alfred podía edulcorar lo ocurrido, pero el problema era qué tenía que edulcorar, si el hecho de acabar en la cama de la madre o el hecho de llevarse a la criatura sin el permiso de la madre.

—¿Alfred? —insistió su madre al verlo tan callado.

—Lo cierto es que hablé con ella —hizo una pausa porque se sentía un completo idiota—. Y he dejado claro que tenía mis derechos. —No hay mejor disculpa que la verdad. Esperaba así desviar el asunto y que no pretendieran entrar en más detalles.

—Resumiendo —interrumpió su padre hablando con su calma habitual—, que te has traído al niño sin el permiso de la madre.

Alfred hizo una mueca, la perspicacia de su progenitor a veces resultaba totalmente contraproducente.

—¡¿Qué?! —exclamó Maddy mirando a su hijo con reprobación.

—Mamá, tranquilízate, por favor. Soy el padre, no puede oponerse a ello —se defendió utilizando otra vez la verdad como excusa, solo que la apañaba a su conveniencia.

—No desde el punto de vista legal —apuntó Samuel siempre tan amigo de hacer las cosas correctamente.

—Ese no es el problema. Cielo santo, hijo. ¡No puedes llevarte a Eric sin decirle nada a su madre! Se preocupará, pensará lo peor… —aportó Maddy.

—Cuando me levanté ya no estaba. Se marchó a primera hora, no pude decírselo.

Samuel arqueó una ceja ante tal revelación y Alfred se dio cuenta de que esa información lo comprometía. Por fortuna su padre guardó prudente silencio, claro que conociéndole le preguntaría en cuanto la situación fuera más idónea, es decir, en el momento en el que estuvieran los dos a solas.

Ya vería la forma de salirse por la tangente.

—Da igual. ¿Cómo se te ocurre? —continuó su madre con aire de preocupación—. Ahora mismo vas a llamarla y le dirás que Eric está aquí, con nosotros.

—Lo sabe su asistenta, ella se lo dirá.

—¿Dónde tienes la cabeza, hijo?

—Lo mismo me pregunto yo —murmuró su padre con ironía.

La situación se estaba complicando, si había optado por llevar al niño era para que lo conocieran, joder, no para recibir un rapapolvo como si el niño fuera él.

—Su madre no puede hacer nada al respecto. Como mucho ponerse en contacto con mi abogado para acelerar los trámites y que Eric lleve el apellido que le pertenece.

—Hijo, te entiendo, pero no puedes actuar así. ¡Es su madre! Se preocupará, sufrirá, tienes que ponerte en su lugar —explicó Maddy intentando que entrara en razón, las cosas no se podían hacer a la ligera y menos cuando había un menor implicado.

—Joder, mamá, ¿de qué lado estás?

—No se trata de eso, Alfred. Se trata de que esa mujer, por muy mal que te caiga, es la madre, te guste o no, ese hecho no puedes pasarlo por alto.

—Pues tu hijo no parece tenerlo en cuenta —intervino Samuel—. Como siempre, actúa sin pensar.

—Parece que nunca hago las cosas bien —le replicó con ironía, aunque en el fondo reconocía que ellos tenían razón.

—Eres mayor de edad como para necesitar que yo te dé mi aprobación. Alfred, por Dios, ¿has pensado qué pasaría si esa mujer te denuncia?

—Maldita sea. Ya sé que debería habérselo dicho, pero supuse que os haría ilusión conocerle.

—Pues claro que nos hace muchísima ilusión, pero, como dice tu padre, hay que hacer bien las cosas. —Se acercó a su hijo y le dio un apretón cariñoso en el brazo—. Es nuestro nieto, y no te haces idea de la emoción que he sentido al verlo. Es igual que tú, cariño.

—Haz las cosas bien, por una vez en la vida —le pidió su padre abandonando su tono crítico—. No tomes decisiones precipitadas.

—Lo sé, maldita sea, lo sé.

—Está bien. Hablaremos con James, él te asesorará para dar los pasos correctos para que Eric figure como tu hijo. Tienes razón en una cosa, debe llevar el apellido de su padre.

—No sé si tu yerno favorito es el más indicado para este asunto —le advirtió a su progenitor.

—¿Por qué motivo? —preguntó extrañado. Si alguien podía ocuparse de los trámites y llevarlos de forma satisfactoria ese era James.

—Digamos que para ciertos asuntos es demasiado eficaz, no quiero que la deje en evidencia o que la desacredite públicamente.

—Pareces olvidar que es ella quien te ha dejado, o mejor dicho, te va a dejar en evidencia próximamente —le recordó Samuel innecesariamente.

—Eso no deja de ser una anécdota —apuntó Maddy.

—¿Anécdota? —repitió mirándola—. ¿Exponer a tu hijo en cueros delante de todo el mundo es una anécdota? —manifestó con aire incrédulo.

—Pues sí, estáis haciendo una montaña de un grano de arena —se defendió ella—, eso carece de importancia.

—Mamá, parece que hasta te divierte —dijo malhumorado.

—Hummm —se limitó a decir ella.

—No le hagas caso a tu madre. Para algunas cosas es mejor no preguntarle su opinión —añadió a modo de crítica.

Ella sonrió, vaya dos. Se empeñaban en resaltar sus diferencias, pero cada vez era más evidente que eran iguales.

—Por cierto, ¿no le habrás dicho nada a la tía Alice? —preguntó Alfred mirando a su padre que debía estar pensando lo mismo.

—La que faltaba —dijo entre dientes Samuel preparándose para lo peor, porque con esa mujer uno nunca sabía a qué atenerse. Claro que, para qué buscar enemigos fuera si los tenía en casa, bromeando constantemente sobre la maldita fotografía.

—No ha sido necesario. Parece mentira que no la conozcas —le respondió su mujer divirtiéndose con la situación, porque seguía sin comprender el empeño de ver este asunto del desnudo como algo grave.

Gaby volvió con Eric de la mano, agradecida de que la tensión inicial se hubiera disipado. Al parecer le había hablado al niño sobre la familia porque ahora se mostraba menos reacio a la presencia de los que hasta hacía nada eran unos desconocidos para él.

Eso sí, con cautela, para no confundirle y que acabara llorando, pues debían ir con pies de plomo en este asunto.

Maddy se encargó del pequeño ya que este seguía sin ver con buenos ojos al padre de Alfred y aceptó irse con ella a la cocina.

—Llama a la madre inmediatamente —ordenó Samuel una vez a solas.

—¿Vais a explicarme qué ocurre o como siempre tendré que investigar por mi cuenta? —preguntó Gaby sonriente.

Los dos hombres se miraron buscando una forma diplomática de poner al corriente a Gaby de todo este entramado que cada vez se complicaba más.

—Verás, tu hermano, a veces no sabe dónde se mete y resulta que…

—Ya sé lo de la foto, así que ahorraros las excusas —afirmó ella resuelta—. Y supongo que Eric es el miembro más joven de la familia, ¿me equivoco?

—Joder… —masculló Alfred.

—Exactamente —convino Samuel asintiendo ante la explicación de su hija menor—. El único problema es que tu hermano, otra vez, ha actuado sin pensar y se ha traído al niño sin avisar a la madre.

—¿Cómo has hecho eso? —preguntó ella mirando a su hermano como si fuera un desalmado roba niños—. Haz el favor de decírselo inmediatamente.

Alfred, haciendo caso del consejo de su familia, intentó localizar a Tina pero todas las llamadas resultaron infructuosas, así que hasta recibir alguna noticia el niño permanecería en la casa.

Durante la comida Eric, que tenía ya ganado el corazón y el afecto de sus abuelos, fue mostrándose más abierto haciéndoles reír.

Con quien mejor congenió fue con Gaby y no se separaba de ella.

Tantas emociones en el mismo día hicieron que el chaval acabase agotado y la menor de los Boston se ocupó de llevarlo a una habitación para que descansara. Pero quien se quedó con él para evitar que se asustara si se despertaba en un entorno extraño fue Alfred. Una vez más el sabio consejo de su madre era de lo más acertado.

—No sé por qué os empeñáis en mantenerme al margen de lo que ocurre en esta casa —se quejó Gaby ante sus padres.

—Después de lo que te ocurrió pensamos que era mejor…

—¡Papá, no soy una niña! Y sé ocuparme de mí misma. Siempre me ocultáis lo más interesante.

—Tiene razón, Samuel —indicó Maddy aceptando que su hija menor no era tan pequeña como todos creían y que sobreprotegerla no le haría ningún bien.

Gaby escuchó con atención la versión más o menos edulcorada sobre los líos de Alfred.

—¡No tiene remedio! —exclamó Gaby disimulando la risa, ahora que tenía más detalles podía unirlos a los que ella misma había intuido y completar el rompecabezas. Aunque seguía sin mostrarse de acuerdo con la idea de que no le contaran toda la verdad. Tenía que seguir investigando por su cuenta.

—Excelente, otra que se divierte con el asunto —se quejó su padre con evidente disgusto al ver la reacción de Gaby.

—¡Oh, por favor! ¿No me negarás que es para echarse a reír? —alegó la joven entre carcajadas.

—¡La que faltaba! —protestó él—. Primero tu madre, luego Samantha y ahora tú. ¡Vaya apoyos que tiene tu hermano! —Dicho lo cual se levantó y dejó solas a madre e hija.

—No le hagas caso —dijo Maddy restando importancia al comentario de su marido—. Ya sabes cómo se pone con estas cosas de la discreción y las apariencias.

—Ya lo sé —concordó Gaby aguantando la risa—. Pero es que Alfred a veces tiene unas ocurrencias… y esa mujer ¿Se dedica a fotografiar hombres desnudos? —preguntó con interés más que evidente.

—No lo sé. Pero si es así… —Maddy negó con la cabeza— solo puedo decir que qué suerte tienen algunas.

—¡Mamá! —exclamó Gaby abriendo los ojos como platos, pero en el fondo se sentía completamente de acuerdo con ella—. ¡Dices unas cosas! —añadió cómplice.

La conversación fue interrumpida por una de las sirvientas para anunciar que tenían visita.

Capítulo 15

—Si quieres ya voy yo, mamá, quédate aquí.

Gaby se dirigió a la entrada; allí esperaba una mujer a la que no conocía. Caminó hasta ella con la intención de preguntar a qué se debía su visita.

—Buenas tardes, ¿en qué puedo ayudarla? —preguntó suavemente, demostrando su refinada educación, aunque más allá de las normas siempre era amable.

—¿Dónde está?

—Disculpe, pero no la entiendo —dijo con sinceridad. No se trataba de ninguna persona conocida y por lo tanto no podía atender su pregunta sin saber a quién se refería.

—¡¿Dónde está mi hijo?!

Gaby parpadeó sorprendida ante la vehemencia con la que la mujer hablaba.

—Por favor, tranquilícese —pidió Gaby mostrándose comprensiva.

—¡Ese cabrón se lo ha llevado! —gritó saltándose a la torera cualquier norma de cortesía, incluyendo la de que las mujeres no utilizan ciertos vocablos—. ¡Sé que lo ha traído aquí, estoy segura!

Gaby ató cabos.

—Supongo que el… —se aclaró la garganta— cabrón es mi hermano. ¿Me equivoco? —inquirió acercándose comprensivamente a la mujer. Luego le diría cuatro cositas a su hermano sobre cómo tratar ciertos asuntos. Ella no era madre, pero entendía a la perfección la reacción de esa mujer.

—No debí dejarle entrar en mi casa, ni mucho menos permitirle que… ¡Fui una estúpida! Lo sé —reflexionó en voz alta—, pero eso no le da derecho a llevarse a Eric sin mi permiso.

—El niño está bien, no se preocupe…

—Quiero que venga inmediatamente —advirtió a la hermana de Alfred—. Ya sé que pretendes cubrirle las espaldas a ese desgraciado. —Tina se restregó el brazo por la nariz conteniéndose para no llorar y dar la impresión de ser frágil. Que lo era. Pero ese hijo de mala madre sacaba lo peor de ella.

—Eric está dormido. Ha sido un día muy intenso y el pobre ha caído rendido. ¡No ha parado de saltar, correr y dar vueltas por el jardín! —dijo Gaby con una sonrisa—. Es un niño encantador.

—No me hagas la pelota, voy a llevármelo de todas formas —adujo sin dar su brazo a torcer. No quería buenas palabras, quería a su niño.

—Mi hijo no ha obrado bien —dijo una voz—. Soy la primera en admitirlo.

Valentina se giró para ver acercarse a la madre de Alfred. La forma en la que había hablado sosegó sus nervios. Pocas personas admitirían ante una extraña que un hijo se había equivocado.

—Venga, acompáñenos —sugirió Gaby señalando la escalera.

—Me gustaría agradecerle la oportunidad de conocer a Eric —expresó Maddy con total sinceridad.

A Tina esas palabras la conmovieron, pero no debía flaquear ante la familia de Alfred.

—He venido a recoger a mi hijo —insistió.

—Por supuesto —accedió Maddy—. Gaby ya le habrá explicado que está agotado. ¡Es increíble lo que ha podido jugar y corretear!

«No quiero que me caigan bien», pensó Tina caminando tras las mujeres que la conducían hacia la habitación donde descansaba el niño. De acuerdo, las acompañaría, al fin y al cabo ellas no tenían la culpa de que ese malnacido se hubiera llevado sin permiso a Eric y podía entender que lo protegieran. Sin embargo, no flaquearía, había llegado con un objetivo e iba a cumplirlo.

Se detuvieron delante de una puerta y con prudencia la abrió despacio. Agradeció a las dos mujeres que no intentaran detenerla. Se había comportado de forma grosera, gritado e insultado, pero tanto la madre como la hermana de ese cretino habían demostrado paciencia y educación.

Vio a su hijo acostado en una gran cama. Como siempre, era imposible que las mantas permanecieran sobre él. Sonrió con ternura y al contemplarle se dio cuenta de que ellas tenían razón.

—Me gustaría pedirle perdón en nombre de mi hijo. Ha actuado sin pensar y he sido la primera en reprochárselo —murmuró Maddy—. Pero debe entender que Alfred es un hombre y para ciertos asuntos los hombres no entienden las cosas como nosotras. Para él ha sido una noticia que ha tenido que asimilar de repente. —Las dos mujeres se sostuvieron la mirada—. Es absurdo negar la evidencia. Me parece lo suficientemente inteligente como para no intentar ocultar la verdad.

Tina escuchaba las palabras de la mujer, hablaba de forma segura. Evitaba el tono lastimero y compasivo que tanto odiaba. Ese tono tan falso que a veces la gente usaba dando a entender que como madre y como mujer era una incompetente.

—Dejemos a Eric descansar. ¿Le parece? Podemos bajar al saloncito y hablar allí —sugirió Gaby con amabilidad.

—Yo... bueno, desearía irme a casa cuanto antes —afirmó dándose cuenta de que ya no podía mantener ese tono combativo.

—Lo comprendo perfectamente. Está en su derecho. Pero creo que en este asunto lo más importante es Eric y despertarle ahora... —dijo Maddy—. No sería bueno para él.

—Está bien —accedió Tina, no iba a ser una necia y una histérica que con tal de salirse con la suya no miraba si al final las consecuencias las pagaba otro, en este caso su propio hijo.

Siguió a las mujeres de nuevo a la planta inferior y se acomodaron en un salón donde su anfitriona pidió un refrigerio.

Comprendía la postura de la madre de Alfred, conocer de sopetón que tenías un nieto de cuatro años podía trastocar a cualquiera, pero debía reconocer que la mujer se mostraba comprensiva y evitaba las recriminaciones y exigencias que se esperaba de las de su clase, acostumbradas a que nadie les llevara la contraria.

Esperaba altivez y desprecio, sin embargo, encontró comprensión y un tono amable y cercano que facilitaba, y mucho, el diálogo.

Una vez servidas, Tina pareció serenarse y su enojo fue disminuyendo. Lo cierto era que se lo estaban poniendo muy fácil, nada de recriminaciones, no la juzgaban.

—Déjeme decir, antes de nada, que por el bien de Eric deberíamos ponernos de acuerdo —dijo Maddy dejándose de medias tintas.

—Mi hijo tiene, tenía, un padre.

—Lo sé, y en ningún momento pretendo que lo olvide. Pero no puede negar que Alfred es el verdadero padre. Eric tiene derecho a saber quién es su familia —respondió Maddy manteniendo la serenidad.

—Tiene que haber una forma de entendernos —apuntó Gaby. Suavemente.

Tina sabía que ambas tenían razón, y que de haber querido, jamás esto se hubiera sabido, pero ahora ya no podía dar marcha atrás.

—Supongo que también van a pedirme que retire de mi exposición…

—¡Oh, no! —la interrumpió Maddy—. Eso es algo entre usted y mi hijo. Es un asunto que solo les atañe a ambos y donde no me voy a meter.

Tina se quedó descolocada ante esas palabras.

—Mi hermano es mayorcito para saber lo que hace por ahí sin pantalones —apuntó la menor riéndose.

—Pensé que… —murmuró Tina sin saber qué más decir.

—Reconozco que va a causar cierta polémica, pero de vez en cuando viene bien. ¿No cree? —aseveró la madre sonriente.

Ya no sabía muy bien qué pensar de la madre y de la hermana de Alfred, no esperaba que gente de su posición se mostrara de esa forma tan liberal.

¿Debía fiarse?

¿Y si solo se trataba de una estratagema para que se confiara y así facilitarles la tarea?

Era una familia con posición y dinero abundante y sobre todo la influencia necesaria para dejarla en ridículo y quitarle a su hijo.

—Gracias —respondió simplemente, sin comprometerse del todo. Había que esperar a que ellos hicieran el primer movimiento.

—De nada. Siempre he creído que hay que apoyar el arte —dijo la madre.

—Estoy impaciente por ver la exposición —remató la hija.

De nuevo la estupefacción ante lo que oía hizo acto de presencia.

—Muy bien, ese asunto ya está resuelto. ¿Qué le parece quedarse a cenar y hablamos de lo importante?

—¿A cenar? —inquirió dubitativa.

—Por supuesto —aseveró la madre.

—¿Con toda su familia? —preguntó manteniendo su inseguridad pues iba a sentirse fuera de lugar.

—Le advierto que nuestras reuniones a veces son tediosas —apuntó Gaby con una sonrisa cómplice—, se habla de negocios… balances… inversiones… —hizo una mueca—. Pero intentaremos no aburrirla.

—Mi hija es partidaria, como puede ver, de otros temas de conversación. Y yo… si soy sincera, a veces también me aburro. Pero no se preocupe, hoy solo estaremos mi marido, Alfred, ella —señaló a su hija—, usted y yo.

—Tutéeme, por pavor.

—Samantha está de viaje —informó Gaby—. Ya la conocerás otro día. A ella y a mi cuñado.

Tina no dijo que ya la conocía, aunque solo fuera durante el día de su boda, pero tampoco había hablado más allá de lo imprescindible con ella.

Estaba sorprendida por la calidez y la familiaridad con la que la trataban, podía parecer una táctica para ganarse su confianza y luego, cuando lograran su objetivo, darle la patada. Pero no notaba ninguna rigidez, ninguna tensión, tan características de la gente que fingía.

Aun así veía poco probable que consiguiera relajarse al ver aparecer a Alfred, en especial después de lo ocurrido la noche anterior.

¿Cómo mantenerse firme si había sucumbido a sus insinuaciones?

¡Y dos veces!

Pero dado el caso podía lidiar con él, si olvidaba lo acontecido. Pero ¿y el padre?

Ese sí era duro de roer. Por la breve entrevista que tuvo con él quedó bien clara la forma de ser, inflexible como poco.

—No creo que sea buena idea —se disculpó.

—¿Lo dices por Alfred? —inquirió la madre adivinando parte de su preocupación—. Hablaré con él, no te hará sentir incómoda.

—No sé…

—No se hable más. —Maddy se puso en pie—. Voy a pedir que pongan un cubierto más.

—Al fin y al cabo eres de la familia —añadió Gaby con una sonrisa—. Ahora que estamos solas puedo preguntártelo. Sé que no has dicho nada pero conociste a mi padre, ¿verdad?

—Sí.

—A veces puede resultar intimidante, pero no te preocupes, cuando le conozcas un poco te darás cuenta de que no es tan serio ni tan estricto.

—Es tu padre, para ti es fácil tratarle.

—Puede ser. Pero en caso de que adopte una postura incómoda para ti estaré a tu lado.

—Sigo sin… —dejó la frase sin terminar al advertir la presencia de alguien más.

Era cuestión de tiempo, al fin y al cabo estaba en su casa y evitarlo no era posible.

—Alfred, no deberías interrumpir ni escuchar conversaciones ajenas —le recriminó Gaby.

—¿Puedes dejarnos a solas? —preguntó a su hermana de forma retórica sin apartar la vista de Tina.

—¿Para qué? —replicó la aludida cumpliendo la promesa de no dejarla sola ante el peligro.

—Estoy seguro de que tienes algo interesante que hacer —sugirió sin apartar la vista de quien de verdad le preocupaba.

—No, la verdad es que no —le contradijo provocando su desesperación.

—Gaby…

El tono de advertencia no hizo mella en su hermana.

—Alfred… —le imitó ella.

—Está bien, gracias por tu apoyo —interrumpió Tina mirándola cariñosamente.

Posponer lo inevitable era ridículo.

Capítulo 16

*E*l sonido de la puerta al cerrarse dejaba claro que estaban a solas. Ella no giró la cabeza para comprobarlo.

Con la intención de ponerla más nerviosa o de dar un rodeo sin sentido, Alfred se movió por la estancia; sobraba decir que se sentía como en casa.

—No me arrepiento de nada —inició él la conversación abriendo fuego—. Y menos de traer a mi hijo a casa de mis padres.

Tras dejar bien clara su postura y de paso advertirla para que no empezara con absurdas recriminaciones, se volvió y quedó frente a ella, que permanecía sentada, con las manos en el regazo, ¿esperando quizás que mostrara su enfado, le gritara o algo peor?

Ese no era su estilo, podía conseguir mucho más jugando bien sus cartas; además, ya no tenía sentido intimidarla, con hablar sin ambages bastaba.

—¿Seguro? —murmuró ella con escepticismo. Desde luego en su presencia ni ella misma se reconocía. Su carácter, normalmente afable, quedaba sustituido por uno mucho más ácido.

—Entiendo que te hayas sentido mal al saber que Eric estaba

aquí —continuó él mostrándose mínimamente comprensivo tras el rapapolvo de su madre.

—No tienes ni idea —le dijo en respuesta. Sonaba algo amargada—. Se me cayó el mundo encima al no saber dónde estaba —le corrigió y estaba dulcificando su reacción, pues la sola idea de que le hubiera pasado algo…

—Pero no tienes que tener ningún temor —añadió él con la intención de que olvidara el susto y se centraran en solucionar sus diferencias.

—¿No? —Tina se puso en pie, estaba cansándose de esta conversación aparentemente tan civilizada.

Por el amor Dios, parecían dos extraños en un salón de té. Como si la noche anterior no hubieran compartido cama.

¿Cómo podía comportarse así con ella?

Ese hombre carecía de sentimientos. Sin embargo, ella estaba a punto de chillar o de montar una escena. Tanta contención la estaba desquiciando.

Una madre no podía permanecer impasible ante cualquier hecho que afectara a su hijo.

Lo miró de nuevo, Alfred podía pasar de ser un hombre provocador y extrovertido a otro completamente diferente. Uno formal y distante. En ese instante recordó a otro con el que tuvo una entrevista hacía bien poco. El mismo comportamiento, totalmente indiferente, como si ella fuera un gran error que debía resolverse con el menor ajetreo posible.

Puede que el hijo disimulase falsas sonrisas y buenas palabras, pero sin duda era clavado al padre. Un lobo con piel de cordero.

—¿No? —insistió ella.

—Ningún temor —aseveró él mirándola fijamente—. ¿Me crees capaz de hacerle daño? —preguntó confiando en que la respuesta fuera de su agrado.

—Intencionadamente no, desde luego —concedió ella—, pero ¿te has parado a pesar en las consecuencias?

—A la mierda las consecuencias, es mi hijo, y la gente puede decir misa. Puede pensar lo que se le antoje. No pienso ocultar su existencia. Puede que no haya venido al mundo dentro de convencionalismos, pero al carajo con ellos —aseveró. A estas alturas los rumores, comentarios y demás estupideces se los pasaba por el forro de los cojones. Tenía los medios y la edad suficiente para mandar a paseo a quien se atreviera a cuestionarle.

Tina inspiró profundamente. A veces los hombres eran, simple y llanamente, obtusos. Pensaban primero en sí mismos.

Solo pensaban desde un único punto de vista, ciertamente egoísta, como si no hubiera más variables que considerar.

—Ese sería el menor de los inconvenientes —dijo ella en voz baja.

—¿Entonces? No entiendo por qué te muestras tan reacia. —Alfred entrecerró los ojos y llegó a una conclusión—: Ya lo entiendo… Es por ti. ¿Me equivoco? ¿Piensas que la gente te pondrá a caldo? Y claro, tu ego no puede soportarlo.

Ella, ante ese tono injustamente acusador, negó con la cabeza.

—Señor, dame paciencia —pidió ella mirando al techo—. ¿Cómo puedes ser tan idiota?

Alfred la miró, ofendido, sin comprender.

—¿Idiota? Esa sí que es buena. Idiota, dice.

—Y con mayúsculas —apostilló ella cansada de ese tira y afloja. Deseaba marcharse a su casa, con Eric y olvidarse de todo.

—Vaya, señora Velizy, cuando saca las uñas no solo es para arañarme la espalda —afirmó él con sarcasmo haciendo referencia a la pasada noche.

—¿Has pensado en Eric? —inquirió ella pasando por alto su comentario real pero hiriente.

—Él va a estar siempre perfectamente atendido en esta casa, no lo dudes —esto último lo dijo con un claro tono, desafiándola a que criticara a su familia.

—Desde luego que sí, y ya de paso podías parecerte un poco más a tu madre —le replicó ella sacando lo peor de sí misma, claro que con él presente se estaba empezando a convertir en una costumbre.

—Muy graciosa —se burló él volviendo a su actitud distendida, ocultando su verdadera personalidad.

—Tu madre ha sido la primera en darse cuenta de la realidad, en preocuparse de si Eric, a su edad, puede entender estos cambios —le espetó. A ver si de una vez por todas se daba cuenta de lo obtuso que estaba siendo al pensar únicamente en él.

Se la quedó mirando, con los ojos entrecerrados, hasta que asimiló sus palabras.

—Joder… —gruñó al caer en la cuenta.

Ella tenía toda la razón, maldita sea. Se había dejado llevar sin ver más allá de sus propios deseos, sin sopesar todas las variables.

Tina, que había permanecido de pie, estaba cansada de tanta tensión. El tira y afloja constante no era lo suyo. Prefería las conversaciones sencillas, carentes de segundas y terceras intenciones.

Pero con Alfred eso parecía imposible de lograr, siempre con palabras cargadas de insinuaciones, nada de hablar abiertamente. Odiaba el disimulo constante. No podía obviar lo sucedido la noche anterior, quizás debería empezar a asimilarlo y salir de allí de una forma poco ruidosa.

—Será mejor que…

—No —la interrumpió. Puede que en su cabeza se agolparan en ese instante multitud de pensamientos y que no estaba en su mejor momento. Pero desde luego no iba a dejar que se marchara. Además, si no había entendido mal a su madre, Tina había sido invitada a quedarse—. No hemos terminado todavía de hablar.

—Creo que ya queda muy poco que decir, ¿no crees? —murmuró evidenciando su cansancio, por lo que acabó sentándose, solo necesitaba unos instantes para serenarse.

Alfred la observó extrañado. ¿Por qué ahora se mostraba tan sumisa? ¿Dónde estaba esa actitud belicosa de hacía unos minutos?

—Siento contradecirte —se sentó junto a ella en el sofá— pero creo que pasas por alto un par de detalles muy relevantes.

Ella se volvió para mirarle. No debería estar tan cerca, sabía lo peligroso que él podía llegar a ser y lo débil que era ella. Y más aún cuando cambiaba radicalmente y adoptaba de nuevo esa voz sosegada que invitaba a escucharle.

—Di lo que tengas que decir —manifestó abatida, no tenía ya más fuerzas para enfrentarse a él, y, siendo sincera, nunca las tendría.

—Tienes razón respecto a Eric, debemos procurar que vaya comprendiendo las cosas poco a poco. Seré paciente. —No parecía muy convencido de poder lograrlo pero al menos reconocía que ella tenía razón.

—Gracias. —Hizo amago de incorporarse pero él la detuvo sujetándola del brazo, no con excesiva fuerza pero sí con la suficiente para que ella se sobresaltara.

Ella le miró a los ojos.

Él sonrió de medio lado logrando que sintiera un escalofrío.

Ella quiso apartarse.

Él tenía otro asunto que discutir.

—No hagas como si anoche no hubiera sucedido nada. Aparte de ridículo, me ofendes —adujo él porque esa postura de hacer como si nada le estaba tocando seriamente los cojones.

—Yo no he… —titubeó dándose cuenta de que su propósito de asumir su error se estaba diluyendo rápidamente pues su voluntad no era tan consistente como quería hacer creer.

—¿No? ¿Entonces por qué no me lo has recriminado nada

más verme? —preguntó él intimidándola, consciente de que bajo presión ella admitiría que lo acontecido resultaba, si no trascendental, sí al menos importante.

Tina suspiró, el ego de los hombres era obvio que no conocía fronteras, en eso todos estaban cortados por el mismo patrón.

Podía decirle la verdad, que ella no estaba acostumbrada a estas situaciones, que aún intentaba asumirlo y que prefería no entrar en detalles, pues corría el riesgo de, aparte de sonrojarse, volver a desear lo que debía olvidar para seguir adelante.

—Es mejor así —dijo finalmente.

Alfred reflexionó la respuesta y no se sintió muy cómodo. Puede que ella estuviera acostumbrada a tener amantes ocasionales, él también, pero, y aún admitiendo que su posición era como poco egoísta, no le gustaba nada que ella se mantuviese distante y restara importancia.

—Ya veo —murmuró con sarcasmo—. Entonces, ¿cómo nos comportamos de ahora en adelante? —inquirió acercándose un poco más, y ya no solo con la intención de imponerse físicamente sino también porque extrañamente esa maldita actitud de indiferencia lograba excitarlo. ¿Qué se había creído esta mujer?

—¿Qué quieres decir? —murmuró confusa.

Lo más lógico sería verse ocasionalmente y únicamente para tratar los asuntos relativos a Eric, nada más. No iban a coincidir en ningún otro lugar.

—¿Prefieres que actúe como si nada? —Estaba, sin duda, provocándola—. ¿Me dejas una puerta abierta por si quiero repetir? —Ella no salía de su asombro—. ¿O, sencillamente, nos despedimos aquí y ahora? —Se inclinó hacia ella preparándose para un buen bofetón.

Tina no podía asimilar lo que estaba oyendo. De las tres propuestas no sabía cuál resultaba más ofensiva, pero desde luego como escandalosa la tercera se llevaba la palma.

Se llevaba la palma pero también el primer premio de su interés, no podía negarlo.

—¿Aquí y ahora? —repitió alarmada mirando a su alrededor. La puerta estaba cerrada, sí, no obstante, eso no garantizaba nada. Además a esas horas la gente no lo hacía. ¿O sí?

Pero Alfred malinterpretó su expresión de asombro.

—No te preocupes —la acorraló contra el respaldo del sofá—. En esta casa la gente llama a las puertas antes de entrar. —O al menos eso esperaba.

—¿No pretenderás...? —preguntó abriendo los ojos como

platos al ver que la mano de él ya estaba en su rodilla con el claro propósito de ir ascendiendo.

—Debo advertirte de que esto tiene que ser una versión abreviada de lo que yo considero una despedida decente —comentó él en tono casual.

Ella no entendió bien la broma hasta que esa dichosa mano, que no paraba de subir por el interior de su muslo, dejando atrás el final de la media, entró en contacto con su vello púbico, sobresaltándola a la par que, inexplicablemente, excitándola.

¿Pero qué clase de sinvergüenza estaba hecha que se dejaba meter mano a las primeras de cambio?

—No… No sigas —le pidió revolviéndose a la par que con la mano intentaba apartarle, sin éxito, claro, porque esa dichosa mano estaba bien posicionada.

—No te creo. —Apartó a un lado la seda de sus bragas y metió un dedo para recabar información—. Estás mojada —aseveró él teniendo las pruebas de su afirmación en los dedos, los que, por supuesto, no apartó.

—No son horas —balbució mordiéndose el labio al sentir cómo indagaba entre sus labios vaginales, acariciándola de forma precisa para que ella cediera a sus demandas.

Alfred se rio. Que intentara hacerse la ingenua le daba, sin duda alguna, una emoción extra al asunto.

—Querida… —murmuró arrastrando las sílabas— para estos menesteres siempre es buen momento.

Siguió penetrándola con un par de dedos al tiempo que maniobraba para desabrocharse los pantalones. El sofá del salón de recibo de casa de sus padres no era el más idóneo para follar, pero le daba igual, ahora ya no podía dar marcha atrás.

Sin embargo, debería preocuparle, pues estaba comportándose como un auténtico imbécil. Ella no era lo que se dice la mujer más ardiente y excitante del mundo, todo lo contrario, si hasta parecía escandalizada con alguna de sus sugerencias, pero él bien sabía la verdad. Ese jueguecito que se traía entre manos de la recatada e ingenua solo incrementaba sus deseos de tirársela.

Lo verdaderamente confuso era que después de haberlo hecho la noche anterior estuviera otra vez poseído por las mismas ansias y divirtiéndose con la misma mentira.

Ya no le ofrecía ninguna novedad, así que debería plantearse por qué sentía la imperiosa necesidad de repetir cuando no se le ofrecían ningún tipo de facilidades, pues ella ni le tocaba.

Por experiencia sabía que muchas fingen ser inocentes damas

a las que les encanta ser adoctrinadas en esto del sexo. Pero te dabas cuenta en el acto de que mienten porque a las primeras de cambio tienen la mano sobre la bragueta intentando agarrarte la polla para animarte.

Sin embargo, Valentina se cuidaba muy mucho de mantener las manos apartadas.

Ella, por su parte, no sabía qué más hacer o qué más decir para quitárselo de encima. ¡Cielo santo! Cualquiera podía pillarles. ¿Qué pensaría la familia de él si entraban en ese instante?

Del padre no tenía dudas, ya conocía la opinión, pero la madre y la hermana de Alfred habían sido tan amables con ella que no deseaba contrariarlas. Y desde luego estar tumbada, con las piernas abiertas en el salón, no jugaba a su favor precisamente.

—Va ser visto y no visto —dijo él posicionándose.

—Espera… no —gimió en un último intento por hacerle desistir. Sin embargo, ya tenía las bragas en un tobillo.

Ella cerró los ojos, maldiciendo en todo momento su debilidad. Estaba actuando mal, muy mal, pero lo deseaba. Esa era la cruda realidad. Deseaba ir por el mal camino, dejar de ser tan correcta.

Lo curioso era que siempre sentía esa necesidad cuando él andaba cerca.

Y esa no era para nada una buena señal. Entre otras cosas porque contradecía todas sus creencias y su forma de pensar. Sin embargo, su propio cuerpo parecía haber tomado un sendero completamente diferente al de su cabeza.

La humedad entre sus piernas claramente delataba el deseo que intentaba acallar su cerebro. Y él sólo podía guiarse por las señales que lanzaba su traidor cuerpo. Porque explicarle lo que le pasaba por la cabeza resultaba del todo improbable, ya que ni ella misma era capaz de conciliar lo que sucedía y, menos aun, cuando unas manos curiosas prodigaban caricias de lo más perversas en la unión de sus muslos al tiempo que unos labios devoraban su boca o mordían su cuello.

—¡¿Alfred?!

Capítulo 17

—¡¿Alfred?!

Él se quedó congelado encima de ella al oír su nombre. No

una, sino dos veces. Por desgracia conocía esa voz. Cerró los ojos completamente frustrado.

Las prisas nunca son buenas consejeras, pensó haciendo una mueca.

Volvía a sentirse como si tuviera quince años y le hubieran pillado pellizcando el culo a una de las criadas o metiéndole mano en la caseta del jardín…

—Joder. ¿Por qué nadie en esta casa llama a la puerta antes de entrar? —masculló apartándose de ella. Menos mal que aún no se había bajado los pantalones.

—Eso dice siempre tu padre

—Mamá, no estoy para bromas.

Su madre, que permanecía impertérrita en la puerta, esperó a que su hijo se incorporara.

—Os estamos esperando para cenar —anunció la visitante inesperada como si nada, logrando así ponerle aún más nervioso.

Tina, no solo de los nervios sino colorada como un tomate, quería morirse allí mismo.

¿Dónde estaba su sentido común?

—Ya vamos —arguyó Alfred molesto con la interrupción.

—No te preocupes —dijo Maddy mirando a Tina—, conozco a mi hijo; sé lo maleducado que puede llegar a ser.

Maleducado, lo que se dice maleducado no era el término adecuado, pero ese eufemismo podría valer, pensó él con ironía pero con la precaución de callarse tal reflexión y no dar así pie a su madre para que continuara chinchándole.

—Joder, lo que me faltaba —replicó el aludido caminando hasta la puerta.

—No digas palabrotas. Y sabes que tengo razón. Esa no es forma de tratar a nuestra invitada.

Él arqueó una ceja ante las palabras de su madre. Pero la conocía y sospechó inmediatamente.

—Te pido disculpas —de nuevo Maddy habló mirándola.

—Soy… soy yo quien debe disculparse —consiguió decir a duras penas, sin atreverse a cruzar la vista con ella mientras adecentaba la ropa deprisa y corriendo para poder salir de allí con al menos un poco de dignidad y las bragas en su sitio.

Como no estaba por la labor de averiguar qué pretendía su progenitora, Alfred se mantuvo en silencio y ofreció el brazo a Tina para conducirla hasta el comedor.

Estaba claro que a su edad no iba a recibir un tirón de orejas o le iban a dejar sin postre por su comportamiento. Cosa que, sin dudarlo, hubiera preferido ya que su madre tenía un extraño sentido del humor a la hora de aplicar castigos.

Más de una vez había escuchado a su padre quejarse de ello.

Llegaron al comedor donde Gaby estaba charlando con su padre. Valentina se percató de que ese hombre parecía otro. Ella fue la primera en advertir que habían llegado, sonrió e hizo una señal al patriarca de la familia. Este se giró provocando de nuevo en Tina esa sensación de incomodidad. Sin embargo, el padre de Alfred se acercó a su esposa y la saludó con un beso en la mejilla, toda una tierna escena doméstica que la sorprendió, pues no esperaba de ninguna de las maneras un gesto de ese calibre en un hombre como él.

—¿Nos sentamos? —sugirió amablemente Maddy señalando la mesa mientras que su esposo le apartaba la silla.

Tina esperó a que le indicaran qué sitio debía ocupar en la mesa y no hacer más el ridículo, aunque el listón ella misma lo había dejado bien alto.

Tenía que calmarse o acabaría tirando los cubiertos al suelo o derramando la bebida sobre el mantel.

—Ven, ponte aquí, a mi lado —indicó Gaby señalando una de las sillas—, así podremos hablar de cualquier cosa que no sean datos de la bolsa o de inversiones.

Tina se dio cuenta del tono de crítica que había empleado.

—Nunca está de más mantenerse informados —murmuró su padre desplegando la servilleta.

—Hoy tenemos una invitada especial, así que nos comportaremos —arguyó Maddy mirando a su único hijo varón arqueando una ceja.

—¿Qué tenemos hoy de cenar? —preguntó Alfred intentando distraer a la concurrencia con un tema inocuo.

Tina se fue relajando poco a poco, lo cierto era que se lo pusieron bastante fácil. Se evitó en todo momento hacer comentarios directos sobre la situación concerniente a Eric, cosa que agradeció. Desde luego con quien se sentía más a gusto era con Gaby, era un amor.

Llegado el caso hasta podrían ser amigas.

—Supongo que ya habréis tenido tiempo de hablar sobre el futuro de mi nieto —dijo Samuel cuando retiraban los platos de postre, mirando alternativamente a Tina y a su hijo.

Tina tragó saliva, menos mal que él no les había pillado a punto de cometer una locura.

—¡Papá! —protestó Gaby.

—Cariño, eso es algo que de momento solo les incumbe a ellos dos —alegó Maddy.

—Sé lo que tengo que hacer —aseveró Alfred—. Eric es demasiado pequeño para comprender los cambios, es preferible ir paso a paso.

—Muy bien. —Todos parecieron respirar pero deberían conocerle y no dar nada por sentado—. ¿Y el otro… asunto?

—Creo que ese otro asunto carece de importancia —dijo Maddy—. Al fin y al cabo, es arte.

—Creo que ese punto es muy discutible —replicó Samuel.

—¿Qué tiene de malo que Alfred enseñe… bueno lo que enseña? —inquirió Gaby aguantando la risa y evitando mirar a su hermano. Dio unas palmaditas a Tina en señal de apoyo.

—Prefiero no hablar de ello —adujo molesto por el teatrillo que se estaba formando.

Tina guardaba silencio. ¿Qué podía decir en su defensa? Al fin y al cabo toda aquella conversación era por su culpa.

Debería marcharse, volver a su casa y mantener solo el mínimo contacto en lo referente a Eric. Eso podría servir al menos para sentirse un poco más segura. Estar en su terreno, en su entorno, evitaría esa amarga sensación de ser la causante de la discordia de una familia.

Puede que desde un plano objetivo ella no fuera culpable de nada, había actuado de acuerdo a sus convicciones, obrando como consideraba mejor en cada caso. Pero estaba claro que siempre había más puntos de vista.

Contaba con dos defensoras, la madre y la hermana, pero estaba claro que la autoridad del padre eclipsaba a todos.

Se puso en pie dispuesta a salir de allí cuanto antes, y a ser posible haciendo el menor ruido posible.

—Si me disculpan…

Gaby se incorporó junto a ella.

—Papá, deberías comportarte mejor —le espetó Gaby en tono de cariñosa reprimenda—. Ven, acompáñame, iremos a ver qué tal se encuentra Eric.

—Joder, es que no puedes aguantarte —se quejó Alfred una vez a solas con sus padres.

—Tu hijo tiene razón, no podemos arreglar las cosas en un día. Es lógico que esa mujer sienta cierto temor —dijo Maddy.

—Tú y tu curioso sentido del humor —replicó el padre.

—Soy mayor de edad y no necesito que ninguno de los dos os metáis en mis asuntos. Creía haber dejado este asunto ya aclarado.

—Simplemente estoy diciéndote que hagas por una vez en la vida bien las cosas —le recordó su padre—. ¿Has hablado ya, en serio, con ella?

A Alfred no le pasó desapercibido el tono de la pregunta.

—Sí —miró a su madre de reojo, esperaba que no dijera nada de lo que había presenciado.

—En cuanto James esté de vuelta quiero que le consultes.

—No te preocupes, hablaré con tu yerno favorito —contestó Alfred. Su cuñado y él eran buenos amigos, pero no por ello dejaba de ser objetivo.

—Es el único que tengo —dijo Samuel.

—Por poco tiempo —le pinchó a su padre.

Y este, antes de responder sonrió de medio lado, en un gesto silencioso que ambos comprendían perfectamente.

—¿Estás seguro de que quieres tener a Frank como cuñado?

—Dejadlo ya —intervino la madre—, ese asunto no es algo que deba preocuparnos. —Conocía a su hija mejor que nadie y dudaba de que tras un largo período enfadados, Gaby pensara en casarse con él.

—Dios te oiga —murmuró Samuel.

—Por una vez estamos de acuerdo —convino Alfred.

—Pues espero que no sea lo único —abandonó su tono formal para adoptar uno más familiar—. Mira, hijo, las cosas aparentemente más simples pueden complicarse. No estoy diciendo que esa mujer vaya a jugártela pero solo quiero que andes con cuidado.

—No la veo como una cazafortunas, la verdad. Si hubiese pretendido atrapar a Alfred, a estas alturas ya hubiera hecho público todo el asunto, dejándolo a la altura del betún. No, Tina no es de esas —aseveró Maddy convencida.

Alfred no entendía muy bien el poder que ostentaba su madre y que conseguía silenciar a su padre, pero lo cierto era que este había dado en el clavo. Aunque jodiera reconocerlo, se estaba metiendo en un follón de cuidado. Ella, con esa fingida ingenuidad, con esa cara de no haber roto un plato, estaba a un paso de hacerle caer con todo el equipo.

Una cuidada venganza, primero una ración de humillación pública para después arrebatarle algo único, su hijo. Había sido tan cuidadosa en la preparación que tenía todos los detalles bien hilados. Hasta se había dejado desnudar para tenerlo más cogido de los huevos.

Sin embargo, más tonto había sido él dejándose atrapar por la mosquita muerta.

—No os preocupéis —les dijo a sus padres—. Sé perfectamente cómo debo actuar. Y sí, tienes razón, en cuanto pueda hablo con James y que active todo el mecanismo legal —confirmó a su progenitor, dicho lo cual salió del comedor dispuesto a solucionar las cosas.

—Creo que lo ha enredado —comentó Samuel con pesar al verle salir. Se recostó en su silla mientras contemplaba a su mujer.

—¿Y? ¿Qué tiene eso de malo? A lo mejor Alfred necesita precisamente eso y dejarse de idas y venidas.

—Vaya, parece que, como siempre, has decidido qué hacer sin contar conmigo. —Algo se le estaba escapando y eso le ponía de mal humor.

Ella sonrió.

—Ya me conoces —dijo y se encogió de hombros—. Si te pregunto pierde la gracia. ¿No crees? —Coquetear a estas alturas podía ser absurdo pero ella sabía por experiencia que coquetear con él siempre conllevaba beneficios añadidos.

—¿Aunque el asunto sea el porvenir de tu hijo? —Maldita sea, tenía que conseguir averiguar qué tramaba esa bruja con la que llevaba tantos años casado.

—No exageres. Si te fijaras más en lo que hace en vez de criticarle, te darías cuenta de que es exactamente igual que tú. —Decidió seguir el juego y no moverse de su silla, a veces resultaba mucho más gratificante tentarlo sin mover un dedo.

—Me extraña. Pero de ser así lo disimula estupendamente. —Puede que fuera una bruja pero… ¿Y lo mucho que disfrutaba de sus perversidades?—. Alfred se deja llevar por… bueno, ya me entiendes.

—¿Eufemismos conmigo? —inquirió con picardía—. Conozco a mi hijo y, como ya he dicho, se parece mucho a ti.

Él se atragantó y tosió. Joder, debería saberlo, no aprendía nunca.

Capítulo 18

$\mathcal{T}$ina volvió a su residencia, amablemente declinó la oferta de pasar la noche en casa de la familia Boston, más que nada para evitar más confrontaciones. Especialmente con Alfred, después del interludio del sofá no quería arriesgarse de nuevo.

Se temía que Alfred apareciera en mitad de la noche en su alcoba para, aparte de turbarla, finalizar lo que no pudieron acabar en el sofá. Y, de ninguna manera, pues el problema no era él y su insistencia sino ella y su debilidad.

Con pesar tuvo que mover a Eric para llevárselo consigo, pero el niño, dormido en sus brazos, apenas se movió en todo el trayecto.

Seguramente al día siguiente tendría que responder a infinidad de preguntas del niño, pues su mente infantil tendría mil y una cuestiones que aclarar.

Se dirigió a la habitación infantil evitando a Martha, que sin duda se estaba mordiendo la lengua para no criticarla.

Su criada la miraba como si estuviera cometiendo algún crimen atroz o algo por el estilo, pues apenas hablaba, únicamente le dispensaba gélidas miradas que manifestaban su total desacuerdo con su forma de proceder.

Así que, para evitar cualquier tipo de controversia, no tenía más opción que refugiarse cuanto antes en su espacio personal, su alcoba. Allí con un poco de suerte nadie la molestaría hasta el día siguiente.

Aunque debería ponerle los puntos sobre las íes. ¿Desde cuándo el servicio cuestionaba los actos de su patrón?

El problema era que ella nunca había querido imponerse por la fuerza ni tratar con altivez a sus empleados. Además, nunca antes había tenido criados para atender sus necesidades, por lo que aún le costaba acostumbrarse a ese hecho.

Se ocupó personalmente de Eric, lo acostó y se quedó allí un buen rato, simplemente mirándolo, como en otras tantas ocasiones.

Lo arropó y besó en la frente antes de salir silenciosamente y cerrar la puerta tras ella.

Cuando llegó a su dormitorio, cerró los ojos un instante. La sensación de que estaba huyendo y que jugaba a esconderse la invadió.

Esconderse porque era una cobarde, ya que sentía que había tirado la piedra y escondido la mano. Su absurdo momento de enajenación y cabezonería al desoír la vocecilla interna, que advertía sobre la inconveniencia de sacar a la luz cierta fotografía, ahora estaba volviéndose en su contra.

Toda su vida, su orden y su tranquilidad se iban al garete.

Podía haber relegado al fondo de su archivo fotográfico la instantánea y al fondo de su corazón los recuerdos de aquella desastrosa primera vez, pero su pequeño orgullo de artista la había traicionado.

Pero… ¿quién no se dejaba corromper por tan espectacular imagen? Los afortunados que la habían contemplado coincidían con ella en calificarla de hermosa, pues a la más que evidente sensualidad del cuerpo masculino se unía la naturalidad con la que fue tomada. No era un posado, no hubo preparación, había sido una imagen cien por cien espontánea, de ahí el resultado.

Puede que el recuerdo gráfico fuera una prueba testimonial indiscutible de lo que pasó, algo que siempre estaría ahí, pero para ella no era necesario. Siempre recordaría aquel instante.

Además tenía la prueba viviente de aquel encuentro.

Tras refrescarse y ponerse cómoda se metió en la cama, el mismo ritual de cada noche. Cerró los ojos y, acurrucada en un lado de la cama, solo pensó en descansar.

Tras una noche de insomnio, hubiera deseado permanecer toda la mañana en la cama pero tenía responsabilidades. Así que se dispuso a meterse de lleno en sus quehaceres. Tras consultar con Martha algunas cuestiones domésticas, de nuevo tuvo que soportar la mirada de su empleada, pues aunque jamás se atreviera a expresarlo en voz alta estaba claro que sabía lo ocurrido en su dormitorio. La mujer era firme defensora de ciertos principios, cosa que resultaba paradójica, pues jamás censuró el comportamiento de su amo en vida.

Su criada se comportaba con Pierre como una madre, pese a que él era mayor; le cuidó hasta el último segundo y rezó incontables oraciones para su total restablecimiento. Tina a veces creía que la mujer estaba enamorada de él, aunque nunca le dieron motivos para sospechar. Sin embargo, ¿qué motivo iba a darle un marido que buscaba la compañía de otros hombres?

Seguramente su criada lo sabía, sin embargo, sí le perdonaba tal comportamiento, pese a que en otros aspectos se mostraba más que exigente. Pero por lo visto con su patrón hacía la vista gorda.

No había que ser adivina para llegar a la conclusión de que para la señora Willians cualquier posible esposa de Pierre siempre estaría por debajo de él y, por lo tanto, al no ser digna, inevitablemente se enfrentaba al escrutinio más riguroso y a la más alta exigencia.

No tenía sentido seguir dándole vueltas a ese asunto. Pierre estaba muerto y la señora Willians jamás cambiaría de parecer.

Después se desplazó a la galería donde iba a desarrollarse la exposición. A medida que se acercaba la fecha, sus nervios aumentaban. Allí, revisó de nuevo con uno de los encargados todas las composiciones y discutieron sobre el orden de las instantáneas.

Tina escuchaba todas las opiniones, no le importaba que estas fueran opuestas a su idea original, no como muchos otros artistas que ni de lejos aceptaban una crítica, por nimia que fuera. De todas esas ideas siempre podía sacar algo en positivo. Además, el personal de la galería Mercier estaba allí para ayudarla en todo y ella lo menos que podía hacer era escuchar sus aportaciones.

El señor Jean Luc Mercier había sido algo más que el marchante de Pierre, aunque siempre fueron discretos. Tan discretos que ella no lo supo hasta una semana después del entierro, cuando se abrió el testamento.

Al principio no dio crédito, pero una vez que se puso a pensar cayó en la cuenta de que a su marido y a su marchante no solo les unía la amistad y los intereses propios del negocio del arte. Delante de sus narices había tenido incontables muestras de ese afecto mutuo, pero nunca ató cabos, seguramente porque en lo que se refería al terreno personal de su difunto marido tenía poco que opinar, ya que aceptó sus condiciones al casarse.

Cierto era también que no se preocupó, ya que tenía un hijo que criar y eso le daba poco espacio para elucubrar sobre los amantes de su esposo.

Desde luego era la mejor coartada para estar juntos sin levantar excesivas sospechas, especialmente fuera del círculo artístico, donde su relación era conocida, tolerada y mantenida en secreto. Especialmente porque Pierre se encargó de patrocinar convenientemente a algunos artistas y nadie mordía la mano que le daba de comer.

Desde el primer momento sabía las condiciones de su matrimonio. No la había engañado en ningún momento, pero una cosa era saberlo y otra muy distinta comprobarlo. Y para más inri tras su fallecimiento.

Siempre fue una ingenua que no perdió la esperanza hasta el último momento. Pero Pierre jamás la vio como una esposa sino más bien como a una hija a la que cuidar. La diferencia de edad era evidente y, a priori, la causa de ese comportamiento. Y ella lo atribuyó, sin duda llevada por su ingenuidad, a este hecho, pero, aunque costaba asumirlo, sabía que se debía a los gustos personales de su difunto marido.

—Te veo despistada. ¿Estás bien? —inquirió el señor Mercier acercándose con una bandeja en la que el servicio de café estaba exquisitamente dispuesto.

Como todo de lo que se encargaba, el refinamiento y la elegancia siempre resultaban imprescindibles en el comportamiento del marchante de arte.

—No es nada. Simplemente una mala noche —dijo acompañando su respuesta de una media sonrisa.

—¿Eric está enfermo? —inquirió mirándola de reojo mientras servía las tazas.

—¡No! —se apresuró a responder—. Simplemente... —se encogió de hombros fingiendo despreocupación, al fin y al cabo todo el mundo tenía malas noches—, ya sabes, los nervios...

—Tina, querida, nos conocemos desde hace tiempo y... bueno, la mentira no es lo tuyo. ¿Qué te preocupa?

Jean Luc solo utilizaba ese tono suave y meloso con quienes tenía confianza, como era el caso de Tina. Con el resto de los clientes y artistas mantenía uno bien distinto, distante, profesional. Y pese a que en ciertos círculos se conocía la relación que mantuvo con Pierre Velizy, él se cuidaba muy mucho de no mencionarlo ni hacer uso de esa posible influencia.

Tina le respetaba por ello y era el motivo por el cual le había confiado el montaje de su exposición.

—No te preocupes —le dijo cogiéndole del brazo—, en cuanto acabe con los preparativos me iré unos días a descansar.

—¿Sola?

—Con Eric, por supuesto —respondió rápidamente.

—Quizás... lo que necesites sea otro tipo de compañía —tanteó él mientras se acomodaba en una de las sillas del pequeño despacho que había reservado para ella.

—No hagas de casamentero, te lo ruego —resopló inspirando profundamente—. Me conoces perfectamente y sabes que es imposible, espero no volver a casarme.

Jean Luc hizo una mueca, podía ser considerado el culpable del desastroso matrimonio de ella. Pero hacía tiempo que lo habían hablado y no había culpables en esa extrañada relación a tres bandas.

—No estoy hablando de matrimonios ni nada que se le parezca —aclaró él.

—Peor me lo pones. Si estás sugiriendo que tenga una aventura... —ella negó con la cabeza—, tampoco es... —se detuvo un instante a considerar sus palabras y decidió que podía mentir— tampoco es lo mío.

—Pues deberías —aseveró él—. Nadie te culparía por ello. Al fin y al cabo eres una joven viuda. Y si eres discreta nadie tiene por qué saberlo. —Y con un deje picarón añadió—: Pasa hasta en las mejores familias.

—¿Se puede saber a qué viene tanto interés? —inquirió ella refunfuñando; de lo que menos deseaba hablar era de posibles amantes, ya que temía acabar por confesar su reciente y reprochable comportamiento.

—Querida, no sé cómo decírtelo pero... —Lo dejó caer confiando en que Tina captara la insinuación.

—¡No me tengas en ascuas!

—La señora Willians es demasiado... expresiva. —Evidentemente no fue así y tuvo que recurrir a un circunloquio para decirle que sabía algo más—. Esta mañana, cuando llamé a tu casa ya te habías ido y ella decidió, ya sabes cómo es, ponerme al día de tus nuevas aficiones nocturnas.

—¡Ay, Dios mío! —exclamó tapándose la cara con ambas manos, muerta de la vergüenza. Debería haber hablado con Martha y advertirle seriamente de que lo olvidara todo, pero confió en que la mujer actuara con discreción.

Un error fatal.

—¡Eh! No tienes que avergonzarte de nada. ¿Entendido? ¡De nada! —se apresuró a abrazarla. Tina era una mujer especial, sin duda había tenido mala suerte y, aparte de la promesa hecha a Pierre de cuidarla, la quería y para nada suponía un esfuerzo estar con ella.

—No sé qué me pasó... Yo... —tartamudeó ella intentando justificarse inútilmente pues ¿qué podía aportar en su defensa?

Puede que para él, como para otra mucha gente, su comportamiento hubiera sido calificado como «normal». Sin embargo, ella no podía considerarlo así.

—No necesitas darme ninguna explicación. Sé lo que se siente al estar solo tanto tiempo —dijo él con tristeza, bien lo sabía, desde el fallecimiento de Pierre solo había tenido encuentros ocasionales, poco más que buenos momentos, llevado más bien por una necesidad física. Nunca algo tan profundo y arraigado como con su amante fallecido. Y ella ni tan siquiera buscaba consuelo y placer, se comportaba como una viuda ejemplar. Hecho que no tenía ningún sentido.

—¿Cómo puedes decir eso? —preguntó sorprendida.

No debería, ya que su amigo nunca se mostraba tan mojigato como ella, pero aun así... costaba hablar de aspectos tan íntimos.

—¿Te sientes culpable por pasar un buen rato? —Ella asintió—. Pues no lo hagas. Además, teniendo en cuenta con quién has pecado... hasta yo hubiera caído —bromeó aunque por su tono se denotaba admiración.

—No bromees con eso —le espetó dándole un manotazo en el brazo—. No lo conoces. —Jean Luc arqueó las cejas—. ¡Por favor! No seas tonto, no me refiero a eso.

—Tina, escúchame bien, eres humana, te dejaste llevar, así que repite conmigo: no pasa nada. Me lo merezco.

Le miró y negó con la cabeza aunque al final, con la vaga esperanza de que ahí muriese la conversación, aceptó seguirle la corriente.

—Soy humana y… —comenzó ella sin mucha convicción, la verdad.

—… y volveré a hacerlo en cuanto pueda —interrumpió él riéndose.

—¡Eres imposible! —le espetó a medio camino entre el enfado y la risa—. Contigo no se puede hablar de estas cosas —protestó algo turbada por las palabras que él quería oírle repetir. Si no se andaba con cuidado, con su tono de vendedor él conseguiría llevarla a su terreno y que admitiera lo que ni ella misma reconocía.

—Sé sincera conmigo, por favor. ¿Te lo pasaste bien? ¿Disfrutaste? ¿Repetirías? ¿Me lo presentarás?

—¡Jean Luc! —Y es que todo dependía de la perspectiva.

Una cosa era disfrutar del momento, del placer físico y otra muy distinta que ese efímero momento de bienestar pudiera compensar el remordimiento posterior.

—¿Lo pasaste bien? —insistió.

—Más o menos —concedió a regañadientes.

—Esa respuesta no me vale, demasiado ambigua. Conmigo puedes hablar.

—Lo sé…

—Sabes que ni una sola palabra de lo que me cuentes saldrá de aquí. Así que sé sincera.

—No esperarás que entre en detalles, ¿verdad? —se defendió; su estupefacción iba en aumento.

—La técnica la conocemos todos —sonrió él con cariño—, únicamente me gustaría saber si tú te sentiste bien. Tina, no es bueno estar tanto tiempo sola —insistió el amante de su marido—. Eres una mujer que se merece pasarlo bien, en todos los sentidos. Incluyendo entre las sábanas.

—Dejemos este tema —le pidió colocándose las palmas de las manos sobre las mejillas, disimulando su sonrojo, que ya no podía crecer más.

—Solo si me prometes que lo pensarás.

—¿Pensarlo? —preguntó ella azorada. Con Jean Luc no había manera.

—Sí, pensarlo al menos. Aunque yo soy de la opinión de que hay cosas que es mejor no pensar. De hacerlo, jamás nos atreveríamos a ponerlas en práctica. —Ella fue a responder pero como era imposible llegar a un acuerdo, él mismo dio el tema por zanjado

—No estoy muy segura de eso.

—¿Trabajamos?

Tina intentó no pensar en otra cosa que no fuera lo que tenía delante y empezó por las muestras de color para la decoración de las paredes. Cosa que por cierto no entendía, pues como siempre decía Jean Luc, nunca hay que decorar la sala con elementos que distraigan la atención de la obra expuesta. Así que ¿para qué perder el tiempo?

Aun así tuvo que perderlo porque el marchante de arte no solo se mostraba quisquilloso en lo que a detalles de su vida privada se refería, sino a todo lo relacionado con la galería y con la exposición.

Puede que ese fuera el secreto de su éxito, pero resultaba cuando menos agotador.

Capítulo 19

*L*os golpes en la puerta la obligaron a abandonar su libro y su cómoda posición en el diván. Ahora que por fin había conseguido unos preciosos minutos para relajarse, alguien tenía que interrumpirla.

—Qué mala suerte —murmuró resignada.

Pasó la mano por la desgastada tela, tantos recuerdos…

Cierto que el viejo mueble estaba allí por razones sentimentales. Cuando se trasladó a vivir a esta casa, recién casada, se encargó de trasladar sus cosas personales, no tenía muchas, aparte del equipo fotográfico. Pero ese mueble en concreto quería tenerlo junto a ella. A pesar de las protestas de Pierre, que insistía en dejar claro que desentonaba con la decoración y que era un atentado estético. Sin embargo, como él solo se acercaba a su dormitorio de vez en cuando para comentarle algún asunto o simplemente mantener una agradable conversación, Tina nunca le hizo caso y no solo se lo quedó, sino que además lo utilizaba a menudo.

De hecho, podía incluso haber contratado a un tapicero para renovar la tela, sin embargo, seguía con la original, pese a encontrarse en un estado lamentable.

Con un suspiro se puso en pie y dejó su novela en una esquina, confiando en poder regresar cuanto antes y retomar la lectura.

Después se acercó hasta la cama y cogió la bata que estaba tirada a los pies y se cubrió.

A medida que se tapaba se acordó de que le había dado la noche libre a la señora Willians y, por lo tanto, tendría que encargarse ella misma. Podía llamar al jardinero o al chófer, pero no veía la necesidad de interrumpir su descanso.

A esas horas de la noche nadie esperaba ser molestada, pero ante la insistencia del inoportuno visitante, no le quedó más remedio que renunciar a uno de sus pocos placeres, ya que no siempre disponía de tiempo para la lectura.

Se encaminó por el corredor enmoquetado de la planta superior hasta llegar a la barandilla. Una vez allí se detuvo junto al interruptor aunque al final no encendió la luz.

Bajó con rapidez las escaleras pues cayó en la cuenta de que quizás se trataba de algo relativo a su hijo. No se detuvo hasta llegar al recibidor donde encendió otra lámpara; menos mal que se conocía la distribución de la casa, de no haber sido así hubiese rodado escaleras abajo o tropezado con cualquier cosa, alertando con el ruido a la servidumbre o causando algún que otro estropicio.

Quitó los cierres y abrió la puerta casi resoplando ante la carrera que se había dado hasta la entrada para quedarse inmóvil, sujetando el pomo, al comprobar quién pretendía perturbar sus horas de descanso.

No debería abrir nunca sin antes cerciorarse de quién llamaba.

¿Cuántas veces había oído esa recomendación?

Sin embargo, en ese instante, solo quería quedarse tranquila, así que pasó por alto cualquier precaución.

Y claro, ese ímpetu no podía derivar en nada bueno...

Allí estaba él, continuaba moviendo el puño como si aún pudiera hacer ruido al golpear contra la madera, en una actitud excesivamente indolente, apoyado sobre el marco y mirándola con descaro.

O más bien examinándola sin dejarse un solo milímetro por repasar.

Se sintió inquieta ante tal escrutinio, se aclaró la garganta y consiguió decir:

—¿Qué… qué haces aquí? —preguntó mirando hacia el exterior por si alguien contemplaba la escena.

Agradeció en silencio que estuvieran solos y dio un paso atrás.

—¿He de suponer que hoy es la noche libre de tu perro guardián? —inquirió con guasa sin responder a su pregunta.

Como era habitual en él, claro.

—¿Qué haces aquí? —insistió ella de nuevo agarrándose las solapas de su bata en actitud defensiva.

La contestación que obtuvo fue un leve encogimiento de hombros, como si todo le diera igual, hecho que la ponía nerviosa.

Alfred dio un paso al frente, sin esperar a ser invitado, y ella dio medio paso hacia atrás.

—No son horas —se quejó ella cada vez más nerviosa; no soportaba su parsimonia ni su actitud tan calmada.

—Depende —replicó él manteniendo su tono de guasa.

—¿De qué? —inquirió cayendo en su provocación verbal.

Él sonrió sin separar los labios antes de añadir:

—No me has aclarado la cuestión. ¿Está o no está tu perro guardián? —Como ella se mantuvo en silencio, no sin cierta chulería, apostilló—: Da igual. De todas formas, de estar no te hubieras molestado en abrir tú la puerta. Y… por lo que veo has acudido rauda y veloz. —Podía haberse detenido ahí, pues ella ya estaba lo suficientemente contrariada como para darle un respiro, pero en el último segundo decidió que nunca estaba de más aprovechar la ocasión para dejarlo caer—: ¿Esperabas a tu amante de turno y…?

Ella abrió los ojos como platos al comprender el significado. Esa pregunta no era una broma ni mucho menos.

—¡¿Cómo?! —exclamó cada vez más molesta por su insinuación.

—¿… te he decepcionado? —remató él sabiendo de sobra que no era el caso. No era precisamente un hombre inseguro.

Él mantuvo la mirada, descarada, acrecentando su malestar. No era una mujer de esas que saben manejar a los hombres y llevarlos a su terreno. El juego del tira y afloja verbal no era lo suyo y menos aún con un oponente como él. Siempre terminaría claudicando, hecho que no podía permitirse.

—No estoy para bromas —masculló decidida a no dejarse llevar. Al menos diciéndolo en voz alta podía tener una oportunidad, remota, de lograrlo.

Había que reconocer la habilidad de Alfred para arrimar el ascua a su sardina, siempre picaba y tardaba más de la cuenta en reaccionar.

Se supone que debía hacer las preguntas, sin embargo, él respondía bien con evasivas o bien con otras demandas.

—Yo tampoco —murmuró sin perder, de momento, el buen humor con el que había llegado hasta allí.

—Estás borracho —no era una pregunta sino una deducción lógica tras una extraña, que no lamentable, experiencia anterior.

—No —aseveró intimidándola aún más con esa cara de niño bueno, tan peligrosa por otro lado.

Tina sabía que si no se andaba con ojo tenía las de perder, aunque... ¿Quería ganar?

—Pues no lo parece —murmuró ella; teniendo en cuenta los antecedentes no podía creerle.

—Reconozco que la otra noche estaba lo suficientemente enfadado para cometer una locura y lo suficientemente ebrio como para venir a verte... Así que... —Se encogió de hombros como si todo esto le importara poco menos que nada.

Esa afirmación no la tranquilizaba en absoluto.

De nuevo puso distancia, al menos física, retrocediendo y confiando, no mucho la verdad, en que él no la atosigara.

—Pero no lo suficiente como para saber que me olvidé de ciertos asuntos —concluyó él para angustia de ella.

¿Qué insinuaba exactamente?

—¿Qué asuntos?

Él, de nuevo, le dedicó esa maldita sonrisa condescendiente y peligrosa, antes de responder.

—Lo que te puedo llegar a hacer si me lo propongo y además estoy sobrio. —Y para rematar apostilló—: Piensa en ello.

Ese era el problema, que ella ya tenía una ligera idea de lo que mencionaba. Sintió un pequeño escalofrío.

—¡Oh! —exclamó al más puro estilo de las damas que se escandalizan por cualquier cosa. Ni siquiera tuvo que fingirlo.

Alfred, el oportunista número uno, aprovechando su desconcierto, se acercó a ella y agarrándola de la cintura pegó los labios a su oreja para murmurar:

—Espero que debajo de esa horrible prenda que llamas bata estés desnuda —dicho lo cual la mordió en el lóbulo, consiguiendo uno de sus propósitos: que gimiera sorprendida.

—No...

—¿Ese «no» quiere decir que no estás desnuda? —la interrogó sin soltarla y la arrinconó contra la pared.

—¿Insinúas que soy capaz de abrir la puerta a altas horas de la noche en paños menores? —inquirió molesta abriendo los ojos desmesuradamente ante la sola idea de atreverse a semejante desfachatez.

Para él ese conato de indignación solo le proporcionaba mayor diversión.

—Si lo que te preocupa es el qué dirán, te advierto que con esta bata tan horrenda el estar como Dios te trajo al mundo carece de importancia —se burló él—. Pero si me preguntas a mí, desde luego, preferiría encontrarte desnuda —reflexionó sus propias palabras y con la intención de reafirmar su exposición añadió—: Sí, no cabe la menor duda, te prefiero desnuda. Me encantaría llamar a tu puerta y encontrarme con un delicioso y tentador cuerpo. Eso sí que sería un recibimiento por todo lo alto.

—¿Cómo puedes hablar con tanta ligereza? —preguntó no sin cierta inquietud ante la propuesta de él, pues hablaba con tal convicción que se temía lo peor, es decir, acabar complaciéndole.

Alfred, cansado ya de ese jueguecito de la ingenuidad al que ella siempre se mostraba tan aficionada, pasó a mayores. Buscó su boca, sujetándola primero de la cintura para que no se escapase y acto seguido bajó la cabeza para dibujar con su lengua el contorno de sus labios para, en cuanto ella los separase, besarla en condiciones.

Se entretuvo considerablemente hasta que ella no pudo resistirse más y abrió la boca. Él, satisfecho, se abalanzó al tiempo que una de sus manos presionaba sobre ese estupendo trasero acercándola a él para que sintiera la evidencia de su excitación.

En esa postura podía hacer las pertinentes comprobaciones y salir de una vez por todas de dudas, ya que ella, con su a veces insinuante, a veces exasperante ingenuidad no le aclaraba estas importantes cuestiones.

—Joder… —gruñó él metiendo la mano por debajo de la bata—, no vas desnuda —lo dijo con tono de frustración, como si todos los comentarios hubiesen sido a modo de provocación, esperando que ella solo retrasara lo evidente.

Ella, apoyándose en él, echó la cabeza hacia atrás para verle la expresión; no, no bromeaba, lo decía en serio.

Eso daba qué pensar…

Él lo entendió de forma diferente, le estaba dando mejor acceso a su cuello. Y como cabía esperar, aprovechó aquel regalo inmediatamente. Desplazó sus labios por la sensible piel de su garganta, eso sí, sin dejar de tantear bajo su ropa.

—Alfred…

Tina, que se retorcía nerviosa, quería detenerlo. A esas horas probablemente nadie del servicio estaría levantado, pero nunca se sabía qué miradas indiscretas pululaban por la casa y de ninguna manera quería ver dañada su reputación.

—¿Sí? —preguntó él sin despegar la boca de su piel. En esos momentos no prestaba atención más que a una cosa.

—No deberíamos…

Él ni tan siquiera se molestó en corregirla, estaba más que harto de esa absurda ingenuidad. Mucho protestar pero luego bien que le dejaba continuar.

Con habilidad y sobre todo con paciencia las cosas se fueron poniendo cada vez más interesantes. La mano que movía bajo su horrenda bata ya no se limitaba a acariciar partes aparentemente inocuas. Sus hábiles dedos ya habían llegado hasta su ropa interior, desplazándola a un lado y estaban rozando el vello púbico.

Solo un pequeño movimiento y podría separar sus labios vaginales e insertar uno o dos dedos, para comprobar hasta qué punto ella quería frenarle. Acción, que por cierto, dudaba muy mucho que llevara a cabo.

—¿Vamos a tu dormitorio o continuamos aquí? —preguntó él empezando a respirar pesadamente.

—Yo… —titubeó.

—Porque a mí me da lo mismo —aseveró con convencimiento.

Ella gimió, quizás algo frustrada, ya que él evitaba deliberadamente tocarla donde más lo necesitaba. Y no iba a decirle exactamente qué punto requería su atención. De hecho, las mujeres decentes no hablaban de esas cosas. Bastante mortificante era ya haber gemido.

Sin embargo, Alfred, en uno de esos extraños ramalazos de sensatez, cayó en la cuenta de que ahora existía un aspecto diferente a considerar.

—A tu alcoba, a la voz de ya —ordenó.

—Pe… pero… —balbució contrariada por el repentino cambio de actitud.

—No quiero que mi hijo vea lo que soy capaz de hacerle a su madre —murmuró él con esa voz cargada de promesas.

—Eric no está —confesó ella en voz baja más pendiente de que él continuara, sus prejuicios estaban empezando a diluirse.

Él se la quedó mirando esperando que ampliara esa información.

—¿Cómo que no está? —inquirió sacando las manos de debajo de su ropa, de repente poco interesado en continuar sus avances.

Tina se quedó sin el calor que el cuerpo de él irradiaba y se encontró apoyada contra la pared, despeinada, excitada y sola.

Alfred se había movido y la miraba. El gran espejo del fondo del recibidor le devolvía una imagen de su retaguardia y ella automáticamente se puso a pensar en encuadres y posibilidades fotográficas.

—Te he hecho una pregunta —parecía molesto—, y espero una respuesta. ¿Dónde está Eric? —Se cruzó de brazos esperando su contestación.

Ella se aclaró la garganta antes de responder.

—Tu… tu madre me llamó y me pidió… —se cerró con fuerza las solapas— me pidió que dejara a Eric pasar el fin de semana en su casa.

Era lo último que esperaba oír.

—¿Cómo?

—Bueno… yo no encontré motivos para negarme —explicó con sinceridad.

A pesar de las dudas ante tal petición, al final aceptó ya que la señora Boston en todo momento fue amable y la entendía. Para ella significaba mucho el poder conocer a su nieto y no tuvo corazón para negarse.

—No esperaba eso de ti —comentó él mostrando su asombro. Estaba más o menos convencido de que lograr tal objetivo sería una larga batalla judicial.

—Si te soy sincera… no me parecía buena idea.

Alfred la miró y frunció el ceño. ¿A qué venía esa confesión? Había quedado como una mujer comprensiva al permitir que Eric fuera con su abuela y de repente ella misma se echaba piedras sobre su propio tejado admitiendo su desacuerdo.

—Pero tu hermana también vino a buscarlo y Eric se ha encariñado con ella —sonrió con ternura—. Gaby es un amor, se han hecho muy amigos. No paró quieto hasta que accedí.

Lo cual era cien por cien cierto. No entendía cómo teniendo una madre y una hermana así, él siempre se mostraba tan hosco.

Alfred no terminaba de comprender a esta mujer y sus momentos de innecesaria sinceridad.

—Ya veo —dijo mientras intentaba conciliar las dos facetas de ella. ¿Qué pretendía exactamente? ¿Enfriarle? ¿Ganarse su aprobación?

Tina permaneció callada, sin dejar de observarle.

Su ojo de artista inmediatamente se fijó en otra cosa. Sabía que no era el mejor momento para proponerle que esperase unos minutos, que en esa posición podría tomar unas excelentes fotografías porque, y aunque de momento no hubieran hablado del espinoso tema, él jamás accedería a posar, ni vestido ni desnudo.

—Entonces, me estás diciendo abiertamente que puedo hacer lo que se me antoje, en cualquier estancia de la casa y que por mucho que protestes nadie del servicio vendrá a ver qué pasa... ¿me equivoco?

—El jardinero... —empezó ella— y su mujer viven en la casa que hay junto al edificio principal.

—Vaya por Dios, eso quiere decir que tengo que descartar los exteriores —se guaseó él—, con lo saludable que es respirar aire puro, disfrutar de la naturaleza...

Tina parpadeó, ¿de verdad lo decía en serio?

¿Al aire libre?

¿La gente hacía eso?

Alfred se dio cuenta de la perplejidad de ella, aunque la verdad, una mujer como ella de poco o nada debía sorprenderse. Sin embargo, bien pensado era de las que mantienen una intachable imagen pública y después, tras las puertas bien cerradas, se desmelenan durante un buen rato, dando rienda suelta a sus instintos más primarios. Como era lógico no se podía arriesgar a desatar esas pasiones en un lugar donde una mirada indiscreta podría hacerlo tambalear todo.

No obstante, todas esas consideraciones le importaban poco menos que un pimiento.

¿Ella prefería los espacios cerrados? Perfecto, no pondría ninguna objeción.

De todas formas, tampoco en ese momento estaba para virguerías, así que ¿para qué seguir dándole vueltas a una cuestión tan insustancial como absurda?

—¿Qué estás haciendo? —inquirió Tina en tono preocupado al ver que se aflojaba la corbata, una mala señal. O buena, según se mire.

—Dímelo tú —respondió en voz baja, peligrosa y tentadora.

—¿No irás a...?

—¿Desnudarme? —apuntó él por si no saltaba a la vista su más inmediata intención.

—No puedes...

Acto seguido se deshizo de su chaqueta, dejándola de cualquier modo sobre el aparador, como si quisiera que por la mañana cualquier criada se diera cuenta de la presencia de un hombre.

Ella, en un acto reflejo, negó con la cabeza y cogió la prenda y comenzó a caminar en dirección a la biblioteca.

Mejor no discutir con él.

—Deja eso ahí, al servicio siempre hay que darles algo de que hablar.

Ella no le hizo caso, no hizo falta mirar sobre su hombro para saber que él la seguía.

Capítulo 20

Alfred no la defraudó, puso mala cara al entrar tras ella en la biblioteca, pero rápidamente modificó su primera reacción. Puede que ya no fuera el joven impetuoso y ávido de emociones al que regañaron más de una vez al ser pillado intentando convencer a alguna criada. Pero de vez en cuando podía hacer un esfuerzo, renunciar a la comodidad de una cama y buscar un poco de emoción extra variando el escenario.

La estancia no le resultó desagradable y la verdad era que la alfombra no tenía mala pinta, aunque el suelo siempre estaría duro. Sin embargo, eso de follar rodando de un lado a otro y con una chimenea de fondo siempre resultaba atractivo.

—¿Aquí? —preguntó cerrando la puerta tras de sí.

—¿Perdón?

—Por mí no hay problema. —Echó un vistazo a la sala hasta detenerse en algo que captó su atención—. Ese sillón tiene pinta de ser adecuado. —Se acercó al mueble mencionado, se sentó apoyándose en el respaldo y se puso cómodo—. Puede valer.

—No te he traído aquí para… para… eso —le increpó al comprender sus intenciones sonrojándose.

¡Qué hombre!

—Pues si tu intención no es aprovecharte de mí, cosa que me ahorraría trabajo, te informo que si quisiera mantener una conversación mínimamente interesante te aseguro que no habría llamado a tu puerta a estas horas. Así que… ¿Qué pueden hacer un hombre y una mujer a estas horas con la ropa puesta? —Levantó la mano para que ella no respondiese, más que nada porque conocía la respuesta, o más bien la negativa a su sugerencia.

Cosa que Tina tampoco hubiera podido hacer, Alfred tenía un retorcido sentido del humor y no era capaz de tener a tiempo una réplica adecuada.

—Nada —aseveró con fingida seriedad—. Absolutamente nada.

—Hay muchas cosas. Leer, tomar una copa, por ejemplo —le

informó acercándose al carrito de las bebidas. Mantener las distancias físicas era importante.

Tenía que pensar y con él rondándola y acosándola no conseguía hilar un pensamiento coherente. Si al final decidía caer, otra vez, en la tentación, al menos quería ser consciente de ello y no dejarse arrastrar.

—No te esfuerces —interrumpió él—, no necesitas emborracharme, ya te lo he dicho. Esta vez quiero estar absolutamente sobrio para no dejarme nada en el tintero.

Tina le dio la espalda, con la copa que sí se sirvió. Aunque rara vez tomaba alcohol necesitaba tener algo en las manos para dejar de retorcer las solapas de su bata.

—Insisto en que antes deberíamos hablar. No podemos pasar por alto ciertos asuntos que tenemos pendientes —apuntó ella con la clara intención de buscar un tema del que hablar, porque si no a saber qué se le estaba pasando a este hombre por la cabeza.

—Si te refieres a tu intención de mostrar esa maldita fotografía... no sufras, mi abogado se encargará de que no puedas.

—¡No puedes impedir que inaugure mi exposición! —protestó ella vehementemente.

Alfred se sorprendió de su encendida defensa, sin embargo, mantuvo la calma al añadir:

—Puede hacer incluso que no vuelvas a exponer —tenía influencias y los medios aunque prefería no recurrir a ellos—, pero... eso ahora no me preocupa.

Ella no puso en duda la amenaza implícita de sus palabras. Alfred pertenecía a una familia que gozaba de prestigio y sobre todo de recursos para lograrlo. Aun así no quería callar su indignación.

—¿Primero me intentas seducir y después me amenazas? ¿Pretendes que encima te permita entrar en mi dormitorio? —le acusó indignada a la par que estupefacta por el descaro que mostraba ese hombre.

—El que da primero, da dos veces —dijo causando aún mayor lío en los pensamientos de ella.

—¡Deja de confundirme, por favor! —se quejó—. ¡Vienes aquí y, deliberadamente, me provocas! ¡Me amenazas! —acabó de un trago su licor y tosió por falta de costumbre. No entendía por qué mucha gente recurría al alcohol para hacer más llevaderas sus cuitas, en su caso no funcionaba—. ¡Me haces sentir cosas... desear lo que nunca...! ¡Oh! No sé ni para qué me molesto en hablar contigo.

Él, que no estaba por la labor de escuchar más tonterías, repi-

queteó sobre el reposabrazos, esperando a que ella acabase su re-
tahíla de recriminaciones. La miró de forma condescendiente, la
muy bruja solo intentaba liarle y confundirle, no obstante sabía
qué hacer. Tenía dos hermanas y una madre, sabía por experiencia que tal proceso podía durar cinco minutos o una hora, en cualquier caso mejor no interrumpir.

En estos casos, como siempre decía su padre, démosles cuerda
para que se ahorquen ellos solos.

—Estoy segura de que eres como todos —le acusó—, solo admites un punto de vista… ¡El tuyo!

¿De qué hablaba ahora esta mujer?, pensó. Quizás sí debería
aceptar una copa, esto tenía pinta de ir para largo.

—Pero no voy a perder el tiempo, pues esa pared me haría
más caso que tú —le acusó señalándole con un dedo.

Alfred hizo una mueca.

¿Cuántas veces había oído ese discurso en casa? Mil veces,
siempre se ponía del lado de su padre, más que nada por equili-
brar, pero ahora entendía muy bien por qué este se limitaba a
aguantar el chaparrón.

—Ahora, si eres tan amable, déjame sola —le indicó creyén-
dose vencedora ya que al mantenerse callado le daba la razón.

Sin embargo, su victoria resultó efímera.

Él esperó unos minutos, nunca está de más asegurarse, antes
de hablar.

—¿Has acabado? —No esperó respuesta. Se puso en pie—.
He tenido un día de mierda, mi trabajo no es precisamente tan artístico y tan reconocido como el tuyo —criticó deliberadamente—. Así que no me toques los cojones.

Ella lo miró estupefacta, no esperaba ese arranque de furia.

—Ahora, con o sin tu permiso, sí me serviré esa maldita copa.
Y si quieres hablar, hablaremos. Pero después… —la apuntó con
un dedo—, haremos lo que yo diga.

Él hizo tal y como había dicho y volvió a su posición original,
sentado en el sillón. Ahora, además, movía la copa en actitud indolente, como si nada.

—Hemos cometido un error —comenzó ella en actitud falsamente tranquila.

—No pluralices —murmuró él displicente. De momento quería mantener el buen tono y no enfadarse.

—Me refiero a lo que pasó la otra noche. No puede volver a
repetirse —dijo ella disimulando el leve escalofrío que sintió al
recordar.

—Estoy de acuerdo —dijo y la oyó respirar tranquila—, reconozco que no estuve en mi mejor momento.

Tina se relajó, parecía que empezaban a entenderse y ella a poder recuperar la normalidad. El agua volvería a su cauce y ella dejaría de cuestionarse una y otra vez su comportamiento.

—Por eso estoy aquí —remató él.

—Gracias —aceptó sonriendo tímidamente. Menos mal que mostraba un poco de sentido común.

Lo más probable era que Alfred, al estar sereno, reconociera su mal proceder, lo cual podía considerarse un signo de buena voluntad y así poder llegar, por el bien de todos, a un entendimiento sin necesidad de recurrir a abogados.

—Para hacerlo mucho mejor —aseveró con una sonrisa pícara y un guiño.

Tina parpadeó incrédula.

¡Le estaba tomando el pelo descaradamente!

En ningún momento se le había pasado por la cabeza reconocer el error y hacer propósito de enmienda.

—¡Así no vamos a llegar a ninguna parte! —se quejó amargamente.

—En eso también tienes razón —convino él desquiciándola aún más con su maldita actitud de sabelotodo.

—Debes poner algo de tu parte —le indicó mientras, ante la imposibilidad de mantenerse quieta, paseaba por la estancia. Eso sí, con la precaución de no acercarse a él. No se fiaba de lo que pudiera hacerle.

—Lo mismo digo —apostilló de nuevo arrimando el ascua a su sardina.

Sin saberlo ella misma se lo estaba poniendo en bandeja por lo que solo quedaba una opción.

—Grrr. ¡Eres imposible! —exclamó frustrada. Era la única manera de desahogarse ya que él no iba a dar su brazo a torcer y ella no iba a poder con él.

Alfred se lo estaba pasando en grande. De acuerdo, su plan original de llegar, desnudarla y follar se estaba trastocando un poquito, pero merecía la pena. Joder, si lo merecía. Hacía tiempo que no se divertía tanto con una conversación, un tanto extraña, sí, pero a excepción de su amigo Sebastian o su cuñado James, pocos le sabían seguir el juego. Y esta mujer, con o sin fingida inocencia, aún no lo tenía claro, estaba consiguiendo aplazar, que no abandonar, sus planes iniciales proporcionándole un buen enfrentamiento verbal, hecho que siempre agradecía ya que normalmente las mujeres que se llevaba a la cama no le ponían pegas ni mucho menos tantas trabas.

Sus amantes sabían a lo que debían atenerse y se esforzaban por complacerle, empezando por mostrar sus encantos, eso sí, convenientemente aderezados con costosas prendas para inmediatamente después pasar a mayores.

—Yo no diría tanto —dijo él guasón.

—Por el bien de Eric al menos…

—No me digas lo que debo o no debo hacer por el bien de mi hijo —interrumpió él, ese tema le escocía y no iba a permitirle que lo utilizara en su conveniencia—. Has intentado joderme. Sí, no me pongas esa cara, de modo que yo solo he venido a devolverte el favor.

—Yo no te he… —se detuvo, de ninguna manera iba a pronunciar esas palabras, aunque si era totalmente sincera la sola posibilidad de decirlas en voz alta la excitaba.

Él se rio, evidentemente de ella.

Y apuntó mentalmente la idea de escandalizarla en cuanto tuviera ocasión de ello. Su padre tenía razón, observando las reacciones de la gente se obtiene valiosa información.

—¿Ah, no? —replicó burlón—. Entonces es que no has prestado suficiente atención, querida —continuó él con la firme intención de desquiciarla del todo.

Joder, su madre tenía razón, cuando se lo proponía era calcado a su progenitor.

Ese tono despectivo al decir «querida» le dolió, pero era cierto ya que le había permitido demasiadas libertades, prácticamente las mismas que una amante.

La situación se estaba volviendo, a juicio de ella, insostenible, pues a cada razonamiento, él siempre respondía de igual modo. Todo lo llevaba, eso sí con habilidad, al mismo terreno, al que le interesaba.

—Es tarde y… —Sin argumentos de peso ya poco podía hacerse, así que recurrir a un tópico resultaba la única salida posible.

—Deja ya de repetir lo mismo —protestó él dejando de golpe su copa a medio beber sobre la mesita auxiliar—. Sé qué hora es, no hace falta que me lo recuerdes cada cinco minutos. Desnúdate.

—No —le contradijo rápidamente.

¿Estaba loco? ¿Cómo se le ocurría sugerir algo así cuando estaban en medio de una discusión, que, aunque no llevara a ninguna parte, era al fin y al cabo un discusión?

—¿No?

Alfred se puso en pie y caminó, como si de un depredador se tratara, hasta ella, que permanecía junto al gran ventanal. La giró sin demasiados miramientos y agarró las solapas para abrir de un tirón la horrible bata.

—Joder… —silbó sorprendido al ver lo que ocultaba la espantosa prenda.

Hay cosas que, sinceramente, no tienen explicación posible, pensó él.

—¡Aparta! —le pidió ella retorciéndose, no podía permitirle tal atrevimiento, de ninguna de las maneras.

—No, ni hablar. —Paseó la mirada de arriba abajo sin poderse creer lo que veían sus ojos.

Hizo memoria… No, esa noche no había probado ni una gota de alcohol, por lo que lo que estaba contemplando no era resultado de una intoxicación etílica.

Él esperaba algo así como una delicada y bonita confección, de esas que las mujeres llaman camisón, pero que no deja de ser un visillo trasparente; pensado exclusivamente para animar a un hombre. Alfred no necesitaba lo que se dice ser animado, pero nunca venía mal un estímulo añadido.

A nadie le amargaba un dulce.

—¿De dónde has sacado esto? —inquirió agarrando la sencilla tela de algodón blanco como si fuera un saco de patatas—. Creo que ni mi madre utilizaría estas cosas —apostilló cerrando los ojos para abrirlos al segundo y comprobar que era tan real como horroroso.

—¿Qué esperabas encontrar? —inquirió enfadada por la cara de asco de él.

—No sé… —Por primera vez en mucho tiempo no supo bien qué responder.

Maldita sea, cuando uno está acostumbrado a mujeres que sacan partido a su cuerpo adornándolo con un simple visillo, de repente te encuentras con la versión mojigata y austera de las propiedades del algodón blanco y no sabes cómo reaccionar exactamente.

Se pasó la mano por la cara, contrariado.

Pero, lo sorprendente del caso era que sí que había reaccionado.

—Deja de mirarme así.

Estaba ya muy cansada de ese constante escrutinio. Ella, mejor que nadie, era consciente de que sus elecciones a la hora de vestirse nunca iban más allá de la comodidad. Apenas le interesaba la moda y mucho menos cuando se trataba de prendas íntimas, de esas que se supone que nadie va a tener la oportunidad de ver.

—Me dejas, sencillamente, sin palabras —admitió él.

¿Cómo era posible que una mujer, proclive a desanimarle, propensa a ocultarle cosas importantes, dispuesta a humillarle públicamente y especialmente inactiva en lo que a seducción se refiriera consiguiese tenerle en aquel estado de excitación?

Joder, pero si el camisón blanco la cubría de la cabeza a los pies. Que el algodón no era ni trasparente ni marcaba sus curvas. No había por dónde cogerlo.

¿Se estaba haciendo mayor?

¿Sus gustos sexuales estaban cambiando?

¿Qué clase de extraña perversión era esa?

—He cambiado de idea —murmuró él finalmente confundiéndola una vez más.

Dio un paso atrás y la dejó libre.

Ella respiró profundamente.

Pero su tranquilidad iba durar menos que el agua en un cesto.

—Vamos a tu dormitorio. —Alfred le tendió la mano—. Es una oferta amistosa —caminó hasta la puerta y la abrió—, pero no tengo reparos en cogerte como si fueras un saco de patatas y llevarte a rastras. Tú eliges. —Y para contrarrestar un poco su amenaza le dedicó una radiante sonrisa.

Como decía su madre: se cazan más moscas con miel que a cañonazos.

Capítulo 21

Ser cargada al más puro estilo primitivo no era lo que se dice muy apetecible así que optó por una salida menos escabrosa. Quizás solo estaba ganando tiempo pues él estaba decidido a conseguir su objetivo.

—Si la memoria no me falla, hasta soy capaz de encontrar tu dormitorio por mí mismo —comentó con tono falsamente casual.

Esa frase en boca de Alfred era de todo menos modesta, desde luego continuaba con ese matiz jocoso que la estaba poniendo cada vez más nerviosa.

¿O puede que esos nervios fueran producto de las expectativas que él estaba creando?

Porque, aunque daba rabia reconocerlo, poco a poco, con todo ese extraño debate, Tina empezaba a pensar en ciertas actividades nocturnas a las que él parecía tan aficionado y que bien por acción de él, o por omisión de ella, terminaba sintiendo.

En medio de todas sus elucubraciones se le pasó por alto un importante detalle: Alfred, ajeno a ellas, le había dado la espalda y con tranquilidad caminaba hasta la escalera con la firme intención de subir.

En efecto, él anduvo el camino hasta su alcoba sin vacilación. Abrió la puerta y entró como si fuera su dormitorio, como si lo hiciera con cierta regularidad.

O peor aún, como si fuera algo cotidiano.

Ni siquiera miró hacia atrás para ver si ella lo seguía.

A veces tanta seguridad puede resultar odiosa.

Tina parecía la extraña en toda esa situación, le había seguido en silencio, como si estuviera hipnotizada, incapaz de plantarle cara o de al menos mostrarse un poco más resuelta.

¿En el fondo quería que estuviera allí?

Mejor eliminar los signos de interrogación y de una vez por todas no autoengañarse, pues se puede mentir a todo el mundo pero jamás a una misma.

Cuando volvió a mirarle se dio perfecta cuenta de que Alfred seguía a lo suyo, como si nada, sin tener en cuenta las implicaciones de seguir adelante. Por lo visto debía estar más que acostumbrado a eso de los escarceos amorosos.

Alfred, que ya se había desprendido de la chaqueta hacía un buen rato, dejó caer los tirantes, se sacó la camisa de los pantalones y la miró por encima del hombro. Al comprobar que ella continuaba con esa maldita actitud, se acercó a ella con un gesto malhumorado mientras se quitaba los gemelos.

—Deja ya de fingir. —No esperó más respuesta y procedió a desabrochar los botones de la parte superior del horripilante camisón, no veía el momento de deshacerse de tan espantosa creación de algodón. Como la paciencia se le había agotado hacía un buen rato, terminó por agarrar la prenda de los horrores desde abajo y quitársela por la cabeza—. Ya está, joder qué a gusto me he quedado.

—¡Eres un… un… energúmeno! —protestó ella con el camisón de la discordia enredado en su cabeza y dando manotazos a diestro y siniestro para liberarse.

No podía verse, sin embargo, estaba segura de que a ridícula no la ganaba nadie.

—Y tú tienes un culo estupendo —canturreó él aprovechando

el momento para palmeárselo y darle ánimos—. No te me vengas abajo, enseguida me quito la ropa y ya verás cómo cambia la cosa.

Dicho y hecho, en un abrir y cerrar de ojos estaba tan desnudo como Tina.

Se situó frente a ella y ella aguantó como pudo la vergüenza doble, de sentirse tan expuesta y de verle a él así tan cerca y, por lo visto, preparado para atacar de un momento a otro.

Y es que, a pesar de fotografiar cuerpos desnudos, la diferencia entre estar detrás de la cámara y sentir, oler la piel tan cerca, resultaba perturbadora cuanto menos.

—Apaga la luz, por favor —susurró sin mirarle a los ojos.

Un tardío y triste ataque de pudor.

—¿Perdona?

—Apaga…

—Ya te he oído la primera vez. Y la respuesta es no, ni hablar. Quiero… primeros planos, buenas perspectivas, no perderme ni un detalle —dijo él aplicando términos que ella conocía muy bien.

Alfred colocó la mano bajo su barbilla y, tras un nuevo repaso visual que le complació, se inclinó lentamente para buscar sus labios. Él, si se lo proponía, hasta podía ser delicado, al menos en los comienzos.

Simultáneamente colocó la mano libre en su cadera para pegarla a él lo máximo posible y así establecer mayor contacto. Una vez que la tenía bien adherida a su piel y que su erección podía rozarse contra ella, comenzó a mover las manos, recorriendo su espalda y bajando hasta tocar su culo. Evidentemente no iba a limitarse a tocarlo superficialmente.

Con los dedos tanteó la separación de sus nalgas, consiguiendo que ella, en una reacción instintiva, se apartara de esos inquisitivos dedos y se pegara aún más. Sonrió complacido, movimientos como ese siempre se agradecían. O, para ser más concretos, su erección era quien se lo agradecía fervientemente, pues al quedar aprisionada con más fuerza entre ambos cuerpos el roce resultaba mucho mayor.

Tina, por su parte, ya sin argumentos ni defensas para detenerle, le rodeó con los brazos, aferrándose a su cuello y dejándole hacer. Desde luego todo lo que estaba pasando podía ser cuestionable moralmente hablando, pero desde el punto de vista sensorial no se podía poner ningún reparo. Tocaba no solo los puntos donde evidentemente esperaba, sino además buscaba otros nuevos, que ni ella misma sabía que podían llegar a ser tan excitantes.

La columna vertebral, por ejemplo, la cual recorría con las yemas de los dedos, desde la nuca, bajando deliberadamente despacio, hasta llegar a la separación de sus glúteos, donde se demoraba realizando pequeños círculos sobre ese insignificante pliegue de piel que tantas veces se obviaba para ir a lo evidente.

Alfred hacía tiempo que esa lección la tenía bien aprendida. No hay nada mejor que la estimulación de puntos aparentemente poco sexuales como para sensibilizar todo el cuerpo de una amante.

Acostarse con una mujer podía ser un visto y no visto en el que ni siquiera te desvestías más allá de lo imprescindible para sacar la polla y poder meterla. Sin embargo, ahora, y más aún con una mujer como la que tenía delante, no le apetecía ni lo más mínimo penetrarla a las primeras de cambio y acabar en cinco minutos.

O menos.

Tina sentía como él se frotaba contra ella y cómo su erección buscaba el camino natural entre sus piernas, aunque estaba claro que en esa posición no iba a ser posible.

¿O sí?

—Mmmm —susurró él buscando más puntos sensibles en la piel de su cuello sin soltarla.

Como si estuvieran bailando se acercaron hasta la cama y él, por si acaso, no la soltó. Se tumbó sobre ella sin dejar de probar, con su boca, cada centímetro de piel al que tenía acceso.

Tenía una especial fijación por lamer su oreja, tanteándola con la lengua o cogiendo el lóbulo entre sus dientes. Todo ello acompañado del murmullo de palabras picantes.

—Con mi lengua voy a indagar en cada uno de tus recovecos… —jadeó junto a su oído frotándose contra ella.

Y Tina no lo dudó ni por un segundo.

Hasta ahora pensaba que ese lenguaje vulgar y hasta soez resultaba ofensivo, pero por lo visto no era así, sino todo lo contrario pues notaba cómo cada una de esas ordinarieces elevaba su temperatura y su deseo.

Y él debía saberlo, pues no cejaba en su empeño de deleitarla con todo un repertorio de vulgaridades, a cual más obscena y explícita.

—Voy a conseguir que grites, que me claves las uñas… cuando mis dedos entren en tu cuerpo, abriendo el camino a mi polla…

Tina inspiró profundamente, por el tono con el que pronunciaba cada sílaba saltaba a la vista que no era una sugerencia, sino toda una descripción gráfica del proceso a seguir.

Tan inmóvil se quedó que él se extrañó.

—Haz algo, joder —protestó incorporándose sobre sus brazos para mirarla—, agárrame la polla, tócame el culo… yo que sé. —No dejaba de sorprenderle la pasividad de esta mujer que, lejos de enfriarle, le enervaba aún más.

Para facilitarle la tarea se desplazó a un lado, colocándose de costado. Notó que la tímida mano de ella se situaba sobre su muslo, pero que no terminaba de acercarse a su erección.

¿Para qué repetir las cosas?, pensó él y pasó a la acción.

Sin más la tomó de la mano y la puso sobre su erección para que no se anduviera con tonterías.

—Así, mueve la mano, rodéala con los dedos —indicó sintiéndose un poco estúpido ya que ella estaría más que acostumbrada a acariciar al amante de turno.

Tina, sin mirarle a los ojos, aceptó la sugerencia y comenzó un lento vaivén, sorprendiéndose por la textura. No esperaba algo así, suave a la par que duro.

Poco a poco fue cogiendo confianza, y lo que eran movimientos pausados pasaron a ser más vehementes, cerrando sus dedos alrededor del pene y apretando, observando en todo momento las reacciones de él.

No debía ir por mal camino, pues la respiración de él resultaba cada vez más irregular, más forzada, a la par que sus caricias eran mucho más certeras.

—Está mal decirlo, pero me encanta encontrarte tan húmeda —medio gruñó en su oreja antes de morderla.

—¡Ay, Dios mío! —exclamó al notar que no solo eran caricias sino también hábiles toques en su clítoris, tan hinchado y necesitado que podía resultar incluso doloroso.

En respuesta a tan preciso roce le agarró con más fuerza, apretándole la polla entre sus dedos y logrando que él diera un respingo.

—Veo que sacas las garras —bromeó él.

Cosa que no le extrañaba, ninguna mujer podía fingir durante tanto tiempo, aunque había que reconocer que el papel de tímida, que tan bien y durante tanto tiempo representaba, le había excitado como nunca antes.

Él continuó con su particular exploración táctil, estaba encantado, porque en esa posición podía observarla, ver cada una de sus reacciones, y lo cierto era que ofrecía una imagen increíblemente tentadora.

—Vamos a ver qué secretos escondes —dijo con voz ronca despertando, no solo con sus manos, el deseo de ella.

Se mordía el labio suavemente, pero cuando eran dos en vez de uno los dedos que utilizaba para penetrarla, ella se lo mordisqueaba con más fuerza. Eso sí, desviando constantemente la mirada, evitando su mirada. Algo curioso, pero bien sabía que no tenía mayor importancia, si prefería perderse los detalles... allá ella.

Lo que sí le pareció extraño era ese afán por contener sus gemidos. No entendía el motivo, así que se preocupó de intensificar sus caricias, quería verla explotar, estallar, que abandonase de una maldita vez esa jodida contención.

Alfred se movió para deslizarse un poco más abajo y prestar un poquito de atención a unos pezones duros y provocadores que solicitaban a gritos un mordisquito como mínimo, ya que habían permanecido inexcusablemente desatendidos.

Sacó la lengua y, dejando un rastro húmedo desde el exterior hasta la aureola, chupó el pezón y lo atrapó con los labios. Realizó varias intensas pasadas sobre la superficie rugosa y tiró de él con los dientes, manteniéndolo así unos tormentosos segundos para soltarlo de repente, dejando una huella húmeda que procedió a soplar, alternando el calor acumulado con la presión y la frescura de su aliento, consiguiendo un efecto devastador en las terminaciones nerviosas de Tina.

—Como sigas mordiéndote así el labio... —repitió el proceso de morder, lamer y soplar antes de seguir hablando— vas a hacerte daño —murmuró él sonriendo contra su piel.

—Lo sé —suspiró arqueándose contra su boca a la espera de su nueva dosis de dolor, sin poder explicarse cómo era posible.

—Y a mí también —protestó él.

Tina no entendió a la primera a qué se refería pero cuando él colocó su mano sobre la suya instándola a aflojar el ritmo, cayó en la cuenta de que lo estaba estrujando.

Inconscientemente o no, ella abrió más las piernas y dobló las rodillas, afianzando las plantas de los pies sobre el colchón, como si quisiera tener un buen punto de apoyo, ya que lo que Alfred le estaba haciendo resultaba demasiado intenso como para permanecer inmóvil. Bastante tenía ya con evitar gritar, a veces de placer, a veces de frustración cuando él aminoraba el ritmo.

—Me encanta verte tan sonrojada.

Hubiera preferido al menos estar a oscuras pues no dudaba de que su cara estaba roja como un tomate maduro, pero quizás la vergüenza que suponía quedar expuesta se iba diluyendo a medida que aumentaba la sensación de bienestar.

Él, por su parte, dejó a un lado sus inminentes necesidades para concentrarse en lo que estaba viendo. Aquello empezaba a ser un espectáculo de lo más erótico. Veía en cada una de las reacciones de Tina principalmente la contradicción, como si luchara continuamente debatiéndose en lo que su cuerpo experimentaba y lo que muchas mujeres, especialmente aquellas condicionadas por su educación, creían que no debían disfrutar.

Empezaba a verlo claro. No fingía, no disimulaba, se comportaba, o al menos lo intentaba, tal y como le habían dicho que debía hacerlo.

¿Y si esa supuesta lista de amantes estaba compuesta solo por incompetentes?

Sonrió, hay cosas que podían tener fácil arreglo.

Intensificó la presión que ejercía sobre el clítoris, sabiendo que de ese modo ella no tardaría demasiado en correrse. Automáticamente ella jadeó y le soltó la polla para clavarle las uñas en el muslo. Él lo asumió y apretó de nuevo el pulgar.

Ella arqueó las caderas y su mano ejerció aún más fricción al mismo tiempo que dibujaba círculos sin perder el contacto. Estaba seguro de que acabaría con marcas en los hombros por la forma en la que ella le clavaba las uñas.

Alfred separó los dedos para que su meñique, previamente lubricado con los fluidos femeninos, tanteara en la zona tantas veces olvidada entre sus labios vaginales y su ano; solo una parada técnica en su camino, para que ella no se sobresaltase.

Continuó moviendo el pulgar, describiendo círculos, cada vez más rápidos y aprovechó tal circunstancia para que el meñique acariciara la zona prohibida, como muchos la llamaban. Aunque quienes la probaban, repetían por la gran cantidad de terminaciones nerviosas que esa zona tenía y que incrementaba el placer.

—Eso es, venga, córrete. Y de paso grita —pidió él respirando pesadamente.

Ella negó con la cabeza, o a saber qué significaban sus movimientos de cuello, aunque su cuerpo admitía sin reservas la evidencia de lo que iba a suceder de un momento a otro. Sus caderas se arqueaban, en prueba de la tensión que se estaba acumulando y que cuando se liberase causaría deliciosos estragos.

Tina no podía más, iba a suceder. Su cuerpo se estaba preparando para recibir la descarga, la presión creada buscaba una salida, no se podía frenar la reacción en cadena que iba a producirse.

Pero la vergüenza seguía allí, una pequeña y casi invisible china en el zapato, que no te deja caminar libremente. Dobló el brazo para ocultarse, aunque solo fuera parcialmente, ya que hasta la luz le hacía daño.

—No… —ordenó él ya que no quería perderse ni un solo detalle. Hubiera preferido que Tina no cerrase los ojos y le mirase mientras alcanzaba el orgasmo.

Alfred se quedó anonadado, no pudo apartar la vista de algo tan hermoso.

Pocas veces se detenía a observar el clímax de la mujer que compartía la cama con él, especialmente porque estaba más preocupado por el suyo propio.

Ella estaba a tan solo un paso, él podía sentirlo, podía verlo. Pero lo más importante era que deseaba, como nunca antes, ser testigo de primera fila.

El dedo meñique, que hasta ese instante solo había tanteado, presionó al tiempo que el pulgar hizo el resto, logrando que ella despegase el trasero de la cama y que gritase, como nunca antes lo había hecho y como pensó que jamás lo haría.

Después quedó laxa, medio inconsciente y sonrojada. Él permitió que se tapara y ella no quería despegar el brazo de su cara por si todo aquello no era real, por si se encontraba con la cara burlona de Alfred.

No le quedaban fuerzas ni ganas para soportarlo.

Él permaneció en silencio, asombrado y maravillado, tanto por el comportamiento de ella como por el suyo propio. Joder, ¿desde cuándo se mostraba con tanta contención?

Prefirió no responder porque a buen seguro no iba a gustarle nada de nada la respuesta y eso lo arrastraría a una reflexión a la que de momento no quería dedicar ni un minuto.

Movió los dedos resbaladizos y lubricados por sus labios vaginales para abandonarlos y después fue ascendiendo. Se detuvo a la altura del ombligo y tras dos sonoros besos continuó su ascenso, pasó entre la separación de sus pechos y paró cuando alcanzó su labios entreabiertos.

—El orgasmo femenino suele ser un misterio para cualquier hombre —dijo acariciando sus labios con los dedos impregnados de su lubricación natural—, pero debo decir que a partir de ahora voy a ser uno de esos privilegiados que lo conocen de primera mano.

Capítulo 22

*L*a mano de ella, relajada, permanecía sobre su muslo. Bajo ella se adivinaban las marcas dejadas por la uñas en los momentos más álgidos. Alfred permaneció callado, sin dejar de mirarla, esperando a que ella respirase con más normalidad. Estaba claro que la cosa no iba a quedarse así, pero ¿qué importaba retrasar lo inevitable unos minutos más?

Llevaba bastante tiempo empalmado y sufriendo las consecuencias de no dar salida a toda esa tensión, no obstante, bien podía resistir hasta que ella se mostrara más colaboradora.

Ella, ajena al sufrimiento masculino, estiró y cerró las piernas pero continuaba tapándose la cara, y él, que se moría de ganas por verla, la agarró de la muñeca y con suavidad apartó el brazo.

Inmediatamente Tina giró la cara hacia el lado contrario para evitar su mirada.

—Voy a tener que empezar a tomármelo como una afrenta personal —dijo él en voz muy baja, con tono distendido pero sin rastro de burla.

Se puso cómodo, recostándose de lado y apoyándose sobre un brazo, a la espera de que llegara su momento, porque a buen seguro ahora venía uno de esos momentos de innecesaria cháchara que a las féminas tanto les gustaba.

—¿Perdón? —inquirió sin comprender una sola palabra de ese enrevesado comentario. Pero ¿cuándo aprendería a apreciar sus palabras sin hacer el ridículo?

—Parece como si quisieras huir de mí, como si estuvieras molesta e insatisfecha por lo que acaba de suceder y para no decírmelo a la cara me evitas —explicó él sin perder la sonrisa y el buen humor.

Ella por fin le miró. ¿Dónde estaba la trampa?

Si algo había aprendido de sus conversaciones con él era que hilaba muy fino, sus palabras podían encerrar más de un significado, y desde luego no hacía comentarios vacuos. Alfred no daba puntada sin hilo, sin embargo, seguía sin entender por qué no decía las cosas de forma comprensible, sin buscar subterfugios o frases con doble sentido.

—Alfred, por favor, no estoy para acertijos —le dijo suavemente.

Suspiró y se movió en la cama, no terminaba de sentirse a gusto sin nada que tapara su desnudez.

—Yo tampoco —concordó él y, sin dejar de sonreír se inclinó hacia ella, manteniendo su expresión seductora, hasta rozar sus labios con los suyos.

Parpadeó desorientada ante tal cambio de actitud y se limitó a esperar los escasos segundos que tardó en ser besada a conciencia.

Abrió dulcemente los labios, permitiéndole que él introdujera la lengua y jugara con la suya.

—Has estado, sencillamente, deliciosa —murmuró él contra su boca.

—Alfred... —su súplica estaba teñida de un inconfundible matiz de vergüenza.

—Hummm —se limitó a decir sin querer despegarse de ella, quizás más pendiente de la piel que podía rozar con sus labios.

Parecía mentira que él, sin haber obtenido ningún tipo de satisfacción sexual, se limitase a besarla, sin prisas, en vez de situarse entre sus piernas y penetrarla.

Ella le rodeó con los brazos y amoldó el cuerpo al suyo. Permitiendo así que el contacto no solo tuviera un punto, sus bocas, sino que la superficie de piel rozándose fuera mayor.

Quería satisfacerle, o al menos intentarlo, pero no sabía muy bien cómo. Maniobró entre sus cuerpos hasta tocar su polla y él dio un respingo.

Era cien por cien consciente de que él no había disfrutado, así que ahora tocaba esforzarse y devolverle todo, o en parte, el placer recibido.

—Tranquila... —susurró él apartando su mano para que no le dejara marcas en su pene, porque por la forma de agarrárselo, placer lo que se dice placer, muy poco.

—Yo...

Parecía avergonzada y él dudó de nuevo sobre si fingía o no, sin embargo, descartó ese pensamiento ya que no podía ser.

Prefirió concentrarse en lo que debía, tener divagaciones absurdas con una mujer desnuda delante y una erección desatendida entre las piernas no era sino una gran pérdida de tiempo.

Alfred sabía por experiencia que muchas mujeres, tras un orgasmo, y en el caso de Tina uno intenso, preferían relajarse y no les gustaba demasiado que las tocaran de nuevo hasta pasado un buen rato. Llegó a esa conclusión cuando la acarició superficialmente entre las piernas. Comprobó que aun estando húmeda ella había hecho un gesto evidenciando que en ese instante le causaba más molestia que placer.

Así que se limitó a besarla, en los labios, en el cuello, en el hombro, todo ello aguantando como un campeón, haciendo caso omiso de su cada vez más imperiosa necesidad de penetrarla.

Aunque...

—¿Quieres devolverme el favor? —inquirió junto a su oreja.

Si algo había aprendido de su cuñado era a hacer las preguntas adecuadas para obtener las respuestas deseadas, por lo que, aun pecando de maquiavélico, era un buen plan.

Ella asintió, sabía que acariciándole su miembro podría proporcionarle cierto placer, aunque dudaba de que fuera todo lo efectivo que él deseaba.

—Vas por buen camino, no te lo niego —continuó él apartándose un poco para que ella pudiera tener mejor acceso a su erección—, pero puedes hacerlo mejor.

Tina hizo una mueca, agradecía el gesto de confianza por parte de él, pero la realidad iba a imponerse, en breve, además.

Alfred le apartó la mano y se puso cómodo, tumbándose boca arriba. Ella lo miraba sin entender, pero expectante y de nuevo le sonrió.

—Lamento no saber… —se disculpó y se hizo la firme promesa de obtener la información necesaria para no volver a encontrarse en una situación semejante.

Claro que ahora tenía dos problemas, pues también debía pensar en dónde o mejor dicho de quién obtener los datos necesarios.

Él arqueó una ceja, quizás algo extrañado. Se supone que a poco que una se fije y habiendo estado casada sabría cómo complacer a un hombre. Claro que cosas más raras se han visto en el seno de un matrimonio aparentemente bien avenido.

¿Y a mí desde cuándo me importa lo que hace una casada con su esposo?, se preguntó mosqueado consigo mismo por el curso que a veces tomaban sus pensamientos.

Recostado cual sultán en su harén cogió su mano y tras besársela dijo:

—Humedécete la palma de la mano —para que ella entendiera a qué se refería cogió su mano y se la lamió, dos veces—, así evitarás hacerme daño.

—De acuerdo —convino sin saber el objeto de tal acción, pero si quería aprender no podía ir poniendo pegas.

—Aunque esto no sería necesario si me la chuparas. —Desde luego por intentarlo que no quede.

Tina negó con la cabeza ante la última sugerencia, sin embargo, atendió a la primera. Con cautela acercó su mano, ahora mojada con su propia saliva, hasta rodearle la polla con ella y empezó de nuevo; lo que para esta mujer serían suaves caricias, para él era una jodida tortura.

—¿Así? —preguntó concentrada en hacerlo bien y en no causarle ningún daño—. ¿Voy bien?

Él la dejó hacer durante unos minutos pues disfrutaba de

aquel masaje, ahora bien, así no iban a llegar a ningún lado, aunque por la cara de concentración que Tina ponía podía permitírselo unos instantes más. Resultaba chocante como poco.

—Un poco más deprisa —indicó decidido ya a acabar con los experimentos—. Y si ya de paso te acercas y dejas que te toque un poco, donde yo quiera, mejor que mejor.

Tina se acostó de medio lado, junto a él, apoyándose en su hombro y continuó con su exploración táctil. Puede que su primera intención fuera satisfacerle a él, pero para ella resultaba todo un descubrimiento el comprobar las reacciones de un hombre cuando se le acariciaba; estaba atenta a sus expresiones, a sus murmullos y gemidos.

—No me despistes —le dijo cuando comenzó a pellizcar el pezón que tenía más a mano, el cual seguía tan duro y tieso a la par que sensible como desde que él había llegado.

Como era de esperar, Alfred siguió a lo suyo. Para animarla colocó su propia mano sobre la de ella para marcar la cadencia que le gustaba. Tina pareció comprender y se aplicó para que su mano, de nuevo a solas, se moviera adecuadamente.

—Tú ocúpate de lo que tienes entre manos y olvídate del resto —sugirió él inspirando sonoramente.

—Eso va a ser difícil —murmuró contrariada. Si él no dejaba de tocarla y desconcentrarla, no iba a ser capaz de hacerlo bien.

Alfred tomó la decisión, o mejor dicho, se resignó a dejarla tranquila, que maniobrase a su antojo, pues parecía decidida a no hacerle mucho caso.

Cerró los ojos, preparado para sufrir lo indecible, pues llevaba demasiado tiempo en estado de máxima excitación y un hombre en esos casos no suele ser muy propenso a razonar, bien que lo sabía.

Al parecer ella se vino arriba pues sus movimientos, cada vez más precisos, le estaban acercando cada vez más al ansiado clímax. Joder, estaba mostrando tal contención digna de estudio, que ni él mismo se lo hubiera creído de haberlo pensado antes.

Y no solo eran los toques certeros concentrados en su pene, sino también las caricias de las zonas colindantes. Con las yemas de los dedos de la mano libre recorría su abdomen, sus muslos, todo delicadamente, sin ejercer demasiada presión, pero consiguiendo un efecto óptimo.

Quién se lo iba a decir; normalmente son ellas las que disfrutan de esos mimos, de esas leves caricias. Los hombres como él optaban, casi siempre, por ir al meollo de la cuestión. Pero al parecer ella tenía otra teoría, que llevada a la práctica le estaba satisfaciendo.

Y lo más perturbador era que, técnicamente hablando, no aparentaba ser muy experta. Había tenido las suficientes amantes como para poder hacer comparaciones, y con las caricias de Tina como mucho un adolescente cachondo podía llegar a correrse.

Pero por lo visto él tenía de nuevo dieciocho años, porque estaba excitado como hacía mucho que no lo sentía.

Alfred echó la cabeza hacia atrás, pero mantuvo la mano sobre su pezón mientras que ella continuaba masturbándolo. Su respiración, cada vez más irregular, era lo único que se escuchaba en la habitación. Tina notaba, al estar apoyada sobre él, que su pulso iba a una velocidad frenética. Ella estaba en la misma situación, su respiración también distaba mucho de la normalidad.

—Sigue… —imploró él entre jadeos.

Quizás toda aquella escena le impactaba mucho más, ya que por desgracia para ella era desconocida. En sus dos intentos anteriores por tener un amante no hubo oportunidad de conocer de primera mano qué gustaba o qué no a un hombre.

Claro que también Alfred le había sugerido que se la chupara y ella por ahí no pasaba.

Él, a punto de correrse, pellizcó con más brío su pezón, martirizándolo y consiguiendo que ella sintiera de nuevo ese hormigueo entre sus piernas.

—Si ahora te acariciaras ese bonito coño para mí, sería increíble.

—¿Cómo dices?

Ella, que no podía sonrojarse aún más, no quiso ni pensar en lo que él sugería.

Su mano subía y bajaba por todo su miembro.

—Háblame —rogó él.

—¿Qué quieres que te diga?

—Que te encanta meneármela… —Movió las caderas, cada vez más cerca.

—¿Cómo?

—Que estás tan húmeda y caliente que solo piensas en follar conmigo… —continuó para martirio de ella y excitación de él.

—No hablas en serio —le recriminó escandalizada.

—Que disfrutas como una loca cuando estoy entre tus piernas —agregó.

—¡Alfred!

—Que un día de estos te pondrás de rodillas y me harás la mamada del siglo.

—¡Deja de decir guarradas!

Él, que continuaba con los ojos cerrados, gozando del momento, tanto de la estimulación manual como de las posibilidades de sus sugerencias y, qué duda cabe, de escandalizarla, se agitó, ya en el punto de no retorno y apretó los dientes ante su inminente orgasmo.

—Joder… —alargó las sílabas hasta que, tras un par de minutos de agonía arqueándose, eyaculó y por fin pudo descargar toda la tensión acumulada. Inspiró profundamente y cuando fue capaz de hablar dijo—: Ahora no te pongas quisquillosa con mi semen.

Tina no iba a protestar, más que nada porque estaba más concentrada en no perder detalle.

Aquello, aparte de la evidente función biológica, tenía muchos más matices.

La sustancia blanquecina impregnaba su mano y ella lo movió entre las yemas.

—Si quieres probarlo… no pensaré mal de ti.

—Déjalo ya. No sé por qué dices esas cosas —murmuró sin dejar de observar ese fluido que esparcía entre sus dedos. Quería formular muchas preguntas pero comprendió que no era ni el momento ni el lugar.

Alfred se incorporó, sentándose junto a ella en la cama y la besó en el hombro.

—Como comprenderás, si estoy desnudo con una mujer y estoy excitado no me voy a poner a hablar de política o del tiempo.

—Pero esas cosas que has dicho…

—Nada que no pueda hacerse —aseveró él con un sonrisa que proclamaba a los cuatro vientos que sabía muy bien de lo que hablaba.

Dicho esto agarró la sábana y, sin miramientos, se limpió. Después la apartó a un lado con toda la naturalidad del mundo.

—¿Dormimos un poco o te apetece un nuevo asalto?

—No hablas en serio —afirmó sin dar crédito a lo que oía.

Él sonrió maliciosamente.

Capítulo 23

A pesar de la amenaza implícita de su sonrisa, Alfred, contra todo pronóstico, se quedó dormido como un tronco poco después. Cierto que Tina tampoco hizo nada por alentarle pero por lo visto el hombre debía de venir ya algo cansado de casa.

Ella, para no variar, estaba en vela, acostada de lado y de nuevo dándole vueltas en la cabeza a lo que había ocurrido.

«Es que no aprendes nunca», se repitió una y otra vez, como si martirizándose pudiera dar marcha atrás o estar preparada para decir que no la próxima vez.

Dejando a un lado lo extraño del caso, que para eso no encontraba explicación, ya que no sabía el motivo por el que él había vuelto, a ella le hubiese gustado comportarse de forma diferente.

Estaba segura de que él no decía nada para no humillarla, que se conformaba con lo poco, o nada, que ella le ofrecía. Con bastante probabilidad lo único que estaba haciendo era pasar el rato con ella, una especie de premio de consolación.

O lo que suena peor: segundo plato.

Seguramente su amante habitual estaba ausente, de viaje, o indispuesta y él, como todos los hombres incapaces de controlarse, había visto en ella la solución temporal a sus necesidades más primitivas. Por lo que al tratarse de algo provisional bien podía conformarse con cualquier cosa, como quien tiene a la cocinera de vacaciones y se prepara algo rápido para salir del paso.

Mientras escuchaba los suaves ronquidos a su espalda y siendo consciente de su pésima opinión de sí misma, no se dio cuenta de que sus divagaciones iban perdiendo fuerza porque poco a poco la fue venciendo el sueño...

Sin saber muy bien cuánto tiempo había podido dormir, sintió una mano agarrándola de la cintura y un cuerpo pegándose a su espalda.

Tina nunca compartía lecho, así que en un acto reflejo, se apartó, arrimándose más al borde de la cama, con la intención de seguir durmiendo.

Pero enseguida él volvió a pegarse y ella a separarse.

Y así, centímetro a centímetro Tina fue moviéndose hacia el final y a pesar del tamaño de la cama apenas quedaban diez centímetros para que se acabara el colchón.

Ya no podía distanciarse más o acabaría cayéndose de bruces y comprobando si su alfombra era o no idónea para amortiguar el golpe.

—Alfred... —protestó agitando un brazo para que él volviera a su lado y le dejara un poco de sitio.

Si todos los hombres eran como él a la hora de dormir, no entendía cómo algunas mujeres decían no poder conciliar el sueño si no estaban junto a su esposo.

—Hmmm —murmuró o gruñó somnoliento, completamente

ajeno a los problemas de espacio de ella; parecía cómodo y poco proclive a separarse.

Ella no estaba acostumbrada a compartir cama, pero estaba claro que era suficientemente ancha como para dormir los dos sin tener que molestarse.

Intentó de nuevo que él respetase su deseo de dormir encogida en un espacio reducido pero no hubo forma.

Cayó en la cuenta de que no era un problema de espacio, era de actitud, pues la mano de él ya no estaba fija en un punto, sino que recorría sus piernas, desde las rodillas hasta la parte superior intentando introducirse entre sus muslos unidos, acariciando ambos, no de forma brusca, pero sí bastante persistente.

—Otra vez no, por favor… —gimió cuando la mano masculina consiguió meterse entre sus piernas.

Y por lo que intuía no iban a quedarse quietas, buscaban algo más y Tina no entendía cómo era posible.

Él no dijo nada y continuó con sus maniobras. Qué mujer, el caso era decir que no, aunque luego disfrutara como la que más.

Así que como con la mano no conseguía sus propósitos, ya que ella continuaba en posición fetal, sin ceder ni un milímetro, tuvo que cambiar de estrategia y movió su pierna hasta introducirla entre las de ella.

—¿Cómo puedes tener ganas otra vez? —inquirió a medio camino entre la sorpresa y la anticipación.

Él se sorprendió, no por la pregunta, sino por el tono. Parecía como si creyera que no era capaz de follar a media noche. Poner en duda, otra vez, sus capacidades amatorias, tanto de cantidad como de calidad, le tocaba bastante la moral.

—¿Cómo dices?

Ella intentaba, sin éxito, apartarle y quedar libre, pero lo cierto era que sus negativas y sus intentos quedaban irremediablemente sin efecto. Él sabía muy bien cómo conquistarla, ya que a persistente no le ganaba nadie.

—No te hagas la tonta conmigo —se guaseó él arrimándose lo necesario para morderle la oreja para después lamer el interior consiguiendo que ella temblara—, no pensaré mal de ti si admites que te gusta.

Y ahí radicaba uno de los problemas, le gustaba, pensó ella gimiendo a pesar del esfuerzo por evitarlo. Alfred ya estaba torturándola. Se las había arreglado de tal forma que una de sus manos ya estaba presionando su clítoris de modo que ella poco podía hacer. Sabía dónde presionar para que ella cediera a sus demandas.

—No entiendo cómo… —comenzó ella en un susurro— puedes hacer esto de nuevo.

—Y yo no entiendo por qué te esfuerzas en mentir. Tienes el coño húmedo, te retuerces de gusto pero sigues erre que erre —rebatió él con la evidencia en sus manos—. Pero no te preocupes… —volvió a morderla, esta vez en el hombro—, en esta postura no hay que esforzarse mucho. Es perfecta para amantes perezosos.

—Tú… —se detuvo para inspirar profundamente cuando notó cómo él empujaba— tú no pareces de esos.

Dicho por otra mujer podía parecer una recriminación pero por el tono que Tina utilizaba únicamente parecía que estaba exponiendo un hecho.

—Bueno… lo cierto es que sí, a veces me gusta follar aplicando la ley del mínimo esfuerzo —convino él con cierto toque de ironía.

—¡Deja de hablar así! —protestó escandalizada.

—Si te sientes mejor, después iré a confesar mis pecados y aceptaré la penitencia que me impongan —se burló él—. Aunque a lo mejor al cura le da un síncope si empiezo a decirle de cuántas formas hemos follado hoy. —Ella gimió al notar cómo la penetraba con dos dedos y él añadió—: Y no te digo nada si le cuento las que se me están ocurriendo ahora mismo.

Ella lo dejó por imposible. Había que aprender de los errores y saltaba a la vista que cuanto más mostrara su desacuerdo con el vocabulario escogido, más se empeñaría él en utilizarlo, sabedor del efecto que causaba en ella.

Como los niños pequeños.

Alfred no se limitó a meterle los dedos, podía ser suficiente pero no quería limitarse a eso; prefería, y siempre que pudiera lo haría, provocar en el cuerpo de ella muchas más sensaciones. Además, por qué no decirlo, cada vez se divertía más con las exclamaciones y la censura de ella.

Era un contrapunto ideal para él.

Extrajo los dedos, ahora empapados de los fluidos producto de la excitación femenina, y situó la mano sobre su vello púbico y lo tocó, al principio superficialmente, para después dar pequeños tirones, algo inesperado. Una pequeña y controlada dosis de dolor para mantenerla expectante y atenta a sus próximos movimientos. Ella jadeó en el acto, pues sus terminaciones nerviosas estaban en estado de máxima alarma.

—Por favor… —jadeó controlándose para no gritar.

—Más alto —ordenó él y para que ella no dudase abrió la mano y con el dedo índice buscó su clítoris, el cual empezó a frotar sin tregua, consiguiendo que ella se contorsionase—. Vamos bien, pero sé que aún puedes hacerlo mucho mejor.

Ella no sabía qué responder a eso, pues él demostraba, de nuevo, que tenía más confianza en sus posibilidades que ella misma.

—Alfred… ¡Oh Dios mío! —chilló sin remedio cuando él, juntando los dedos índice y corazón, palmeó un par de veces su hinchado clítoris para después retomar sus movimientos circulares.

Ella quiso acostumbrarse a esa cadencia, sin embargo, resultaba imposible, pues Alfred alternaba, sin aparente lógica, los suaves roces con los golpecitos, desesperándola al no saber cuándo iba a venir la parte brusca para prepararse.

—Me encanta oírte gritar mi nombre —gruñó él sin abandonar su sexo y frotándose contra su trasero, haciéndole partícipe de su erección que iba pidiendo paso.

Él se agarró la polla y la posicionó para, con un suave empujón, introducirla en su acogedor coño y así poder por fin atender sus propias necesidades.

Lo que había comenzado como un revolcón sencillo y al estilo perezoso, tal y como él mismo había descrito, se estaba tornando mucho más intenso.

Él notaba que su nivel de aguante estaba ya bajo mínimos y la presión acumulada iba a estallar en breve, del mismo modo que ella, por su forma de moverse y de respirar, así que solo quedaba dar el toque de gracia.

Consiguió maniobrar y pasó el brazo sobre el que se apoyaba, hasta ahora inactivo, por debajo de ella, para rodearla completamente. La colocó en el cuello, como si quisiera inmovilizarla. Bien podía desplazarla hasta uno de sus pechos, tan olvidados, pero decidió probar otra cosa.

Colocó un dedo cerca de sus labios entreabiertos y lo introdujo.

—Lámelo.

Ella negó con la cabeza, reacción que él esperaba. Pero al estar en esa pose, completamente a su merced, no tenía escapatoria.

Alfred se aprovechó de su ventaja y sin muchos miramientos separó sus labios para meterle el dedo.

—Chúpalo —ordenó— como si fuera mi polla.

El jadeo de estupefacción o de indignación, no se paró a preguntar, que ella emitió le excitó aún mucho más.

Tina, sin entender la lógica de aquello, ¿quién podría?, y sintiéndose en franca desventaja obedeció, y con cautela pasó la lengua.

—Mmmm, así, muy bien —gimió él encantado pensando en el momento que esa lengua recorrería su polla, porque tarde o temprano iba a convencerla—. Tú sigue así y verás lo que soy capaz de hacerte.

Menos mal que estaba la luz apagada, pensó ella, agarrándose a un clavo ardiendo para no morir de vergüenza en ese instante.

Al separar los labios para poder llenar de oxígeno sus pulmones él aprovechó para introducirle el dedo completamente.

Lo atrapó con los dientes, tentada a morderle ya que no entendía el placer que eso podía ofrecerle, aunque él se encargó de explicárselo en silencio moviéndolo al mismo tiempo que su erección lo hacía en su sexo.

Jadeó ya sin contención, acalorada, sonrojada pero sin saber exactamente el motivo.

De vergüenza o de placer, no era capaz de discernir la cuestión.

Cuanto más escandaloso era el comportamiento o la lengua de Alfred, más se excitaba. Y más colorada se ponía, pero no iba a ser tan necia de oponerse.

No podía aguantar más. La tensión que sus músculos soportaban iban a volverla loca, aquello tenía que explotar de alguna manera.

—Alfred… —suplicó sin saber cómo pedirlo.

Por suerte él comprendió el motivo de su ruego y pulsó la tecla adecuada para liberarla.

Se corrió entre fuertes convulsiones y sin evitarlo le mordió el dedo para no gritar como una posesa.

—Joder… —gruñó al notar cómo su propio orgasmo aparecía. Consiguió apartarse en el último instante—. Esto de follar a medias me tiene hasta los cojones.

Alfred se separó y eyaculó sobre la sábana, después se tumbó de espaldas, separándose completamente de ella.

Maldita sea. ¿Pero dónde tenía la jodida cabeza? Otra vez había estado a punto de meter la pata, dejando a un lado si acostarse con ella no era ya suficiente metedura de pata.

Entonces reflexionó sobre un detalle, que en su afán por desnudarla y tumbarla para follársela, había pasado por alto.

Nada mejor que preguntar para salir de dudas.

—¿Habitualmente tomas alguna precaución? —inquirió incorporándose a medias para poder así quitar la sábana manchada.

—¿Precaución? —preguntó ella a su vez sin entender la cuestión.

—Sí. Por si no te has dado cuenta, estamos corriendo riesgos.

Ella seguía sin entenderlo muy bien, y tras analizar todos los posibles significados llegó a una conclusión: debía tomar, en efecto, precauciones, por lo que lo primero era la discreción, que nadie supiera nada de su relación.

—A mí me conviene tan poco como a ti que esto se sepa.

—¿Perdona? —dijo él desconcertado. Pero no tardó mucho en caer en la cuenta—. ¡Joder! Me importa un pimiento si la gente se entera. —Hizo una pausa, la gente sí le daba igual, ahora su familia… ese era otro cantar—. ¿Crees que a estas alturas voy a esconderme? ¡No digas bobadas! —exclamó negando con la cabeza.

—¡No son bobadas! —le rebatió ella y buscó una sábana con la que taparse, pues estaba amaneciendo y no quería mantener una encendida discusión con él en ese estado que la hacía sentir especialmente vulnerable.

—Mira, cuando he dicho precauciones no me refería a eso. Has estado casada, has tenido un sinfín de amantes, maldita sea, sabes bien qué quiero decir —arguyó molesto.

—¿Un sinfín de amantes? —objetó ella asombrada. ¿Cómo había llegado a esa conclusión?

Tina no tuvo tiempo de asimilar su acusación pues Alfred volvió a la carga.

—Deja de una puta vez de fingir. Puede que ese jueguecito de ingenuidad sea excitante la primera vez, pero ya empieza a cansarme.

Tina no se lo podía creer. La estaba insultando descaradamente.

—No voy a permitirte que me faltes al respeto.

—Tus ataques de castidad me molestan sobremanera. Además de poco creíbles resultan difíciles de entender. —Ella lo miraba con la boca abierta. Joder, qué bien fingía—. Y más teniendo en cuenta tu comportamiento, poco o nada recatado de hace unos instantes. Y que conste que no pongo objeciones a que en un futuro inmediato vuelvas a comportarte así.

Ella, dolida, sorbió por la nariz, no era un gesto muy elegante, pero quería evitar llorar delante de él. ¿Cómo se atrevía?

—Fuera de mi casa —le dijo señalando la puerta.

—Como quieras —murmuró Alfred levantándose.

Buscó todas sus prendas esparcidas por el suelo y comenzó a vestirse.

Cuando estaba más o menos presentable cayó en la cuenta. La muy ladina, para no responder abiertamente, había desviado la conversación y lo que había comenzado como una pregunta de lo más razonable, había terminado por hacerle parecer un ogro y convertirla a ella en poco menos que una mártir.

—Antes de irme, ¿has tomado o no precauciones? —insistió él.

Rodeó la cama y se colocó frente a ella, que permanecía sentada, enrollada en la sábana y con cara de susto.

—¡Contesta, joder! —exigió controlándose para no empezar a soltar improperios. Era muy temprano para soltar lindezas.

—¡No me grites!

—No me lo puedo creer —reflexionó él en voz alta dando así rienda suelta a su frustración—. ¿Tan difícil es responder sí o no?

Tina lo miraba y cada vez se sentía peor. No solo porque él tuviera parte de razón. Había sido descuidada y ahora tenía que confiar en la discreción de Jean Luc y de la señora Willians.

—Hablaré con mi sirvienta, no dirá nada.

—¿Cómo dices? —Esta mujer iba a acabar con él, de muchas formas. Además, ¿qué tenía que ver la servidumbre con esto?

—Solo lo saben mi criada y un buen amigo —le explicó en voz baja—. No dirán una sola palabra.

Joder, y él que había llegado a pensar, basándose en las palabras de Tina, que su perro guardián era quien le buscaba las soluciones.

Alfred, resignado, se sentó junto a ella en la cama, notó como Tina se apartaba, pero no le dio importancia a este hecho. Se pasó la mano por el pelo y la miró. De acuerdo, tenía que explicárselo todo de principio a fin. Si quería una respuesta tenía que ser bajo sus condiciones, pues muy bien.

—He tenido cuidado, pero cuando digo precauciones me refiero a las que deben tomarse en la cama, a no ser que quieras tener una familia numerosa.

—¡Oh! —exclamó ella llevándose ambas manos a las mejillas, dejando caer la sábana y mostrando sus pechos a un Alfred que por una vez mantuvo las manos quietas, había demasiado en juego y bien podía contenerse.

—Sí, ¡oh! —la imitó burlándose—. ¡Lo mismo he pensado yo precisamente!

Capítulo 24

—*P*or una vez, y sin que sirva de precedente, tápate —farfulló él haciendo una mueca.

Miró a su alrededor y ni loco iba a tocar esa jodida y horrenda bata, así que agarró la sábana de malos modos y la levantó para ofrecérsela.

Nunca pensó que fuera capaz de decir algo así a una mujer en una situación semejante.

Ver para creer, pensó Alfred.

Desde luego con Tina no ganaba para sorpresas que más tarde debería sentarse a reflexionar. Algo fallaba y eso le ponía de mal humor. Sí, definitivamente necesitaba terapia de amigo cínico y buen licor.

—Lo… Lo siento —musitó ella, avergonzada, otra vez.

—No lo sientas —resopló él—. Será mejor que te vistas, así evitaré distraerme y caer en la tentación. —No hablaba muy convencido de su repentino ataque de contención.

Tina caminó, cual geisha, hasta desaparecer en el vestidor, convenientemente enrollada en la sábana y él, mientras esperaba su regreso, se acercó a la ventana y apartó las cortinas, así la habitación quedaba perfectamente iluminada.

Aún no se oían en la casa signos de actividad; bueno, el servicio era o muy discreto o muy vago, pero a él le daba lo mismo.

Ella apareció envuelta en otra de esas horripilantes confecciones que ninguna mujer menor de setenta años se atrevería a comprar, pero que por lo visto ella se arriesgaba a adquirir para sufrimiento visual de quien la contemplase.

—¿Cuánto tiempo estuviste casada? —preguntó a bocajarro sin ni tan siquiera disimular su impaciencia con un tono menos belicoso.

Tina apartó la mirada antes de responder.

—Poco más de tres años —contestó en voz baja. No quería entrar de ninguna manera en ese tema, aún se sentía vulnerable.

—Hummm —murmuró analizando rápidamente la información antes de dar otro paso—. Eres una mujer joven, atractiva…

No necesitaba halagos porque no venían a cuento y porque dudaba de que él estuviera siendo sincero. Aun así sonaba tan bien…

—Y si no has vuelto a quedarte embarazada —prosiguió él— solo hay dos posibilidades —reflexionó mientras se paseaba por la estancia. Se acercó hasta el tocador, le extrañó que no estuviera saturado de potingues y frascos de diferentes tamaños y colores. Cogió uno, que parecía perfume, y lo volvió a dejar—: O tu esposo era estéril, nada extraño debido a su edad, o tú te encargabas de tomar precauciones.

«O mi marido jamás me tocó», pensó ella añadiendo una hipótesis más.

—No sabía que… nunca hablé con Pierre de esto —titubeó ella. No quería entrar en el meollo de la cuestión.

—Deduzco entonces que tu difunto marido era estéril —aseveró convencido descartando la otra opción.

Ella permaneció callada, no podía desmentir tal información pues tampoco sabía si era cierta. Tenía amantes, pero jamás hubiera podido dejarles en estado.

Toda esta conversación, de por sí incómoda, estaba entrando en terreno peligroso. Aunque él llevara parte de razón. Debería haber sido ella, como principal damnificada, quien se ocupara de tal menester, pero lo cierto era que en este tema, como en muchos otros, no sabía ni por dónde empezar ni muchos menos a quién preguntar.

—Y los dos sabemos que ni tú ni yo lo somos —remató no sin cierto sarcasmo.

Ella agachó la cabeza y asintió levemente.

Él empezaba de nuevo a sentirse el malo de la película. ¿Quién tenía arrestos para discutir con una mujer así?

—Pero has tenido amantes —continuó él implacable. Quizás se estaba comportando como no quería, pero le estaba hirviendo la sangre ante la pasividad de ella.

—Sí —admitió en un suspiro y bien que le pesaba, porque si al menos hubiera sido reseñable…

—Pues entonces o es que has tenido mucha suerte o yo soy el único que sabe dar en la diana —arguyó medio en broma. Tenía que tomárselo con cierta dosis de humor para no acabar loco de remate—. ¿Nunca te has preocupado?

—No.

—¡Increíble! —Levantó las manos, totalmente frustrado, para dar más énfasis a sus palabras.

Pero de nuevo el veneno de la duda hizo su efecto en él. La miró, seguía con su actitud callada, aparentemente comprensiva, pero estaba claro que sabía mucho más de lo que estaba dispuesta a admitir. Joder, le estaba tomando por idiota.

Y Alfred entró a matar.

—Entonces salta a la vista qué pretendes. —Se colocó frente a ella, quien permanecía con la cabeza baja—. Al quedarte viuda, y por lo tanto tus posibilidades de vivir del cuento se fueron al garete, decidiste provocarme, primero con esa maldita fotografía.

Tina abrió la boca estupefacta ante la infundada acusación.

—¡No! —le interrumpió ella buscando algo más contundente que alegar en su defensa, cosa harto difícil teniéndole tan cerca.

—Mírame a la cara, joder —exigió él.

Levantó la mirada y se cruzó con la de él. Tina estaba a punto de llorar, no la creía.

Qué buena actriz que era. Y él bien lo sabía, que se había enredado con unas cuantas aspirantes, las cuales no tenían ni la décima parte de talento que esta. ¡Por Dios, qué realismo!

—Has esperado estos años, callada como una puta, sin entrar en contacto conmigo para ponerme al corriente de la existencia de Eric porque tenías a otro imbécil que te mantenía. Pero ahora, otra vez sola, has decidido asegurarte de que no se te escape la presa, ¿verdad? —la acusó convencido al cien por cien.

—No sabes de qué estás hablando —le increpó ella sin levantar la voz.

—¿No? ¿Tan tonto crees que soy? Admito que he metido, y no la pata precisamente —él mismo hacía los chistes— hasta el fondo, pero ahora lo veo bien claro. Tienes una edad, y un hijo a cuestas, lo cual dificulta encontrar a otro panoli que quiera casarse contigo. Así que has pensado, ¿y por qué no volver al plan original? —Alfred continuó exponiendo en voz alta su hipótesis sin tener en cuenta nada de lo que ella pudiera explicarle.

—No tengo por qué escuchar esto —afirmó tapándose la cara con las manos y negando con la cabeza.

¿Hasta cuándo tendría que soportarlo?

Tina hizo amago de levantarse con la intención de abandonar su alcoba.

—Pues te aguantas, querida. —Le puso una mano en los hombros para sentarla de nuevo bruscamente sobre la cama—. Aún no he terminado contigo.

—Vete de mi casa —le rogó al borde del llanto.

—No te preocupes, me iré enseguida. Cuando hayamos aclarado ciertos aspectos.

Al final no pudo más y las primeras lágrimas cayeron por su rostro.

Él se apartó y esperó a que la crisis de llanto se le pasara. Nada mejor que dejar que se desahogase, pues sus lágrimas de cocodrilo no iban a afectarle. Estaba demasiado enfadado como para ablandarse por tal motivo.

—¿Has acabado? —preguntó con indolencia, sin mirarla.

Se acercó hasta la ventana sin mostrarse mínimamente conmovido. Al parecer estaba más interesado en lo que ocurría en la calle que en las reacciones de ella.

—Di lo que tengas que decir y márchate —musitó ella cansada de todo esto.

Aguantaría en silencio y después respiraría tranquila cuando se marchase. Al fin y al cabo él ya la había condenado. De nada servirían sus explicaciones.

—Lo primero que vas a hacer es retirar de tu exposición la fotografía donde yo aparezco, o me encargaré de hacerte la vida imposible —ordenó con tono de no admitir réplica, no estaba dispuesto a escuchar una sarta de mentiras destinadas a ablandarle.

—No puedes…

—No me interrumpas —la cortó tajante mostrándose lo más intransigente posible—. En segundo lugar, espero y deseo que no haya consecuencias de lo que ha pasado aquí. En caso de no ser así te pondrás en contacto conmigo y harás lo que yo estime oportuno.

—Eso es injusto, no tienes derecho.

—No te queda otra opción. Y tercero, mi abogado redactará los documentos necesarios para que Eric quede bajo mi tutela. Pasará a llevar mi apellido y, si no me pones muchos reparos, permitiré que puedas verle.

Esta última imposición fue lo que consiguió que saltara.

—¡Eres un monstruo! —le gritó poniéndose en pie—. ¡No necesito tu dinero! ¡Ni tu apellido! ¡Puedo valerme por mí misma!

—Pues no lo parece. —Él continuaba en sus trece.

—Eres tan engreído que no eres capaz de ver más allá de tus narices —le espetó con rabia.

—Y tú una vulgar ramera, pero me aguanto.

—¡Cómo he podido ser tan idiota de tropezar de nuevo contigo!

—Lo mismo me pregunto yo.

—No vas a llevarte a Eric.

—Puedo y voy a hacerlo. Has intentado aprovecharte de mí y eso no se lo permito a nadie. Has querido engañarme, engatusándome y llevándome a la cama para así asegurarte una buena posición, como hiciste con ese pobre infeliz. Pero esta vez te ha salido el tiro por la culata, querida.

Ella contó hasta diez para serenarse un poco.

—¡Yo no engañé a nadie! —se defendió.

—¿No? Ahora me vendrás con el cuento de que tu difunto marido era el ser más excepcional de la faz de la tierra, que te enamoraste perdidamente de él, que no te importaba su dinero y que sufriste desconsoladamente cuando te dejó viuda, eso sí, con una mención en su testamento.

—Pierre… tú no le conocías.

—No hace falta. Me imagino al pobre tipo, de repente casado con una jovencita de buen ver, eso alegra la vida a cualquiera. —Y si no le había causado ya bastante daño apostilló—: Ahora entiendo por qué te esfuerzas tan poco en la cama, al pobre infeliz lo tenías contento enseñándole media teta y follando una vez al mes.

Estaba claro que él ya la había juzgado, y lo que era peor, condenado. No podía perder a Eric, jamás lo permitiría. Lucharía con cualquier arma disponible. Quedaba patente que Alfred disponía de los medios necesarios para complicar su vida. Si todo salía a la luz, frente a un tribunal compuesto por hombres, ninguna mujer obtendría la custodia.

Solo quedaba la verdad como arma de defensa. Con todo el dolor de su corazón, pues iba a traicionar la memoria de Pierre dijo:

—Él nunca me tocó —admitió en voz baja.

Alfred no entendió bien sus palabras.

—¿Perdón? —preguntó aún con actitud arrogante. A saber qué patraña iba a soltar ahora para engañarle.

—Me case con él para que pudiera guardar las apariencias —añadió intentando mantener una voz serena.

—En todo caso para que las guardaras tú —contraatacó él sacando la conclusión que más le convenía.

—No —inspiró profundamente antes de continuar—. Pierre... se casó conmigo porque necesitaba respetabilidad, una familia. Tenía un... —se aclaró la voz— un amante y eso podía ser perjudicial para...

—Espera, espera, ¿has dicho un amante? —interrumpió él.

—Sí —confirmó con voz cansada—. Yo no supe quién era hasta que falleció. Sí, conocía sus gustos porque me lo explicó antes de casarnos.

—Repite eso —exigió tenso. Joder... que toda su hipótesis se iba a la mierda y no iba a saber cómo dar marcha atrás.

—Le gustaban los hombres. Y, aunque en ciertos ambientes nadie se lo iba a reprochar, si quería triunfar a gran escala, no debía conocerse su inclinación.

—Mientes —la acusó desconcertado. Si era cierto lo que estaba oyendo...

—¿Por qué iba a mentir en algo así?

—Porque él está muerto y no puede defenderse.

—Piensa lo que quieras —le dijo cansada.

—Admitamos por un momento que es cierto, que se acostaba con hombres, pero tú estabas embarazada, de mí, para más señas —dijo él intentando reorganizar sus pensamientos y encajar las piezas de forma correcta.

—Por eso me escogió. Desconozco si podía tener hijos, pero

estaba claro que no iba a intentarlo. Cuando me conoció y supo mi situación, me hizo la oferta y yo acepté.

—Joder… —consiguió decir; si antes se había sentido el imbécil mayor del reino, ahora también ostentaba el título de cretino.

—Será mejor que te vayas —dijo en voz baja, dolorida y cansada de defenderse contra acusaciones injustas.

—Ni hablar. Ahora que la cosa se pone interesante no pienso moverme de aquí. Explícamelo todo, desde el principio.

—¿Pretendes que te cuente las intimidades de mi marido?

Capítulo 25

—No, no necesito saber qué hacía tu marido cuando se reunía con sus amantes —entrecerró los ojos e hizo un gesto diciendo sin palabras que ya lo sabía y que no deseaba detalles—, me hago una ligera idea.

Alfred no tenía mayores problemas en tolerar los gustos sexuales de los demás, otra cosa muy diferente era que llegara a comprender cómo a un hombre no le gustaban las mujeres, pero, allá ellos, a más tocaban.

—Entonces, ¿qué quieres saber?

Tina, totalmente abatida, solo deseaba acabar con este interrogatorio. Se masajeó las sienes. Él nunca llegaría a comprender cómo la desesperación y el miedo que sintió la llevaron a tomar una decisión que, aun pudiendo considerarse errónea, era la única disponible.

—Quiero saber por qué no acudiste a mí, por qué te casaste con otro hombre y por qué cojones has esperado hasta ahora para provocarme. —Parecía algo picado en su orgullo. Especialmente con la última recriminación.

Joder, muchas mujeres lo habían intentado aprovechando cualquier casualidad, por lo que no llegaba a entender por qué ella no lo había hecho teniendo pruebas palpables.

—Conocí a Pierre en un salón de té donde yo trabajaba.

—¿No eras fotógrafa? —inquirió él sin disimular mucho su sarcasmo.

—Trabajaba como periodista gráfica, haciendo de todo, pero no es una profesión donde quieran mujeres. Me daban los peores encargos y eso apenas me llegaba para vivir.

—Sigue —indicó deseando que fuera al meollo de la cuestión—. ¿Cuándo descubriste que estabas embarazada?

—Yo… bueno, no presté atención a mi… —Se sonrojó, de ninguna manera iba a hablar de su menstruación con Alfred.

—Ahora no me vengas con sonrojos, continúa —pidió impaciente cruzándose de brazos. No necesitaba un jodido ataque de pudor.

A Tina no le agradaba esa actitud distante y aséptica que él estaba tomando durante la conversación.

—Un día me desmayé en el trabajo. No sabía… en fin, llamaron a un médico…

—Ahórrate la vergüenza conmigo, por favor. Creo que a estas alturas es, además de ridícula, una gran pérdida de tiempo.

Claro, para él debía de ser como hablar del tiempo, pero Tina no acostumbraba a comentar ciertos aspectos íntimos con nadie, y menos con un hombre.

—No me siento cómoda —le informó.

—Te he visto desnuda. ¿Qué más da? —Se encogió de hombros. Nunca entendería el pudor de esta mujer.

—Eso no es de mucha ayuda —murmuró ella. No hacía falta que se lo recordase pues a este paso iba a pasarse el día colorada como un tomate.

Por si servía de algo, que no era el caso, se apretó el cinto de la bata.

—Está bien. Como quieras. Piensa entonces que soy tu médico, en mi profesión oigo casi de todo. Nada podría sorprenderme —dijo conteniéndose.

¿Por qué ninguna mujer respondía a las preguntas a la primera?, se preguntó en silencio. Todas, sumándose a la teoría de su padre, parecían responder al perfil de: tú pregunta lo que quieras que yo responderé lo que me dé la gana.

Ella lo miró con desconfianza. Inspiró antes de continuar hablando.

—Esa noche Pierre, junto con algunos amigos, estaba en el local y se acercaron para interesarse. Que una camarera se desmayara siempre llama la atención. Yo sabía quién era, pero nunca me hubiera atrevido a hablarle —prosiguió ella en ese tono pausado; se sentía totalmente fuera de lugar— pero él se fijó en mí, hablamos y al final se enteró de mi problema.

—Por la caridad entra la peste, como se suele decir. —Alfred se dio cuenta en el acto de lo desafortunado de su comentario. Ella retorcía las manos y mantenía en todo momento la mirada baja, así que trató de enmendarlo—. Lo siento, ha estado fuera de lugar —rectificó intentando sonar sincero, aunque él mismo lo dudaba.

—Sabía que él apoyaba a artistas noveles, que los acogía y les ayudaba, así que le hablé de mi trabajo.

—¿Continuabas fotografiando desnudos? —quería preguntar si ahora tenía el mismo interés artístico, es decir pillar a tipos desnudos sin su permiso, pero se contuvo.

—El estudio era una ruina. Mi padre me lo dejó lleno de deudas, y yo no conseguía los suficientes ingresos para vivir y saldar cuentas. De esa forma resultaba imposible salir adelante y poca gente estaba dispuesta a posar para mí. Entenderás por qué.

—A nadie le hace gracia salir con el culo al aire, si quieres saber mi opinión.

Ella negó con la cabeza.

—No, era cuestión de dinero. Hay modelos dispuestos a cualquier cosa, dispuestos a posar como les pidas, siempre y cuando pagues el precio. A no ser que seas un artista famoso, lo cual les proporciona fama y acceden a hacerlo gratis.

—Circunstancia que no era tu caso —apuntó él entendiendo perfectamente la explicación.

Poco a poco su mala hostia se iba apaciguando.

—Por eso tuve que buscarme otro empleo.

—De acuerdo. Esa parte está entendida —dijo mirando la hora. Tenía que marcharse en breve y pensó si estaría de más pedir el desayuno.

—Como podrás suponer me encontraba en una situación complicada, no sabía cómo iba a salir adelante, así que cuando él me explicó sus razones, vi una salida a mi problema. No pensé en nada más.

—O sea, en vez de acudir al padre de tu hijo, como sería lo más lógico, se lo endosas al primero que te ofrece un anillo. Cojonudo —masculló Alfred, de nuevo exaltado, paseándose por la habitación como un león enjaulado ante lo que estaba oyendo—. Sigo sin comprender por qué no me llamaste.

—¿Cómo? ¿Dónde? —Ella no esperaba una respuesta satisfactoria—. ¿Qué hubieras pensado si me presento en tu casa diciéndote que esperaba un hijo tuyo? Estoy segura de que me hubieras mandado a paseo.

En eso lleva razón, reflexionó él. No era la primera vez que alguna pelandusca, con ganas de resolver su situación económica, había probado ese método. Claro que él siempre había obrado del mismo modo, negarlo todo.

—Estoy segura de que hubieras pensado que iba detrás de tu apellido y sobre todo detrás de tu dinero.

—Pero sí podías haberte puesto en contacto conmigo después —dijo Alfred pasando por alto que ella había dado en el blanco.

—No podía. Le prometí a Pierre…

—Ah, claro, si yo me enteraba se iba a la mierda todo el montaje —masculló con acritud—. ¿Voy mal encaminado?

—No solo es eso.

Tina se puso en pie, su cabeza iba a estallar. No entendía por qué la estaba interrogando. Alfred no daba tregua. Ella había actuado en todo momento con la única intención de salir adelante. Él no era capaz de entender lo difícil y cuesta arriba que se podían poner las cosas para una mujer sola.

Se pasó la mano por la cabeza, masajeándosela, para intentar aliviar el dolor que sentía y que cada vez resultaba mayor.

—Pierre aceptó a Eric desde el primer momento. No le importaba que no fuera su hijo biológico, se preocupó por él.

—Claro, claro, qué fácil lo tenía, ¿verdad? Total, otro se había encargado de hacer el trabajo y él de disfrutar de los beneficios.

—Sigues sin querer comprenderlo. Solo ves tu punto de vista. ¿Eres acaso el único perjudicado? ¿Eres el único que ha sufrido? —le reprochó ella.

Alfred podía llegar a mostrarse más comprensivo, desde luego, pero su frustración no le dejaba serlo.

—Sigo sin entenderlo. Si hubieses querido jamás me hubiera enterado. ¡Jamás! —Se acercó hasta ella y la arrinconó contra la pared—. Así que dame una buena razón… —se inclinó hacia ella y le habló en voz baja, intimidante— para no llevar a cabo mis planes.

—Me daba vergüenza —susurró.

—¿Cómo has dicho? —preguntó él, no la había oído bien.

—¡Me daba vergüenza saber qué pensarías de mí! —Lo empujó para apartarle pero no lo consiguió—. Dejé que… bueno tú… yo… ¡Sin conocernos apenas pues…!

Era para matarla. ¿Todo este embrollo era consecuencia de su miedo a que la tildaran de fresca?

Él no pudo evitarlo, sonrió, no era para menos. Joder, eso era lo último que hubiera esperado.

Se inclinó aún más, ocultando su rostro, para que ella no se percatara. No había manera, continuaba con su actitud recatada.

—¿Quieres decir que te daba reparo admitir que follamos al día siguiente de conocernos? —Alfred formuló la pregunta ha-

ciendo énfasis en las palabras que a buen seguro la escandaliza-
rían y a él, qué carajo, le divertía.

—Sí —admitió en voz muy baja, quizás algo confusa por la
cercanía de él.

Así no era capaz de pensar.

—¿Y por qué iba a pensar mal de ti? —continuó él sabiendo
la respuesta. Pero era tan divertido provocarla—. Al fin y al cabo
habías tenido más amantes. ¿Por qué te ibas a sentir mal conmigo?

Ella gimió, este hombre tenía cada cosa.

—¿Más… más amantes? —tartamudeó.

Él perdió la sonrisa, joder, ¿acaso no iba a abandonar nunca su
papel?

Jamás iba a pensar mal de una mujer por acostarse con él en
su primera cita, es más, odiaba a las que se las ingeniaban para
fingir interés cuando solo buscaban salir a cenar gratis.

Ahora bien, con Tina, era siempre una de cal y otra de arena y
eso, dada su reacción, iba a tener que hacérselo mirar. Pues así,
como si tal cosa, de nuevo se había empalmado y esta vez la situación era de todo menos excitante y, sin embargo, su polla no parecía atender a razones.

Se aclaró la voz antes de rebatirla.

—Eso he dicho. —Al estar tan cerca de su cuello posó los labios delicadamente. Solo un poco, algo insignificante, nada por lo
que preocuparse. Eso al menos fue lo que pensó antes de besarla,
esta vez sin medias tintas.

La besó a conciencia, inmovilizándola para evitar que ella empezara de nuevo a quejarse o a hacerse la estrecha. Y lo que comenzó como una simple aproximación iba poniéndose cada vez
más interesante.

—Vaya, parece que vas aprendiendo —murmuró contra la
delicada piel de su cuello al tiempo que metía la mano por la aber-
tura superior de la bata de los horrores; al menos encontrarla desnuda compensaba—. Me encanta comprobar que no soy el único
que se ha puesto duro con esta conversación sobre los amantes
—añadió pellizcándole un pezón.

Ella, en consecuencia, se arqueó contra esa mano invasora, de
tal forma que sus caderas chocaron contra las de él, ganándose un
nuevo pellizco, esta vez en el pezón que aún no había rozado.

—No podemos… —gimió ella intentando ser la voz de la razón.

Él, que podía estar de acuerdo, siempre y cuando su estado
de excitación no fuera tan alto, obvió tal recomendación e intro-

dujo un pie para separarle las piernas. Sin perder un segundo, movió la mano hasta posarla sobre su vello púbico y poder rozar sus labios vaginales.

—Mmmm, veo que te estás humedeciendo. Excelente.

—Esto no tiene sentido —protestó ella jadeando.

—No voy a quitarte la razón. Pero tócame, maldita sea —contradecirse a sí mismo no tenía mucho sentido, pero tampoco podía razonar en esos instantes.

Él le mostró el camino y, ante las infundadas dudas de ella, colocó la mano femenina sobre su evidente erección para que obrase en consecuencia.

Tina, sumándose a la locura transitoria en la que parecía caer siempre que él estaba cerca, le desabrochó los pantalones y apartando su ropa interior consiguió tocarle donde él había pedido.

No dejaba de sorprenderse, a sí misma para empezar, por ser capaz de tocarle ahí. Y en segundo lugar porque le daba placer; algo tan sencillo le era placentero y ella era la artífice.

Unos golpes en la puerta los dejaron a ambos paralizados.

—¿Señora? ¿Se encuentra bien?

Se mantuvieron en silencio, solo se oían sus respiraciones aceleradas.

—¿Señora? —insistió la criada.

Capítulo 26

*A*lfred despidió a su último paciente del día. Cada jornada se le hacía más cuesta arriba. Trabajar con escasos recursos minaba las ilusiones de cualquiera. Pero si había optado por ejercer en ese hospital sabía que no iba a ser un camino de rosas.

A pesar de las innumerables barreras que debía derribar cada día, no cedería tan fácilmente.

Cierto que a veces, sobre todo en días duros como ese, se arrepentía de no haber aceptado la oferta de su padre y montar una consulta privada. Evidentemente destinada a atender a pacientes ricos, ociosos y con enfermedades derivadas en su mayoría de los excesos de la buena vida o del aburrimiento.

De hecho, no había nada más rentable que curar la tontería de la clase alta.

Pero se conocía bien a sí mismo. Al cabo de poco tiempo terminaría hastiado de ver a señoras quejándose de absurdas dolencias, lo cual acabaría por convertirle en uno de esos médicos más preocupados por hacer caja, tratando a sus pacientes como simples clientes y trabajando lo mínimo posible.

Tras quitarse la bata, que a primera hora del día sí era blanca, y dejarla en el cesto de la lavandería, cogió su cartera, se ajustó la corbata y salió de su despacho.

Cerró con llave más por costumbre que por precaución, pues allí había poco que robar, pero no quería arriesgarse a que alguien le desordenara las estanterías o el instrumental médico.

Ya había anochecido y lo cierto era que no le apetecía nada volver a su vacío apartamento.

Sonrió con ironía, al sentir esa absurda necesidad de dirigirse a casa de Tina. Algo a lo que racionalmente tenía que oponerse con todas sus fuerzas, para dejar de complicar una situación ya de por sí bastante inexplicable.

Era para acudir a un loquero, eso como mínimo.

Reconocer el error suponía un importante avance, solo que en este caso el propósito de enmienda dejaba mucho que desear.

¿Y si era otro el problema?

¿Y si con Tina tenía alguna posibilidad?

¿Y si se dejaba de majaderías?

Quizás tener una familia como la suya, desde que tenía uso de razón podía recordar la relación que unía a sus padres, le estaba influyendo o mejor dicho inclinando la balanza a buscar lo que de momento no quería nombrar.

Pero ¿por qué tenía que ser ella?

Joder, pero si tenía la edad suficiente para controlarse y para no dejarse influenciar por una mujer que a todas luces era una maestra del engaño, por mucho que tuviera esos absurdos conatos de duda acerca de ella.

Sin embargo, también podía desentenderse de una dama que podía complicar la existencia de un hombre. Además, llegado el caso podía ser cuestión de esfuerzo o de buscarse una sustituta medianamente buena en la cama para borrar cualquier huella. No obstante, estaba el asunto de Eric y aquí no cabían las frivolidades de ningún tipo.

Si quería establecer una relación con su hijo, necesariamente debía entenderse con la madre. Y eso conllevaba el riesgo de entenderse demasiado con la madre. Cosa que le enfadaba y le ponía de mal humor.

No porque Tina fuera desagradable, ni una de esas féminas

que agotan con su palabrería, sino más bien todo lo contrario. Con su estudiada ingenuidad y su cuidada mojigatería le estaba tendiendo una trampa como la araña a la mosca.

Y lo peor de todo es que era consciente, sin embargo, no tenía claro si quería dejarse atrapar, lo cual, por el simple hecho de pensarlo ya resultaba peligroso.

Joder, si hasta estaba tentado de dejarse atrapar, porque, por qué negarlo, sentía esa especie de anticipación por el simple hecho de pensar en desnudarla y meterse en su cama.

Sumido en sus pensamientos no se dio cuenta de que había caminado hasta llegar a la calle donde su mejor amigo tenía un piso para sus aventuras o para refugiarse del mundo en general, según el caso.

Como no tenía nada mejor que hacer probó suerte y llamó.

Esperaba que hoy fuera una de esas noches en las que su camarada tuviera a bien necesitar aislarse del mundanal ruido.

—¿Estás ocupado? —preguntó a Sebastian cuando este abrió la puerta con cara de pocos amigos—. Si te pillo en mal momento...

—No —se apartó para dejarle pasar—. Simplemente no esperaba visitas de nadie. Y tú tampoco tienes buen aspecto, que conste —añadió con la idea de sentirse un poco mejor al compartir desgracias.

—He tenido un día de perros. En fin, necesito animarme un poco —masculló entrando en la casa aprovechando la confianza que existía entre ambos.

—Pues que Dios nos pille confesados —murmuró Sebastian cerrando la puerta con gesto teatral. Se dirigió hasta la sala de estar donde el hoy compañero de lamentos inspeccionaba los suministros disponibles.

Alfred miraba la mesita de las bebidas y comprobó que los recursos alcohólicos de su amigo estaban bajo mínimos.

—Últimamente tengo demasiadas visitas necesitadas —se justificó el anfitrión con segundas intenciones—, y por lo visto con escasos recursos para reponer —apostilló con guasa, pues no era precisamente uno de esos con problemas para llegar a fin de mes.

—Joder, lo siento —se disculpó Alfred.

—Bueno, podemos molestar a la portera.

—Ya... pero luego insistirá en cobrarse el favor. No gracias. Compartiremos las penas a palo seco.

—La chica pone voluntad, desde luego, pero no la suficiente. Además, tienes razón: nos apañaremos con lo que hay. Y dime, ¿problemas de faldas... otra vez?

—Podía preguntarte lo mismo —replicó Alfred sonriendo de medio lado. Para nada molesto con los comentarios de su amigo.

—Pues lo llevamos claro, un ciego guiando a otro ciego —reflexionó el anfitrión acomodándose en uno de los sillones con su habitual tono sarcástico.

Alfred le imitó, despojándose previamente de la chaqueta y de la corbata.

—¿Quieres que te cuente una historia de lo más surrealista? —preguntó el invitado y se dio cuenta de un detalle, por lo que añadió antes de meterse en faena—. Por cierto ¿no tendrías planes para esta noche?

Sebastian lo miró entrecerrando los ojos.

—¿Tú crees que si tuviera a una mujer desnuda en el dormitorio te abriría la puerta?

—Bueno, a lo mejor necesitas una ayuda —bromeó tranquilamente.

—No sé, últimamente estoy de un clásico… —dijo sonriendo.

—De acuerdo, entonces te aburriré con mis cuitas amorosas —afirmó mirándole de reojo.

—Adelante, no tengo otra cosa mejor que hacer.

—Ni el novelista más imaginativo hubiera pensado algo así.

—Pues nada, te escucho.

Alfred comenzó a relatarle la apasionante y absurda historia de Tina. Incluyendo los detalles sobre su difunto marido.

Su amigo emitió un silbido.

—Amigo mío, esta historia supera con creces a la mía —interrumpió Sebastian— y, sin ánimo de ofender, creo que ahora me siento un poco mejor.

—¿Y eso?

—Bueno, saber que otro lo está pasando peor, o sea tú, pues consuela un poco, ¿no crees?

—Ya veo —masculló sin sorprenderse por el retorcido sentido del humor de Sebastian.

—¿Y qué vas a hacer?

—Legalmente puedo hundirla, o al menos dejarla en una posición comprometida. Pero… —negó con la cabeza— no sé, no me parece bien.

—Joder… te ha enredado pero bien —sentenció el anfitrión—, y la verdad, te comprendo —añadió en tono pensativo.

Alfred ya había llegado a ese punto muerto por sí mismo, así que ahora quería escuchar la contrapartida.

—Explícate.

—No soy el mejor dando consejos, ya me conoces. Pero ¿te has planteado que a lo mejor ya es hora de dejarte liar?

—Como no seas más claro, me parece que no te sigo —masculló mintiendo a medias pues sí tenía una cierta idea de adónde quería llegar su compinche. Sin embargo, se resistía con todas sus fuerzas a imaginarlo siquiera.

—Fíjate en alguno de nuestros conocidos, por ejemplo, se han atado de por vida a una mujer y, ¡hasta parecen disfrutarlo!

Alfred lo miró extrañado, ese no parecía el irónico Sebastian.

—Ahora entiendo por qué no queda licor en tu casa, te lo has bebido todo —le recriminó achacando su comentario a una más que hipotética borrachera.

—Ya sabes que los borrachos no mentimos —le rebatió sin sentirse molesto por la insinuación.

—Pero te conozco y sé que no estás ebrio. Así que dime lo que te pasa.

—Tienes razón. Simplemente… —se encogió de hombros— a veces uno tiene las cosas claras y de repente… todo se va a la mierda.

—Ya, pero ¿cuál crees que es la causa? Me refiero a qué es lo que te hace replantearte las cosas.

—¿Haber crecido en un hogar donde tu padre mete mano a tu madre en cuanto te das la vuelta y a veces ni eso?

—Qué me vas a contar que no sepa —convino Alfred.

—¿Pensar que si ellos lo han conseguido tú también puedes? —añadió.

—Creo que tienes toda la razón. Sin embargo, hay algo que no cuadra. Es decir, lo más lógico es que con veinte años, loco por follar y sin experiencia, te puedan engatusar y acabar comprando un anillo de boda y encadenado de por vida.

—Completamente de acuerdo —meditó Sebastian esperando oír el resto de la disertación a ver si con un poco de suerte él también veía la luz al final del túnel.

—¿Será la edad? ¿Nos estamos haciendo mayores? —apuntó como posible causa de inexplicable debilidad de carácter frente a una mujer en concreto.

—En mi caso una jodida estrecha que me está volviendo loco —dijo harto de escurrir el bulto. Se pasó la mano por el pelo dando muestras de su frustración—. ¿Te puedes creer que el otro día le insinué, ya que me rechazaba una y otra vez sin razón aparente, que si le gustaban más las mujeres que los hombres y me dijo que sí? —explicó confuso.

—Conociéndote dudo mucho de que tan solo lo insinuaras. ¿No puede ser simplemente que no le interesas?

—Bueno, ya sabes cómo soy. —Hizo un gesto con la mano restando importancia—. El caso es que en vez de tirarme la copa de champán encima me sonrió y ¡no lo negó! —exclamó ofendido—. Joder, que cualquier otra me hubiera insultado, chillado, arañado...

—Creo que se ha convertido en una especie de reto personal. ¿Me equivoco?

Sebastian agachó la cabeza y por una vez abandonó todo el cinismo y el sarcasmo con el que siempre hablaba, mostrándose vulnerable. Pocas personas lo veían alguna vez en ese estado, ya que él se cuidaba muy mucho de ello.

—No lo sé, Alfred. El caso es que no es la primera mujer que me rechaza, pero oye, que nunca me había afectado tanto.

—La cosa se pone fea, desde luego. Y yo metido de lleno en una historia que me va a dar demasiados dolores de cabeza. Siento no poder estar en mejores condiciones para echarte una mano.

—Míralo por el lado positivo, tú al menos te la estás follando. Te va a joder la vida, pero eso que te llevas.

—No sé si compensa, la verdad.

—Si no lo sabes tú...

—Aún no lo tengo claro. Pero lo que me reconcome por dentro es que es la mujer menos seductora que he visto en mi vida —admitió Alfred.

—¿Y eso? —preguntó interesado pues él estaba en un estado muy similar, así que cualquier apunte siempre resultaría interesante.

—Tenías que verla, no hace nada, sé que finge ingenuidad, inexperiencia... me está volviendo loco. A veces hasta llego a creerla, pero sé que no puede ser real. Ella misma ha admitido haber tenido amantes.

—Bueno, no sería la primera mujer que ha vivido sus experiencias sexuales como una obligación y no como una diversión —apuntó Sebastian evidenciando que a lo largo de su dilatada experiencia se había encontrado con más de un caso así.

—Podría ser si fuera simplemente una viuda más... —Alfred negó con la cabeza— pero cuando hay amantes de por medio la cosa cambia. Eso es algo premeditado, ¿no? —inquirió condicionando la respuesta de su amigo.

Sin embargo, este era demasiado hábil como para dejarse guiar.

—Tú has dicho que el marido no se la tiraba, puede que buscara fuera de casa lo que no encontraba dentro. Y a lo mejor no lo ha encontrado todavía.

Alfred meditó durante unos instantes esa posibilidad, que, de ser cierta, tiraría por tierra sus ideas preconcebidas.

—Hum, no sé. Algo no cuadra. Por más vueltas que le doy al asunto, algo se me escapa —se quejó frustrado, en primer lugar consigo mismo por ser tan cobarde y preferir aferrarse a la primera impresión.

—Quizás no te ha contado toda la historia y se esté guardando los detalles más jugosos —apuntó su camarada sembrando, como tanto le gustaba, la duda razonable. Aunque no necesitaba esforzarse mucho para ello.

—Puede ser… —reflexionó en voz alta intentando seguir la teoría, hasta ahora bastante inconexa, de su amigo, por ello debería dejarle terminar.

—Quizás solo te ha dicho lo que quieres oír para que no le quites a Eric —prosiguió poniendo el dedo en la llaga.

—Bien pensado.

—O quizás siente algo por ti y le das miedo —añadió tirando a dar, disimulando una sonrisa, a la espera de ver su reacción.

—¡¿Cómo?! —exclamó Alfred extrañado por el cambio de opinión de su colega. Ya solo le faltaba eso para rematar la faena.

—O simple y llanamente son cosas que pasan y no debes darle más vueltas.

—Dando consejos no tienes rival —le espetó con sorna—. Ahora estoy más confundido que cuando llegué.

—Que yo sepa en mi puerta no hay una placa que ponga «Resuelveproblemas» —indicó encogiéndose de hombros.

—Ya lo sé, joder. Simplemente pretendo hablar de ello y si de paso me das una perspectiva diferente… pues mejor.

—¿Sabes lo que haría yo en tu caso?

—Sorpréndeme.

—Seguiría tirándomela. ¿Qué mejor modo de averiguar si miente?

—Sabía que ibas a decir eso —protestó Alfred con una mueca.

—Pues entonces no preguntes sobre asuntos de mujeres a uno que lleva sin follar un tiempo considerable —arguyó Sebastian.

—Ella se lo pierde —le intentó consolar, aunque bien sabía que no iba a tener mucho éxito pues para alguien tan activo como Sebastian aquello resultaba todo un drama.

—Si esa… mujer te oye decir eso estoy seguro de que pensaría que no solo compartimos habanos y licor, diría sin inmutarse que nos hemos acostado juntos y se quedaría tan tranquila. Ni te haces una idea de la clase de arpía que está hecha.

—¡Joder! ¿Tan retorcida es? Y que conste que la mayoría lo son, pero dentro de unos márgenes puedo torearlo.

—Ajá —suspiró.

—Vaya… Veo que es más grave de lo que me imaginaba.

—Esa es la razón de que me tenga totalmente desquiciado y lo que resulta más preocupante: a sus pies.

Alfred asintió, comprendía perfectamente la situación y, la verdad, los dos estaban de un ánimo que necesitaban algo que les proporcionara, aunque fuera temporal, un poco de aliciente.

—Llama a la portera —dijo finalmente Alfred—, si somos un poco listos nos emborracharemos rápidamente antes de que quiera cobrarse el favor. No creo que quiera acostarse con un par de borrachos nostálgicos con mal de amores.

Capítulo 27

—Gracias, lo pensaré —dijo Tina, con una sonrisa amable, a uno de los ayudantes que Jean Luc había puesto a su servicio. A veces esos ayudantes eran demasiado serviciales, pero no podía quejarse, siempre intentaban facilitarle las cosas. Se ocupaban del mínimo detalle y hacían gala de una paciencia infinita. Desde luego su amigo sabía buscar a los mejores colaboradores, de eso no había duda.

—Mañana por la mañana tendrás que darme una respuesta —insistió el hombre sin perder la calma y la sonrisa.

—No termino de decidirme. No creo que elegir entre una marca u otra de champán sea tan importante —resopló ella. Lo cierto es que prefería delegar estas cuestiones, que para ella resultaban insignificantes, en otra persona y así ocuparse únicamente de la parte artística.

—Se sorprendería, señora Velizy. Para muchos visitantes es algo imprescindible. —Al ver que ella seguía sin poner buena cara ante este hecho añadió—: Pero piénselo de este modo: si queremos conquistar al público siempre es mejor empezar por el paladar, que se sientan a gusto y relajados. Así verán con mejores ojos su obra y se mostrarán más dispuestos a comprar. Al fin y al cabo ese es el principal objetivo —explicó suavemente sin dejar de sonreírle.

Tina sospechaba que Jean Luc tenía algo más que una relación laboral con él, pero no se atrevía a preguntárselo. Respetaba su secreto y, si en alguna ocasión quería contárselo, estupendo. Si no, mantendría silencio.

—Nunca lo había contemplado desde esa perspectiva —reflexionó ella con una sonrisa—, pero supongo que tienes razón.

El hombre le devolvió la sonrisa y salió por la puerta, cerrándola sin hacer mucho ruido.

Ella se recostó en su sillón y se masajeó las sienes. También aprovechó para descalzarse y estirar las piernas. No veía la hora de acabar con los preparativos, en especial los referentes a estas minucias, y poder por fin exponer ante el público su obra.

A Tina se le escapaban demasiados detalles, pero por suerte a los ayudantes del dueño, no. Cuando todo esto acabase tenía pensado agradecer personalmente a cada uno de ellos el desempeño tan diligente de sus funciones.

Al menos hoy había avanzado bastante trabajo y eso suponía, por suerte, poder regresar a su hogar antes y disfrutar de tiempo libre para ella.

Hizo una mueca triste, pues hoy que tenía esa posibilidad no iba a poder realizar uno de sus pasatiempos favoritos: estar con Eric. Ya que de nuevo había permitido que se fuera con la familia de su padre.

Y eso que a pesar de todas las complicaciones entre ambos que podían derivar en serios problemas, no tenía corazón para negarles la visita de su hijo. Además Eric siempre se mostraba ilusionado, encantado por acudir a la residencia de la familia Boston. No paraba de hablar y de contarle todo lo que allí hacía y veía e insistía en volver cuanto antes.

¿Cómo podía privar a su hijo de esos momentos?

Miró de reojo varios periódicos que tenía sobre la mesa. Desde luego no se podía quejar con la repercusión que estaba teniendo, otra cosa bien distinta eran las escasas críticas positivas. Pocos se atrevían a mostrar abiertamente su apoyo. Pero ya no podía dar marcha atrás, quienes la conocían dentro de los círculos artísticos no dudaban en hablar bien de ella y hacer publicidad del evento.

Decidió no leer nada, para evitar así cualquier posible influencia, hasta que todo finalizase.

Unos golpecitos en la puerta hicieron que se sentara correctamente.No esperaba ninguna visita más, pero siempre intentaba dar una imagen profesional y respetable.

Tanteó con sus pies por el suelo hasta localizar sus zapatos y se los puso rápidamente. Hubiera querido tener un espejo en el que mirarse y comprobar si su pelo estaba en perfectas condiciones, al igual que su maquillaje, el cual apenas utilizaba. No quería dar la impresión de ser una mujer descuidada. Había que cuidar hasta el mínimo detalle.

—¿Se puede?

Se relajó al oír el característico tono de su amigo.

—Pasa, Jean Luc. Creí que hoy asistías a un estreno. Llevas varios días hablándome de ello —le recordó en tono de reproche amistoso—. Si te lo pierdes por mi culpa, estoy segura de que luego me lo harás pagar con intereses.

Jean Luc entró en la oficina, tan elegante como siempre, y le sonrió con cariño antes de acercarse a ella y besarla en la mejilla.

—No lo dudes —admitió su marchante—. Sí, ahora salgo para allá. Aún puedo entretenerme unos minutos. Simplemente he venido para decirte que tienes visita. —Hizo una pausa, sin duda para crear expectación—. Y no te enfades... —dijo por si acaso—, solo soy el mensajero.

Tina no sabía si bromeaba o sencillamente le tomaba el pelo.

—No seas hipócrita. Te encanta saber todo cuanto ocurre aquí —aseveró mirándole a la espera de que se defendiera de una acusación tan real como irrelevante, pues estar bien informado no significaba criticar ni hablar más de la cuenta.

—Es mi negocio, debo estar al tanto de todo —contestó él optando por la respuesta más diplomática a la par que verosímil. Y como ella no preguntaba, cosa rara, insistió—. ¿No quieres saber quién es?

Tina no estaba segura de querer enterarse, así que tuvo que armarse de valor para formular la cuestión sin que se notase en exceso su inquietud.

—¿Quién es? —inquirió fingiendo interés y serenidad.

Por supuesto fracasó estrepitosamente.

—Querida, antes de nada... —se llevó una mano al pecho en un acto de lo más teatral—, siendo totalmente sincero, no me extraña que estés tan turbada. —Hizo una pausa, deliberadamente cruel antes de provocarla—. Ese hombre es encantador... —murmuró dando muestras de su admiración y de que sabía muy bien de lo que hablaba.

—¿A quién te refieres? —preguntó divertida por el tono bromista de su amigo. Sacudió ligeramente la cabeza, no tenía remedio.

—¿A quién va a ser, tonta? —Otra pausa—. A tu amante.

¿Esperas a alguien más? —Asintió con la cabeza cuando ella abrió los ojos como platos. Jean Luc dudaba de la causa. ¿Era por haber utilizado el término amante o por que estuviera aquí buscándola?—. ¿Quién podría ser entonces a estas horas? —preguntó con segundas.

—¡Jean Luc! —protestó vehementemente escandalizada y se vio obligada a mentir—: No es mi amante.

Él sonrió cómplice y percibió su sonrojo al decir la palabra amante. Esta mujer necesitaba soltarse un poco. Aunque conociéndola no iba a bastar con un pequeño empujoncito, más bien tendría que llevarla a rastras hasta el lecho de ese hombre con tal de que abandonara de una vez ese estúpido enclaustramiento.

Por eso iba a poner todo lo que estuviera en su mano para que Tina se dejara de convencionalismos y disfrutara un poco más.

Se lo merecía y no iba a darse por vencido.

—Llámale como quieras. Pero ese hombre está aquí —dijo con admiración—, y yo que tú no le haría esperar. Estoy seguro de que un ejemplar así no pasa desapercibido ni mucho tiempo solo.

—Eres… de lo que no hay —le riñó con cariño.

—Hay demasiadas lagartonas a la espera como para que te duermas en los laureles —aconsejó guiñándole un ojo cómplice.

Tina, consciente de que cuanto más negara la evidencia más se divertiría, decidió no seguir ocultándose.

—Hazle pasar —fingió desinterés.

Sin embargo, Jean Luc la conocía demasiado bien como para creer ese repentino cambio.

—No disimules, sé que ese hombre te provoca mucho más de lo que estás dispuesta a admitir. —Se acomodó tranquilamente, poco proclive a marcharse antes de tiempo.

—No hay nada que admitir —respondió a la defensiva—. Será mejor no hacerle esperar. Eso sería grosero, ¿no crees?

—No —contestó él.

Tina se quedó desconcertada, no esperaba esa respuesta a una pregunta retórica.

—¿Por qué no? —se atrevió a murmurar temiéndose lo peor, sin embargo, no quería quedarse con la incertidumbre.

—Eso no te conviene —apuntó de forma enigmática sabedor de que la mente de ella intentaba establecer, sin éxito, una explicación a sus palabras.

—No lo entiendo —dijo finalmente prefiriendo que él acabara con el suspense, pues en lo que a reglas de cortejo se refería poco o nada sabía.

—Ay, ¡cuánto te queda por aprender! Debes crear expectación, que se desespere un poquito. Ser un poco misteriosa...

Ella hizo una mueca, pues según esa teoría hasta el momento no había dado ni una, pero tampoco podía admitirlo en voz alta.

—No veo sentido a eso. Antes me has dicho que existen, ¿cómo las has llamado?

—Lagartonas —apuntó solícito.

—Eso, lagartonas dispuestas a conquistarle. Entonces, ¿por qué hacerle esperar innecesariamente?

Jean Luc la miró con cariño y estiró la mano para coger la suya y darle un apretón. Esta mujer necesitaba un poco de picardía, o en caso contrario un hombre como el que aguardaba en la recepción se la comería viva.

—Es un hombre y, por tanto, impaciente por naturaleza. Su instinto le dice que como cazador no puede dejarse dominar por la presa. Por lo tanto, cada minuto que tenga que esperarte, un minuto más que tendrá para pensar en cómo cobrarse tal desaire. ¿No crees?

—Eso es retorcido y especialmente absurdo —aseveró sin ver la lógica por ningún lado a la recomendación de su marchante.

—Retorcido o no resulta imprescindible manejar bien los tiempos y a ti te conviene tenerle un poco «desesperado».

—No lo veo lógico —murmuró sin dejar de darle vueltas en la cabeza. Aunque, si lo pensaba detenidamente, su amigo gozaba de mayor experiencia, por lo que debía tener presente esta extraña teoría.

—Es una ley universal. Te lo puedo garantizar. Lo sé de buena tinta.

—Quizás pueda valer en tu caso, pero no en el de él.

—Estoy de acuerdo contigo en un aspecto, puede que ese tipo no tenga ningún problema a la hora de encontrar compañía femenina. Es más, creo que es de los que tienen que rechazar más de una oferta de lo más sugerente, pero ha venido a buscarte a ti. ¿Eso no te da qué pensar?

—Quizás solo quiera comentarme algún asunto de Eric —apuntó buscando una salida fácil y cómoda.

Jean Luc hizo un gesto negativo con la cabeza. Esta mujer tenía una venda en los ojos muy difícil de quitar. Pero para eso estaba él, para que esa ingenuidad fuera un simple recuerdo.

—De ser así como tú piensas, hubiera enviado a su abogado. No vendría personalmente y mucho menos a estas horas. Te busca a ti —aseveró convencido del motivo por el que ese hombre estaba allí. No hacía falta ser un lince para darse cuenta.

—No sabes lo que dices… —farfulló Tina intentando no caer en la provocación de su amigo y mucho menos en la ilusión de que, efectivamente, Alfred estuviera allí por ella.

—En fin, tú verás lo que haces. Yo me marcho, aprovecha la ocasión. Oportunidades como esta no se presentan todos los días —fue su extraña despedida.

Tina no pudo encontrar a tiempo una réplica adecuada, aunque se quedó mosca con la sonrisita tonta con la que se despidió, por lo que se puso en pie y esperó a que su visita entrara.

Respiró profundamente, resultaba extremadamente difícil no sentirse inquieta ante la presencia de Alfred y en lo que podía derivar su encuentro si las cosas se desmadraban.

Otra vez.

Como de pie podía tener cierta tendencia a temblar optó por parapetarse tras su escritorio, al menos tras el mueble podía sentirse algo menos intimidada.

—Me han dicho que querías verme —le dijo nada más verle aparecer, fingiendo indiferencia. Para dar más credibilidad a su parodia sujetó unos documentos entre las manos, como si estuviera ocupadísima.

Oh, señor, ¿cuándo podría volver a ser ella misma?

—Recoge tu bolso. Nos vamos —ordenó sin saludarla siquiera, examinando toda la estancia antes de fijar la vista en ella.

—¿Cómo? —le espetó sin comprender el motivo de tal urgencia y menos aún con esa falta de tacto.

Alfred se encogió de hombros, se metió las manos en los bolsillos y, siguiendo una política que podía definirse como es mejor pedir perdón que pedir permiso, no respondió con palabras sino que puso en práctica su teoría. Agarró el pequeño bolso de Tina que estaba en una esquina de la mesa y se lo ofreció.

—No quiero llegar tarde —la apremió él mostrándose impaciente y sobre todo dejando claro que no admitía réplica.

—No pienso ir contigo a ningún sitio —se resistió ella—, y menos aún sin decirme tan siquiera adónde.

—He quedado con el maestro Hiroaki.

—¿Perdón? —inquirió ella cada vez más desconcertada; esa información no solucionaba sus dudas, era tan imprecisa como insuficiente.

—Un buen amigo japonés, por si no lo has deducido tú sola —espetó con ironía—. Vamos, date prisa, no suele recibir muchas visitas en su casa y tampoco esperar.

Tina le siguió, aunque no muy convencida. Llevaba su bolso y, aunque le molestara reconocerlo, tenía cierta curiosidad por saber quién era ese tal Hiroaki.

—El hombre que me ha recibido en la galería era el amante de tu marido. ¿Me equivoco? —preguntó dejando claro que no necesitaba su confirmación pues él solo había llegado a esa conclusión.

—¿Cómo has…? —preguntó mirándole fijamente.

Ella había tardado bastante más en ser consciente de ese hecho.

—Bueno, teniendo en cuenta la forma en la que me ha mirado, en cómo me ha intentado sonsacar información y por cómo se interesa por ti, deduzco que hay una relación bastante personal. Claro que él y yo no tenemos los mismos gustos, ya me entiendes.

—Yo no lo supe hasta que Pierre falleció —admitió en voz baja, casi avergonzada por ser la última en enterarse.

—No te voy a decir que salta a la vista, pero casi —aseveró con una sonrisa.

Una vez en la calle, la ayudó a subir al coche y, adoptando una política de mutismo, se puso en marcha en dirección a la casa de ese tal Hiroaki.

Tina se mordió la lengua, pues se moría de ganas por preguntarle quién era ese misterioso amigo. Sin embargo, él no se había mostrado muy comunicativo, así que prefirió no iniciar una conversación que a buen seguro acabaría en discusión.

Media hora más tarde llegaban a un barrio residencial y él, de nuevo en silencio y con exquisita educación, le abrió la puerta y hasta le ofreció el brazo.

Tina no quería ser malpensada, pero lo cierto era que aquello resultaba de lo más extraño.

Iba a preguntar, ya no soportaba más misterio, cuando él se detuvo a escasos pasos de la puerta y la miró.

—Antes de nada debes saber que Hiroaki es un buen amigo. Un poco extraño, eso sí, pero nada más. Le gusta hacer gala de sus costumbres japonesas y solo dice no entender nuestro idioma cuando le conviene. —Hizo una pausa y, para que ella picara el anzuelo, añadió—: Es un artista.

—¿Artista? ¿De qué tipo?

Alfred sonrió, sabía que no fallaría.

—Digamos que de algo muy característico de su país —informó él sin querer adelantar acontecimientos.

—¿Y por qué no me lo has dicho antes? —protestó ella con énfasis—. De haberlo sabido me hubiera traído la cámara.

—Porque esta vez tú vas a ser la protagonista.

Capítulo 28

*T*al y como él había dicho, la casa del señor Hiroaki evidenciaba sus orígenes. Una decoración simple, paredes prácticamente vacías y colores neutros.

No podía dejar de mirar a su alrededor lamentando no haberse traído la cámara. El espacio era idóneo para realizar unas instantáneas increíbles.

¿Sería de muy mala educación pedírselo al dueño?

Observó que Alfred se sentía bastante cómodo mientras seguían a un hombre que debía hacer las veces de mayordomo. O al menos eso creyó ella cuando les abrió la puerta.

—Hacía mucho que no venías por mi casa —dijo el hombre.

Evidentemente se dirigía a Alfred, porque a ella, desde que habían llegado, ni siquiera se había dignado mirarla.

—Demasiado trabajo —se excusó el interpelado recurriendo a un tópico tan manido como verosímil.

Llegaron a una enorme sala y Tina continuó con la boca abierta, pero no para hablar. Todo aquello estaba resultando demasiado novedoso. Ella pensó que acudirían a una cena o algo similar, pero en esa estancia ni siquiera había una triste mesa.

En cambio, para su asombro, dos enormes espejos, colocados uno frente al otro, dos cómodos sillones, un aparador al fondo y una alfombra de tamaño descomunal eran los únicos elementos.

Ella, a este paso, no iba a salir de su asombro.

¿Dónde la había llevado?

—¿Quieres que empecemos ya? —inquirió Hiroaki.

Tina se fijó en la vestimenta totalmente occidental del nipón, ya que esperaba encontrarse un ciudadano japonés ataviado con algo más acorde con su nacionalidad.

—¿Por qué no? —Alfred se encogió de hombros, se deshizo de su chaqueta y se acercó a ella, con pasos tranquilos, completamente ajeno a la inquietud femenina—. Desnúdate —murmuró junto a su oreja, dejándola, entre otras cosas, perpleja.

—¡¿Cómo dices?! —exclamó ella abriendo los ojos como platos. No podía estar hablando en serio, ¿verdad?

Los nervios jugaban malas pasadas y esta, sin duda, era una de esas ocasiones.

Podía tratarse de otra de sus bromas ideadas para provocarla y después reírse descaradamente de su azoramiento.

Sí, tenía que ser algo así. Porque resultaba más sencillo pensar eso que llegar a otra conclusión mucho más peligrosa.

—Señora, veo que no le han informado —dijo el anfitrión con total normalidad, acercándose y quedándose frente a ella.

Tina miró por encima de su hombro, más cohibida de lo normal, al instigador principal de todo aquello, que permanecía pegado a su espalda. Era obvio que no bromeaba.

—¿Prefieres quedarte a solas con ella unos minutos? —inquirió Hiroaki en el mismo tono pausado y relajado.

Ella le miró pues por su expresión poco podía deducir y después volvió la cabeza para encontrase con los ojos de Alfred. ¿Qué había tramado esta vez?

—No —respondió rápidamente y volvió a inclinarse sobre ella para repetir la orden—. Desnúdate.

Ella hizo un gesto rotundo con la cabeza, pero estaba demasiado confusa como para reaccionar a tiempo. Alfred a su espalda empezó a desabrochar su vestido mientras que el japonés miraba todos sus progresos sin decir nada ni variar su expresión neutra, al parecer a este hombre no parecía afectarle el hecho de que una mujer desconocida quedara en cueros en medio de su salón en su primera visita.

Tina no quería montar un numerito y que la tildaran de loca o histérica, así que accedió, sin estar convencida del todo pero pensando en que quizás aquello podía merecer la pena. Como era de esperar, se fue ruborizando a medida que cada una de sus prendas iban desapareciendo de su cuerpo. Alfred realizaba la tarea diligentemente, en silencio, dejando que la ropa fuera formando un montón en el suelo sin preocuparse ni lo más mínimo.

Cuando estaba a punto de quedarse sin nada se abrazó a sí misma y negó con la cabeza. No podía seguir.

—Todo —dijo Hiroaki con su tono neutral cuando ella estaba tan solo con una fina y sencilla combinación de color beis—, absolutamente todo.

Ella oyó respirar profundamente a Alfred a su espalda al tiempo que el hombre que tenía delante sacaba un antifaz del bolso de su pantalón y se acercaba aún más para colocárselo.

Por instinto levantó los brazos para llevarlos hasta su rostro y en ese momento sintió cómo la seda se deslizaba por su piel, dejándola totalmente expuesta. Un escalofrío recorrió su espalda a pesar de que la estancia estaba caldeada.

El roce de unos dedos masculinos en el hombro, al tiempo que el suave sonido de una respiración a su espalda. Supo de quién se trataba y aquello disparó su libido apartando a un lado su pudor y su vergüenza por primera vez. En ese extraño instante solo deseaba saber qué iba a suceder a continuación.

Quizás era cierta la teoría de que él iba a vengarse por hacerle esperar, pensó con cierto desasosiego.

—Empecemos —dijo el anfitrión.

Alfred dio un paso atrás y otro y otro, separándose de ella. Aunque por su actitud estaba claro que no era eso lo que deseaba hacer.

No era la primera vez que iba a contemplar el trabajo de su amigo, pero esta vez era muy pero que muy diferente.

Se acomodó en uno de los sillones, debía permanecer en silencio y no interrumpir. Esas eran las condiciones que siempre le recordaba Hiroaki para asistir a una de sus sesiones, las cuales nunca había tenido problemas en acatar.

Sin embargo, en esta ocasión… dudaba seriamente de si podría permanecer inmóvil, sin intervenir.

Tina permanecía de pie, desnuda, rodeándose con los brazos en un absurdo intento de cubrirse. Lo único que se escuchaba era su propia respiración, agitada y arrítmica, junto con la de alguien más. Ahora ya no estaba muy segura de a quién de sus dos acompañantes pertenecía pues ninguno de los dos hablaba.

—No te muevas, deja los brazos a los lados —la instruyó Hiroaki—, relájate. Si sientes algún calambre o algún dolor debes decírmelo —indicó en voz baja, calmando un poco sus nervios, pero no mucho.

No era Alfred quien respiraba junto a ella, lo que provocó cierto temor.

¿Y si la dejaba a solas con ese desconocido?

Tragó saliva, por difícil que pareciera no creía que Alfred fuera capaz de abandonarla a su suerte en manos de algún desalmado.

Ella asintió, tenía la boca seca, demasiado nerviosa, expectante y demasiado acongojada como para pensar, como para saber qué estaba haciendo, dónde se había metido.

Si al menos Alfred dijera algo…

El artista hizo un gesto a su invitado, que no estaba como podía parecer tan tranquilo, para que dejara de mover el pie, evitando así el molesto repiqueteo del zapato. Después se acercó hasta el aparador del fondo, abrió la puerta y sacó unas cuerdas de seda roja.

Alfred echó la cabeza hacia atrás, sabía lo que venía a continuación pero, por increíble que pareciera, no estaba preparado para ello.

Hiroaki cogió la cuerda y, estirándola primero, la dobló por la mitad, comprobó su tacto y después caminó tranquilamente hasta pararse delante de su invitada. Entonces la pasó alrededor del cuello femenino dejando que los dos cabos cayeran a sus pies.

Ella, en un acto reflejo, llevó ambas manos al cuello quedándose sorprendida al notar el objeto que le habían puesto.

—No vuelvas a moverte. Deja los brazos relajados —repitió el japonés, sin perder la calma. Aunque quedaba claro que no admitiría más interrupciones.

Alfred, desde su aparente cómoda posición, sentado, estaba atento al más mínimo detalle.

En anteriores ocasiones se excitaba, desde luego. Al fin y al cabo era un hombre y su amigo siempre trabajaba con mujeres, modelos para ser exactos, atractivas, aunque cuando le preguntaba cómo conseguía no excitarse mientras llevaba a cabo el ritual él no respondía.

Hiroaki hizo un nudo con la cuerda de seda roja a la altura del cuello, de tal forma que los dos cabos quedaron colgando, hizo un nuevo nudo, esta vez más abajo, justo por encima del pecho. Después agarró los cabos y los pasó por debajo de las axilas llevándolos hacia atrás.

Ella tembló a pesar de que solo la cuerda de seda rozaba su piel.

Alfred inspiró bruscamente.

Hiroaki no había hecho más que empezar.

En la espalda, realizó un nuevo nudo, fuerte pero sin apretar ni marcar la piel y volvió a pasar la cuerda hacia delante para rodear los pechos y pasar los extremos por el nudo, de tal forma que quedasen enmarcados.

Tiró de los extremos para tensarla y continuó bajando, con movimientos enérgicos pero nada bruscos, sabiendo muy bien lo que estaba haciendo. Con agilidad se colocó de rodillas, ella sintió la respiración tranquila y regular del hombre a la altura de su ombligo y procuró no pensar lo que debía estar viendo.

Quizás debía agradecerle el estar momentáneamente privada del sentido de la vista, pues si miraba hacia abajo…

Hiroaki realizó, a la altura del estómago, un nuevo nudo, enmarcando su ombligo. De nuevo llevó la soga hacia atrás para anudarla y traerla de vuelta a la parte delantera, dejando que ambos cabos pasaran justo por la separación de sus nalgas. Una vez al frente, los separó para rodear su vello púbico, de tal forma que el más leve movimiento rozaría sus labio vaginales.

Ella se mordió el labio y se concentró para obedecer las indicaciones.

Alfred cambió de postura, incómodo.

Con una erección de caballo tensando sus pantalones nadie podía estar medianamente cómodo.

Con toda la parsimonia del mundo, Hiroaki continuó su labor, pasando la cuerda entre sus piernas, rodeando sus muslos.

Alfred inspiró sonoramente. La sola visión de su piel blanca en contraste con el rojo carmesí de la soga artísticamente colocada bastaba para correrse allí mismo cual chiquillo inexperto ante la visión de su primera teta.

—Dobla el brazo derecho y ponlo a tu espalda —le indicó el japonés ajeno a los desvaríos calenturientos de su invitado.

Tina se mostró algo confusa ante la orden recibida así que el hombre la tocó por primera vez. Tomó su muñeca y suavemente se la colocó en la posición deseada.

«Debería haberme traído algo de beber», pensó Alfred, con la boca seca, cada vez más inquieto, cada vez más excitado y cada vez más desesperado. Necesitaba que sus manos estuvieran entretenidas con algo, para no terminar desabrochándose los pantalones y jugar una partida a solas. Aquello era realmente una tortura, lenta y agónica.

Cuando se le ocurrió semejante idea, no pensó realmente las consecuencias. Creyó, erróneamente, que al observar aquel espectáculo se controlaría como en otras ocasiones. Si bien al principio había quedado realmente impresionado por la destreza de su amigo, mezcla de erotismo, sumisión y arte, después había sabido entender el proceso y aprendido a deleitarse solo con la parte artística sabiendo dejar a un lado, tal y como Hiroaki le explicó, la parte sexual para concentrarse en la experiencia y en la contemplación de la obra en sí.

Pero lo cierto era que Tina le despertaba algo sencillamente extraño, y lo curioso era que no sabía por qué.

Puede que no se tratara más que la suma de varios extraños factores, aunque eso no se lo creía ni él.

No conseguía, en esta ocasión, dejar a un lado la parte sexual de todo aquello y disfrutar del espectáculo en sí, su ritmo cardíaco era un buen indicativo de lo mal que lo estaba pasando.

Y si ella era algo más que…

Maldita sea, no podía ser, se recordó volviendo a la idea inicial. El objeto de estar con ella no era otro que recabar información, nada de encariñarse ni empezar a pensar en lo que solo le llevaría a un callejón sin salida. O lo que era peor, a una encerrona sentimental, una de esas de las que siempre huía como de la peste.

Decidió no meterse en los ridículos caminos de las dudas y de los sentimientos. Hasta ahora los había evitado y le había ido bastante bien.

Volvió a centrarse únicamente en lo que veían sus ojos, con la doble perspectiva que ofrecían los espejos.

Hiroaki ya había rodeado sus piernas e inmovilizado su brazo a la espalda, sabía muy bien el propósito de tal postura. Cada vez que ella moviera el brazo, en un acto reflejo por liberarse, la cuerda que pasaba entre sus piernas crearía una tortuosa fricción, excitándola de una forma difícil de disimular para los presentes.

Admiraba a su amigo, pues realizaba su trabajo con presteza, sin excitarse y sin caer en la tentación de tocar a la modelo más allá de lo imprescindible.

El japonés continuaba concentrado en su tarea, sin mostrarse afectado por el hecho de que ella estuviera desnuda. Alfred controló las ganas de gritar: ¡basta! Y que los dejara a solas de una jodida vez.

Ahora estaba a sus pies, inmovilizando sus tobillos, podría andar, pero solo pasos muy cortos. Previamente así lo habían acordado. Hiroaki realizó unos cuantos nudos más y después se puso en pie, tiró de la soga para que se tensara correctamente y llevó los extremos hasta la altura del cuello, donde los sujetó. Dejó las puntas de la cuerda en una mano y con la otra retiró el antifaz.

—Ya puedes mirar —dijo tan pausadamente como siempre. Ni un solo signo de alteración en su voz.

Para asombro de ella le dedicó una extraña sonrisa y dio un paso atrás, tras hacerle una especie de reverencia muy particular, quizás agradeciéndole su comportamiento, ofreció los extremos de la cuerda a Alfred y se despidió.

Ella, confusa, no se atrevía a mirar.

Mejor dicho, no quería mirar.

—¿No sientes curiosidad? —inquirió Alfred acercándose a ella y recogiendo el testigo que su amigo japonés había dejado.

Despidió a su amigo con un gesto silencioso antes de prestar toda su atención de nuevo en Tina.

Ella inspiró. Se movió ligeramente, no recordaba que la maldita cuerda pasaba justo por su entrepierna y se mordió el labio cuando la seda roja con la que estaba confeccionada la soga hizo contacto.

—Sí… —murmuró mirándole a él primero.

Alfred se puso tras ella y la recolocó para que quedase frente al primer espejo.

—Sencillamente preciosa —murmuró con voz ronca y sensual. Estaba maravillado, no solo por el aspecto artístico del trabajo de su amigo sino por cómo aquellas simples cuerdas quedaban sobre el cuerpo femenino.

No le hizo dar una vuelta a su alrededor pues los espejos ofrecían una panorámica increíble.

Tina levantó la vista y se armó de valor.

—Oh, Dios mío…

Lo que vio reflejado en el espejo resultó, simple y llanamente, una obra de arte. Era ella, sí, desnuda, sí, pero esa circunstancia, que al principio hacía que se muriese de vergüenza, quedaba en un segundo plano al ver el resultado.

Su cuerpo estaba rodeado de intrincados nudos, a diferentes alturas, que si bien no permitían muchos movimientos, no le causaban molestias.

—Esto es… —no tenía palabras para expresarlo. Se miraba, una y otra vez, pero no encontraba la forma de decirlo.

—Sencillamente, una obra de arte —concluyó él besándola en el hombro.

Capítulo 29

—Alfred… —susurró con la garganta seca.

¡Madre del amor hermoso!, pensó sin dar crédito a lo que se reflejaba en ambos espejos.

Estaba emocionada, completamente entusiasmada con lo que estaba viendo.

Era la protagonista de una maravillosa creación.

Se observaba de frente y al mismo tiempo de espaldas, repitiendo el reflejo de su imagen infinitas veces en ambas posiciones, creando un efecto único.

—Dime. —Él tampoco se perdía detalle de la obra de Hiroaki, pero quizás lo más atractivo era contemplar no solo su cuerpo magníficamente rodeado, sino la expresión de su rostro, maravillado con el resultado.

—Debería haber traído mi cámara —aseveró sin dejar de contemplarse. Pero no de una forma vanidosa, era total admiración por la obra de arte que estaba sobre su cuerpo.

Era lo último que esperaba oír, pues deseaba otro tipo de comentario, pero claro, por lo visto esta mujer no abandonaba su problemática manía de disparar una cámara.

—No creo que pudieras fotografiarte a ti misma —murmuró él pensado en cosas bien distintas.

Él, impresionado tanto o más que ella, colocó ambas manos sobre sus hombros, dándole un suave masaje, todo ello sin dejar de mirarla a través del espejo.

—Pues es una verdadera pena, es asombroso —apuntó ella aún en una especie de estado de trance por lo que contemplaba.

Esas palabras iban más acordes con la situación.

—¿Te molesta? —inquirió mientras con un dedo acariciaba la piel de su cuello que rodeaba la cuerda.

—Un poco —admitió ella dubitativa.

Su incomodidad quizás provenía, no de las cuerdas pues estas si bien estaban tensadas, no marcaban la piel, sino de la situación en general, de no saber qué reacción tener ante algo completamente nuevo.

Con la mano libre, él empezó a seguir el recorrido de la soga, comenzando por encima de sus pechos, la serie de nudos por debajo de ellos hasta llegar a su vello púbico. De repente hizo una mueca al moverle involuntariamente el brazo amarrado.

Alfred, en otras ocasiones, había visto a Hiroaki inmovilizar completamente a una mujer, ya que para él este arte no necesariamente acababa en una relación sexual, por eso Alfred insistió en que la dejara más o menos accesible.

Tal y como le había explicado su amigo japonés, el *shibari* no siempre cumplía una función erótica, pues inicialmente se utilizaba para amarrar a prisioneros sin causarles dolor, aunque derivó en una especie de fetichismo.

—¿Te excita? —preguntó él conociendo la respuesta de antemano. Solamente quería oírselo decir, o mejor dicho, comprobar si era capaz de hacerlo.

—Esto es arte —le contradijo ella inspirando con la intención de sosegar un poco los latidos de su corazón.

Alfred hizo una mueca. Cómo no, Tina siempre viendo el lado menos divertido de la historia.

—¿Y? ¿Quién ha dicho que el arte es incompatible con la excitación?

—No de la forma que tú lo ves —respondió distraídamente, pues no dejaba de pensar en las posibilidades de todo aquello.

Y no solo el hecho de las ataduras sobre su cuerpo, sino del espacio que la rodeaba. Amplio, carente de ornamentos que distrajeran al espectador, para que así solo hubiera un punto al que mirar...

Alfred frunció el cejo cuando observó la cara de concentración de ella, no era lo que esperaba de todo aquello.

Si bien su idea inicial de pagarle con la misma moneda era hacer que se sintiera expuesta, sin poder negarse, sin saber qué iba a ocurrir, no había sido capaz de llevarla a cabo totalmente. Por eso, en el último momento le había pedido a Hiroaki que no la fotografiase. Sin embargo, ahora carecía de sentido pues ella misma lo pedía. Alfred no podía estar más que confundido.

Y excitado, por supuesto.

—Dime lo que tú ves —pidió él con voz ronca.

—Infinidad de posibilidades —comenzó a hablar emocionada—, con la luz adecuada se pueden obtener instantáneas maravillosas. Esta sala, por ejemplo, no sé si fue pensada para ello, pero como estudio fotográfico no tiene precio.

Alfred sonrió mientras la escuchaba. Hasta ahora no había tenido la oportunidad de ver su faceta profesional, sin tener en cuenta por supuesto aquella maldita fotografía, de la que en ese momento prefería no acordarse para no arruinar el momento.

Tina hablaba de luces, de ángulos, de enfoques... moviéndose con las limitaciones de las cuerdas pero sin perder un ápice de entusiasmo.

—¿Me estás escuchando? —preguntó ella deteniéndose en su explicación técnica.

Alfred pensó durante dos segundos mentir pero optó por no hacerlo.

—La verdad es que no —admitió él con una sonrisa de falso arrepentimiento—. Si te soy sincero no puedo pensar en otra cosa que...

—No lo digas —le interrumpió ella intuyendo la respuesta. Lo cierto era que, conociéndole, estaba tardando en decirlo en voz alta. De haber podido moverse con normalidad no hubiera dudado en taparle la boca.

—... follar contigo —concluyó él.

¿Para qué andarse con rodeos?

—Primero tengo que… —señaló sus ataduras dándole a entender que en ese estado resultaría imposible llevar a cabo sus propósitos. ¿Verdad?

—No, ni hablar —aseveró Alfred dejándola confusa.

Sonrió encantado al verla no solo atada sino dando muestras de desconcierto.

—¿Así? —preguntó alarmada rotando los hombros, dando a entender que lo que pretendía resultaba imposible—. No hablas en serio —susurró parpadeando al comprobar la seguridad que manifestaba.

La cara de Alfred desde luego no mentía, y ella poco o nada podía hacer para que cambiase de opinión.

Volvió a colocarse tras ella y extendió la mano para pellizcar uno de sus pezones. De hecho, estaban ya bien erectos. Quizás su mente mojigata se empeñara en hacerle negar la evidencia, pero su cuerpo entero reaccionaba sin ambages.

—Puedo y quiero —sentenció él. Se guardó la información de que, si así lo deseaba, podía utilizar uno de los dormitorios privados de la casa—. Lo que no tengo muy claro es si me apetece delante del espejo o…

—¡Dios mío! —exclamó interrumpiéndole al ser consciente de lo que significaba realmente la insinuación de Alfred.

El rojo de sus mejillas hacía juego con el color de la cuerda.

—… tenía mis dudas, pero al ver tu reacción ni me planteo la segunda opción —remató para su total estupefacción.

Él le sonrió, si era con intención de tranquilizarla obtuvo el efecto contrario.

Ella tiritó ante la sensación que le producía la sutil caricia de él, recorriendo su espalda, con la yema de los dedos y deteniéndose en los nudos, recorriendo con detenimiento cada uno de los recovecos que la soga dibujaba sobre su piel. No sabía cómo iba a hacerlo, pues la cuerda que pasaba a través de sus muslos no le dejaba mucho margen de maniobra para sus propósitos.

Miedo le daba preguntar.

Él debió intuir por dónde se desarrollaban sus pensamientos, pues la mano que antes se entretenía en su espalda había bajado hasta su culo. Por supuesto no desaprovechó la oportunidad de acariciarla entre sus glúteos, apartando lo suficiente la soga para acceder allí donde ella creía que no debía.

Tina tragó saliva, quizás sí iba a poder acceder a donde él quería llegar.

—Desátame, por favor —gimoteó ella controlándose para no gemir con más fuerza y alertar al anfitrión. A saber qué podía llegar a imaginar.

—Me parece que no has entendido nada —dijo él aturdiéndola aún más—. No estás en disposición de exigir, más bien todo lo contrario —le susurró junto a su oreja antes de atrapar el lóbulo entre los dientes y tirar ligeramente de él.

Ella se mordió el labio, pues, admitiendo que él tenía razón, no quería seguir, prefería ir a otra parte, más privada.

¿Y si Hiroaki entraba de improviso?

Podía parecer un hombre muy controlado, pero si les pillaba en plena faena dudaba que se mostrara tan comprensivo.

—Tu amigo puede… venir y… —tartamudeó y no se sonrojó pues estaba en ese estado desde que él le había pedido que se despojara de su ropa.

—Ya te ha visto desnuda. —De nuevo un comentario para nada tranquilizador—. Pero si entrara… ¿no te resultaría excitante?

—¡No puedes estar hablando en serio! —exclamó cerrando los ojos un instante. Desde luego a este hombre, ideando maldades, no le ganaba nadie.

Alfred se quitó la chaqueta rápidamente y la lanzó para que cayera de cualquier modo sobre el cómodo sillón desde el que había estado contemplando el espectáculo.

Él resopló, con esta mujer no había manera. Le quitaba toda la gracia al asunto. Y no porque él fuera especialmente amigo de ese tipo de perversiones, era más bien la posibilidad de que ocurriera, hacerlo con el ingrediente extra, pero estaba claro que con Tina había que tener más paciencia.

Aunque siendo sincero no sería la primera vez que follaba con público y llegado el caso no iba a desperdiciar la oportunidad de un buen polvo por una nimiedad así.

—Dejémoslo ahí —dijo finalmente—. De momento ocupémonos de lo que tenemos entre manos. ¿Derecho o izquierdo? —Ella le miró sin comprender y él negó con la cabeza. Quizás debería abandonar la sutileza y empezar a hablar sin ambages—. Me refiero al espejo. Da igual, está claro que voy a tener que tomar yo todas las decisiones importantes. —Esto último lo dijo más bien para sí mismo.

Alfred la ayudó a colocarse de rodillas, no sin cierta dificultad, pues a lo evidente, las cuerdas, se sumaba la resistencia de ella y la cosa se complicaba. Observó cómo ella contenía la respiración, pues por muy suaves que fueran sus movimientos la cuerda que pasaba entre sus piernas cumplía su cometido a la perfección. Después hizo él lo mismo tras ella, de tal forma que ambos pudiesen mirarse en el espejo de la derecha.

Sus miradas se cruzaron en el cristal, ninguno sonrió, ninguno hizo el más leve amago de moverse o de hablar. Unos segundos en absoluto silencio y sin pestañear muy difíciles de explicar.

El primero en romper el contacto fue él, pues impaciente, notaba cómo su polla erecta le causaba dolor, ahí, encerrada en los pantalones. Eso no era bueno y ansiaba el momento de saciar su apetito. Ya estaba bien de esperar. Finalmente se los desabrochó, para ir allanando el camino y estar preparado.

Se aclaró la garganta antes de indicarle el siguiente paso.

—Inclínate hacia delante, hasta apoyar la mejilla en el suelo. Dobla, si quieres, el brazo libre como apoyo —la instruyó él—, y, pase lo que pase, no cierres los ojos.

Se pasó la mano por la cara. Menuda imagen más excitante tenía ante sí. De repente ella jadeó, pues al inclinarse la cuerda se tensó y estuvo a punto de correrse sin ni tan siquiera haberla penetrado.

—Mantén los ojos abiertos —repitió él.

Ella ya los había cerrado así que tuvo que darle un cachete en el culo para que obedeciera las instrucciones que le daba.

Tina gimió e intentó acatar sus indicaciones sin cuestionarlas, era el camino más fácil.

Lo que no iba a intentar era comprender las inclinaciones de él, nunca lo lograría.

Capítulo 30

Se relamió cual gato goloso antes de devorar a la presa que tenía entre las garras y que tanto esfuerzo le había supuesto cazar.

Esfuerzo que no le importaría repetir pues, como siempre había oído decir en casa, a mayor esfuerzo, mayor recompensa.

Y había merecido la pena, vaya que sí.

Puede que la comparación, como todas, fuese odiosa, pero así se sentía observando, desde las distintas perspectivas que ofrecían los espejos, y por supuesto de la que sus ojos tenían delante, a Tina, agachada, sumisa y silenciosa.

Esperándole.

Sin saber qué iba a pasar.

En manos de Alfred estaba todo el poder de decisión.

—Sinceramente, no tengo muy claro por dónde empezar. —Dicho de otro modo, no tenía muy claro si quería empezar.

Todo lo que empieza tiene un final y, la verdad, quizás resultaba más excitante la idea en sí que llevarla a cabo. La planificación, los detalles, los imprevistos… Era como cuando se esperan los regalos de cumpleaños, se disfruta más imaginando las posibilidades que con el objeto en sí en la mano.

Algo así sentía en ese instante, por eso dedicó unos segundos más a deleitarse con lo que sus ojos tenían delante. A sentir cómo las yemas de sus dedos tocaban una finísima piel y notando cómo el sudor empapaba su espalda con la sola idea de lo que venía a continuación.

—Va a ser… increíble —reflexionó él.

Ella permaneció en la posición indicada, callada, sin atreverse ni a levantar la cabeza, ni mucho menos la mirada. Más que nada por miedo a verse y especialmente a desmoronarse. Sin embargo, un sexto sentido o algo similar hizo que las dudas fueran dejando paso a la curiosidad.

Lo cierto era que había llegado demasiado lejos como para dar media vuelta y huir. Esa posibilidad tenía que quedar completamente descartada.

—Tu piel es increíblemente suave… —susurró en tono hipnótico.

Él recorrió por vicio, por placer, una vez más su espalda, de arriba abajo, sin prisas, perezosamente. Después se apartó lo imprescindible y se puso en pie para poder desnudarse. De ninguna manera se iba a limitar a bajarse los pantalones de mala manera, lo justo para liberar su polla y poder penetrarla. Eso sería estúpido para empezar y un atentado estético para terminar.

Después de tanto esfuerzo aquello tenía que ser memorable, inolvidable, irrepetible…

Una vez desprovisto de ropa, la cual quedó amontonada de cualquier manera, algunas prendas en el sillón, otras en el suelo, cayó de rodillas, se colocó de nuevo tras ella y dedicó unos segundos a observar la estampa, maravillosa, sensual y única que ambos ofrecían.

No se cansaba de mirar.

Tal vez ella tuviera razón y aquello era digno de quedar inmortalizado, pero, la verdad, ahora no podía dedicarse a las cuestiones artísticas.

¿Cómo iba a ser capaz de montar un equipo y de tener el pulso y aplomo suficientes para disparar?

De todas formas en su memoria aquello quedaría grabado a fuego. Recurrir a esta visión archivada en sus recuerdos intuía que iba a ser una de las mejores cosas que podría hacer en el futuro.

Tan concentrado estaba en lo que se avecinaba que pasó por alto un importante detalle, del cual no podía olvidarse. Se había repetido una y otra vez, mientras perfilaba su plan, que resultaba imprescindible.

Así que tuvo que volver hasta sus arrugados pantalones y buscar en los bolsillos hasta encontrarlo.

—Joder… —masculló molestó al no localizarlo.

Movió un instante el montón de ropa arrugada hasta dar con su chaqueta, de donde extrajo algo. Solo faltaba que con las prisas, en el último segundo se le hubiera quedado encima de la mesa de la consulta.

Estaba harto de dejar las cosas a medias.

—Te he traído un regalo —susurró él junto a su oído provocándola con el timbre de su voz. Después movió una mano y dio con su pezón, lo pellizcó suavemente hasta conseguir que ella temblara.

Dejó una pequeña caja de madera a su alcance y vio cómo Tina miraba de reojo, intrigada por lo que pudiera contener.

Bien podía mantener el misterio unos instantes más.

Lo más probable era que ella hiciera la pregunta, sin embargo, para su sorpresa, se mantuvo en silencio.

—¿No te pica la curiosidad por saber qué es? —continuó excitándola con las palabras al tiempo que masajeaba, con cierto aire distraído, su trasero.

—No —respondió ella en voz muy baja, como si fuera su último aliento.

Fuese lo que fuese estaba convencida de que se ocuparía de mostrárselo, así que como ya iba aprendiendo la lección, prefirió no plantear la cuestión para que él no jugara con ella.

—Pues deberías —sentenció él manteniéndola en la ignorancia.

Se inclinó sobre Tina, dejando que su polla se recreara un poco al rozarse contra ella y sus ataduras. No era solo el hecho del contacto, sino saber con qué te estaban tocando. Alfred bien sabía la calidad de las sogas que su amigo utilizaba, nada que pudiera causar daños en la piel, especialmente en ciertas partes extremadamente sensibles.

La mente es el órgano sexual más importante y de eso se trataba todo aquel montaje, de llamar a la puerta de todos los sentidos, de despertar todos los instintos dentro de la mente, de activar todas y cada una de las terminaciones del cuerpo. Y para ello nada mejor que la contemplación de algo diferente, inesperado pero eficaz.

Empezó a besar la piel de la espalda que dejaba libre y expuesta la cuerda de seda roja, pequeños recovecos sensibilizados a los que no pensaba desatender.

—¿No dices nada? —inquirió él perdiendo completamente el tono guasón.

Ya no quedaba espacio para las bromas ni las chanzas, ahora era el momento de los sentidos, de las sensaciones y de las emociones.

—No —susurró ella manteniendo a duras penas los ojos abiertos.

Las caricias que él le prodigaba complicaban la tarea de obedecer, pues necesitaba que uno de sus cinco sentido tomase un respiro mientras los demás continuaban con sus funciones.

Alfred mantuvo una cadencia de movimientos. De abajo arriba, comenzando en donde la espalda pierde su nombre, hasta llegar a su nuca, donde se entretuvo algo más. Le acarició el nacimiento del pelo y la cara posterior de la oreja, para con la yema del dedo índice causar estragos en ese punto tan sensible.

Tina gimoteó, inexplicablemente se contenía cuando podía dar rienda a su pasión y a sus sensaciones sin temor a ser juzgada.

No entendía el motivo de su actitud. ¿Por qué fingía de nuevo?, se preguntó por enésima vez Alfred. Pero si quería acabar la noche de forma satisfactoria más le valía que aparcara ese asunto.

Ella se removió impaciente, inquieta, expectante, hasta algo temerosa de lo que pudiera pasar a continuación. Porque todo aquello la superaba; ella nunca imaginó tales prácticas y mucho menos la posibilidad de llevarlas a cabo. Pero el temor que sentía era una minucia comparado con la excitación del momento.

La mezcla de incertidumbre y deseo estaba haciendo estragos en el cuerpo y la mente femenina. La humedad entre sus piernas la delataba así como los pequeños temblores, no de frío, que sentía cada vez que él rozaba su piel.

Alfred abandonó su espalda y fijó de nuevo su atención en el presente que parecía haber olvidado. Hizo que ella le prestara atención.

—Es algo necesario —comentó él mientras abría la caja.

Ella siguió sus movimientos en silencio.

Estaba a punto de revelarse el secreto que él tanto disfrutaba aplazando para causarle la mayor inquietud posible.

Levantó la tapa y extrajo un pequeño sobre blanco, con algo escrito en letras azules que ella no pudo identificar.

Después de las cuerdas cualquier cosa era posible, así que ya no iba a cuestionar la elección de los posibles complementos.

—¿Qué...? —tragó saliva—. ¿Qué es? —preguntó solo por curiosidad.

—Un profiláctico.

Tina continuaba evidentemente en la inopia a juzgar por la cara que puso.

—No sé lo que es eso —admitió sintiéndose de nuevo una tonta por carecer de lo que podría decirse información básica sobre estos menesteres.

Quizás debería afrontar sus miedos y preguntar a Jean Luc algunas cosas básicas para dejar de abrir la boca como una tonta cada vez que él le mostraba alguna novedad.

—Estoy hasta los cojones de follar contigo y tenerme que preocupar en el último segundo de retirarme.

—Ah —murmuró al comprender el uso con una explicación tan vulgar, eso sí, esclarecedora a no poder más.

Como en todo, a Alfred se le podía acusar de elegir términos poco ortodoxos, pero nunca de no ser claro.

—Porque dudo mucho de que te hayas ocupado tú de esto, ¿verdad? —inquirió no sin cierta ironía.

Ella negó con la cabeza. Nunca hasta ahora se había tenido que preocupar de ese espinoso asunto.

—Lo suponía —continuó él—, así que, a no ser que quieras darle un hermano a Eric, utilizaremos esto.

—De acuerdo —concedió sabiendo que él tenía razón.

Se sintió algo molesto al no recibir una respuesta más contundente por parte de ella.

¿Puede que la idea de tener otro hijo con ella no fuera tan descabellada como creía?

—Concentrémonos —dijo él más con la intención de olvidarse de ese fugaz y peligroso pensamiento.

Tina contempló de reojo con qué facilidad se enfundaba eso que él llamaba profiláctico. No dejaba de tener su gracia. Los hombres, por lo poco que sabía, consideraban su pene como el centro del universo, así que ver cómo lo tapaba le produjo un sonrisita.

Alfred pasó por alto tal reacción y fue a lo importante.

Metió una mano entre sus piernas y movió certeramente la soga, después la apartó lo poco que se podía para, con los dedos, comprobar el grado de excitación.

Tuvo en su mano la evidencia de algo que ya intuía. Aun así continuó acariciándola, siendo consciente, a la par que malvado, al evitar su clítoris. Dos dedos estimulaban su interior, curvados de tal forma que tocaban terminaciones nerviosas especialmente sensibles y placenteras. A veces de forma brusca y otras apenas perceptible, pero que en cualquier caso resultaba una combinación perfecta.

Ella gimió, cada vez menos contenida, gracias a Dios, y moviendo su trasero le pedía, sin palabras, que diera el siguiente paso. Pues cada vez que esos precisos roces la acercaban al orgasmo él inmediatamente disminuía la velocidad, desesperándola y dejándola en un estado casi febril.

—Tranquila… no tenemos prisa —murmuró él.

Le pedía algo que para él también resultaba difícil. Mucho más difícil, seguramente.

Puede que en términos estrictamente sexuales no hubiesen tenido unos preliminares convencionales. Pero desde el momento en que pisaron la casa de su amigo japonés y empezó todo, el ambiente se había ido cargando de sensualidad y erotismo, de tal forma que, sin haberse rozado siquiera, ambos estaban en un punto cercano a la ebullición.

Así que ahora, con dos dedos profundamente enterrados en su cuerpo, rozaba el borde y con solo unos empujones más alcanzaría el clímax que tanto ansiaba.

—¿Te molesta? —preguntó acariciándole el brazo doblado.

—Un poco —admitió ella con la respiración entrecortada, así costaba mucho esfuerzo articular palabra.

—No te preocupes, dentro de poco ni lo notarás. —La frase no era un consuelo sino una promesa, al ser pronunciada de esa forma tan sensual.

Alfred acercó sus caderas al trasero tan apetitoso que ella le ofrecía, sacó los dedos de su sexo y con ellos se lubricó el pene. A continuación, se cogió la erección con una mano y se posicionó para que siguiera el camino natural.

Pero solo un poco.

Ella, que ya respiraba irregularmente, inspiró todavía más fuerte al ser acariciada en sus labios vaginales. Entendió que él, deliberadamente, ahora obviaba el interior de su sexo para dedicarse a torturarla de otra forma. Cogió aire con brusquedad al notar los dedos recorriendo su trasero, o siendo más concretos su ano. Aquello no podía ser, sin embargo, al sentir cómo su excitación no dejaba de aumentar supo que su cuerpo, su instinto, estaba por encima de sus prejuicios.

Pero no era el único frente que tenía abierto.

La presión de la cuerda que enmarcaba sus pechos, la posición extraña en la que permanecía, Alfred frotándose contra ella, la imagen de ambos reflejada... hasta el último detalle parecía calculado para que no pudiera pensar en nada más. Pese a que la tensión acumulada pasaba ya factura.

Por primera vez en la vida hasta podría llegar a mendigar, si fuera preciso, con tal de que él dejara de alargar su desesperación.

—Por favor... —jadeó sin remedio, perdiendo en el proceso la poca vergüenza que quedaba en su interior.

Alfred sabía muy bien cómo tocar cada fibra, y no solo pulsar los puntos más evidentes, los cuales, por cierto no pasaba por alto. Así pues sus dedos continuaban arañando sus pliegues húmedos y solo muy de vez en cuando llegaban a su clítoris, creando esa sensación, que irritaba, tensaba pero que irremediablemente te obligaba a pedir más, a casi necesitarlo como el aire para respirar.

—Estás tan mojada... —murmuró él a su espalda. No sabía bien dónde fijar la vista, si en la carne que tenía delante o en el reflejo múltiple de los espejos.

—Yo... —Deseaba ser más explícita.

—Aun a riesgo de ser engreído... —Sonrió y la penetró de nuevo con dos dedos. A continuación bajó la voz para añadir—: Sé lo que necesitas.

Extrajo los dedos y se pegó todavía más a ella, se agarró la polla, bien lubricada, con una mano y ahora ya sí, sin más dilación empujó, nada de medias tintas, y de una sola embestida se enterró en ella.

Se quedó quieto, echó la cabeza hacia atrás e inspiró para no empezar a embestir como un poseso. Aunque era lo que le pedía el cuerpo.

Saciar su propia necesidad sin pensar en nada más, sin preocuparse de ella.

Sus movimientos fueron cogiendo velocidad, subiendo en intensidad, entrando y saliendo, consiguiendo que ella, cada vez que se retiraba, fuera en su busca, empujando su culo hacia atrás.

Alfred sabía que para él aquella simple y primitiva fricción era más que suficiente. Al fin y al cabo el calor de ella envolvía su erección, las paredes vaginales se contraían alrededor de su miembro, pero también intuía que ella no rechazaría alguna que otra atención extra.

Así que su mano derecha buscó su coño, y con la palma se lo golpeó, una, dos veces, sobresaltándola para después acariciárselo con mimo y suavidad, extendiendo los dedos hasta alcanzar el clítoris. Pudiera parecer que se había olvidado de él, pero nada más incierto.

—Joder... —gruñó él sin perder ritmo. Notando como el sudor iba cayendo principalmente por su espalda.

Pedirle que no dijera palabras malsonantes en ese momento quedaba fuera de lugar.

—Te entiendo... perfectamente... —jadeó sin perder el compás.

Después de esta noche, Tina no volvería a ser la misma. Alfred, con todo el *atrezzo* y la puesta en escena, había conseguido no solo desbaratar cualquier idea absurda y preconcebida que pudiera tener, sino desterrar muchos de sus miedos.

—Vamos a por el último acto —sentenció él como si hubiese leído sus pensamientos.

Ya no hubo tregua, desató la fiera que llevaba retenida en su interior y pudo por fin dar rienda suelta a sus instintos primitivos y masculinos, arrastrándola a ella consigo.

Hizo un último intento por conseguir que ella se corriera primero, porque sabía que si era él el afortunado poco o nada podría hacer por ella. Así que sin perder un segundo frotó su clítoris sin piedad, consiguiendo que en apenas dos minutos ella se arqueara y se convulsionara. Y él se precipitó después ferozmente.

Capítulo 31

*T*ina abrió los ojos y parpadeó en la oscuridad, algo desorientada, intentando reconocer algo. Al no ser así extendió las manos y rozó un tejido suave bajo su mano y supo inmediatamente, no solo por el tacto extra suave de las sábanas, que no estaba en su cama.

Apenas se filtraba un hilo de luz, insuficiente para que ella pudiera ubicarse.

Alarmada se sentó de golpe, estaba desnuda y en un acto reflejo se tapó inmediatamente con la sábana, a pesar de que en la penumbra de la habitación poco o nada podía verse.

También se llevó una mano al corazón e inspiró profundamente pues no quería ponerse nerviosa antes de tiempo.

Aunque, si no quedaba más remedio, gritaría pidiendo auxilio.

Un poco más calmada, tras controlar su respiración agitada, cayó en la cuenta de que probablemente no estaba en peligro.

Giró la cabeza y observó a Alfred completamente dormido, como si tal cosa. Ajeno a su preocupación, como siempre, a él no parecía afectarle ni una décima parte de lo que a ella le suponía tanta congoja.

Sin embargo, él debía estar más que acostumbrado a esto de dormir en cama ajena, así que poco o nada le perturbaba el sueño.

Qué suerte.

No tenía muy claro qué hacer en esa circunstancia, pues no lo habían hablado. Como siempre él llevaba la voz cantante.

¿Cómo se debe comportar una en estas vicisitudes?

¿Busca su ropa y se marcha en silencio?

¿Exige a su amante que se comporte como un caballero y la lleve a casa?

Se mordió el labio, indecisa, pues para ella resultaba inadmisible quedarse allí.

Al final optó por intentar despertarle.

—¿Alfred? —dijo en tono bajito, zarandeándole ligeramente, a ver si con un poco de suerte él reaccionaba rápido.

Él gruñó o protestó, pero ni se movió ni le hizo caso.

Tina, indecisa, pensó en si debía insistir para que él se despertara o marcharse ella sola. Pero descartó esta última opción, eso no estaría nada bien. Por tanto, debía conseguir que él se espabilara para irse juntos, tal y como habían llegado a casa de Hiroaki.

Suponía además que era bastante tarde, por lo que conseguir un medio de transporte no sería ni remotamente fácil. Además, ¿qué pensaría el taxista que la recogiera al verla a esas horas salir de una casa ajena?

Se moriría de la vergüenza, eso seguro.

Se le pasó por la cabeza que quizás debería tener su propio automóvil, muchas mujeres lo tenían y ella podía permitírselo; le proporcionaría libertad de movimientos, aunque le daba un miedo atroz ponerse al volante.

No tenía ni la menor idea de qué hora era pero sí se acordaba muy bien de cómo había llegado a esa alcoba.

Otro motivo para no dejar de estar sonrojada y sofocada.

Tras la experiencia única e indescriptible, él la desató pacientemente y en brazos la había llevado hasta esta habitación, donde, presa del cansancio, se relajó, con la idea inicial de descansar unos minutos antes de volver a su hogar. Sin embargo, sin poder evitarlo se había dormido. Su cuerpo necesitaba descansar pues estaba más exhausto de lo que en un principio pensaba. De ahí que nada más tumbarse cayera en un profundo sueño reparador.

La experiencia de las ataduras en sí ya había resultado intensa pero si, además, se le sumaba el encuentro sexual inmediatamente posterior con él como maestro de ceremonias… caer rendida nada más acostarse no era más que la consecuencia natural.

—Alfred, despierta, por favor —insistió ella moviéndolo un poco más fuerte. Este hombre dormía como un tronco y no quería tener que levantar en exceso la voz para lograr su objetivo.

Una nueva protesta fue lo único que obtuvo por parte de él.

Tenía que regresar a su casa, no podía quedarse allí. ¿Qué iba a pensar el amigo de su amante? Poco menos que era una fresca, desde luego.

Volvió a zarandearlo apoyándose en su hombro, ahora con más ímpetu pues por lo visto las sutilezas no surtían efecto con Alfred. Había que tomar medidas drásticas.

Insistió en su afán por despertarle hasta que él se giró y la miró un instante con cara de pocos amigos o como si tuviera dos cabezas.

Menos mal que el contraluz no delataba su sonrojo.

—¿Qué narices pasa? —protestó volviendo a cerrar los ojos. Joder, ¿qué clase de loca tenía a su lado?

Ella le miró, qué guapo era, hasta frunciendo el ceño era fotogénico.

—Se ha hecho tarde, debemos levantarnos, vestirnos e ir a casa —le respondió en susurros, pasando por alto la posibilidad de pedirle que posara para ella, pero esa posibilidad era nombrar la soga en casa del ahorcado.

Como respuesta él volvió a su posición original, agarró las mantas y ni siquiera se molestó en contestar a tan ridícula propuesta.

Tina no se dio por vencida y de nuevo, apoyándose en su brazo, hizo lo que estaba a su alcance para que él despertara.

—Déjame dormir, no estoy para tonterías —advirtió él en tono brusco ante su insistencia. Ni loco se iba a poner ahora a discutir o a saber qué. Maldita sea, quizás había sido mala idea quedarse a dormir en casa de su amigo.

—Haz lo que quieras, yo tengo que irme —dijo ella dando la batalla por perdida. Se las tendría que arreglar por su cuenta.

Él alargó la mano y la sujetó por la muñeca cuando Tina hizo amago de salir de la cama.

—¿Pero se puede saber qué clase de tonterías estás diciendo? —preguntó enfadado por, primero, perturbar su sueño y, segundo, decir tonterías en mitad de la noche.

—No… no podemos quedarnos aquí —le murmuró azorada—. ¿Qué dirá tu amigo mañana por la mañana cuando nos encuentre?

Él suspiró resignado. Ver para creer.

Se rascó el estómago e intentó no levantar la voz. Con esta mujer había que disponer de toneladas de paciencia ante sus estrafalarios y absurdos pensamientos.

—En primer lugar no creo que Hiroaki entre sin llamar antes. Y en el caso improbable de que mañana nos crucemos con él, le das los buenos días, como mujer educada que eres, y nada más. Buenas noches —menifestó en tono cansado, esperando que le dejara tranquilo.

Alfred dio por concluida la conversación y de nuevo se puso de medio lado para dormirse.

No obstante, su gozo en un pozo.

—Pero… pero… —titubeó ella para nada convencida con esa explicación.

—¿Pero qué? —gruñó él, cada vez más cabreado, dispuesto a zanjar de una puta vez esta absurda conversación.

—Esta es su casa… —seguía hablando de forma avergonzada— , él no… bueno, él sabe que no estamos casados.

Alfred no se echó a reír porque cuando le despertaban a media noche para escuchar tonterías lo que menos le producía era risa.

—Duérmete, anda —murmuró sin querer dar importancia a sus reparos.

Mejor no explicarle las costumbres sexuales de su anfitrión para no escandalizarla, por lo que acoger a una pareja de amantes bajo su techo podía considerarse un juego de niños.

—¡No! —exclamó levantando la voz más de lo prudente y se avergonzó en el acto—. No —repitió, ahora más bajito.

Hastiado de los temores de ella y para evitar la más que segura y desquiciante discusión en la que se iba a ver involucrado, muy a su pesar, se incorporó, no sin antes encender la lamparita de la mesilla de noche.

—Hiroaki no hará preguntas, no entrará aquí, no comentará nada a nadie, no pensará mal de ti —dijo manteniendo la calma—. Así que haz el favor de dormirte. —Al observar cómo ella agarraba la sábana tapando lo que había disfrutado pero que no le importaría volver a disfrutar añadió—: Me parece que es otro el motivo por el que me has despertado... —entrecerró los ojos para aturdirla aún más.

—¿Cómo dices? —farfulló ella completamente abochornada por la insinuación de él por lo que tuvo que apresurarse para desmentirlo—. ¡No!

—Vamos... —le dio un empujoncito con el hombro—, no lo niegues. Tú querías follar de nuevo y no sabías cómo llamar mi atención —manifestó imprimiendo a sus palabras un aire de reproche.

—¡Eso es mentira! —estalló ella.

Tal y como él esperaba que hiciese.

—Baja la voz, Hiroaki tiene el oído muy fino —arguyó para mortificarla, sabedor de que ella probablemente no advertiría su tono bromista y sabedor también de que su amigo, desde la otra punta de la casa, no oiría absolutamente nada. Pero no tenía por qué hacerle partícipe de ese dato, que sufriera a causa de sus propias tonterías.

—Lo siento —se excusó rápidamente dándose cuenta de lo impropio de su proceder—. Simplemente quería dejar claro que yo no te he despertado para... para eso.

—¿No? —insistió con tono burlón.

Ahora que ya estaba completamente despierto y que ella, con toda probabilidad le tocaría los cojones, no como desearía, a causa de sus infundados temores, bien podía divertirse un rato.

—No —aseveró Tina.

—En fin, lo dicho... —Sin tener para nada en cuenta sus palabras, se apartó de ella para buscar algo indispensable y le entregó uno de esos paquetitos blancos cuadrados—. Venga, haz los honores.

—Alfred, tienes que creerme, no pensaba en eso —repitió. Santo cielo, ¿cómo había llegado a esa conclusión?

Él arqueó una ceja, joder, qué divertido era pinchar a esta mujer.

—Eso ahora ya no importa. Yo estoy despierto... bueno, miento, mi polla y yo estamos despiertos y tú también, así que venga —la animó levantando la sábana para que ella tuviera un primer plano de su entrepierna, por si dudaba de sus palabras.

—No puedo creer que pienses eso de mí —declaró apretujando su porción de sábana entre sus puños.

—Sí, bueno, lo que tú digas —murmuró evidenciando que le importaban poco menos que nada sus excusas.

Alfred la recostó y esperó a que ella se despistara un instante para apartar la maldita sábana; qué manía con cubrirse.

—La luz —le recordó ella mientras él se colocaba en posición ya enfundado para no demorar lo inevitable.

—¿Qué pasa con la luz? —preguntó mirándola con los ojos entrecerrados, temiéndose lo peor.

Y sus temores, por desgracia, fueron confirmados:

—Que está encendida —afirmó ella señalando con un gesto la lamparita de noche esperando que él la apagara y así ahorrarle parte de la vergüenza.

Él hizo un gesto negativo con la cabeza y prefirió pasar a la acción. Bajó una mano por su costado derecho hasta llegar a la cadera. La metió debajo para levantarle el culo y así encajarse mejor entre sus piernas. A continuación, empezó a mordisquearle el cuello y la oreja, con el firme propósito de conseguir que ella dejara de decir tonterías.

Que ya eran demasiadas en tan pocos minutos.

Su paciencia tenía un límite y Tina hacía tiempo que lo había rebasado.

Cuando metió la mano entre sus cuerpos la encontró húmeda. Sonrió encantado ocultando su reacción contra su piel para que ella no advirtiera su gesto. Le daba exactamente igual si la humedad de su sexo era producto de la sesión anterior o de la excitación reciente, a pesar de que la conversación había resultado de todo menos estimulante.

Mientras mantenía una mano en su cadera para que ella no se moviera, se posicionó acertadamente y colocó su glande en la entrada de su vagina. Quiso mirarla a los ojos y comprobar hasta qué punto ella fingía o no. Sin embargo, optó por no comprobarlo, ya que podía contribuir a un repentino cabreo. Así que empujó, como siempre, sin etapas, de un solo movimiento, como a él le gustaba y como a ella, a juzgar por su gemido contenido, parecía gustarle.

Y no fue el único síntoma de ir por buen camino ya que notó cómo Tina, en un acto reflejo, se agarraba a sus hombros y hasta le clavaba las uñas.

—¡Excelente! —exclamó incorporándose a medias y sonriéndole.

—¿Perdón? —preguntó con la voz rota al sentirse completamente dilatada bajo el peso del cuerpo masculino.

—Nada, cosas mías —consiguió decir él, poco dispuesto a entrar en explicaciones, aquello era jodidamente bueno. Ese calor, esa humedad, como para estropearlo. Así que comenzó a moverse, de una forma un tanto mecánica.

El balanceo que imprimió le satisfacía, sí, pero a medias. Entraba y salía de su acogedor cuerpo, pero sin ser desagradable sí quería algo más. No podía conformarse con algo tan básico. Cuando has comido en restaurantes de cinco tenedores, te vuelves bastante sibarita y no te conformas con cualquier plato, por eso, aun manteniendo la postura más tradicional, decidió darle unos toques que sin duda mejorarían el resultado.

—¿Qué haces? —inquirió ella al notar cómo la mano que le sujetaba el trasero abandonaba la carne firme para adentrase en una zona prohibida.

No era la primera vez que sentía la mano de él en esa zona, pero no por ello dejaba de inquietarse. No entendía la obsesión por tocarla precisamente allí, más que nada porque esa zona no formaba parte de la mecánica sexual.

¿O sí?

—Poner un poco de emoción al asunto —respondió él entre empujón y empujón con la voz rota debido al esfuerzo.

—¿A…ahí? —balbució tragando saliva. Quisiera o no, él seguiría adelante.

Tina no se lo podía creer, él estaba tocándola con el dedo, ¡ahí! ¡Eso no podía ser!

Pero sí podía ser ya que él buscó su ano y empezó a masajearlo, moviendo el dedo índice en pequeños círculos, sin duda con la intención de que la zona se fuera preparando para caricias mucho más profundas.

Intención, que de momento, no compartiría con Tina.

—Ahí —confirmó presionando lo justo aunque no lo que él consideraba apropiado. Sin embargo, por hoy sería suficiente.

Ante sus imparables avances y a pesar de estar sumida en el frenesí sexual ella protestó, moviendo el trasero para dificultarle la tarea y le arañó en los hombros. En resumidas cuentas, intentó todo cuanto estaba a su alcance para que él no siguiera avanzando, pero poco se podía hacer.

—Eso es, querida —murmuró él encantado, pues con sus vaivenes podía metérsela más profundamente.

—No… no… —protestaba ella mordiéndose el labio para no gritar como una posesa y montar un escándalo en casa ajena.

Poco podía hacer, Alfred la tenía inmovilizada bajo su peso, no dejaba de penetrar en su sexo, de rotar las caderas para estimular su clítoris, acercándola al clímax, por lo que cualquier intento de mantenerse firme en su negativa se iba al carajo en pocos segundos.

Y si intentaba decirle algo se encargaba de taparle la boca, metiéndole la lengua y besándola de un forma tan agresiva que dejaba a cualquier mujer indefensa.

—Cielo santo… —jadeó ella.

Alfred mandó sus propósitos de vacaciones y decidió avanzar un poco más.

Ya que estaba en ello…

Lo que comenzó como un tanteo fue a mayores, Tina se tensó al notar cómo un dedo invadía una zona de su cuerpo que hasta ahora solo tenía una función estrictamente corporal. Pero que por lo visto conseguía un extraño efecto en su libido, pues ese extraño dolor era el contrapunto idóneo al placer que él proporcionaba con sus embestidas.

—¡Alfred! —exclamó medio abochornada al sentir la invasión y sobre todo por reaccionar de esa manera tan efusiva.

—Sabía que no ibas a poder resistirte —jadeó él entrando, por partida doble, en el cuerpo de ella. Ahora lo hacía con mucho más ímpetu, ganando la velocidad necesaria para correrse.

Ella arqueó su cuerpo, echó la cabeza hacia atrás, clavó los talones en el colchón y gritó, dejándole completamente sorprendido por ese signo de liberación.

Sonrió antes de alcanzar su propio orgasmo.

Por fin había conseguido hacer que gritase.

La noche había salido redonda.

Capítulo 32

𝓗oy era otra de esas noches en las que al cerrar la puerta de su consulta, tras un anodino día de trabajo, no sentía predilección por ninguna actividad en concreto.

Bueno, eso no era del todo cierto.

Últimamente había establecido una rutina, tras su irregular jornada laboral, que consistía en terminar acercándose a casa de Tina para acabar perdiendo el juicio junto a ella en su cama.

O en su sofá, o en su alfombra…

Pero debía poner freno a esta tendencia pues de no hacerlo terminaría por perder la poca sensatez que podía tener.

—Joder —masculló dando largas zancadas en dirección a su automóvil.

Ese hábito podía ser muy peligroso. Pero por alguna razón en particular que no alcanzaba a comprender, le costaba resistirse a esta mujer, cosa que agravaba el asunto, pues Tina tenía en sus manos la posibilidad de dejarle en entredicho públicamente.

La teoría de Sebastian de seguir tirándosela para obtener información, o en el peor de los casos, ya que te iban a dar por el culo por lo menos disfrutar unos buenos revolcones, hacía agua por todos los lados.

Pero claro, su camarada no estaba pasando precisamente por el mejor momento, así que debía coger su teoría con alfileres. Quizás tendría que esperar a que se restableciera, pero por la conversación que tuvo con él, ese proceso iba para largo.

Y quién lo iba a decir, Sebastian angustiado por una mujer.

Ver para creer.

Pero que como se dice coloquialmente, no escupas hacia arriba que seguro que te cae encima.

Lo dicho, un ciego guiando a otro ciego.

Hoy se había propuesto firmemente no caer en la tentación y para eso necesitaba distraerse. Buscar una actividad alternativa para no recaer, porque eso de que un clavo saca otro clavo no iba a servir en este complicado caso.

Esa mujer le desconcertaba, ya no sabía qué pensar de Tina, de su constante ingenuidad, de sus habituales sonrojos, de esas expresiones de desconcierto cuando le hablaba con franqueza o cuando la provocaba con términos picantes y explícitos.

No cuadraba con lo que se supone que una mujer casada sabe de asuntos de alcoba.

Pero luego, cuando le exigía, cuando la llevaba al límite, ella respondía con naturalidad, lo dejaba al mando y, con sonrojo y todo incluido, lo arrastraba con su sinceridad y ambos podían sentirse satisfechos.

Porque, a pesar de las dudas, los quebraderos de cabeza, las posibles consecuencias y demás inconvenientes, los cuales prefería no enumerar, le gustaba estar con ella. Se excitaba, su imaginación no dejaba de planear nuevos y mejores encuentros y eso le sorprendía, pues a su edad ya había probado casi de todo.

¿Puede que esa fuera la explicación más evidente?

¿Que simplemente, tras años de desenfreno, ahora quería volver a una especie de normalidad?

—Maldita sea —se quejó en voz alta.

Con todo esto rondando en su cabeza terminó aparcando el coche frente a la casa donde había crecido y que por decisión propia había abandonado hacía poco.

Nada mejor que una charla familiar para quitarse de la cabeza la idea de volver, como un perro tras su amo, a verla, porque, aunque él creyera llevar la voz cantante, nada más alejado de la realidad.

Necesitaba poner sus preocupaciones sobre la mesa y escuchar una opinión más objetiva, pues la suya no lo era ni por asomo.

Era tarde, pero aunque ya hubiera pasado la hora de la cena, seguramente encontraría a su padre en su despacho. Hablar con alguien sobre lo que le preocupaba y, sin duda, la visión práctica de su progenitor sería un punto de partida.

Pese a correr el riesgo de un extenso sermón sobre lo impropio de su proceder y demás argumentos conocidos.

Nada más llamar a la puerta le abrieron y caminó en dirección al estudio de su progenitor. Esperaba no encontrarse con su madre. Había cosas que nunca podría mencionar delante de ella.

Sin embargo, con quien se cruzó fue con otra de las mujeres de la familia.

—¿Dónde vas a estas horas? —preguntó extrañado a su hermana pequeña que se dirigía, evidenciando su prisa, hacia la salida.

Que él supiera no era aficionada a la vida nocturna.

—No es asunto tuyo —le respondió la joven con altivez y lo dejó con la palabra en la boca.

Quiso detenerla y exigirle una explicación, al fin y al cabo siempre sería la pequeña de la familia y por lo tanto siempre se sentía responsable de su bienestar. Frunció el ceño pero lo dejó pasar. Ya se enteraría de las idas y venidas de Gaby. Ahora tenía otros asuntos más acuciantes en su cabeza.

Se detuvo frente a la puerta del estudio y llamó con los nudillos.

Había una norma, no escrita, por la que siempre se debía llamar antes de entrar. Claro que a veces, con las prisas, tanto él como sus hermanas habían pasado por alto esta norma y sorprendido a sus padres en una actitud poco apropiada.

Así que, para no ver lo que un hijo jamás desea saber de sus padres, esperó a que le dieran paso.

—Adelante.

Abrió el picaporte al oír la voz de su padre y entró.

—Buenas noches —lo saludó afablemente y lo observó.

Lo encontró tras su enorme escritorio, con una cantidad importante de documentos a su alrededor, eso sí, perfectamente organizados y clasificados.

—Hola, hijo. ¿Cómo tú por aquí?

La relación entre ambos no pasaba por su mejor momento,

debido a la decisión que había tomado hacía unos años de no unirse al negocio familiar. Su padre no terminaba de aceptar que el único hijo varón escogiera un camino totalmente alejado de la tradición y, aunque apoyaba plenamente a Samantha, siempre le quedó esa espinita clavada de pasar el testigo a su vástago. Habían tenido sus más y sus menos, sin embargo, nunca habían dejado de hablarse, sobre todo porque su madre se ocupaba de que la comunicación no se perdiera.

Alfred no quiso ver en su pregunta segundas intenciones y prefirió dar por bueno su interés, no le apetecía entablar ninguna discusión.

Caminó hasta la gran mesa y abrazó a su progenitor con cariño. A continuación, y sin ningún interés en particular pues poco o nada podía interesarle de lo que allí había, cogió al azar una de las carpetas del montón que había apilado sobre la mesa.

—¿No se supone que te has retirado y Samantha se ocupa de todo eso? —inquirió Alfred dejando de nuevo los documentos en su sitio, nunca le habían interesado los asuntos del banco y no iba a empezar ahora a hacerlo.

Evidentemente no era ningún reproche, sabía que su padre jamás se retiraría del todo.

—Siempre que puedo le echo una mano —le respondió Samuel sin sentirse incómodo admitiendo que seguía al tanto de todo.

Alfred sonrió, no cambiaría nunca. A pesar de su intención de retirarse no conseguía hacerlo del todo. Disfrutaba estando ocupado y Alfred entendía que para un hombre como él, que durante toda su vida había estado al frente de los negocios, resultaría muy difícil desligarse del todo.

—Te noto inquieto —aventuró Samuel sin perder detalle de los movimientos de su hijo. Algo le preocupaba e intuía el motivo, aunque prefirió esperar a que fuera él quien abriese fuego. Tenía la edad suficiente para ocuparse de sus asuntos, pese a que como padre siempre velaría por su vida, quisiera o no.

Alfred, encogiéndose de hombros y sin querer responder abiertamente al comentario, se acercó a la mesa de las bebidas y sirvió dos copas. Tras entregarle una a su padre se sentó frente a él y pensó en la forma de plantearle sus dudas. Sin embargo, si algo sabía de su padre era que no soportaba los rodeos y menos tratándose de los miembros de su propia familia. Así que le preguntó directamente:

—¿Por qué te casaste con mamá?

Samuel arqueó una ceja ante la pregunta, tan directa, de su

único hijo. La verdad era que no sabía cómo responderle, más que nada porque él mismo a veces también tenía sus dudas sobre ese asunto y porque no se podía dar una sencilla explicación a algo que se siente, que se vive. Era un tema que debía sufrirse en carne propia para entenderlo.

Nada le gustaría más que ayudarle si con su vivencia pudiera lograrlo.

—Te lo pregunto —continuó Alfred ante la muda respuesta—, porque esa historia que me contó el abuelo me pareció tan surrealista que nunca la creí. Eso no pasa en la vida real, los matrimonios, y más en vuestro caso, tienen que basarse en algo sólido para durar.

Dio un sorbo a su bebida esperando oír una explicación coherente. Cuando era niño, su abuelo les había narrado una rocambolesca historia que ni él ni sus hermanas creyeron, a pesar de que el cumpleaños de Samantha coincidía con la fecha de bodas.

—Tu abuelo… menudo pájaro —dijo Samuel con cariño al acordarse de su padre. Nunca llegaría a agradecerle su acuerdo, pues gracias a su afición casamentera y empresarial tenía a su lado a una excepcional mujer.

Ambos se miraron y sonrieron.

—Sí, bueno, pero no me has respondido. —Algo muy típico de su progenitor. Sabía como nadie esquivar una pregunta incómoda. En las contadas ocasiones en las que estuvo presente mientras se llevaba a cabo alguna negociación, siempre admiró esa capacidad suya—. Eso de que os obligaron me parece imposible, y más conociendo a mamá… con su carácter, su forma de pensar…

—Eran otros tiempos, su familia no era lo que se dice un ejemplo a seguir por lo que fue una simple moneda de cambio —murmuró sonriendo al recordar—. Y, respondiendo a tu pregunta, sí, me obligaron a casarme con tu madre —confirmó recostándose en su sillón y observando a su hijo. ¿Qué le estaba pasando por la cabeza para plantear algo así?

Alfred, confundido por la respuesta y por la ¿satisfacción? de su padre al mencionarlo, frunció el ceño. Eso no cuadraba, siempre había sido testigo del matrimonio casi perfecto de sus padres, esa relación no se forjaba tras un acuerdo mercantil.

—Nadie lo diría… —comentó escéptico—, nadie aguanta tantos años así como así —aseveró manteniendo el tono de incredulidad. Añoraba las historias de su abuelo, nadie como él para dejar volar la imaginación. Sin embargo, en este caso la había dejado volar muy alto—. Mamá a veces es… complicada.

Samuel meditó las palabras escuchadas antes de responder. Sí, complicada podía ser una descripción bastante acertada.

—En eso tienes razón. Siempre hay que esforzarse. Hay días más difíciles y momentos tensos, pero en el fondo compensa.

—Entonces, ¿es cierto? ¿Te casaste con ella por obligación? —insistió queriendo llegar al meollo de la cuestión.

—Tu abuelo hizo un trato y tu madre era la garantía, sí —afirmó sin perder la sonrisa.

Alfred parpadeó.

—¿Y mamá aceptó sin protestar?

Samuel se echó a reír ante esa pregunta.

—¿Qué quieres saber en realidad? —inquirió prefiriendo no rememorar ciertos aspectos que en su día resultaron muy dolorosos, a pesar de que ahora, con la perspectiva de los años, podía permitirse el lujo de bromear.

—A veces... —hizo una pausa buscando las palabras exactas—, a veces creo que no habéis sido un buen ejemplo.

—¿Y cómo es eso?

—Creo que mamá y tú me habéis hecho un flaco favor —se quejó con una sonrisa, inspirando profundamente ante lo que sentía y no comprendía.

—¿A qué te refieres exactamente?

Dio un trago antes de continuar.

—Desde que tengo uso de razón tanto mis hermanas como yo os hemos visto siempre atentos el uno con el otro, siempre cómplices... y eso no es lo habitual —reflexionó teniendo en cuenta lo que por desgracia veía en su consulta como referente—. Los matrimonios se desgastan, la gente termina odiándose. Muchos hombres acaban engañando a sus esposas y estas, con un poco de suerte, terminan gastándose su dinero. En otros casos es mucho peor.

—Si te sirve de consuelo, algunas veces tengo la tentación de estrangular a tu madre —bromeó—. Pero aunque lo negaré si se te ocurre repetirlo delante de ella, nunca termino el día sin hablarle y sin...

—De acuerdo, no lo digas, no quiero saberlo —lo interrumpió—. Es mi madre. Por desgracia he abierto puertas en los momentos más inoportunos —se quejó. Cuando era niño le hacía gracia pero después le incomodaba y mucho ser testigo de cómo «hablaban» sus padres.

—Ni tus hermanas ni tú habéis hecho caso cuando se os dicen las cosas —replicó con una media sonrisa.

Se quedaron en silencio, tras ese instante distendido, no hacía falta llenar con palabras absurdas esos momentos.

Alfred fue quien de nuevo habló:

—¿Nunca has tenido dudas? —inquirió volviendo a un tono más serio.

—Todos los días —le respondió sin comprometerse.

—Eso no ayuda —le recriminó a su padre—. Si lo pregunto es porque, ¿cómo sabré que no me he confundido? ¿Cómo sabré que, al cabo de un año, no la odiaré y terminaré buscándome una querida? —Y para rematar añadió—: ¿Tengo que pedirte que me busques esposa?

—No creo que aceptaras mi elección, eres demasiado obstinado y cabezota como para ponérmelo tan fácil.

—Me conoces demasiado bien —convino asintiendo con la cabeza.

Samuel, al ver que la preocupación de su hijo no era producto de una aventura pasajera, decidió afrontar el asunto desde otra perspectiva.

—Cuando tengo que tomar una decisión importante, y te aseguro que en más de una ocasión ha sido así, sopeso cuidadosamente todas las opciones, calculo los riesgos y cuando no veo una opción viable elijo el mal menor.

Esa era la respuesta esperada y lógica.

—Entonces debo aplicar tus teorías empresariales para salir de dudas —afirmó intentado saber cómo se hacía eso.

Puede que Alfred nunca sintiera mucho apego por el mundo de los negocios, pero al estar al lado de él siempre se aprendía algo.

—Esas teorías únicamente sirven para los negocios, para los asuntos personales no hay reglas escritas.

Esto último hundió todas sus esperanzas de encontrar una guía que seguir y, frotándose la cara cada vez más confundido, exclamó:

—Joder, pues estoy apañado —masculló sacudiendo la cabeza. Si la persona más lógica del mundo dudaba…

—Mira, hijo, en cuestión de mujeres no existe una ciencia exacta ni mucho menos a la que atenerse —remató Samuel para desgracia y desesperación de su hijo.

—¿Mamá sabe que dices cosas así? —le preguntó abatido por no poder sacar ninguna conclusión válida tras esta conversación. Aunque, viendo el lado positivo, siempre resultaba agradable poder conversar así con su padre.

—Con ella he aprendido a elegir las batallas. Ya te darás cuenta por ti mismo de que hay temas que es mucho mejor no tocar.

Alfred asintió, a pesar de su empeño por no seguir los pasos de su progenitor. En el fondo tenían mucho más en común de lo que le gustaría admitir.

—¿Sabes? Creo que mamá tiene razón. Me parezco a ti más de lo que quisiera —admitió con media sonrisa.

—Me lo tomaré como un cumplido —dijo Samuel sin sentirse para nada ofendido.

Alfred se puso en pie. Había acudido a casa de sus padres con la intención de aclarar ideas, por supuesto de esto no podía hablar con su madre, pues nunca sería objetiva y podía surgir el delicado tema de las relaciones sexuales. Hasta el momento tampoco había salido ese espinoso asunto, pero de hacerlo siempre se sentiría menos incómodo con él.

Su padre se mantuvo en silencio, y eso era algo que agradecía. Le dejaba ese espacio para meditar y para sacar sus propias conclusiones, no llenaba esos huecos con charla insulsa.

De nuevo le vino a la cabeza otro aspecto a considerar.

—¿Por qué permitiste que Samantha se casara con James si siempre quisiste que lo hiciera con Sebastian? —preguntó buscando otra línea de pensamiento.

—Tu hermana fue quien lo eligió —respondió como si fuera completamente inocente y se hubiera mantenido al margen.

—Papá, que nos conocemos —le reprochó amablemente—. Si hubieses querido impedirlo, el pobre diablo aún estaría dando vueltas sin saber por dónde le daba el aire. Lo hubieras tenido de aquí para allá, mareando la perdiz y sin que el pobre infeliz pudiera hacer nada para evitarlo. Y que conste que no tengo nada en contra de James.

—No te negaré que me sorprendió cuando me enteré de que andaban tonteando, y sí, James podía parecer a primera vista el menos indicado. Sin embargo, si algo tengo claro desde hace años, es que hay que valorar a las personas por sus actos. Tu hermana lo escogió y no encontré ningún impedimento.

—Eso quiere decir que estudiaste el caso y, aunque ellos crean lo contrario, diste tu aprobación. ¿Me equivoco?

—Como comprenderás no iba a consentir que cualquier pasmarote entrara en la familia de una forma tan fácil como casándose con Samantha.

—Dudo mucho de que ella fuera tan tonta como para dejarse

arrastrar —aseveró Alfred con admiración a su hermana. Una digna heredera, pobre James.

—Por si acaso —dijo Samuel.

—¿Deduzco entonces que si decido casarme tengo que contar con tu aprobación?

—¿Debo pensar entonces que vas a pedírmela? —preguntó a su vez Samuel.

—No cambies nunca —le respondió Alfred sonriendo.

—Lo intentaré.

Tras un breve silencio, Alfred dijo:

—Si te soy sincero, había venido aquí con la intención de aclarar las ideas. Sin embargo, puedo decirte que estoy aún mucho más confundido.

—Eso es bueno.

—¿Ah, sí?

—Si dudas es porque sientes. Si lo tuvieras todo claro, si no te planteases las cosas, si todo te fuera indiferente te diría que no siguieras adelante, que te diviertas y no le des más vueltas.

—Vaya… no conocía esa vertiente tuya tan sentimental.

—Dale las gracias a tu madre —explicó sonriendo—, pero tiene razón.

—Pero no ayuda.

—¿Quieres un consejo? Sí, ya sé que no soy muy proclive a darlos y tú eres poco propenso a seguirlos.

—Adelante. Puede que esta vez hasta te sorprenda haciéndote caso —murmuró intentando sonar sarcástico. Aunque siempre tenía en cuenta los consejos de su padre, otra cosa muy diferente era que lo admitiera en voz alta.

—Cásate con ella.

Alfred no dijo nada, más que nada porque nada tenía que decir a eso. Se despidió de él, genio y figura, y se dirigió hacia la calle.

Antes de llegar a la puerta se cruzó con su madre que iba, sin duda alguna, en busca de su esposo.

—Alfred, cariño, ¿te vas?

—Sí, mamá. Voy a intentar resolver ciertos asuntos que me tienen bastante descentrado. Ya te contaré. —Besó a su madre en la mejilla cariñosamente—. Lo encontrarás en el estudio. Está en plan filosófico así que aprovéchate —dijo a su madre a modo de despedida.

—Lo haré, no lo dudes —respondió su madre sonriendo a medias. No era plato de buen gusto ver a su hijo en ese estado. Si no fuera tan testarudo y viera las cosas desde otra perspectiva menos masculina, las cosas resultarían infinitamente más fáciles.

Capítulo 33

Sentado en su coche, con el motor en marcha, con la idea en mente de pisar el acelerador y salir de allí pitando, pero sin avanzar ni un metro, hizo acopio de fuerza de voluntad para no ir a casa de ella.

Miró la hora. Seguramente ella estaría a punto de acostarse, con una de esas horribles creaciones de algodón blanco que echarían hacia atrás al más cachondo de los hombres pero que por alguna de esas cosas inexplicables de la vida a él le ponían a cien.

Quizás era la simple idea de desenvolver el regalo que había debajo, es decir un estupendo cuerpo que para más inri se ajustaba al suyo perfectamente.

Otro factor a tener en cuenta a la hora de atormentarse.

¡Qué fácil sería rendirse! Pero no, tenía su orgullo, o al menos debía creer que era así. Y aunque se estuviera comportando como un tontaina de cuidado, o como un adolescente descerebrado, tenía que aguantar como fuera.

Necesitaba un punto de vista más, uno más cínico. Había aspectos en los que era mejor escuchar otras opiniones porque en las hasta ahora desconocidas cuestiones del amor era un neófito.

Nunca antes se había visto en una situación similar. Hasta ahora, debido a la suerte, a su política de no implicarse o a lo que fuera, había salido indemne y si bien algunas de sus amantes pensaron erróneamente que podrían conseguir algo más e insistieron para convencerlo, su cabeza separaba perfectamente el placer físico derivado de los apasionados encuentros, de sus sentimientos.

No iba a negar que algunas de esas mujeres le importaron y le dejaron huella. No admitirlo, además de estúpido sería injusto. De la mayoría aprendió cosas positivas, por lo tanto había que quedarse con eso.

Conocía a gente que decía enamorarse hasta dos veces al año. Sin embargo, él no era uno de ellos. Se había cuidado muy mucho de ni tan siquiera acercarse. Por lo que ahora no sabía ni por dónde le daba el aire.

Dudaba de que uno pudiera atormentarse dos veces al año

suspirando por la mujer de turno, aunque allá cada uno con sus tormentos.

Podía hablar con su hermana mayor, al fin y al cabo esta no se callaría nada. Pero hay cosas que solo se pueden hablar con otro hombre. Además, Samantha tardaría poco menos de nada en hablar con su madre y juntas lograrían aburrirle con ñoñerías y demás palabrería femenina.

Cualquiera se arriesgaba al consejo de guerra formado por las mujeres de su familia, temblaba tan solo de pensarlo.

En la categoría de amigo cínico solo tenía dos opciones: su mejor colega y su cuñado.

Descartó a Sebastian porque, si bien siendo insolente como el que más y ácido en sus comentarios, pasaba por horas bajas y no contaba con la ventaja de estar casado; una perspectiva de lo más oportuna e interesante en este caso.

Así que se dirigió a la casa de su cuñado, con el fin de poder descargar su frustración y, si ya de paso sacaba algo en limpio, pues mejor que mejor.

Sabía que era tarde y que podría molestar. Sin embargo, dudaba de que su cuñado, tan adicto al trabajo como su padre, estuviera con toda probabilidad encerrado en su despacho entre papeles.

Nunca se cansaba de dar gracias en silencio de que James se hubiera casado con su hermana, entre los dos formaban un tándem excepcional en los negocios y así de paso él podría descargar ese pequeño sentimiento de culpa por no hacerse cargo del legado que se suponía que debía haber aceptado.

Sintiéndose como un alma en pena que vaga de un lado a otro en busca de su redención, llamó a la puerta y esperó, repiqueteando con el zapato en el suelo a que le abrieran.

El mayordomo abrió la puerta con cara de pocos amigos por tener que ocuparse de atender a visitas a horas intempestivas.

Pero tan pronto como lo reconoció cambió de actitud y, con su tono más amable y servicial, dijo:

—Buenas noches, señor Boston —lo saludó educadamente el hombre.

Alfred respondió al saludo con una inclinación de cabeza intentando guardarse una réplica sobre la actitud de este hombre. Primero le ponía mala cara. Lógico, no eran horas, y después le hablaba amistosamente. Podía disimular un poco más sus inclinaciones, por muy agradable que fuera no iba caer en la tentación de acostarse con otro hombre.

—Avisaré enseguida a su hermana —dijo el hombre mostrándose previsor y servicial con intención de adelantarse a sus deseos.

—No, no he venido a verla a ella. Avise al señor.

—Cómo no.

El mayordomo, que no se llevaba bien con la señora, cosa que Alfred entendía a la perfección ya que no era ningún secreto que de haber podido hubiera tenido un *affaire* con el amo, le hizo esperar un instante en el recibidor. Sin embargo, Alfred no se quedó allí.

Con confianza caminó hasta el estudio, llamó y no obtuvo respuesta. Qué raro, ¿su cuñado acostado tan pronto?

No le dio más importancia y se dispuso a esperarlo tranquilamente acomodado.

Hoy era la noche de dar por el saco a sus allegados recabando información antes de volver a perder el juicio. Esperaba que al menos pudiera sacar algo en claro tras la conversación con James. O al menos no sentirse tan estúpido por sentirse así.

Casi veinte minutos después apareció James, el cual disimulaba bastante mal por cierto su malestar por haber sido interrumpido, con su hermana pisándole los talones. Al menos la fémina sonreía.

Ninguno de los dos tenía cara de que estuvieran durmiendo.

Mejor no pensar en ello, se dijo, es mi hermana, no necesito saber nada más.

—Hola, hola —canturreó Samantha acercándose a él para abrazarle—. Mira que te vendes caro, y que siempre te pido que vengas a casa, pero a estas horas… A saber de dónde vienes —le reprendió en tono cariñoso—. Aunque la verdad es que conociéndote puedo llegar a hacerme una ligera idea.

—¿Ha ocurrido algo? —inquirió su siempre pragmático cuñado arqueando una ceja.

Sospechar para este hombre era como respirar, pensó Alfred, no obstante su pregunta iba cargada de toda lógica.

—No —le respondió y miró a su hermana, ni loco hablaría con ella presente—. ¿Podrías dejarnos a solas?

—No te preocupes, no os molestaré —aseveró risueña sentándose en el escritorio, adoptando ese papel de jefa que tanta gracia le hacía.

Su hermana engañaba a la mayor parte de la gente, pues tras esa dulce apariencia ella sabía muy bien lo que hacía.

—Samantha… —insistió su hermano mirándola con los ojos entrecerrados esperando que se diera por aludida.

—¿Qué? No creo que se trate de un asunto de Estado —le

espetó encogiéndose de hombros con una sonrisa de oreja a oreja.

—Cariño, tu hermano quiere hablar conmigo —intervino James mirando a Alfred. Podía intuir de qué versaría la conversación y con Samantha delante no iba a sentirse para nada cómodo, por lo que terminarían dando rodeos y no estaba por la labor de perder el tiempo.

—Sois ridículos —protestó molesta—. En fin, ya me enteraré luego —farfulló levantándose de su sillón y se dirigió hacia la salida. Como era de esperar a paso de tortuga para así tocarles la moral un poco, por tontos.

Se marchó y no cerró la puerta.

—¿De qué quieres hablarme? —preguntó James acercándose hasta la puerta. Tras asomarse y comprobar que la bruja con la que estaba casado no esperaba pegada a la pared, la cerró y se concentró en su cuñado.

—Joder, estoy seguro de que le vas con el cuento de todo —se quejó dudando muy mucho de que su conversación fuera discreta.

—Tu hermana es muy lista.

—Ya, y tú, por si acaso, no te pongas los pantalones —bufó Alfred burlándose de la inexistente capacidad de James para imponerse.

—Vaya, sí que es grave la cosa. Te escucho.

—Espero que esta vez mantengas el pico cerrado —le pidió a su cuñado.

—Habla, no tengo toda la noche —le instó con un gesto para que se dejara de tontas acusaciones.

Alfred inspiró y, sintiéndose como un loro que repite siempre lo mismo, preguntó:

—¿Por qué te casaste con mi hermana?

James tosió ante la pregunta, esperaba cualquier cosa, cualquier cosa menos esa.

—Alfred, nos llevamos relativamente bien, y, en pos de unas futuras buenas relaciones, no puedo contestarte a eso —explicó manteniendo la calma.

—¡No seas ridículo! —le espetó malhumorado—. Sé perfectamente que hiciste algo más que tontear con mi hermana antes de casarte con ella.

«No te puedes hacer una idea», pensó James, y, recurriendo a sus habilidades como abogado, buscó una respuesta que si bien no resultara ajena al tema sí desviase el asunto para su conveniencia.

—¿Por qué quieres saberlo?

—Tú contesta —le instó ya que no iba a dejarse liar por las conocidas facultades de James para dar rodeos a las cosas. No le extrañaba que hiciera tan buenas migas con su padre, eran tal para cual.

—¿Qué te preocupa exactamente?

Alfred, como un león enjaulado, se paseó por la estancia. No buscaba un sermón teórico sobre el matrimonio, ni mucho menos un discurso de palabras vacías; quería algo práctico. Realismo, nada de tonterías románticas, de esas a las que son tan dados los cabrones casados con suerte.

—Si te he preguntado por cómo supiste que querías casarte con Samantha, no ha sido para escuchar los detalles morbosos. ¡Joder!, que es mi hermana. Hay veces que prefiero seguir en la ignorancia.

James consideró la pregunta y dijo algo que no le comprometiera pero sin faltar a la verdad.

—Baste decir que, tras arduas negociaciones, llegamos a un acuerdo.

El soltero en dudas arqueó una ceja. ¿Es que nadie le iba a hablar claro?

—Ya —murmuró empezando a cabrearse y decidió enfocar el tema desde otra perspectiva.

Su cuñado, que era conocido por su habilidad dialéctica y por salirse por la tangente cuando le convenía, preguntó:

—¿Quieres que te diga lo que tienes que hacer para así, en caso de que todo se vaya al carajo, echarme la culpa?

—Yo no soy tan retorcido —se defendió Alfred. Puede que tuviera parte de razón.

—*Excusatio non petita, accusattio manifesta.*

—No me jodas con frases de picapleitos —se quejó—. ¿No podrías hacer un esfuerzo y hablar como un simple amigo?

James se puso cómodo en el pequeño diván y palmeó el asiento.

—Siéntate a mi lado, llamaré al mayordomo y le pediré unas pastas y un té. Sospecho que esto va a traer cola.

—Métete el sarcasmo por donde te quepa —le espetó. Tampoco se sorprendió demasiado, James era así y tenían la suficiente confianza como para responderse de forma grosera sin guardarse rencor por ello.

—Lo intentaré. Bien, vayamos a los hechos. Te has enredado con la señora Velizy…

—Enredar es un eufemismo muy elegante, gracias —interrumpió con ironía.

—Comenzaré de nuevo. Te estás follando a la señora Velizy y piensas que tras el revolcón puede haber algo más...

—No te pregunto cómo lo sabes porque prefiero no saberlo, pero sí, vas bien —masculló entrecerrando los ojos.

De todos era sabida la afición de James por enterarse de cualquier detalle relativo a la vida, tanto privada como pública, de los demás. Y si bien esa cualidad podía venir de perlas en ciertos asuntos, le jorobaba que él también fuera objeto de sus investigaciones.

Menos mal que al estar en el mismo bando podía estar relativamente tranquilo.

—Y claro, una cosa lleva a la otra, te sientes inclinado a probar algo más... Piensas qué pasaría si..., y todo eso. ¿Me equivoco?

—No. Por desgracia, no te equivocas.

James arqueó una ceja, el hombre estaba realmente afectado.

—¿Te importa mucho si ella se busca un sustituto para cuando tú no estás?

—No le he dado tiempo —alegó rápidamente—. Pero sí, me jodería bastante, además sé que no tardaría mucho en encontrar un reemplazo.

—¿Te ha pasado esto antes?

Joder, qué buena pregunta, pensó Alfred.

—¿Que me sustituyan? —masculló.

—No, joder, que te sientas posesivo —repitió James.

—Pues no —respondió encogiéndose de hombros como si tal cosa. Pero cuando reflexionó de nuevo en lo que implicaba su respuesta frunció el ceño.

—Mala cosa, entonces. Y si además admites que no solo te llama el hecho de acostarte con ella sino la idea de estar con ella...
—negó con la cabeza—. Te veo jodido —concluyó.

Otro que no me va a ayudar.

—Vaya por Dios, para una vez que te pones serio vas y adoptas un tono de lo más cursi. —Hizo una pausa esperando la réplica pero solo obtuvo una mueca de burla—. De acuerdo, lo capto, otro que sufre la influencia femenina. —Y como estaba picado añadió para joder un poco—: Pues prepárate, porque Samantha, con el tiempo, será aún más puñetera.

James sonrió y pensó: «Estupendo, un nuevo reto».

—Yo que tú no diría de este agua no beberé ni este cura no es mi padre —le advirtió James sonriendo, para nada molesto—. Y si tu hermana logra influir en mí, en lo cursi, pues que así sea.

—¿Sabes qué consejo me ha dado mi padre?

—Supongo que sopeses bien la decisión.

—No, que me case con ella.

—¡Joder! Tu padre nunca dejará de sorprenderme —exclamó James con verdadera admiración hacia su suegro.

Y Alfred ni se inmutó, ya conocía la devoción que sentía su cuñado por Samuel Boston.

—A mí tampoco.

—Es más listo que el hambre…

—¿Ah, sí?

—Pues claro, ¿cómo no se me había ocurrido antes?

—¿Podrías desarrollar un poco más esa idea? Que tú lo tengas claro no significa que los demás lo veamos de igual forma —le recriminó con sarcasmo.

James se puso en pie, mantuvo una expresión burlona y, tras darle unas palmaditas en la espalda, le desarrolló la idea:

—Casi me avergüenzo de no haberlo pensado yo antes —murmuró más para sí mismo—. Casándote con ella, querido cuñado, matas dos pájaros de un tiro.

—¿Perdón?

—Y además obtienes un beneficio extra: la chica es joven. —Esto último lo dijo con el mayor respeto, por si acaso ponía en práctica su vena posesiva. No quería ser el blanco de su enojo y pagar los platos rotos.

—Al grano…

—Si la conviertes en tu mujer, legalmente te sería mucho más fácil solucionar el asunto de Eric, cualquier juez vería eso como un gran paso. Y en segundo lugar —hizo una pausa para crear expectación y así desquiciarle un poco más—, para minimizar las consecuencias de tu tendencia nudista, podrías impedir que ella utilizara esa instantánea.

—Y el beneficio añadido sería poder tirármela sin cargo de conciencia —apuntó haciendo una mueca, tomándose a cachondeo la reflexión.

—Eso también, te pido disculpas por no haberlo pensado yo. El extra sería que podrías dejarla de nuevo embarazada, ya que sabemos que ambos sois… compatibles —le explicó sin perder la sonrisa burlona.

James, sabedor del deseo de Samuel por ser abuelo, insistía constantemente y, ya que en eso Samantha y él no iban a poder complacerle, había visto la solución a sus plegarias en su hijo. Eso sí, este había optado por no seguir un guion establecido.

—¡Joder!

Capítulo 34

$\mathcal{A}$lguien, seguramente uno de los atentos empleados de Jean Luc que la cuidaban y mimaban por orden de su jefe, había dejado una bandeja con algo de comer y café, que en su momento estaba caliente, pero que cuando lo probó ya estaba más que frío.

Tan abstraída estaba con todo este embrollo que si no fuera por las atenciones de los trabajadores olvidaría alimentarse.

Faltaban quince días para la inauguración y ya no sabía qué más revisar o retocar. Intentaba mantener la calma y no perder los nervios, pero si a todo este maremágnum se le sumaba la inexplicable relación de ahora sí, ahora no que mantenía con el padre de su hijo… aquello sinceramente, no había ser humano que lo resistiera.

Ella no era ningún ejemplo de estoicismo. Como cualquier mujer necesitaba notarse segura y toda la situación creada a su alrededor conseguía que se sintiera en la cuerda floja.

La palabra «cuerda» la transportó inmediatamente a un estado que en esos instantes no era para nada oportuno.

Desterró de su cabeza aquello, pese a que su alma artística se moría por plasmar con su cámara una imagen así.

Se concentró en lo importante, en su futuro como creadora, alejándose de divagaciones sentimentales que no conducían a ninguna parte.

—Déjalo ya —se ordenó frotándose las sienes y revisó las notas manuscritas que tenía delante.

Cuando algo ya estaba decidido, Jean Luc se empeñaba en cambiarlo en el último momento o dudar en voz alta sobre la conveniencia o no de modificar las cosas, y claro, a ella también le asaltaban esas malditas dudas. Y vuelta a empezar.

Menos mal que las fotografías que iban a formar parte de la exposición ya estaban preparadas, por lo que ese tema quedaba cerrado.

Cuando parecía que no retomaría el camino de los pensamientos poco recomendables su mente insistió en ello.

Hacía ya una semana que Alfred no daba señales de vida. Y lo peor del caso no era su ausencia, sino saber el motivo. Se había aburrido de ella, de su constante indecisión, de su inexperiencia y ella no sabía qué hacer para remediarlo.

Estaba totalmente convencida.

Después de la noche vivida en casa de Hiroaki, con todo aquel espectáculo en el que fue la protagonista, con la intensidad vivida y los momentos más álgidos en los que creyó perder la razón, él se había cansado de ser siempre quien iniciaba el acercamiento.

Estaba claro que para él no había sido nada más que una despedida, eso sí, por todo lo alto. Para que no lo olvidase jamás.

Como si pudiera…

—¿Interrumpo? —Una voz familiar hizo que abandonara sus pensamientos.

Fijó la vista en la puerta e hizo una seña a Jean Luc para que entrase. Venía bien dejar de pensar en lo que no podía ser.

—No, en absoluto. Pasa, por favor.

—Te veo preocupada —comentó él sentándose frente a ella; con educación hizo una mueca de desagrado al notar el café frío—. Hasta donde yo sé, va todo según lo previsto.

—Sí, lo sé —respondió sin mostrar el entusiasmo que debería al escuchar tal noticia. Se jugaba mucho y ambos lo sabían.

—Por tu respuesta intuyo que no estás precisamente pensando en la exposición.

—Jean Luc… —imploró intentando eludir la verdadera cuestión. Puede que tuvieran suficiente confianza pero ciertas conversaciones siempre conseguían ponerla nerviosa.

—¿Es por tu amante? —Le sonrió cómplice—. No me pongas esa cara, te conozco y eres incapaz de disimular. —La miró fijamente y remató diciendo—: La falta de costumbre, supongo.

—¡Qué cosas tienes! —Se sonrojó, para no variar, confirmando la teoría de él.

—No te preocupes, con el tiempo aprenderás. Pero… si no recuerdo mal, Pierre me comentó algo sobre…

—Aquello fue un desastre. Las dos veces —interrumpió ella—, lo de ahora, con Alfred no tiene ni punto de comparación.

—¡Pues aprovecha el tiempo! —la animó—. ¿Qué haces aquí sentada en vez de estar con él? —Hizo una breve pausa—. ¿Es por Eric? Yo puedo quedarme con él —se ofreció Jean Luc. Entendía lo complicado que resultaba acudir a una cita si tenía que cuidar al pequeño y Tina necesitaba esas citas, necesitaba una vía de escape, algo que proporcionara a su vida un poco de placer y buenos momentos.

—No. No es por él, está con… bueno, con la familia de su padre.

—¿Se lo has dicho ya?

—No. Pero tal y como van las cosas… —negó con la cabeza— terminará por averiguarlo.

Ella desvió la mirada. Bien ciertas que eran esas palabras. Solo una madre podía hablar así.

—¿Te preocupa su reacción? —preguntó él con cariño tanto hacia Tina como hacia el niño, al que había visto crecer.

—¡Pues claro! Aunque confío en que lo entienda.

—Y la familia de Alfred, ¿qué opina?

—Están encantados con Eric —dijo ella denotando su alegría—. Y él con ellos, no deja de contarme cosas, de cómo lo tratan, de cómo lo miman. Se vuelve loco por ir a pasar unos días a su casa.

—¿No estarás celosa?

—¡No! —respondió molesta por la insinuación.

—Solo preguntaba.

—A veces me parece extraño que lo hayan aceptado así, con los brazos abiertos, sin más.

—¿Esperabas otra cosa?

—Bueno, son una familia importante, seguramente más de una habrá intentado aprovecharse de la situación… —especuló ella.

—Mira, Tina, puedes tener un millón de defectos, de eso nos ocuparemos otro día —empezando por el de tener una pésima opinión de sí misma, pensó aunque prudentemente calló—, pero cualquiera que te conozca sabe al instante que eres buena persona, incapaz de mentir y más sincera de lo que deberías. La gente se aprovecha de personas como tú.

—Eso lo dices porque me miras con buenos ojos. —Sonrió a su amigo y extendió la mano para darle un apretón cariñoso.

—Únicamente digo la verdad. —Devolvió el gesto afectuosamente—. Esa familia tiene medios para hacer que las pases canutas, pero no ha sido así.

—Si conocieras a la madre de Alfred… —murmuró con admiración—. Esa mujer es muy diferente a lo que se espera de las de su clase.

—Bueno, si ya te has ganado a la madre tienes la mitad del camino andado —mencionó Jean Luc con malicia.

—¡No digas tonterías! Yo no…

—Lo sé, tonta, solo te estaba provocando —dijo medio arre-

pentido, lo cierto era que esta mujer necesitaba más que un empujoncito.

—Además, me temo que ya no es mi amante.

Eso le sorprendió, no lo esperaba. Lo había dicho con tal desá-
nimo que debía creerla. Pero como la conocía optó por asegurarse.

—¿Y eso? —Se puso en pie—. Espera un minuto, voy a conseguir café decente y me lo cuentas —dijo mirando con desagrado
la taza allí abandonada.

Jean Luc, con habilidad, recogió la bandeja y salió de la oficina.
Tina no sabía a qué se había dedicado en su juventud para tener
tal destreza. Quizás, como muchos aspirantes a artistas, sobrevi-
vió sirviendo mesas. Lo cual no era ninguna deshonra.

Apenas diez minutos más tarde él regresó con el café prometido y tras servir dos tazas se acomodó dispuesto a enterarse de
los pormenores de la historia.

—Te escucho —dijo él manteniendo el platillo y la taza como
un perfecto y educado caballero.

Tina inspiró profundamente antes de confesar abatida la
realidad.

—Hace una semana que no sé nada de él.

Jean Luc dejó con diligencia la taza vacía y sonrió sin despegar
los labios.

—¿Le has llamado? —Ella negó con la cabeza—. Entonces no
puedes saber qué le ha pasado, cuál es el motivo de su ausencia.

—No hace falta ser muy lista para saber que se ha cansado
de mí. —Se encogió de hombros, aceptando la falta de interés de
Alfred—. Así que no merece la pena dar más vueltas al asunto
—concluyó sabiendo que cuanto antes se resignara, mejor.

—Querida, tienes tanto y tanto que aprender de los hombres… —aseveró no sin cierta ironía.

—Ya lo sé. —Tina no captó ese tono y asumió su parte de
culpa—. Supongo que ya es tarde para cambiar.

—¿Tiras la toalla, entonces?

—Siendo optimista he… —se puso colorada como un tomate
maduro—, bueno he disfrutado, y ya es mucho más de lo que esperaba, así que no puedo quejarme.

—Tienes que ser mucho más ambiciosa, Tina. Más decidida.
Llámale y sal de dudas. El no ya lo tienes por delante. Si te rechaza, yo seré tu paño de lágrimas si me necesitas, pero no des las
cosas por sentado.

—Ya… bueno… ya ha estado conmigo. Y la verdad, yo no he
sabido… ¡No puedo hablar de esto contigo!

—Tengo una edad, no voy a escandalizarme si me dices que te has acostado con él. —Jean Luc se mostró comprensivo, de no hacerlo ella jamás continuaría hablando—. Ahora, eso de que no has sabido... ¿el qué, exactamente?

Ella gimió muerta de vergüenza y apartó la mirada. Estaba loco de atar si pretendía que dijera en voz alta lo que había llegado a hacer, bueno, siendo precisos lo que él había llegado a hacer, mientras ella permanecía pasiva.

—Ya entiendo... —murmuró él—. Tienes la sensación de que no has estado a la altura de las circunstancias —añadió recurriendo a términos poco explícitos, no fuera a ser que por exceso de realismo Tina tartamudeara y no pudiera seguir hablando.

—Sí —admitió ella mirando hacia otro lado.

—¿Él se ha quejado? ¿Te lo ha hecho saber? —indagó él.

—No exactamente pero...

—Tina, como ya te he dicho antes, no conoces a los hombres. Puede que te falte experiencia, eso es fácil de solucionar, pero la puedes suplir con un poco de ingenio.

—¿Ingenio? ¿Tengo que hacerle reír?

Jean Luc supo que, a diferencia de otras personas, Tina no lo preguntaba de forma sarcástica, sino con verdadero interés.

—Sí, el humor ayuda. Y luego estás tú —le indicó señalando su cuerpo—. Eres una mujer, tienes... —iba a decir un buen culo pero se abstuvo— curvas y eso, combinado con un buen ropero, consigue maravillas.

—Yo lo veo insuficiente.

—Cierto que a un tipo como él le sobran mujeres de buen ver dispuestas y expertas, sin embargo, creo que eso puede jugar a tu favor.

—¿Ah, sí? Yo no veo la lógica por ninguna parte.

—Tú tienes físicamente más o menos lo mismo que las demás. Deduzco que para él el cuerpo femenino tiene pocos o ningún secreto, por eso quizá tu personalidad sea tu mejor arma.

—No creo que eso sea lo que busque un hombre como Alfred —farfulló sintiéndose poquita cosa.

—Y sigues teniendo un cuerpo atractivo —recordó intentando subir su autoestima, que buena falta le hacía.

—No es suficiente.

—Es el comienzo, querida. Son los entrantes, después viene el plato fuerte.

—¡Ahí es donde yo fallo estrepitosamente! —se lamentó.

—Hija mía —sonrió—, hay cosas que se aprenden con cierta rapidez. Eso sí, cuanto más practiques, mucho mejor.

—No bromees —le pidió cada vez más mortificada por el rumbo que estaba tomando la conversación.

—No bromeo —recolocó el servicio de café en la bandeja antes de continuar hablando, con ese tono tan relajado que ella agradecía, pese a que el tema no era para relajarse precisamente—. Está claro que no has tenido suerte con tus amantes, al menos con los dos primeros. Sin embargo, con este último al menos has… disfrutado —guiñó un ojo—, y, si me prestas un poco de atención, no solo disfrutarás… —dijo lanzando el anzuelo.

—¿Me vas a dar clases de seducción?

—No —ella respiró aliviada—, te voy a decir cómo dejar sin palabras a un hombre en la cama.

—¡¿Cómo?!

—Sin palabras…

Ella se atragantó al escuchar ese tono bajo e insinuante de Jean Luc.

—Sin argumentos… —continuó él.

Tina acabó tosiendo ante lo que seguramente estaba a punto de oír.

—Y si me apuras… sin respiración —remató él.

Tina negó con la cabeza.

—No voy a poder —se lamentó.

—Ya lo has seducido, querida, ahora vas a conseguir que caiga rendido a tus pies.

Lo peor de todo era que él parecía hablar en serio y Tina no sabía cómo librarse.

Se tapó la cara con las manos, Jean Luc no iba a atreverse, ¿verdad?

—Deja de hacer aspavientos —exigió él—. Y presta mucha atención.

Capítulo 35

A pesar de ser ya tarde, de haberse resistido con todas sus fuerzas, de haber dado la lata a parientes y amigos con sus dudas y de albergar mil y una dudas, Alfred no quería dejar pasar un día más sin ir a casa de Tina.

Si durante la semana pasada había evitado, no solo por decisión propia, meterse en problemas de los que con toda probabilidad no iba a saber salir, ahora resultaba que alejarse de ella y aclarar ideas no surtía el efecto buscado sino más bien todo lo contrario. El efecto rebote, podía denominarse, y siendo cien por cien sinceros, si se había comportado con más o menos decencia era a causa de que tenía turno de noche en el hospital y cuando acababa su jornada laboral no estaba lo que se dice para muchos bailes, así que buscaba como loco una cama, pero para caer redondo y dormir con tal de recuperarse.

Condujo con más o menos serenidad pese a que hervía por dentro, enfadado consigo mismo. No obstante, su comportamiento podía compararse al de muchos adictos, que, aun sabiendo lo impropio de su proceder y de las nefastas consecuencias, volvían una y otra vez a recaer.

Podía consolarse pensando que, en su inexplicable caso, al menos no perjudicaba su salud, sino más bien todo lo contrario. Ahora bien, el resto de sus intereses quedarían altamente dañados por su inconsciencia.

Pero ¿de verdad su ya no tan secreta adicción podía resultar tan dañina?

Tras la importante conversación y posterior consejo de su padre quedaba patente que le daba su aprobación. Ahora bien, no por los motivos esperados, tal y como le había explicado posteriormente su cuñado.

—Me estoy volviendo loco —masculló.

Así que, tras sus intensas e inservibles elucubraciones, estacionó su coche frente a la casa de la mujer a la que deseaba y llamó a la puerta, de forma nada discreta, a pesar de la hora que era.

No tenía por qué andar con disimulos. Aquí todos los implicados eran mayores de edad.

Cómo no, el perro guardián de Tina, también llamado ama de llaves, la señora Willians, le abrió la puerta.

—Buenas noches —murmuró la mujer mirándolo con desaprobación y añadió tarde y con desgana—: Señor.

—Buenas noches, señora Willians —le contestó no con cortesía sino despidiéndola directamente.

—¿Necesita algo?

Alfred, que no quería decirle a la buena señora qué opinaba sobre la forma que tenía de tratar a los invitados, se limitó a decir:

—Cierre la puerta con llave. —A continuación, se encaminó hacia las escaleras y se detuvo en el primer escalón para añadir sin ni tan siquiera mirarla a la cara—: No hace falta que me acompañe. Conozco el camino, buenas noches —refirió comportándose de forma indolente. Pero esa buena mujer debería aprender a disimular un poco mejor cuando un visitante no contaba con su aprobación.

Sin detenerse a observar la reacción de la mujer, que a buen seguro sería reprobatoria, empezó a subir a la segunda planta. No quiso llegar hasta la alcoba de Tina sin antes acercarse a la de su hijo. Pasó por la habitación de Eric y entró con cuidado, no quería despertarle pues a buen seguro el chiquillo podría asustarse al verle. En eso su madre tenía toda la razón y debía obrar en consecuencia, por mucho que le costara reprimirse. Se acercó con cautela hasta la cama donde dormía su hijo y se quedó unos instantes observándolo.

Por mucho que insistiera Tina, iba a tener que buscar el modo de hablar con el crío y explicarle quién era, sin olvidar que con cuatro añitos no sería nada fácil. Le dolía en el alma cada vez que el niño le llamaba por su nombre, considerándole un simple amigo más de su madre, lo cual además le llevaba a otro inquietante pensamiento: ¿A cuántos hombre veía Eric junto a su madre al cabo del año?

Eso tenía que cambiar.

A ser posible cuanto antes, para dejar de sentirse estúpido al no poder comportarse con la naturalidad que quisiera.

Sonrió al comprobar la estampa que ofrecía el niño.

Si en algo se parecía a él, arroparle era una pérdida de tiempo, acabaría enseguida con las mantas a sus pies. Así que se limitó a darle un beso en la frente y salir del dormitorio en completo silencio.

Hizo el recorrido hasta los aposentos de la dueña con la precaución de no alertarla de su presencia; el factor sorpresa siempre resultaba favorable.

Tampoco se molestó, cuando alcanzó la puerta de la alcoba de Tina, en llamar. Entró sin más y se la encontró, como imaginaba, con una de esas horrendas batas. Esperar que debajo de ella la cosa mejorase era mucho esperar, aunque la esperanza era lo último que se perdía.

—¡Alfred! —exclamó al oír el clic de la cerradura sobresaltándola. A esas horas ya no esperaba a nadie.

Ella se levantó del diván donde estaba reclinada, impulsada

como si alguien la hubiera pinchado con un alfiler, y enseguida se dio cuenta de que quizás mostrar ese más que evidente interés podía ser contraproducente.

—¿Esperabas a alguien más? —inquirió con guasa y sin esperar respuesta caminó hasta el mueble y se sentó en el raído diván, con la intención clara de despojarse de la ropa.

—Espera, por favor —interrumpió ella quedándose de pie frente a él, debía primero sosegarse un poco, su traidor corazón latía frenéticamente.

—No estoy para tonterías —murmuró él descalzándose sin levantar la mirada, como si estuviera en su casa. Una acción de lo más habitual—. Es tarde y hoy preferiría no dar rodeos innecesarios.

Alfred, ya sin zapatos, se puso en pie para poder continuar con su idea de desnudarse. Consiguió deshacerse de la chaqueta, levantó las manos para bajarse los tirantes, pero cuando iba a desabrocharse el primer botón ella colocó las suyas encima con la clara intención de impedir su avance.

—No —dijo ella en voz baja, siendo consciente en el acto de que debía imprimir más firmeza a sus palabras si quería llevar a buen puerto sus intenciones.

—¿No? —preguntó él retóricamente.

Podía, sin demasiado esfuerzo, apartarla pese a que no estaba para nimiedades ni falsos pretextos.

—No —repitió ella armándose de valor para, por una vez, tomar las riendas. Esta vez había sonado con más vehemencia.

Pero aunque la teoría estaba más o menos clara, la práctica era otra historia bien diferente.

Él arqueó una ceja.

—Ya empezamos… —masculló él temiéndose otro arrebato de mojigata tardía. Joder, ¿por qué tenía que ser él quien sufriera tales arrebatos?

¿O se comportaba así con todos?

—Hoy… —balbució ella y se aclaró la voz para continuar—. Hoy solo quiero…

Qué difícil resultaba todo esto, pensó mientras inspiraba con la idea de no desanimarse y poder avanzar.

—Estoy abierto a sugerencias —interrumpió él con guasa, muy ufano, creyendo adivinar por dónde iban los tiros.

—Hoy solo quiero… —apartó la mirada. Si teóricamente ya resultaba difícil hacerlo, el llevarlo a la práctica, sinceramente, parecía imposible. Se aclaró la voz un par de veces antes de continuar— besarte.

—¿Cómo? —se mostró mitad desilusionado, mitad desconcertado.

—Que hoy solo quiero…

—Ya te he oído —atajó molesto.

Vaya por Dios, ¿solo besuqueo? Joder, pues ese plan a su edad, además de insuficiente, resultaba aburrido.

—Entonces, ¿por qué preguntas? —farfulló ella nerviosa a no poder más. Él no estaba lo que se dice allanándole el camino como pensó que haría.

Alfred se pasó la mano por el pelo, intentando no tumbarla en la cama de malas maneras e ir al grano. Trató de razonar con la lógica de una mujer. Bueno con la lógica, tan peculiar, de Tina.

Y como esa tarea era siempre un callejón sin salida, buscó una alternativa razonable y la planteó:

—¿Tienes el período?

Ella se puso colorada.

—¡No puedes preguntarme eso! —exclamó ella negando con la cabeza.

—Porque a mí no me importa, la verdad.

Tina intentó no pensar en lo que acababa de oír, de hacerlo no podría avanzar.

—Alfred, por favor —le puso las manos en el pecho—, es lo que quiero.

Él cerró los ojos un instante y se pasó de nuevo la mano por el pelo. Tenía dos opciones, a saber: dejarse de tonterías y de nuevo asumir el mando o complacerla durante cinco minutos, para que creyera que se había salido con la suya, antes de volver al plan original.

Tras un gruñido terminó por asentir, no conforme pero sí guardándose un as en la manga. Nada más pensarlo cayó en la cuenta de que en su caso, como en muchos otros, de tal palo, tal astilla. No podía negar que era hijo de su padre.

Tina, ajena a sus maquiavélicos planes, se puso de puntillas para buscar sus labios, y presionó ligeramente, como si pidiera permiso para continuar.

Él, por supuesto, no se hizo de rogar y dejó que continuara.

Notó como él posaba ambas manos sobre su trasero y la acercaba a él, pero no quiso interrumpir el beso.

Abandonó sus labios y fue acariciando con sus labios su mejilla hasta llegar al lóbulo de la oreja, que también saboreó delicadamente. Lo escuchó gruñir o gemir, nunca lo sabría.

Tras mordisquearle tan sensible zona a conciencia, fue descendiendo por su cuello, hasta toparse con el cuello de la camisa.

Un imprevisto que debería solucionar.

Sin dejar de acariciarle con los labios, deshizo el nudo de la corbata y después se aplicó con los botones.

—¿Necesitas ayuda? —inquirió aguantándose la tentación de mirar el reloj para comprobar si ya habían pasado los cinco minutos de cortesía.

Ella no respondió y continuó su avance, siempre temerosa de perder el valor.

Notó cómo los latidos de su corazón eran cada vez menos sosegados y eso la ayudó, pues era señal de que iba bien.

Le apartó las manos de su trasero, pues debía ir dejándose caer para cumplir lo prometido. Hoy solo quería besarle.

Nada más.

Y nada menos.

Con el pecho al descubierto podía provocarle a su antojo y posar sus labios donde quisiera, y lo hizo. Afortunadamente él no era de esos hombres velludos y así no encontró ninguna barrera entre sus labios humedecidos y su piel.

Con la punta de la lengua, primero con timidez, luego con más atrevimiento, recorrió sus pectorales y lo disfrutó. Cosa que la sorprendió, pues ella pensaba que era para darle placer únicamente a él.

Alfred empezó a tomarse en serio la situación y dejó de cuestionar sus intenciones aparentemente simplonas, cuando la lengua de ella rodeó su ombligo.

En ese instante fue consciente de que, efectivamente, la cosa iba de besuqueos, sin embargo, joder, qué besuqueos.

El porqué ella abandonaba, de una vez, su papel de reprimida, le traía sin cuidado, lo importante aquí era que todo apuntaba a que en unos instantes iba a disfrutar.

Necesitaba un punto de apoyo, porque si ella iba a hacer lo que pensaba y deseaba, caería de espaldas.

—Espera… —jadeó.

—¿Qué ocurre? —preguntó con un hilo de voz, esperando que hasta el momento todo fuera bien y que él no pretendiera marcharse.

Alfred inspiró profundamente y optó por la solución más sencilla, se sentó en el diván y echó la cabeza hacia atrás. Con su postura relajada daba a entender que ella podría hacer lo que quisiera.

Ella actuó en consecuencia, y, cada vez con más soltura, procedió a desabrocharle los pantalones y llegar a su erección. Todo el camino recorrido hasta el momento no era, visto de alguna manera, más que un precalentamiento.

Inhaló y, para no perder el valor, evitó mirarle a la cara.

Él también respiró sonoramente al notar el aliento tan cerca de su polla. No dijo nada al respecto. Podía recordarle que ella, en un principio, se había negado en redondo a llegar hasta aquí. Pero ¿para qué?

Observó embelesado cómo con suavidad posaba los labios sobre su glande, sin abrir, de momento, la boca, tanteando el terreno.

Gritarle que se la metiera hasta el fondo no quedaría bien, así que optó por acariciarle el pelo.

Tina dedicó unos instantes a repetir la operación por todo el pene, besos aparentemente suaves, inocuos, pero que le estaban llevando a una excitación insoportable.

No era la primera vez que le hacían una mamada, cosa que no compartió con ella, por razones obvias. Así que pensó que no iba a sorprenderle en exceso. Pero Alfred tuvo que replantearse esa opinión al cabo de unos minutos cuando, y ahí estaba la paradoja, ella solo había posado los labios sobre su polla. Dudaba de su propia reacción cuando se la metiera en la boca y quedara rodeado de esa humedad…

—Joder… —no pudo evitar que se le escapara.

Ella levantó un instante la vista y observó la expresión de él, con los ojos entrecerrados y una media sonrisa en los labios.

Dudó unos segundo en si continuar con besos superficiales o pasar al meollo de la cuestión, pero quedaba una duda aún mayor pues albergar eso dentro de su boca iba a resultar un poco complicado.

No podía quedarse paralizada mientras sopesaba esa cuestión, por lo que prosiguió besando toda la longitud al tiempo que con sus manos le acariciaba el estómago, las piernas, el interior de sus muslos, para que no todas las sensaciones se concentraran en un solo punto de su anatomía. Diversificar era una forma de aumentar el placer.

Él esperaba que en cualquier momento…

Y ella le hizo esperar. Cuando por fin separó los labios, con cautela, introdujo únicamente la punta en su boca.

—Tina… —jadeó echando la cabeza hacia atrás. Decir que estaba en la gloria era quedarse corto. Apretó los puños y se concentró para no agarrarla de la cabeza y empezar a embestirla como un poseso.

La oyó respirar por la nariz, sin duda estaba esforzándose para darle el máximo placer posible. Lo que ella no sabía era que con el simple hecho de haber llegado hasta aquí ya podía sentirse satisfecho. Lo que viniera después era un beneficio añadido.

Ella se atragantó, pues su entusiasmo le jugó una mala pasada y no controló la profundidad con la que lo tomaba, pero enseguida recuperó el ritmo.

Lo que al principio le pareció lo más asqueroso del mundo, ahora, de rodillas frente a él, hizo que cambiara completamente de idea. Estaba disfrutando, aquello proporcionaba placer a ambos; en especial a ella, que por fin era quien manejaba la situación.

Tina notaba cómo se humedecía entre las piernas a pesar de que él ni siquiera la había tocado y empezó a comprender parte de lo que significaba aquello.

No se trataba de complacer porque sí, aquello implicaba deseo, anhelo y, en consecuencia, su propio cuerpo, que entendía mucho antes que su cabeza el mensaje, reaccionaba.

Fue consciente de cómo él se tensaba, de cómo arqueaba las caderas, queriendo introducirse hasta el fondo en su boca. Entendía que quisiera algo así. Sin embargo, ella necesitaba controlar la profundidad para no ahogarse, por lo que mantuvo una mano en la base de su erección para así evitar reaccionar de forma imprevista.

—Joder... —gruñó él.

Se conocía y se iba a correr de un momento a otro, a pesar de que cada vez que enfocaba la vista veía una horrible bata, la cosa más poco erótica del planeta.

Otro asunto que anotar en su ya larga lista de inexplicables.

Tina continuó lamiéndole, moviendo los labios, cerrándolos para ejercer mayor presión y sin dejar de mover sus manos. Con la derecha le acunaba los testículos, apretándolos incluso y rodeando la base, y con los dedos de la izquierda rozaba la sensible piel de su abdomen o le clavaba las uñas de forma leve.

—Será mejor que te apartes... —gimió Alfred, no creía oportuno correrse sin avisar antes. Ella se había atrevido. Sin embargo, mejor preguntar, pues sabía que a muchas mujeres les desagradaba que eyacularan en su boca, por lo que prefería sacar un pañuelo de su bolsillo y correrse de ese modo.

Tina negó con la cabeza, como bien le habían explicado, las cosas no se dejan a medias, se llega hasta el final.

Y para demostrarlo se aplicó aún más, realizando movimientos más enérgicos y rápidos. Subiendo y bajando por su polla sin despegar los labios.

Alfred intentó no cerrar los ojos, aquello debía verlo para almacenarlo en su memoria. Arrodillada, con una bata horrenda, le estaba haciendo una mamada memorable.

Joder, quizás ese era el factor desencadenante, la mezcla justa de mojigatería y de provocación. Quizás el pervertido que todo hombre lleva dentro y que solo piensa en llevar por el peor de los caminos a quien se ponga a su alcance…

Lo que fuera surtía efecto y él estaba a punto de…

—Qué bueno… —exclamó ya sin poderse contener más. Por fin, eyaculó en su boca y liberó toda la presión que su cuerpo retenía para en pocos segundos sentirse inmensamente bien.

Algo simple pero extraordinariamente efectivo.

Tina no se apartó inmediatamente y lamió durante unos segundos más antes de liberar su polla. Después, casi tan exhausta como él, se recostó sobre su muslo, intentando normalizar su respiración.

A los pocos segundos notó como él se movía y le levantaba la cabeza, instándola a que se incorporara.

Ella, apoyándose en las rodillas de él, se puso en pie.

—Siéntate encima —indicó Alfred.

Tina, tras dudar, acabó por obedecer al intuir sus intenciones. Se dispuso tal y como él ordenaba pero en el último segundo giró la cabeza a un lado, negándole sus labios.

—No puedes besarme —protestó ella.

—¿Por qué? —preguntó mirándola. A saber qué razones esgrimía esta mujer.

—Acabas… Acabas de… —balbució tragando saliva. ¿Siempre iba a tener que decirlo todo con pelos y señales?

Alfred sonrió al comprender su apuro.

—Acabo de correrme en tu boca y ha sido fantástico —sentenció y acto seguido la besó como Dios manda, previa inmovilización de su cara para evitar que se apartara de nuevo—. Y antes de que se me olvide… nunca me habían besado así —le reveló bajando la voz, recurriendo al eufemismo que ella había utilizado, para darle las gracias.

Capítulo 36

*T*ras poner fin al beso, Alfred le acarició la mejilla y ella le dedicó una sonrisa de esas espontáneas, sin rastro de cinismo y completamente natural, una que por desgracia no había visto hasta ahora.

¿Seguía fingiendo?, se preguntó él, pues poco a poco su hasta ahora inamovible opinión sobre Tina se iba resquebrajando por momentos. Ella se encargaba de ello, con gestos, como los de hacía un instante.

¿Podía una mujer ser tan fría y calculadora como para mantener su fachada?

Agradeció en silencio que estuviera relajada, a diferencia de otras ocasiones en las que, a pesar de hacer lo que él le pedía, se mostraba tensa y avergonzada.

Un progreso más. Hoy era su noche de suerte; mejor pensar eso que verse asaltado con constantes dudas que le martirizaban.

Pese a que la postura resultaba cómoda, típica de amantes, la ayudó a incorporarse y él hizo lo mismo, salvo que se preocupó de subirse los pantalones y abrochárselos. No quería arriesgarse a tropezar por llevarlos a la altura de los tobillos.

Una escena que, aunque graciosa, desentonaba bastante con el ambiente que se respiraba.

De pie y dispuesto a llevársela a la cama, en sentido literal y figurado, no pudo pasar por alto un atentado estético al que debería poner remedio cuanto antes.

Y ya no quería callar por más tiempo o acabaría con dolor de cabeza.

—Esto tiene que desaparecer —dijo señalando la vestimenta de ella al tiempo que negaba con la cabeza, obviamente disgustado— y voy a encargarme personalmente. ¡Por Dios, qué cosa más fea! —Y se estaba quedando corto por lo que añadió para dejar clara su postura, si no lo había hecho ya—: No quiero volver a verte con una prenda tan horrenda. ¿Entendido?

—Pe… pero… —balbució Tina algo intimidada por su tono tan parecido al de un militar arengando a su tropa.

—Pero nada. Así que ya sabes, esto tiene que acabar en la beneficiencia.

—Alfred, no puedes…

—¿Entendido?

Ella no dijo nada, pues seguramente tenía razón, pero su ropa de cama resultaba tan cómoda y práctica que no le apetecía tirarla a la basura. De acuerdo, no era lo que se dice una prenda para lucirla pero… ¿desde cuándo se muestra en público la ropa de dormir?

¿Iba a acatar sus para nada sugerencias?

¿Iba a replicarle?

Por la cara de él, supo al instante que no estaba dispuesto a escuchar ningún tipo de excusa, así que sin más dilación, pese a que se resistía en su interior, se deshizo de ella, sin mirarlo. Había cosas, como desnudarse delante de un hombre con la luz encendida, que, de momento, prefería hacer sin pararse a pensarlo.

Una vez desnuda se metió todo lo rápido que pudo en la cama para permanecer delante de él el menor tiempo posible, ya que seguía sintiéndose indefensa pese a lo que hacía con él, y esperó a que él hiciera lo mismo; tapada, eso sí. Por lo menos no le pidió que apagase la luz.

Tina entendía lo ridículo de su proceder, y más aún en su caso, pues pedía a modelos que posaran desnudos para ella. Sin embargo, dudaba de que Alfred observara un cuerpo desprovisto de ropa de una forma artística, tal y como ella hacía. A tenor de la más que obvia reacción cuando esto sucedía, sus ojos no se limitaban a apreciar la simple belleza del cuerpo humano, sino que automáticamente calculaba un millón de posibilidades eróticas.

Ajeno a sus divagaciones, él se cruzó de brazos a la espera de que cumpliera sus órdenes y/o deseos y, sin darle ese instante de privacidad, contempló sus apuros. Ella lo hizo sin demasiados aspavientos. Eso ya podía considerarse todo un progreso, pensó él no sin cierta ironía, ya que si Tina no se hubiera empeñado en esprintar como una loca para parapetarse tras las sábanas aquello hubiera tenido más gracia, sin duda alguna.

Como castigo por no ofrecerle un buen espectáculo al despojarse de su ropa, decidió provocarla un poco más.

—La próxima vez que quieras besarme… —hizo una pausa para observarla, allí agazapada en la cama, como si esperase su sentencia. Chica lista, nunca debería fiarse de él— dímelo y así yo también podré besarte a ti.

Tras sonrojarse, por enésima vez, ella frunció el ceño. Sin duda se devanaba los sesos intentando pensar en todos los significados de lo que acababa de escuchar. No obstante, su limitada experiencia en estas lides no la ayudó a llegar con premura a la conclusión correcta y, sintiéndose estúpida consciente de lo que insinuaba, se vio obligada a admitir:

—No te entiendo… —Pero, para su eterna vergüenza, sí lo entendió.

Él sonrió mientras caminaba a la par que se iba despojando de su vestimenta, sin innecesario pudor, hasta poder situarse junto al borde y tirar de las sábanas para poder acomodarse a su lado, con total parsimonia antes de dar la explicación que ella esperaba.

—Es muy sencillo. Podemos besarnos mutuamente. Yo me tumbo en la cama, tú te colocas encima… —empezó a modo de ir preparando el terreno— pero en vez de quedar cara a cara… —continuó— tú te das la vuelta… y… pones tu delicioso coño sobre mi rostro —remató sin piedad.

Si quería escandalizarse ya tenía material abundante para ello.

—¡Alfred! ¿Cómo se te pueden ocurrir esas cosas?

—Has sido tú quien ha empezado con el asunto del besuqueo —la acusó todo ufano mirándola de reojo y disfrutando con su desasosiego.

—¡Siempre haces lo mismo!

—¿Perdón?

—No sé cómo lo haces pero consigues salirte con la tuya, dejarme en evidencia… Por no mencionar tus imaginativas propuestas con sus gráficas descripciones.

Él arqueó una ceja, no sin cierto aire burlón.

—Querida, que pienses que yo soy el artífice de semejante postura me halaga —afirmó sin abandonar el tono sarcástico—, pero he de confesar que hace bastantes años que se le ocurrió a alguien —respondió con una mueca picarona sabedor de que ella no se mostraría convencida tan fácilmente.

—No creo que la gente haga eso —dijo, todavía intentando conciliar la imagen de lo que él proponía, admitiendo solo para sí que a pesar de lo aparentemente indecoroso de todo aquello, su cuerpo reaccionaba acaloradamente.

—Te sorprenderías —respondió con cierto tono de superioridad—. Pero lo cierto es que me importa poco o nada lo que hacen los demás. —Lo cual era una de sus máximas, nunca se preocupaba si otras parejas follaban a oscuras o delante de una multitud. Solo se preocupaba de sí mismo y de su pareja de turno—. Entonces… ¿te animas?

—Déjame pensarlo, no estoy muy segura de que eso sea posible —contestó a modo de excusa.

—Y mientras lo piensas, ¿puedo…? —Apartó la sábana con la que se cubría y tras mirarla de arriba abajo dijo—: ¿Entretenerme? ¿Compensarte?

—No hace falta que… —Tina no quería que se animase tan pronto, antes debería abanicarse y sosegarse un poco, ya que con este hombre todo era siempre tan intenso.

Alfred sonrió de medio lado. Qué fácil era tomarle el pelo.

Siguiendo su técnica habitual de es mejor pedir perdón que pedir permiso, maniobró con presteza y, aprovechando su aturdimiento, se colocó sobre ella de tal modo que lo primero que tuvo al alcance de su boca fueron dos pezones que pedían a gritos ser lamidos y mordisqueados.

¿Para qué negar lo obvio?

Y eso hizo. Se introdujo el primero en la boca y, tras humedecerlo convenientemente, lo apresó con suavidad con los labios. A continuación, pasó de la delicadeza a la agresividad y lo atrapó entre los dientes. Tiró de él, consiguiendo que su dureza fura la máxima posible. Repitió un par de veces más todo el proceso antes de pasar al otro y entretenerse ahí.

—¡Alfred! —chilló intentando apartarse, quizás más presa otra vez de sus prejuicios que de las sensaciones.

—¿Mmmm? —La tenía bien sujeta, así que podía protestar hasta quedarse afónica, aunque llegado el caso prefería que su afonía proviniera de sus gritos de placer y no de protesta. Sin embargo, con esta mujer nunca podía saberse.

Una vez que Tina aceptó que aquello iba a ser un camino sin retorno, se relajó y abandonó su infructuosa lucha y se permitió el simple placer de disfrutar.

Para él aquello suponía una gran victoria, y como sus manos no podían permanecer demasiado tiempo ociosas, las situó en sus costados para ir bajando y mover una hasta llegar a la unión de sus muslos. Encontró su coño húmedo, cosa que no le sorprendía.

Refunfuñaba mucho, no obstante su cuerpo la dejaba en evidencia.

—¿Uno o dos? —preguntó él en voz baja contra su piel, de nuevo con ese tono medio en broma que a ella le costaba tanto captar.

—¿Cómo dices? —inquirió demasiado despistada como para racionalizar su pregunta, claro que aun estando relajada no lo hubiera logrado.

—Uno o dos, responde —insistió sin especificar, con la intención deliberada de añadir diversión a lo que tenía entre manos, ya de por sí divertido.

Alfred levantó la vista y con su sonrisa de niño bueno esperó su elección, que desde luego no sería vinculante, aunque nunca estaba de más preguntar.

¿Cómo podían parecerse tanto?

A Tina se le hizo un nudo en la garganta, su hijo utilizaba las mismas armas para salirse con la suya y se dio cuenta de que con el padre claudicaría del mismo modo, incapaz de resistirse ante esa intensa mirada que la atrapaba y dejaba sin fuerzas.

—Un dedo o dos. ¿Qué prefieres? —volvió a formular la cuestión ante el silencio de Tina, que parecía tener la cabeza a kilómetros de allí.

Ella tragó saliva. No hacía falta preguntar eso, se dijo al caer en la cuenta.

—Lo… lo que tú quieras —acertó a decir.

—Si te pregunto —evidentemente estaba jugando con ella—, es porque no lo tengo claro. Uno… me parece poco y dos… bueno, a lo mejor a ti te parece mucho.

—Yo… —gimió ella al sentir el primer dedo.

—¿Decías? —preguntó al tiempo que añadía un segundo.

Tina negó con la cabeza y cerró los ojos. Él parecía saber mucho más de su cuerpo que ella misma, pues estaba tocando puntos que desconocía que fueran tan sensibles a la vez que placenteros. Así que poco o nada se le podía reprochar.

Sumida en las sensaciones que le provocaban esos increíbles dedos tocando sus terminaciones nerviosas internas, acabó por cerrar los párpados.

—No los cierres —ordenó—. Si he conseguido que dejes la luz encendida es para que veas todo lo que puedo llegar a hacerte.

Ella pensó que ese tono resultaba demasiado presumido, pero si se guiaba por la experiencia, él tenía toda la razón.

Alfred continuó penetrándola con sus dedos y solo de vez en cuando rozaba su clítoris. En cada una de esas pasadas ella se tensaba y sus pies, clavados en el colchón, la impulsaban hacia arriba.

—Por favor…

—Joder, oírte suplicar me pone más cachondo de lo que puedas imaginar —dijo él con voz ronca al tiempo que ascendía para quedar de nuevo cara a cara.

Tina le acunó el rostro y fue ella quien le besó, sorprendiéndole agradablemente.

Y no solo eso, también metió la mano como pudo y maniobró hasta agarrarle la polla y empezó a masturbarle, con más voluntad que acierto. Sin embargo, no iba a ponerse quisquilloso ahora con ese asuntillo.

Él sonrió y se lanzó de nuevo a besarla como un poseso.

—Menos mal… —murmuró él complacido.

Ambos se enzarzaron en una especie de pelea por ver quién abarcaba más piel, por comprobar quién se mostraba más efusivo, hasta que él, girándose hasta colocarse de espaldas con ella encima, se detuvo para ocuparse del maldito condón.

Tina no se lo creía pero hacia todo lo posible para intentar estar a la altura de las circunstancias. De ese modo, cada vez se iba sintiendo más segura y más implicada en el juego amatorio.

—¿Te apetece montarme? Como te veo tan efusiva pensé que te gustaría llevar la voz cantante —confesó mientras maniobraba con dificultad—. Joder, odio esta mierda, estropea el momento.

—Dime cómo debo…

Él, ya preparado, arqueó una ceja. Quería colaborar, y eso siempre se agradecía pero ¿de verdad le había preguntado cómo montarlo?

De acuerdo, se lo explicaría como si se creyera que no tenía ni idea.

—Es muy sencillo. Únicamente debes ponerte encima de mí, yo te la meto y a partir de ahí… te mueves, hacia delante y hacia atrás. Arriba y abajo. De derecha a izquierda… como prefieras. Vamos, lo que se dice cabalgar de siempre.

—Lo dices como si lo fuera —murmuró ella que no había visto un caballo de cerca en toda su vida.

—Si además te incorporas y en cada uno de esos movimientos puedo observar tus tetas bamboleantes… me harás un hombre muy feliz.

Con comentarios así su sonrojo se convertiría en permanente. El lenguaje que él utilizaba era excesivamente explícito; claro que con ello conseguía evitar confusiones.

—¿Así? —preguntó ella trémulamente, colocándose como él había indicado y mirando hacia abajo, sin querer perderse ni un solo detalle de lo que estaba a punto de ocurrir.

—Perfecto. Ahora… déjate caer, hasta el fondo… ¡Joder, sí! —exclamó encantado con la sensación.

Ella, que intentaba por todos los medios controlar su rubor, comenzó a moverse. No era necesario tener iniciativa propia ya que él, con ambas manos en su trasero, le indicaba muy bien cómo le gustaba que se moviera.

El balanceo que él sugería conseguía que su clítoris estuviera en constante fricción. Con ello lograría llegar al clímax mucho antes que él, pues parecía contenerse, como si quisiera que solo ella disfrutara de ese momento.

Alfred, por su parte, no se perdía detalle, estaba más pendiente de lo que sus ojos contemplaban que de lo que tenía entre manos, pues aquella visión era algo increíble, memorable.

Tina parecía que poco a poco iba aceptando la normalidad, si podía llamarse así, de lo que estaban haciendo. Quizás afloraba un ligero rubor, como pequeño recordatorio de lo que ella tenía tan arraigado y que le impedía disfrutar al cien por cien. Sin embargo, cada vez se iba mostrando más natural, más relajada, lo cual permitía disfrutar muchísimo más del sexo.

Desde luego tal y como se desarrollaban los acontecimientos, inducía a pensar que había sido él quien había abierto los ojos a Tina e hinchaba su ego como ninguna otra cosa, pese a que en el fondo conocía la verdad. Pensamiento que, evidentemente, prefería no compartir con ella.

—Alfred... —jadeó ella, apoyando las manos sobre su pecho, a modo de apoyo, ante lo que estaba sintiendo.

—Sigue... —respondió él entre empuje y empuje, alzando el rostro para llegar hasta sus pechos, que ahora se balanceaban muy cerca de sus labios. Desde luego, no aprovechar tal invitación sería de tontos.

Tina no iba a detenerse bajo ningún concepto, pese a que el sudor empapaba su espalda.

Imaginaba que su aspecto no era nada glamuroso, sino más bien horroroso. Quizás podía causarle rechazo porque aparte de sudada, se sentía acalorada por el esfuerzo, despeinada... La viva estampa de una mujer en plena faena sexual. Se suponía que no era momento de tales nimiedades así que miró a Alfred y se mordió el labio al descubrir que él, inmerso en el mismo frenesí, estaba más atractivo que nunca.

A él no parecía importarle ni lo más mínimo, al menos si sus jadeos y sus embestidas servían de indicativo.

—Me encanta follar así —jadeó él elevando la pelvis para embestirla con toda la fuerza posible.

—Lo sé —acertó a decir con la garganta seca.

—Haz fuerza con tus músculos internos, mi polla te lo agradecerá eternamente —pidió él acariciándole el trasero; se planteó durante una fracción de segundo el palmearlo ya que un elemento imprevisto siempre funcionaba.

—¡Ay! —protestó, más por la inesperada sorpresa que por el daño.

Tras el primer impacto, vino el segundo y él le acarició la zona hipersensibilizada por lo que todas las terminaciones nerviosas de esa parte de su cuerpo consiguieron que Tina gritara, no en señal de protesta sino completamente rendida al orgasmo que la envolvió.

No fue consciente de que Alfred se unía a ella. Simplemente cerró los ojos.

Cayó sobre él, que la rodeó con sus brazos, y permaneció tan quieto como ella, mientras sus respiraciones iban volviendo a la normalidad.

Capítulo 37

*E*n esos instantes, agotados y saciados, era cuando se suponía que ambos deberían caer rendidos y conciliar el sueño.

Era la consecuencia lógica tras el intenso interludio que, más allá del placer físico, implicaba otro tipo de sensaciones difíciles e inconvenientes de explicar.

Tina fue la primera en hacer un movimiento y se apartó de él, liberándole y tumbándose a su lado. Se quedó mirando al techo, sin atreverse a girar el cuello y enfrentarse a su mirada, seguramente de autosuficiencia y ligeramente burlona.

Pero no era así.

Alfred, tras la neblina que parecía haberse instalado en el cerebro durante la excitación, daba vueltas en su cabeza a las cosas, pero prefería no mencionarlo en voz alta. No dejaban de preocuparle ciertos aspectos de la relación que mantenía con ella.

Se había metido de lleno en el río sin comprobar antes la profundidad. Había pecado de gilipollas por creer que podía controlar una situación que por momentos se le escapaba de las manos.

En especial el delicado asunto de la jodida fotografía, pues no sabía cómo abordar la cuestión sin que ella se molestara ni desencadenara una desagradable discusión. Pero tenía que encontrar la forma de solucionarlo y pasaban los días, las noches y seguía igual.

Toda esa maquinación en su cabeza le hacía sentirse imbécil y manipulador al mismo tiempo. Por un lado mantenía silencio por temor a enfadarla y, en consecuencia, perder sus favores. Por el otro lado, no dejaba de buscar fórmulas para salirse con la suya, es decir, evitar que la maldita instantánea saliera a la luz.

Cualquier intento amistoso de llegar a un acuerdo quedaba inmediatamente descartado, ya que no recordaba haber conocido a una mujer tan apasionada con su trabajo. Bueno, lo cierto era que pocas veces se relacionaba, en el plano íntimo, con féminas ocupadas más allá de sus quehaceres domésticos, así que le sorprendía el énfasis de Tina.

Aunque en secreto siempre admiraría su dedicación, pese a que le perjudicaba, pero el haber crecido a la sombra de una mujer como su madre le había influido por completo.

Ella, por su parte, también tenía sus propios y complicados pensamientos rondándole en la cabeza y sin visos de solución, ya que por más que dedicaba tiempo a analizar todas las aristas de este intrincado asunto siempre acababa en el punto de partida.

¿Cuánto tiempo iba a permanecer en esta indecisión?

Tina no quería negar en ningún momento sus sentimientos y esconderlos. Había vivido, por desgracia, demasiado tiempo oculta tras una fachada de responsable maternidad y no menos responsable vida marital; todo ello a costa de esconderse. Y estaba ya harta de fingir, de adormecer lo que tenía dentro.

Tina, medio recostada sobre él, se preguntaba cómo plantearle algunas cuestiones.

Quizás la forma más sencilla era abordar el tema con naturalidad. Aunque no creía posible que Alfred aceptara de buen grado sus preguntas.

En especial las que se referían a su pasado, pues para ella resultaba imprescindible hablar de ello antes de dar el paso definitivo.

—¿Con cuántas mujeres te has... acostado? —disparó a bocajarro; pensó que de perdidos al río. Se sorprendió cuando, tras lanzar la pregunta, él ni se inmutó. Lo más probable era que obviara su pregunta.

Él giró la cabeza, no cruzaron la mirada porque ella la tenía fija en algún punto de la habitación.

Tina no insistió.

—Con muchas —respondió tranquilamente, manteniendo la actitud serena, para nada molesto con la cuestión. Su respuesta podía interpretarse de mil maneras porque, ¿cuántas eran muchas? ¿Diez? ¿Veinte? ¿Cien?

Ella se sorprendió ya que no esperaba esa sinceridad.

Y aprovechando el momento continuó:

—¿Y cómo es?

—¿Quieres saber cómo es acostarse con una mujer? —preguntó inicialmente confundido, pero cayó en la cuenta rápidamente—. Bueno, si sientes tanta curiosidad conozco a más de una a la que no le importaría estar contigo.

—¡¿Cómo?!

—Eso sí, ya que te las presento al menos me dejarás mirar —pidió él todo ufano añadiendo una sonrisa demoledora para dar más credibilidad a su burla, pese a que sintió un pequeño escalofrío al imaginarse fugazmente la estampa—. No me parece pedir demasiado y prometo no intervenir a no ser que me lo pidáis.

—¡Alfred! —exclamó incorporándose y mirándole totalmente escandalizada. Con este hombre no ganaba para sorpresas, tenía cada idea…

—¿Qué? Es lo que me has preguntado, ¿no? —se defendió sin perder la calma. Tampoco le llamaba en exceso la atención que ella sintiera curiosidad, al fin y al cabo no se hacía daño a nadie si ella decidía probar su oferta.

—No me refería a eso. —Hizo una pausa para replantear la pregunta pero las ideas que él aportaba la despistaban por completo—. ¿Dos mujeres? —inquirió a medio camino entre la extrañeza y la curiosidad.

—Pues sí —respondió él con toda tranquilidad; lo cierto era que hablaba como si comentara el estado del tiempo—. Resulta altamente excitante como incentivo, la verdad. Pregúntale a cualquier hombre, estoy convencido de que todos te responderán afirmativamente. Nos ayuda a mantener nuestra mente mucho más activa.

Ella no dudó ni por un segundo de sus palabras, aunque supusiera un grave conflicto entre sus creencias y la realidad que él describía.

—Tienes cada ocurrencia… —murmuró con un deje de admiración.

Él sonrió.

—No es idea mía, créeme —murmuró en tono provocador.

—No sé yo… —murmuró aún con la curiosidad presente en su tono—, pero no es esa la cuestión. Yo quería saber cómo es eso de acostarse con tantas personas, sin apenas conocerlas. Cambiar de amante como de camisa. Eso es lo que hacéis los hombres, ¿no?

Alfred arqueó una ceja. ¿A qué venía esa pregunta?

—Dímelo tú —respondió él molesto. No porque insinuara su afición al sexo con distintas amantes. Al fin y al cabo eso le había permitido probar nuevas experiencias y adquirir ciertos conocimientos. Lo que le jorobaba era que ella mantuviera esa farsa de mujer inexperta, ajena a todo ese juego de la seducción.

—Yo… bueno, yo no tengo tu experiencia. Por eso te lo pregunto —murmuró Tina sin rastro de crítica en su voz.

Parecía tan jodidamente sincera…

Alfred se incorporó, apoyándose en el cabecero. Este tema le empezaba a escocer. Colocó bien las almohadas y lamentó en silencio no tener una copa para hablar del asunto; al fin y al cabo aquella conversación parecía ir para largo.

—No creo que en cuestión de amantes te lleve demasiada ventaja —dijo con voz acusatoria. Joder, ¿qué pretendía sacando a colación este tema?

—Antes me has dicho que has estado con muchas —recordó ella amablemente sin sentirse molesta, ya que era de esperar que un hombre de su edad hubiera tenido un determinado número de aventuras de alcoba. Una práctica bastante extendida entre gente como él, e incluso se vería extraño de no haber sido así. Además, estando soltero no cabía la posibilidad de humillar a una abnegada esposa.

—¿Y tú no? —retrucó de mala gana por su jodida manía de fingir—. Y por si acaso me refiero a hombres, que quede claro —añadió para evitar ambigüedades y que ella se fuera por las ramas.

Tina le miró con expresión serena, no entendía el porqué de su encendido discurso. No le acusaba ni juzgaba y ella esperaba la misma deferencia, aunque comprendió que era mucho pedir, ya que al fin y al cabo una mujer no gozaba de las mismas prerrogativas.

—Solo he estado con tres —reconoció con timidez en voz baja—. No creo que eso sean muchos amantes precisamente. —Su vergüenza por lo que acababa de decir hizo que el hecho en sí sonara mucho más grave de lo que en realidad había sido.

Alfred entrecerró los ojos.

Tres no era lo que se dice un número elevado de amantes, puede que superase a la media dentro de las mujeres, pero él conocía a unas cuentas que la dejarían en ridículo en menos de un mes, así que algo no cuadraba. Ahora bien, ¿el qué?

¿Cuántos hombres esperaba que hubieran pasado por su vida?

¿Debía creerla así por las buenas?

¿La había juzgado con excesiva severidad?

¿Iba a tener que tragarse sus palabras?

Para salir de dudas, nada mejor que preguntar directamente a la fuente, esperando que no fuera una de esas personas encantadas de dar una larga disertación para aburrir a la concurrencia, antes de ir al meollo de la cuestión.

—¿Cómo que solo tres? —Ella asintió y Alfred frunció el ceño. Las cuentas no cuadraban—. ¿Incluido yo? —preguntó sintiéndose estúpido a no poder más, ya que en teoría le debería importar un pimiento si eran ocho u ochenta.

Ella volvió a asentir y él empezó a murmurar por lo bajo, como si quisiera hacer un millón de cálculos en un segundo y tras ellos las cosas siguiesen sin estar claras.

—Explícame eso de solo tres —pidió tenso porque aquí se estaba fraguando algo serio y él empezaba a inquietarse.

—Ya sé que pensarás que soy una… cualquiera… —balbució Tina admitiendo tácitamente lo impropio, según su propio punto de vista, de su proceder.

—Al grano —gruñó deseoso de que ella llegase al final del relato para poder sacar una conclusión y averiguar si tenía que recular y tragarse sus acusaciones.

La oyó inspirar profundamente y taparse con la sábana antes de hablar.

—Al aceptar casarme con Pierre por… bueno, ya sabes el motivo, disponía de libertad; él me aconsejó que mientras fuera discreta y volviera siempre a casa a dormir no habría problema, pero yo no me atrevía, lo cierto es que nunca sentí esa necesidad. Tenía a mi hijo y mi trabajo. En una de las exposiciones de Pierre conocí a un amigo suyo que… —hizo una pausa, cerró los ojos recordando—, no fue gran cosa, decepcionante más bien. Así que desistí de volver a intentarlo. —Apretó la sábana a su alrededor, como si quisiera tener un escudo que la resguardara—. Seis meses antes de morir mi marido, tuvimos una conversación muy personal. Él ya estaba muy enfermo y, no sé por qué, acabamos hablando de mí, de que tenía derecho a disfrutar como mujer, que aprovechara el momento… De este modo, acabé de nuevo en la habitación de un hotel con un desconocido y al volver a casa… una nueva decepción. —Se encogió de hombros como si así restara importancia, pero era muy mala disimulando.

Alfred se la quedó mirando como si no diera crédito a lo que acababa de escuchar. Todos sus cálculos y elucubraciones a la basura. La había escuchado sin interrumpir intentando comprender cada palabra sin buscar significados ocultos, pues casi siempre la respuesta más sencilla resultaba ser la más acertada. Además, ¿de qué serviría inventarse una historia así?

Solo tres amantes…

Pero no podía ser, ¿verdad?

Su mente, tras haber oído toda la explicación, únicamente daba vueltas a un solo dato.

Por si acaso, preguntó:

—¿Esos dos fueron mientras estabas casada?

En otras circunstancias esa información resultaría del todo

irrelevante, pues un amante era un amante. Y, según su experiencia, el estar casado no suponía ninguna diferencia, incluso a veces resultaba ser un buen aliciente.

Las casadas decepcionadas fueron durante mucho tiempo una fuente inagotable de amantes para él, así que conocía bien el asunto.

—Sí —contestó abochornada.

—¿Segura?

Ella asintió, no entendía por qué se mostraba tan contrariado, era sincera al cien por cien, ya que no deseaba engañarle.

A Alfred se le cayó el alma a los pies. ¿Esa confirmación solo podía significar una cosa?

¿Seguro? Se preguntó a sí mismo intentando que aquello no fuera real.

Se pasó la mano por la cara, por el pelo, aquello respondía de una vez por todas a sus dudas. Ella no fingía, cuando se ruborizaba era sincera. Cuando pedía que apagara la luz no era por mantener el misterio. Cuando preguntaba sobre algunas cuestiones, no era para perpetuar una mentira. Y él, como un burro, había dudado una y otra vez…

—¿Te molesta? —preguntó ella ante el silencio de él. No era buena señal, así que llegó a una conclusión obvia: la consideraba una cualquiera.

Joder, esta mujer no tenía precio, encima de todo se preocupaba por él. Solo por eso tenía que quererla.

Ya no quedaba lugar para las dudas ni para el resentimiento. Ya no podía obviar por más tiempo la cruda realidad. En ese momento empezó a atar cabos y las piezas de un rompecabezas, que al principio no tenían ningún nexo, ahora iban encajando a la perfección.

La primera conclusión a la que llegó le hizo sentirse un estúpido.

—¿El qué, exactamente? —La miró, había cosas que siempre se dicen sin perder el contacto visual—. ¿Saber que fui el primero? ¿Saber que me comporté como un imbécil? ¿Darme cuenta de que por mi culpa he podido arruinar tu vida sexual? Pues sí, joder, me molesta. Y mucho además.

Tina, a pesar de oírle hablar en tono sosegado, no podía estar tranquila. Era un hombre, al fin y al cabo ellos pensaban que podían irse con cuantas quisieran, pero ellas jamás.

—¿Cómo no me di cuenta? —reflexionó en voz alta tras llegar a la segunda y no por ello menos importante conclusión—.

Y encima voy y te dejo embarazada. Vamos, que triunfé —dijo con ironía evidenciando que estaba molesto consigo mismo, no con ella.

—Eric es lo mejor que me ha pasado en la vida —manifestó Tina orgullosa.

Alfred no podía decir nada a eso.

Así que se limitó a abrazarla, porque ahora ya podía respirar tranquilo.

Cierto que estaba siendo egoísta al pensar así, pues, aunque hasta la fecha ser o no el primer amante de una mujer resultaba superficial, en este caso, y a pesar del desastroso encuentro, por cuestiones de la vida o vete a saber qué, ahora estaba de nuevo en sus brazos.

—Estoy pensando... —murmuró él al tiempo que acariciaba su espalda— que debería no sé... ¿Compensarte?

—¿Compensarme?

—Ajá.

—¿Por qué?

Si respondía con palabras a esa pregunta, podría meterse en un jardín con demasiadas espinas, porque implicaría reconocer no solo que en su primer encuentro fue un inútil, sino que todo este tiempo había pensado mal de ella y dudado de todo cuanto hacía o decía.

Así que para evitar tener que decir en voz alta lo que pensaba de sí mismo, prefirió pasar del dicho al hecho. Con un poco de suerte ella no se lo tendría en cuenta, aunque él pensaba autoflagelarse por imbécil consumado.

—¿Necesitas razones?

Capítulo 38

A veces, tener un amigo como Sebastian no solo suponía un incordio, sino además la tentación de mandarle a paseo. Pero como todo el mundo tiene malos momentos, prefirió retrasar su visita diaria a casa de Tina, pese a que prefería una y mil veces estar con ella que aguantar a un alicaído Sebastian. En los últimos tiempos su amigo se había mostrado proclive a una insoportable apatía causada, con el noventa y nueve por ciento de probabilidades, por una mujer.

—Con lo que ha sido este hombre —reflexionó cayendo en la cuenta de que él andaba en condiciones muy similares, aunque en su caso al menos disfrutaba de los placeres que Tina le ofrecía. Su amigo, pobre hombre, ni eso, pues la fémina en cuestión le rechazaba y él, en vez de resarcirse con alguna de sus amigas, se empeñaba en sufrir al más puro estilo romántico.

Y allí estaba, en la embajada Suiza, con una copa de champán en la mano, eso sí de excelente calidad, acompañando a su amigo, que también estaba padeciendo lo suyo por culpa de la hija de un diplomático decidida a ponerle las cosas muy cuesta arriba.

—¿Qué te parece? —preguntó Sebastian señalando a la mujer en cuestión con su copa.

Alfred observó a la dama, a la que el enamorado no correspondido no le había quitado ojo de encima en toda la velada, y pensó en la respuesta correcta. Por un lado, si se mostraba demasiado halagador en su comentario podría ofender al tontorrón enamorado que estaba a su lado, y, por otro lado, mostrarse indiferente podría provocar la misma reacción.

Y entonces se dio cuenta de cómo reaccionaría él si alguien le preguntara algo similar sobre la madre de su hijo.

Así que se limitó a hacer un gesto con la mano, pulgar hacia arriba, dando a entender que si estaba pidiendo su aprobación la tenía. De todos modos daba igual; cuando a Sebastian, como a cualquier otro hombre, se le metía en la cabeza una mujer no había forma humana de hacerle desistir. Por primera vez asistía, incapaz de solucionarlo, al padecer de su compadre por culpa de una mala mujer.

—Está jugando conmigo —murmuró sin perder las formas—, mira qué vestido lleva, ¡por Dios! No deja nada a la imaginación.

Alfred continuó con su política de mutismo aunque, por supuesto, contempló el vestido en cuestión. La seda, color verde pálido, se pegaba a su cuerpo. Sí, marcaba todo lo que podía marcar. Sin embargo, para él no era sino una más. De hecho, no despertó el instinto de cazador que en otras ocasiones hubiera hecho estragos en su libido y en su amistad con Sebastian. Algo de lo que dio gracias en silencio.

—¿Has hablado ya con ella? —preguntó Alfred intentando que el hombre se relajara conversando, porque de no hacerlo allí podía pasar de todo y no era cuestión de montar una escena en un lugar tan concurrido.

—Joder, no he podido —gruñó a modo de respuesta—. Es muy lista, siempre está acompañada. Así no hay manera.

¿Por qué será?, pensó Alfred.

—¿Quieres que yo…? —le propuso con la esperanza de, llegado el momento, no tener que meterse en medio, porque en este caso como en muchos otros la culpa es del mensajero.

—No —volvió a gruñir y se bebió de un trago su copa—. Voy a intentarlo. Ahora vuelvo —sentenció tras infundirse valor a sí mismo.

Observó cómo su amigo se acercaba a la provocadora del vestido verde y le sonreía tras detenerse frente a ella. Pero la mujer, aunque le devolvió la sonrisa, dejaba claro que se trataba de un simple gesto de educación.

Por suerte un conocido se acercó a él y pudo dejar de aburrirse con las andanzas conquistadoras de su amigo.

Que se las apañara él solito. Ya tenía edad suficiente para afrontar una negativa y volver a intentarlo.

Sebastian, por su parte, estaba hastiado de los jueguecitos de Sophie. Una cosa era que la dama se hiciese valer, eso se esperaba de las de su clase. Pero él bien sabía que muchas de esas «decentes» se desmelenaban como nadie. Otra cosa bien distinta era que le tuviese en ese constante e insatisfactorio estado de excitación que le estaba volviendo loco.

—¿Puedes encargarte de mi bebida? —preguntó a la mujer inaccesible al situarse junto a ella, sonreírle e interrumpir la conversación en la que estaba sumida.

—Cómo no —contestó ella educadamente e hizo una seña al camarero para que le entregase su bebida—, siempre procuramos que nuestros invitados se sientan como en casa.

Sebastian arqueó una ceja y mantuvo la sonrisa. La conocía y sabía el esfuerzo que estaba haciendo para no tirarle la bebida a la cara y dejarle plantado. Además, deseaba mandarle a paseo con alguna que otra contestación cortante de esas que debía ensayar antes de salir de casa, porque nunca había conocido a una mujer con lengua tan afilada y ocurrente.

—Nunca lo he dudado —murmuró con un tono bastante provocador, pero ella, dura como una roca, ni se inmutó.

—¡Estáis aquí! —interrumpió el padre de Sophie, secretario de la embajada, estrechando la mano a Sebastian y palmeándole la espalda—. Me alegro de que hayas podido asistir. ¿Y tu padre?

«A este hombre se le ve el plumero, está claro que no soy lo suficientemente aristócrata para dar caché a la lista de invitados», pensó Sebastian.

—Lamenta mucho no poder asistir —mintió pensando en su progenitor, que desde hacía tiempo había decidido no dar un palo al agua. Esa noche en concreto estaba con su mejor amigo, el padre de Alfred, seguramente divirtiéndose mientras recordaban viejos tiempos. Por desgracia su madre no opinaba lo mismo respecto a los actos sociales y andaba por la fiesta. Ya vería el modo de esquivar sus preguntas—. Le manda saludos, señor.

—Me hubiera gustado conversar con él —se lamentó el padre de Sophie, saltaba a la vista que hubiera deseado hablar de algo más que banalidades con Rafe Wesley. Después, ocultando su decepción, se dirigió a su hija—: Cariño, ¿podrías acercarte hasta mi despacho y traer las fotografías de la fábrica para enseñárselas a unos invitados?

—Por supuesto —respondió ella encantada, cualquier cosa con tal de alejarse de su acosador.

—No sé dónde tengo la cabeza. Que te acompañe el joven —dijo señalando a Sebastian y sonriéndole para hacerle un poco la pelota.

—No molestemos a nuestros invitados, tardaré apenas diez minutos —dijo Sophie intentando eludir la compañía.

—Estaré encantado de acompañarte —intervino Sebastian sin perder la sonrisa ni dar muestras de su satisfacción por tener la oportunidad de quedarse a solas con ella. Y en un lugar fuera del alcance de las miradas indiscretas.

Alguien parecía haber escuchado sus plegarias.

Para no prevenir a la esquiva y recelosa Sophie compuso expresión de caballero educado; nada que hiciera sospechar.

—Está bien —accedió aguantándose las ganas de replicar a su padre y de abofetear al invitado en público—. ¿Vamos? —le indicó señalando el camino fingiendo una cortesía que la estaba matando por dentro.

Sophie confió en vano en que él se negara en el último instante. Sin embargo, al no tener esa suerte hizo acopio de todas sus fuerzas para no perder los estribos.

Él, cómo no, desplegó su encanto y su educación de colegio caro, ofreciéndole el brazo, un gesto que en apariencia resultaba de lo más inocente, pese a que ambos sabían que establecer cualquier tipo de contacto no era buena idea.

Ella lo aceptó, no podía negarse ante los invitados.

Con la cabeza alta y saludando a los congregados mientras atravesaban la sala, muchos los miraron con curiosidad y Sophie se imaginó que en algunos corrillos se comentaría la extraña pareja que formaban pero prefirió no pensar en eso. Lo acompañó hasta abandonar la zona pública de la embajada y adentrarse en la parte destinada a las oficinas, mucho menos lujosa y por supuesto mucho menos iluminada. Esperaba que él no aprovechara ese paseo para atosigarla.

Nada más abandonar la parte más concurrida, se desenganchó de su brazo y anduvo separada. Bien podía pedir a algún empleado que los acompañara, alegando que podía perderse aunque ella se conocía el recorrido de memoria y no consideraba tan estúpido a su acompañante como para hacer nada inapropiado en uno de esos corredores. Sebastian era muy listo.

Entraron en el despacho de su padre y ella, que conocía la distribución, caminó a oscuras hasta la mesa y encendió la lamparita para buscar el sobre con las fotografías.

Sin querer había creado un ambiente de lo más íntimo.

Sebastian, que estaba cansado de idas y venidas, dejó que buscara en los cajones del escritorio. La miraba de reojo cómo se tensaba la tela al inclinarse y marcaba su estupendo trasero. Su imaginación ya empezaba a recorrer caminos nada decentes. A continuación, se acercó hasta ella y con suavidad se interpuso para que le prestara de una vez la atención debida.

Tenía solo una oportunidad y no podía desperdiciarla.

—¿Qué haces? ¡Aparta! —le espetó aunque no muy sorprendida, pues estaba alerta y sabía que en cualquier momento él haría su primer movimiento.

—No —contestó categórico—. Tú y yo vamos a tener una conversación sin interrupciones, sin dobles sentidos.

—Ni hablar —le contradijo mirando a su alrededor en busca de una vía de escape. No quería mirarle a los ojos bajo ningún concepto.

—Sin oportunas interrupciones a tu favor —aseveró él sin rastro de humor.

—Te recuerdo que nos están esperando... —le recordó ella intentando mantener las distancias en la medida de lo posible.

—Pues que esperen —espetó él y, como la conocía, la sujetó de la barbilla para que le mirase a los ojos.

Ella, de un manotazo, lo apartó y se alejó hasta el otro extremo de la mesa.

—Habla —le exigió dispuesta a no dar crédito ni a uno solo de sus embustes. Estaba alertada de la clase de hombre que tenía delante.

—Así vamos mal. —Y sacudió enérgicamente la cabeza—.

Si empezamos jugando al gato y al ratón no vamos a llegar a ninguna parte.

—Habla —repitió ella impaciente por regresar a la seguridad que el salón principal lleno de gente le ofrecía.

—No te veo muy predispuesta a escucharme —se quejó amargamente por la cabezonería de esta mujer. Joder, esto iba a ser más difícil que un consejo de administración lleno de viejos lobos incapaces de ver una nueva idea aunque les mordiera en el culo.

—Será porque no creo que tengas nada interesante que decirme —pensó en algo más contundente para desanimarle—, o simplemente ya me sé de memoria el cuento y me aburre.

—O será que no te interesa reconocer que sí puede resultar interesante —la provocó sin dejarse engañar por sus palabras.

Ella entrecerró los ojos, aquello era una encerrona en toda regla y no hacía que se sintiera muy cómoda. Más que nada porque conocía la reputación de Sebastian y si hasta ahora se había podido librar de caer en la tentación, dudaba de que, ante sus calculadas insinuaciones, resistiera mucho más. Él era extremadamente peligroso; podía llegar a comprender a quienes caían rendidas ante sus dotes de seducción.

—Me evitas —la acusó él—, pero al mismo tiempo te pavoneas delante de mí, exhibiéndote para que no pueda apartar mis ojos de ti. Y yo me pregunto: ¿qué pretendes exactamente? Aparte de volverme loco, claro está.

—¡Yo no me pavoneo! —En el acto se dio cuenta de que ponerse a la defensiva la hacía parecer más culpable, así que contó hasta diez y respondió lo más sosegadamente posible—: Aquí, el único pavo real que despliega sus plumas eres tú. —Y para minar su confianza añadió—: Ah, por cierto, conmigo no funcionan. Así que vuelve a la fiesta y mira a ver si alguna de tus admiradoras te hace un apaño esta noche.

Él arqueó una ceja. Estuvo a punto de señalar el provocativo vestido que le estaba causando serios problemas de contención pero prefirió no hacerlo. Ella se pondría aún más a la defensiva. Optó por centrar la conversación en lo realmente importante, al menos para él.

—No soy de los que se conforman con «apaños» —aseveró con voz insinuante inclinándose más de lo prudente. Quería tenerla lo más cerca posible y limitar su más que probable plan de huida que a buen seguro estaba tramando.

—Pues sea lo que sea que busques no lo vas a encontrar conmigo

—afirmó ella evitando temblar ante la cercanía. Cada vez entendía mejor a todas esas mujeres que se dejaban enredar nada más verle.

—¿Sigues divirtiéndote con tus amigas especiales?

—Sí. ¿Por qué? —Alzó la barbilla en actitud chulesca para que creyera que sus amantes eran mujeres y que resultara un buen escudo de protección. No iba a desmentir esa versión y resquebrajar su escudo.

—Porque te estás perdiendo algo verdaderamente placentero.

—Esa es tu versión. Yo no lo encuentro tan placentero como tú dices —le replicó poniendo los ojos en blanco. ¿Por qué todos los hombres opinaban lo mismo?

—Eso es porque no has tenido la oportunidad de estar conmigo. —Sebastian avanzó un paso más en su acoso y derribo, no solo físico, pues se pegó a ella, sino también verbal. Tanta evasiva empezaba a irritarle.

Sophie, al verse atrapada entre el escritorio y los brazos de Sebastian, intentó apartarse pero estaba claro que él no iba a ceder ni un milímetro. Había colocado una mano a cada lado de sus caderas, encerrándola. A esa mínima e imprudente distancia podía sentirlo, olerlo y la verdad era que olía rematadamente bien.

¿Y si caía?

¿Y si le dejaba ganar?

¿Y si levantaba la rodilla?

—Todos decís lo mismo —aseveró haciendo una mueca. ¿Por qué los hombres se repiten tanto?

—Yo no presumo de mis habilidades, las demuestro, querida. Otra vez ese maldito tono...

Si se atenía a lo que había oído... saltaba a la vista que no mentía, no obstante el miedo a quedar como una tonta más le daba alguna que otra fuerza para luchar.

—No hace falta, tienes un nutrido coro de seguidoras encantadas con ensalzar en público tus virtudes.

Sebastian sonrió, excelente, ella no era tan indiferente como le hacía creer.

—Déjame decirte que para ti puedo recurrir a un repertorio de lo más original. —Pegó la boca a su oreja y Sophie no se apartó.

Excelente.

—Nunca podría comprobarlo —le replicó sintiendo su aliento, cada vez más irregular, tan cerca del oído al tiempo que sus hormonas empezaban a revolverse sin tener en cuenta la inconveniencia de ello.

—Confía en mí —alegó bajando la voz y con el pulgar empezó a recorrer el contorno de sus labios.

—Tú no eres de fiar. —Separó los labios; desde luego, qué poca resistencia estaba ofreciendo.

Y no solo eso, si él bajaba la vista comprobaría cómo sus traidores pezones anunciaban que su excitación iba en aumento. El maldito vestido verde resultaba, además de elegante, de lo más revelador.

Sebastian cambió de posición para quedar cara a cara. No deseaba perderse ni una sola de sus reacciones.

Con la mirada fija en sus ojos, hipnotizándola y mandando al cuerno su idea preliminar de hablar con ella y aclarar de una vez por todas esta situación, continuó acariciando sus labios con el pulgar, provocándole un hormigueo muy difícil de resistir. Tragó saliva para evitar ronronear como una gata mimosa.

Desde luego lo que decían de él era, por suerte o por desgracia, totalmente cierto.

—Voy a besarte.

Capítulo 39

—*L*o sé —murmuró a un paso de la rendición. Quizás si se iba mentalizando para lo inevitable causaría menos dolor.

O al menos eso pensó Sophie cuando él, que estaba cerca de su boca, acortó distancias y unió sus labios a los suyos.

Esperaba una especie de entrada a lo grande, dejando claro quién mandaba, que se mostrara impaciente, expeditivo, pero se equivocó. Él no avasallaba, no exigía, todo lo contrario, iba pidiendo permiso para avanzar.

Una inesperada suavidad.

Le daba opción a retirarse en las breves pausas que ofrecía no solo para respirar.

Sebastian, tras la primera aproximación, se echó levemente hacia atrás para mirarla y se preparó para el más que probable bofetón que se había ganado.

Sin embargo, lo que vio le dejó confuso, pues Sophie, lejos de mostrarse malhumorada permanecía callada, a la espera de que él hiciera algo.

No iba a decepcionarla.

—Voy a volver a besarte —indicó él acunando su rostro para acariciarlo suavemente con los pulgares.

Ella, que permanecía con los brazos a los costados, parecía haber perdido la capacidad de respuesta y asintió como una marioneta sin pizca de voluntad propia.

Suspiró levemente y él estuvo a punto de caer de rodillas ante la imagen tan diferente que ofrecía, totalmente opuesta a la mujer guerrera tan habitual.

Pero no por ello perdió interés en ella.

Y de nuevo la besó, con paciencia, sin prisas, como si fuera lo único que quisiera de ella, aunque deseaba mucho más.

Todo, para ser sincero.

Las cosas empezaban a caldearse y sabía que Sebastian no iba a conformarse con un simple beso, por muy bueno que fuera. Ahora era cuando pondría la mano en su trasero y acto seguido amasaría sus nalgas, apretándolas sin ningún miramiento y de paso la empujaría hacia él para frotarse. Lo típico de cualquier hombre.

No eran especulaciones, pues en una ocasión fue testigo de cómo una conocida jadeaba en los brazos de Sebastian. Sophie los sorprendió mientras ellos se creían amparados por la noche y por una no tan oportuna puerta que con las prisas olvidaron cerrar con llave. Nunca supo si se percataron de su presencia pero lo que ella extrajo de todo aquello era que resultaba tremendamente excitante y que, a pesar de ser el hombre menos indicado, sintió envidia por no ser ella quien disfrutaba en sus brazos.

Sintió la mano masculina en la parte inferior de la espalda pero de nuevo se sorprendió, pues no percibió el consabido mageo que tanto la disgustaba sino que notó cómo él, utilizando un dedo, probablemente el índice, recorrió la separación de sus glúteos, de forma lenta y metódica, por encima de la tela.

Arriba y abajo, presionando lo justo sobre la costura del vestido, sin dejar de besarla, consiguiendo que ella dejara de defenderse manteniendo una actitud distante. Levantó los brazos y le rodeó con ellos el cuello.

Siempre sin mostrarse precipitado, siempre manteniendo la calma… podía llegar a ser ella quien le pidiese acelerar las cosas. Notaba su erección y estuvo tentada de meter la mano entre ambos cuerpos y tocarle justamente allí, aunque se contuvo pues no tenía muy claro si tal atrevimiento iba a gustarle.

—Quiero desnudarte —murmuró él contra sus labios para tras darle un beso rápido moverse hasta el lóbulo de la oreja y mordisquearlo, con la misma precisión y atención que imprimía en todas sus atenciones— y no solo para admirarte.

Sus palabras lograron inquietarla y tuvo que aclararse la garganta para poder hablar, pese a que sus palabras no la ayudarían.

—Lo sé —susurró ella convencida de que iba a permitírselo.

No le había dado una respuesta concreta pero su silencio lo incitó. Sebastian movió ese hábil dedo por su espalda desnuda hasta llegar a su nuca, donde se unía el vestido por medio de dos botones, los cuales eran la única sujeción.

Él lo sabía.

Ella también.

Acarició esa sensible porción de piel durante unos breves pero intensos segundos esperando que Sophie le detuviera, todo sin dejar de mirarla a los ojos.

Quizás se comportaba como un cobarde al traspasarle a Sophie toda la responsabilidad pero no quería que luego le acusara de aprovecharse de ella.

Ante su silencio, que interpretó como un tácito beneplácito a sus avances, procedió a soltar el primero de los botones, demostrando su habilidad. Ella tembló, iba a llegar al borde del abismo y a falta de otro botón estaba a punto de saltar sin red.

También lo desabrochó dejando que las dos partes que unían el vestido se deslizaran y cayeran hasta detenerse a la altura de sus senos.

Sophie cerró los ojos, él apartaría la seda para observarla con placer. Volvió a abrirlos lentamente. ¿Por qué no se mostraba más agresivo, como cualquier otro hombre? ¿Por qué se contenía tanto si llevaba meses persiguiéndola?

De nuevo tuvo que corregir sus pensamientos, pues si bien sintió cómo su pecho quedaba al aire, no los miró, sino que mantenía la vista clavada en sus ojos.

Y ella no desvió la mirada, estaba totalmente abducida por la intensidad de sus ojos.

Él levantó la mano y de nuevo con exquisita suavidad la dirigió, pero a diferencia de lo que esperaba, no atacó sus pezones, sino que buscó la parte inferior, debajo de ese olvidado pliegue. Los acarició de nuevo solo con un dedo, provocando que Sophie tomase aire sonoramente.

—No voy a poder parar —advirtió él de nuevo, aunque su intención no era prevenirla pues ya no quedaba disponible la opción de dar marcha atrás.

—Lo sé —murmuró cada vez más implicada en todo aquello. Ahora entendía por qué Sebastian Wesley era un peligro en las distancias cortas.

—No voy a querer parar —insistió.

Ella no respondió, ya que empezaba a parecer un loro, repitiendo una y otra vez la misma frase.

El delicado roce bajo su pecho, al igual que todas y cada una de sus caricias, conseguía elevar la temperatura de su cuerpo de una forma desconocida hasta entonces. Era cierto lo que se rumoreaba de él, sabía muy bien lo que hacía.

Y ella estaba siendo la afortunada del día. Pero ya no importaba, quería más, quería disfrutarlo, vivirlo.

Sin saber cómo, o sin querer saber cómo, su vestido fue resbalando hasta quedar arrugado a sus pies. Él no se había desprendido de una sola prenda y ella aguardaba tan solo con una prenda de ropa interior, medias y liguero.

Una sensación más que incrementaba la excitación.

—Impresionante —susurró él dando un pequeño paso hacia atrás para no perderse ni un solo detalle. La escasa iluminación de la estancia conseguía que su cuerpo luciera aún mucho más provocativo de lo que había llegado a imaginar, y eso que fantaseando no había fijado ningún tipo de límite.

A pesar de quedar expuesta sin nada, por la penetrante mirada de él, se sintió mucho más poderosa de lo que cabría esperar.

Con suma delicadeza puso una rodilla en el suelo y le bajó las bragas hasta los tobillos, levantando primero un pie y luego el otro para quitárselas. Las guardó en el bolsillo de su chaqueta y se contuvo para no acariciar su vello púbico, pero no lo consiguió. Levantó una mano y disfrutó del tacto y sobre todo de la reacción de ella que jadeó y arqueó la pelvis buscando mayor contacto.

—Sencillamente increíble.

Después se incorporó, la sujetó de las caderas para sentarla sobre el escritorio de madera. Afortunadamente despejado de papeles y otros enseres de oficina, resultaba perfecto para sus planes más inmediatos.

Sebastian le separó las piernas para colocarse entre ellas y con los pulgares le acarició la parte interior de los muslos, empezando en la rodilla y subiendo hasta su sexo donde solo la tocó ligeramente. Ahora lo único que tapaba su cuerpo eran dos medias de seda y unos zapatos de tacón.

—¿Dudas? —inquirió ella, tragando saliva, al ver que dejaba de tocarla con las manos para únicamente hacerlo con los ojos.

Él negó con la cabeza mientras metía los dedos bajo las tiras del liguero para tocar las marcas.

—No, sencillamente no quiero dejar pasar nada por alto.

Sophie, a pesar de estar siendo concienzudamente examinada, no se sintió vulnerable pues él transmitía admiración en su voz.

Tras el examen visual Sebastian se inclinó de nuevo para besarla, y ahora sí, de forma abrupta, expeditiva. A ella le encantó, en las dos versiones resultaba eficiente y prometedor. Levantó los brazos y le rodeó el cuello con ellos atrayéndolo hacia sí.

Al mismo tiempo que devoraba sus labios, él introdujo una mano entre sus cuerpos y ahora sí profundizó más y acarició su vello púbico para ir avanzando hasta separar sus labios vaginales y comprobar encantado su humedad, logrando con ello que Sophie tensara los músculos de sus piernas. Era solo el principio.

—Mmmn —jadeó ella al sentir el primer dedo. ¡Qué cosas podían hacerle con uno solo!

—Húmeda, caliente… como a mí me gusta. —Las palabras, pronunciadas en voz baja junto a su oreja, resultaban tanto o más estimulantes que sus caricias.

Ella, que nunca había permitido que otro hombre llegara tan lejos, no sabía cómo debía comportarse exactamente. ¿Mostrarse más resuelta? ¿Permanecer a la espera?

Pero ella, que presumía de tener iniciativa, no podía mantener esa actitud pasiva, así que siguiendo su instinto, buscó con su mano la parte delantera de sus pantalones que evidenciaba su excitación.

Lo palpó con timidez aunque se moría por ir más allá, tal y como estaban las cosas quería verlo todo.

—Joder… —siseó él ante el primer contacto. Estaba acostumbrado a mujeres agresivas e impacientes, pero esta se llevaba la palma; claro que de ningún modo le disgustaba.

Sophie movió la mano, de abajo arriba, y sonrió al notar la tensa expresión de él, para nada de disgusto. Era gratificante comprobar que no solo ella estaba en un punto tan alto de excitación.

Él la dejó hacer durante un rato, así de paso podía probar esos tentadores pezones que tenía a su alcance. Suavemente la empujó hacia atrás hasta que quedó tumbada sobre la mesa con las piernas colgando.

Ella, al no poder seguir tocándole como quería, hizo un mohín de protesta.

—No es justo —protestó.

—Dentro de nada será todo para ti —aseveró él lanzándose a por su pezón derecho para saborearlo—. Hummm, delicioso.

Notó como ella se retorcía bajo su peso y al no tener demasiada libertad de movimientos le sujetó la cabeza entre las manos, tirándole del pelo. Él, en respuesta, se aplicó mucho más y pasó de lánguidos lametones a pérfidos mordiscos.

Ella ya no podía más, había llegado a un punto desconocido e insoportable a partes iguales. Aquello tenía que tener una solución, tanta tensión acumulada en su cuerpo no podía ser buena.

—Me gustaría tanto lamerte aquí… —dijo él acariciando su coño con los dedos.

Ella se limitó a gemir, si de ella dependiera no pondría ningún obstáculo.

—… pero el tiempo apremia —continuó él.

Sebastian maniobró para desabrocharse los pantalones, lo necesario para liberar su polla y poder hacer lo que se moría por hacer, penetrarla sin más dilación.

Justo cuando estaba a punto de hacerlo, ella le sujetó la cara entre las manos y le detuvo.

Él parpadeó. ¿Sería capaz de dejarle así?

—No me hagas daño —le pidió en un susurro.

Y él respiró, si llegaba a decirle que se detuviera le hubiera dado un ataque al corazón, aparte del consabido dolor de huevos.

No entendió muy bien a qué se refería ella al mencionar tal petición con voz temerosa, pero en esos instantes todo lo que no fuera enterrarse en su cálido interior carecía de sentido para él.

Sophie se preparó, se concentró para no gritar y evitar así que él se diera cuenta de la realidad. Después de haber jugado con él a la ambigüedad y a la provocación, podía burlarse de ella. Al sentirle en su interior soltó el aire retenido, el dolor esperado no apareció y si bien la sensación resultaba desconocida no podría decir bajo ningún concepto que fuera desagradable.

Todo lo contrario.

—Esto no se parece en nada a lo que haces con tus amigas, ¿me equivoco? —inquirió él moviéndose sobre ella, entrando y saliendo de su cuerpo mientras la sujetaba de las caderas con fuerza para poder imprimir el ritmo que les conduciría al orgasmo, ajeno completamente a las divagaciones y temores de ella.

Sophie, que había probado a despistarle con esa mentira de que prefería acostarse con otra mujer, no dijo nada. Ahora no era el momento de poner las cartas sobre la mesa. Era el momento de disfrutar, ya no tenía sentido jugar al gato y al ratón cuando había permitido llegar a este punto de no retorno.

—Es completamente diferente —convino ella evitando la realidad, es decir, que no tenía elementos suficientes para comparar.

El ritmo fue subiendo de intensidad, sus empujes eran cada vez más rápidos, los jadeos más intensos, el sudor hizo acto de presencia y ambos estaban a un paso de correrse.

Sebastian la tenía donde había deseado tanto tiempo tenerla, pero si bien en otras ocasiones la satisfacción de la conquista era lo que únicamente le motivaba, ahora, mientras la penetraba sin descanso, se dio cuenta de que ahí, entre ambos, existía algo más. Y quizás, por eso, su afán de perseguirla no había decaído ni un solo instante.

Ella apretó las piernas alrededor de sus caderas, instándole sin duda alguna a ir más deprisa, ansiando el mayor contacto posible. Sophie no comprendía muy bien qué pasaba en su cuerpo, o el motivo por el que se sentía inquieta, nerviosa, tensa y friccionándose contra él encontraba un ligero pero insuficiente alivio.

—Tienes que ver esto —jadeó él y la ayudó a sentarse—. Mira hacia abajo. ¿No te parece increíble?

Sebastian alargó el brazo y agarró el flexo hasta enfocar la luz hacia sus cuerpos.

Ella obedeció y bajó la mirada, lo que hasta el momento solo habían sido sensaciones procedentes del sentido del tacto, se multiplicaron por cien al añadir el de la vista.

—Mi polla entrando y saliendo de tu dulce coño… —Ella le clavó las uñas en los hombros, no solo por la visión sino por la descripción tan gráfica de él— impregnada de tus fluidos… Mmmm, un día de estos tengo que probarlo. Y créeme, necesitaré bastante tiempo para lamerte de arriba abajo hasta que te quedes sin voz de tanto gritar.

—Sebastian… —gimió ella, perdida totalmente, algo avergonzada pero muy excitada por la vulgaridad de sus palabras.

Él disfrutó enormemente al oírle jadear su nombre. Estaba muy cerca y sabía qué debía hacer inmediatamente.

Metió la mano entre sus cuerpos y sabiendo lo cerca que ambos estaban de alcanzar el clímax, presionó su clítoris de tal forma que ella se estremeció en sus brazos, quedándose inmediatamente después laxa y él pudo dar rienda suelta a sus propias necesidades y correrse.

Puede que hubiese llegado a la meta y que ahora viniera el momento de separarse de ella, ser medianamente educado y regresar a la fiesta, sintiéndose eufórico por haber logrado su objetivo. Sin embargo, él supo que en esta ocasión no iba a ser ni remotamente parecida a otras. Se inclinó sobre ella y mordiéndola en el cuello permaneció profundamente enterrado en su interior.

No quería romper el contacto.

Capítulo 40

*P*ermaneció así, encima de ella, regulando su respiración, disfrutando de ese sopor tan característico poscoital. Una especie de pérdida momentánea de conciencia, consecuencia lógica de lo que acababa de suceder. Sebastian se incorporó y la miró, horrorizado al caer en la cuenta de lo que acababa de pasar.

—¡Joder! —exclamó enfadado sobresaltándola—. ¡Me cago en la puta!

La miró como si fuera poco menos que una cualquiera, volviendo a respirar agitadamente y farfullando todo tipo de improperios a medida que procesaba lo sucedido.

No había sido precavido y si se cumplía la ley de la causa-efecto estaría bien jodido.

Sophie, estupefacta, atónita, lo miró sin saber a qué venían tales exabruptos. Observó cómo se apartaba con la cara tensa y se daba la vuelta para abrocharse los pantalones, dejándola allí tirada sin ninguna consideración.

Se sintió sucia, estúpida y confusa pues, en contra de cualquier pronóstico, él se había comportado de una forma atenta, tierna, en especial en los últimos instantes, quedándose junto a ella y abrazándola con fuerza. Sin embargo, tras todos esos sentimientos encontrados apareció la rabia y las ganas de darle un buen y sonoro bofetón.

—¡No me lo puedo creer! ¡Joder! —continuó él, se pasó la mano por el pelo evidenciando su malestar—. ¡Seré gilipollas!

Ella, que hasta el momento había permanecido en silencio, más que nada desconcertada, se bajó de la mesa, dispuesta a recuperar la dignidad, su ropa y decirle cuatro cosas. Aquello era inadmisible y no estaba dispuesta a escuchar más insultos.

—Estoy totalmente de acuerdo contigo —consiguió decir a duras penas conteniéndose para no derramar ni una sola lágrima. Un desgraciado como él no se merecía que sufriera ni un segundo—. Incluso puedo añadir algo más: ¡Imbécil!

Lo empujó a un lado y sin mirarle se agachó y recogió su ropa y se puso rápidamente el vestido sin apenas levantar la vista. Cuando estaba a punto de abrochárselo en el cuello, él la detuvo, girándola bruscamente para tenerla de frente.

—¿Te das cuenta de las consecuencias de lo que acabamos de hacer? —la increpó malhumorado.

Puede que esas no fueran formas, pues el principal idiota e irresponsable había sido él. Pero en ese instante su frustración no le dejaba margen para la consideración.

Ella, apartándolo de un empujón, le respondió:

—Déjame en paz. —Claro que era consciente de la estupidez de sus actos. Pero ahora no tenía tiempo para lamentaciones, saldría de ese despacho con la cabeza bien alta y procuraría no volver a verle, ni a cruzarse con él. Sabía que todo esto era una pésima idea y ahora la amarga realidad se imponía.

Sebastian intentó aplacar un poco su mal genio paseándose por la estancia. Poco a poco fue calmándose, debía hablar con Sophie, pensar en cómo comportarse a partir de ahora. Al hacerlo una frase vino a su memoria: «No me hagas daño», había dicho ella.

¿Qué narices significaba eso exactamente?

No podía ser, ¿verdad?

La miró y cayó en la cuenta.

—¡Eras virgen! —De nuevo su mal genio hizo acto de presencia. No pudo evitar recriminárselo gritando.

Ella se encogió de hombros, hecho que le cabreó aún más.

—No tengo por qué darte explicaciones de ningún tipo —le espetó con dignidad dispuesta a no ceder ni un milímetro ante él.

—¿Por qué cojones no me lo dijiste? —insistió sin bajar el tono. No era un asunto para tomárselo a la ligera.

—No lo preguntaste —le respondió finalmente, con una calma que no sentía para intentar zanjar el asunto. Pero ni loca iba a dejarse avasallar por ese cretino insensible. Y para darle donde más le dolía, es decir, en su orgullo, se giró de espaldas y le pidió—: Si eres tan amable de abrocharme los botones…

—Me lo tengo merecido, por imbécil —se quejó atendiendo a su petición y cumpliendo su cometido bruscamente.

¿Cuántas veces había ayudado a una mujer a adecentarse antes de despedirse con un beso y una sonrisa?

Sin embargo, en este caso terminaría con ardor de estómago.

—Esta será la primera y última vez que estemos de acuerdo

en algo. Buenas noches —dijo ella dándole la espalda dispuesta a marcharse y dejarle con la palabra en la boca.

Él la retuvo agarrándola del brazo e impidiendo que abandonara el despacho.

—Ni hablar. Tú te quedas aquí, hasta que yo lo diga —ordenó el hombre insensible exasperándola aún más.

—¡Que te has creído tú eso! —le espetó soltándose.

¿Cómo podía ser tan cretino? ¿Por qué no se mostraba más comprensivo, más dialogante?

—Ante todo quiero decirte que tú no tienes la culpa de lo que ha pasado y que no me estoy quejando —comenzó él con tono más suave, pues comprendía la reacción de Sophie ante la brusquedad de sus palabras—. Simplemente quería decir que, aparte de ocultarme el hecho de que eras virgen, no hemos tomado ninguna precaución.

—¿Y? —Ella se mostró altanera sin pararse a pensar en ese asunto, del que por cierto, hasta el día de hoy, nunca se había molestado en ocuparse.

—En esos jueguecitos que te traes con tus amigas… —por el tono empleado estaba claro que había desmontado su excusa para rechazarle durante tanto tiempo— no existe riesgo de embarazo.

Ella cayó en la cuenta, tenía razón. Idiota, idiota, más que idiota, se dijo.

Pero no iba a dar su brazo a torcer, de ninguna manera. Antes muerta que dejar a ese estúpido engreído llevar la voz cantante. Solo una vez había flaqueado y ahora tenía las consecuencias.

—Yo no veo el problema por ningún sitio —dijo tan campante; iba a encontrar la forma de devolverle la pelota.

—¿Cómo? —preguntó él totalmente sorprendido ante la pasividad de ella—. No creo que a tu familia le haga mucha gracia, y yo, la verdad, no soy de los que va dejando hijos naturales por el mundo —dijo esto último pensando en su mejor amigo, joder, ahora entendía el calvario por el que estaba pasando Alfred.

—Yo no veo ningún problema —aseveró ella cabreándole aún más.

Él entrecerró los ojos. ¿Pero de qué loca se había encaprichado?

—No me toques los huevos. Sé realista por una maldita vez. Si te he dejado preñada…

—¿Y? —le interrumpió ella como si tal cosa. Después, a solas en su dormitorio, se daría de cabezazos contra la pared.

—Vamos a dejar las cosas claras, y deja de mostrarte como si no hubiera sucedido nada.

—Yo tengo las cosas muy claras. —En ese mismo instante lo supo. Pensó en lo que debería decir para volverle definitivamente loco. Él, como todos los hombres acostumbrados a picotear libremente en todos los menús disponibles, tenía un talón de Aquiles y ella iba a explotarlo en su beneficio, atormentándolo despiadadamente. Al fin y al cabo, solo disponía de ese consuelo si al final había consecuencias.

—Explícate, por favor —pidió tenso, a punto de estallar.

—Nadie se sorprendería si dentro de nueve meses tengo un hijo, es lo más normal en un matrimonio —afirmó con serenidad disfrutando interiormente de la cara de espanto de Sebastian. Sí, había acertado en el centro de la diana.

—¡¿Qué?! —exclamó sintiendo que su ritmo cardíaco se aceleraba considerablemente hasta un punto muy peligroso. Esta mujer lo iba a matar de un disgusto.

—Bueno, ya sé que hemos invertido el orden de los factores, pero cuando salgamos de aquí irás donde mi padre y le pedirás mi mano, ¿no es así? Este... interludio no hace falta que lo menciones —le aconsejó.

—¡¿Cómo?!

—¿Por qué crees que te he permitido...? —insinuó ella disfrutando enormemente del juego de no sabes con quién te estás enfrentando.

—No me lo puedo creer... —murmuró abriendo los ojos como platos algo desilusionado.

Sophie, su Sophie, ¿era como todas?

—¿No pensarías que iba a llegar tan lejos sin más? —preguntó con voz frívola—. Sebastian, yo pensé que lo sabías... —Esto último lo dejó caer al más puro estilo de dama inocente bien instruida para cazar marido rico y con título nobiliario.

—Me estás tomando el pelo —masculló pasándose la mano por la cara cada vez más incrédulo, no por el planteamiento de ella sino por el suyo propio, pues en casos similares ya hubiera sonreído a la pretendiente y buscado las armas para quitársela de encima sin causarle demasiados perjuicios.

—¿Yo? ¡No!

—Entonces, ¿por qué te has mostrado tanto tiempo esquiva? ¿Por qué me has dado calabazas? —inquirió él con razón; esa mujer le había hecho sufrir, innecesariamente.

—¡Para hacerme valer, tonto! —Otra vez ese aire de inocencia—. Conozco tu reputación. Si al primer ofrecimiento dejo que me toques te hubieras cansado de mí y olvidado al día siguiente —le explicó como si fuera bobo—. Si quería atrapar al hijo de un noble no podía comportarme como una de esas mujeres con las que vas. —Se rio de forma frívola, controlando su dolor interior.

Él la miró como si fuera un monstruo o algo peor. Con rabia y con odio.

Ella lo supo al instante, eso era jaque mate en toda regla.

Sebastian no se lo podía creer, aquella mujer, por la que había permanecido noches en vela, mientras pensaba en ella. Por la que hubiera puesto la mano en el fuego debido a su forma de ser, tan resuelta e independiente. Por la que, sin dudarlo, había luchado y soportado sus comentarios ácidos pero divertidos. Porque estaba aburrido y hastiado de mujeres complacientes pero poco estimulantes en el sentido intelectual.

Por la que, pasado un tiempo, hasta podía haberse sentido inclinado a comprometerse, eso sí, siguiendo el curso natural. Por la que empezaba a albergar ciertos sentimientos, hasta la fecha puestos a buen recaudo en el baúl de lo no aconsejable…

Todo a la mierda. Absolutamente todo a la mierda. Sin remedio.

Se había caído con todo el equipo.

Levantó la mirada y la vio allí, era Sophie, pero no era ella.

—Será mejor que volvamos —dijo ella intentando disimular su desasosiego. Sin embargo, su crueldad no había sido otra cosa sino la respuesta a la actitud chulesca de él. Entendía que se preocupara por lo sucedido pero bien podía haberlo hecho de un modo mucho más sereno.

—Como quieras —respondió él no todo lo indiferente que hubiera querido, pues se sentía como un animal herido.

Ya no quedaban palabras que decir pues de hacerlo solo servirían para hacerse mucho más daño.

En silencio regresaron al salón principal donde la fiesta continuaba. Evidentemente todo el mundo era ajeno a lo que había sucedido al otro lado del edificio.

Ella se separó a la menor oportunidad para acercarse a su padre y entregarle el sobre con las fotografías, de ese modo rompería cualquier contacto y a partir de ese instante ya no volvería a dejarse atrapar. Una siempre debía aprender de sus errores y hoy había tenido una lección avanzada de lo que jamás debería repetirse.

Él, todavía contrariado, la dejó marchar sabiendo que todavía no había dicho su última palabra. En ese instante su cerebro embotado no funcionaba correctamente, por lo que era mejor mantener las distancias y decidió que buscar a Alfred podía ser un objetivo fácil de cumplir, dadas las circunstancias.

—Vaya, por fin te dignas aparecer —le espetó evidenciando su malestar nada más verle aparecer—. ¿Dónde narices te has metido?

Joder, vaya pregunta, qué don de la oportunidad, pensó Sebastian.

—He metido, y no la pata precisamente, hasta el fondo —contestó de forma enigmática suspirando.

—¿Perdón?

—Cosas mías. —No iba a explicarle el juego de palabras precisamente—. ¿Quieres ser mi padrino de boda? —le preguntó a bocajarro para despistarle aún más.

—¿Qué dices? —preguntó Alfred extrañado con lo que estaba oyendo. Se puso frente a él. Era obvio que a su amigo algo grave le pasaba.

—No digas ni una palabra —advirtió en voz baja para que se callara en el acto.

—¿Se puede saber qué…?

—Mi madre —le informó haciendo un gesto para advertirle y sonrió de la forma más fingida posible mientras la señalaba.

—Joder, de acuerdo. Luego hablamos —convino Alfred preparándose, sonrisa de oreja a oreja y cara de no haber roto un plato. Cualquiera se arriesgaba a provocar a su tía Alice, si esta sospechaba algo estaban perdidos.

—¡Hola, cariño! —Alice besó a su hijo en la mejilla y después hizo lo mismo con Alfred—. Una fiesta excelente, ¿verdad?

—Sí, lo estamos pasando muy bien —mintió Alfred sin perder su sonrisa. Miró de reojo a su amigo que fingía igual que él.

—Por cierto, ¿cuándo se inaugura la exposición de la señorita Velizy? Tengo entendido que es una excelente fotógrafa.

Alfred se atragantó.

—Tía Alice…

—No seas tonto —le dijo ella con una sonrisa y unas palmaditas cariñosas como si aún fuera un niño—. A estas alturas no voy a ver nada que no haya visto antes. —A continuación, se dirigió a su hijo—: Por cierto, te he visto antes acompañar a Sophie. Es una chica encantadora, lista y guapa. Merece la pena, me gusta su estilo.

—Mamá, no empieces —la interrumpió; lo que faltaba, su

madre en misión casamentera, misión ya de por sí complicada de tolerar en circunstancias normales, así que en esa ocasión podía resultar insoportable como poco.

—Deberías ser más amable con ella. He charlado hace unos minutos con esa chica y he de decir que es encantadora. ¿No estáis de acuerdo?

—Yo no tengo el placer de conocerla —se excusó Alfred intentando escurrir el bulto, a ver si con un poco de suerte dejaba de meter el dedo en la llaga.

—Mamá, ¿no tienes amigos a los que sonsacar chismes? —Su madre era conocida por estar al tanto de todo lo que se cocía. Eso le permitía no hablar de ella misma y pasearse por los salones aparentando ser una mujer frívola, escondiendo así su verdadera personalidad, que muy pocos conocían.

—Está bien —aceptó ella—, queréis quedaros a solas y hablar de vuestras cosas. Lo entiendo —les dijo para nada convencida con sus caras inocentes. Ahí pasaba algo y tarde o temprano terminaría enterándose—. Un beso, cariño.

Cuando la mujer se había alejado de ellos, garantizando que no podía escucharles, Alfred encaró a su amigo.

—Ya podemos hablar. Dime qué narices has hecho.

—El gilipollas —respondió abatido.

—Aparte de eso. Te he visto marcharte con ella, eso es lo que querías, ¿me equivoco?

—Joder, a veces soy un imbécil sin remedio. Me he caído con todo el equipo —se lamentó sin entrar en materia para desesperación de su acompañante.

—Explícate mejor —le pidió Alfred empezando a enfadarse ante las esquivas respuestas de su amigo.

—Solo pretendía hablar con ella, maldita sea, pero una cosa llevó a la otra y… ya me conoces, estábamos solos, el ambiente…

Alfred hizo una mueca, atando cabos y diciendo en voz alta la explicación más sencilla.

—En resumidas cuentas, que te las follado.

Escucharlo en boca de su camarada no ayudaba, no obstante era una verdad como una catedral.

—Sí —admitió Sebastian contrariado.

—¿Y ha sido tan decepcionante como para tener esa cara? —preguntó, ya que conociéndole debería estar eufórico, así que su actitud distaba mucho de la tónica habitual. Pero claro, como últimamente vivía tan apocado no sabía uno a qué atenerse.

—Esa no es la cuestión, la cuestión es que he caído en una jodida trampa —se quejó con amargura, negando con la cabeza ante la que le venía encima.

—Ahora sí que me dejas totalmente confundido —afirmó esperando estar al tanto de todos los detalles para poder echarle un cable.

—Ha jugado conmigo —explicó ya sin ira y al parecer asimilando toda la situación—, solo quería cazarme.

Esa actitud tan resignada le era desconocida por lo que algo más había ocurrido, Sebastian siempre ponía buena cara al mal tiempo.

—No será la primera ni la última. Ya te has visto otras veces en una encerrona así —apuntó Alfred intentando levantar el ánimo.

Y para sorpresa y estupefacción de Alfred, su amigo dijo lo único que jamás esperaba oír de su boca.

—Espérame aquí, voy a hablar con el padre de Shopie.

—¿Qué? —Alfred lo detuvo sujetándolo del brazo ¿Eso significaba lo que creía que significaba?—. ¿Es que has perdido la maldita cabeza?

Capítulo 41

—No me queda más remedio —dijo resignado.

Pobre hombre, parecía realmente abatido. Una presa fácil en manos de una hábil arpía manipuladora.

—Nos vamos inmediatamente de aquí —murmuró Alfred mirando a su alrededor esperando que nadie los interrumpiera.

La fiesta para ellos se había acabado y punto. Echó un rápido vistazo a la sala para localizar a la madre del interfecto y evitar cruzarse con ella.

Si no quedaba más remedio, con tal de no ver cómo se inmolaba, lo sacaría de allí por la fuerza si fuera preciso.

¿Quién le ha visto y quién le ve?, pensó Alfred entendiéndole a la perfección.

¡Joder con las mujeres! Cuando se decía por ahí que eran la perdición de cualquier hombre, el caramelo del diablo, creyó erróneamente que se referían a otra cosa bien distinta.

Sebastian, que parecía otro, apenas sin voluntad, se dejó arrastrar hasta la salida, con la mirada perdida y de ahí hasta el coche de su amigo.

Menos mal que no se resistió pues no le hacía mucha gracia tener que darle un par de collejas para espabilarlo y sacarlo de su trance.

Alfred maldijo un par de veces. Primero, por esa golfa que había dejado a su amigo hecho polvo; y segundo, porque esa noche no iba a poder acabar en la cama de Tina. Ella lo entendería, desde luego. Sin embargo, él no.

No iba a dejar a este insensato solo porque era capaz de en cuanto se diera la vuelta correr hacia el padre de esa desgraciada y cometer una locura.

Decidido a que Sebastian fuera el de siempre, se lo llevó a su casa para intentar animarlo, hacerle desistir de esa locura y de paso, enterarse de toda la historia, ya que quedaban demasiados cabos sueltos.

Una vez parapetados en su apartamento, se deshizo de la chaqueta, de la corbata y buscó algo para beber y sirvió las copas. Sebastian, sin signos de mejora en su ánimo, aceptó la suya y se la bebió de un trago antes de hablar.

—Nunca pensé verme en una de estas situaciones. Me ha tenido meses completamente loco, persiguiéndola, buscándola. Me mintió cuando me dijo que le gustaban las mujeres; ella solo estaba esperando su oportunidad —se lamentó en voz alta.

—¿Y cuál es la diferencia respecto a otras? —inquirió el anfitrión sentándose enfrente de él no sin antes rellenar la copa y dejar la botella convenientemente cerca porque intuía que aquello iba para largo.

—Ella… —¿cómo decírselo?— se ha cuidado de darme lo que no ha dado a nadie.

—Déjate de eufemismos —protestó pues entre ellos carecía de sentido hablar con subterfugios—. Que era virgen, vamos.

—Sí —afirmó entre dientes como si aún no pudiera asimilarlo, pero es que costaba lo suyo hacerlo de buenas a primeras—. Joder, ¡no me di cuenta!

—Es muy difícil saberlo —apuntó Alfred—, si lo piensas detenidamente hasta podría haberte mentido también en eso. ¿Quién te asegura que no ha fingido para cazarte?

Sebastian negó con la cabeza recordando sus palabras, teñidas de miedo justo antes de penetrarla. Esa mirada y esa voz no se podían falsificar.

—Ella… me pidió que no le hiciera daño. Justo cuando iba a… ya me entiendes. En ese momento nadie puede ser tan frío y calculador como para fingir.

—Si tú lo dices... —Alfred no se mostraba tan convencido. Lo que le llevó a pensar que quizás su amigo, en el fondo, agradecía ser atrapado por una mujer y dejarle a ella el papel de mala pues dudaba que si realmente quisiera escapar no lo hubiera hecho ya—. De todas formas, si todo este tiempo ha estado engañándote, ¿quién puede garantizarte que no haya ensayado también ese momento para tenerte bien cogido por los huevos?

—Eso de que me superes en cinismo y desconfianza no es bueno, amigo —murmuró con una sonrisa triste.

—Solo intento ayudarte, aunque reconozco que yo no estoy en mi mejor momento precisamente —admitió con una mueca.

—Ya, pero parece que tú al menos vas encarrilando la situación. Por cierto, no me has contado si al final el gran público disfrutará de tus atributos o solo unos pocos afortunados —apuntó con signos de ese sarcasmo tan habitual en él.

Así que Alfred, lejos de picarse por el comentario, prefirió ver la botella medio llena y pensar que su colega iba mejorando.

—Hay cosas que han cambiado, ella... ella no es lo que yo creía —dijo molesto consigo mismo por haberse comportado como un burro.

—Me alegro por ti —aseveró con sinceridad—, me alegro de que al menos uno de los dos pueda decir eso de que bien está lo que bien acaba.

—Eso espero —apostilló levantando su copa en un brindis silencioso deseando de todo corazón que las cosas se desarrollaran de ese modo. Porque, a pesar de todo, no las tenía todas consigo. No obstante, hoy era la noche para ocuparse del amigo con tendencia a inmolarse que tenía al lado.

Permanecieron en silencio, bebiendo, ahora ya a un ritmo más convencional, pues el alcohol no era la solución, hasta que Sebastian reflexionó en voz alta.

—¿Sabes? Samantha me dijo una vez algo... —hizo amago de sonreír— estábamos en la cama después de... —Se detuvo en el acto. Joder, acababa de meter la pata hasta el fondo, mierda, vaya noche que llevaba.

—¿Cómo dices? —lo interrumpió Alfred poniéndose en pie. No había escuchado bien. El licor le había hecho más efecto del que creía.

—Joder... —Inmediatamente se dio cuenta de su error, al soltar tal expresión ya no podía negar nada. Se hubiera dado de tortas en el acto, debería haber omitido ese dato en concreto. Se lo había prometido a su amiga.

—Dime que tú no te has llevado a la cama a mi hermana —exigió mirándole fijamente. Porque por su expresión era evidente que sus oídos no le habían jugado una mala pasada.

Pensó en una excusa creíble para salvar la situación.

—¿Qué importa eso ahora?

—¿Cómo tienes los santos cojones de decirme que te has foll… acostado con mi hermana y decir que no tiene importancia? —le gritó sorprendido en su papel de hermano ultrajado ante lo que tal afirmación significaba.

—Porque no la tiene —Sebastian también se puso en pie—. Y no me vengas ahora con el numerito del hermano protector. No te pega.

—¡La madre que te parió!

—¡Oye! Que fue de mutuo acuerdo —se defendió poco dispuesto a desvelar los verdaderos motivos que indujeron a Samantha a acostarse con él. Sin embargo, ya había hablado de más, así que era mejor no dar más detalles, se lo había prometido a ella.

—Encima recochineo.

—Parece mentira, tanto tus padres como los míos han intentado por activa y por pasiva juntarnos —explicó Sebastian recurriendo a una verdad de todos conocida.

—¡Eso no es excusa! —Alfred continuaba con su enfado. Cuando pillara a Samantha por banda…

—¿Qué tiene de malo averiguar si éramos compatibles? —argumentó Sebastian entendiendo ligeramente la actitud protectora de su amigo, pero había pasado el tiempo suficiente como para que fuera un dulce recuerdo.

—Joder, con el cariño que te tiene mi cuñado, si encima se entera de esto… va a ir a por ti —le advirtió.

—Lo sabe —dijo tranquilamente. Hecho que le divertía enormemente pues pinchar al marido de su amiga podía considerarse un deporte.

—¿Estás de guasa? ¿Cómo va a saberlo?

—Tu hermana, querido amigo, es la mujer más lista y hábil que conozco. Y sabe lo que se hace.

—Ya veo lo bien que la conoces —le espetó con sarcasmo—. ¿Cuándo ocurrió? —preguntó y pensó, como siempre se hace en estos casos, lo peor—. ¡Joder! No me digas que ha sido recientemente.

—¡No seas necio! —exclamó mirándole al tiempo que negaba con la cabeza—. Fue antes de casarse.

—¿Y James se lo perdonó? —preguntó extrañado, conocía el afán sobreprotector del marido de su hermana.

—Ese individuo, por mucho que me jorobe reconocerlo, está completamente enamorado de tu hermana, le perdonaría eso y mucho más —aseveró Sebastian con una mueca. Nunca sería amigo de ese tipo pero lo cortés no quitaba lo valiente.

—De todos modos… ya te vale, joder. Y la excusa de que han intentado uniros no me vale, también pretenden que yo me case con Elizabeth y nunca he dejado de verla como si fuera una de mis hermanas —le dijo Alfred intentando que comprendiera su malestar.

—Podría llegar a entender que mi hermana y tú… —apuntó en voz baja, pues al pensar en Eli, como todos la llamaban cariñosamente, se le revolvía el estómago recordando con quién estaba y la impotencia que toda la familia sentía al no poder evitarlo.

—¡Eso lo dices porque sabes que jamás le pondría un dedo encima! —exclamó Alfred molesto, no solo por la insinuación sino por la pachorra con la que se tomaba este tema.

—De todas formas, pese a que cuentas con mi aprobación, te resultaría muy difícil. El hijo de puta ese que la tiene engañada no permite que la veamos. Mi padre, dolido, no quiere saber nada de ella, pero estoy seguro de que intenta por todos los medios que a ese tipo le den su merecido, lo que me recuerda que en caso de tener que ir a visitarle espero que me acompañes. Y no te lo pido para curarle las heridas, cuando le pille por banda pienso dejarle la cara hecha un asco.

—¡Por supuesto! Nada me gustaría más que ayudarte. Para mí, Eli es una hermana más. Cualquier cosa que necesites solo tienes que pedírmelo.

—Gracias —dijo Sebastian estrechando la mano de su amigo. Tener apoyos tan incondicionales siempre era de agradecer.

—De nada —contestó más sereno—. Hablemos de cierto imbécil decidido a casarse con una zorra manipuladora. —Alfred no ahorró calificativos.

—¿No quieres saber lo que me dijo tu hermana cuando…? —le provocó Sebastian pareciéndose un poco más al de siempre.

—¡No me toques lo cojones! —le replicó advirtiéndole que dejara ese tema.

—Me dijo que alguna vez me tocaría a mí, que llegaría una

mujer que me haría caer de rodillas y que entonces entendería muchas cosas.

Alfred sopesó el significado de esas palabras.

Samantha tenía razón, él bien lo sabía.

—Puede ser —dijo para no comprometerse en exceso—, pero antes deberías sopesar los pros y los contras. ¿No te parece?

—¿Y si la he dejado preñada?

—Mala suerte.

—Mira quién habla. Consejos vendo, pero para mí no tengo —se guaseó Sebastian.

Aquel partido de tenis verbal iba a acabar bastante mal, no era el momento de pelearse por nimiedades. Estaban tratando un asunto lo suficientemente serio como para dejarse de recriminaciones.

—¿Por qué no esperas un mes y así compruebas si has dado en la diana? —sugirió con toda razón Alfred.

—A veces hablas igual que tu padre —se quejó Sebastian.

El interpelado puso cara de situación, últimamente todos se lo recordaban a cada paso. Incluyéndose a sí mismo. Terminaría por creérselo.

—Deja de escurrir el bulto y vayamos a lo importante.

—¿Vas a casarte tú con la madre de tu hijo? —le preguntó poniendo el dedo en la llaga.

Joder, justo la pregunta a la que no quería responder, especialmente porque no sabía qué responder.

—Me lo estoy pensando. —Tal y como lo dijo de nuevo se dio cuenta de que había utilizado las mismas palabras que hubiera empleado su padre.

Al final iba a ser cierto, de tal palo tal astilla.

—Pues yo no necesito pensarlo. ¿De qué sirve darle vueltas una y otra vez a lo mismo? —murmuró como si ya hubiera aceptado plenamente que una arpía le había dado caza.

—Buena pregunta —admitió con desgana.

—Mira, sé que puede parecer precipitado. Mejor dicho, es precipitado, pero ¡joder! Tarde o temprano tengo que casarme.

—Esa no es una razón válida —argumentó Alfred paseándose por la estancia con la copa en la mano. Definitivamente esta noche dormiría solo.

Y aunque pudiera parecer una desgracia, escudándose en las vacilaciones de Sebastian al menos podía sacar él algo en claro y aplicarse el cuento.

«Joder, definitivamente soy igual que mi padre», pensó.

—Pongamos por caso que te escucho, que me reprimo y no voy como un loco a casa del padre a pedir su mano. Pasa un mes, se confirman los temores… ¿Y?

—Pues te casas y todo arreglado.

—Ya, pero resultaría un poco complicado explicar el embarazo, ¿no?

—Yo no me preocuparía por eso —hizo una mueca—, tanto en tu familia como en la mía de vez en cuando disfrutamos con un buen escándalo.

—Eso es cierto —admitió Sebastian de mejor ánimo—. Y hace tiempo que no somos la comidilla.

—Entonces, ¿qué vas a hacer?

Sebastian adoptó una postura reflexiva, esa pájara que le estaba trayendo por la calle de la amargura iba a tener su jodido marido aristocrático, pero… a la manera de los Wesley.

—¿Sabes? Me has convencido.

Alfred arqueó las cejas, ese repentino giro de ciento ochenta grados resultaba cuando menos sospechoso. Nadie era capaz de ver la luz tan pronto.

—¿Qué me estás ocultado? ¡Joder! —exclamó al caer en la cuenta—. Estás pensando en darme la razón como a los locos y en cuanto me dé la vuelta ir corriendo detrás de ella y ponerte a sus pies. ¿Me equivoco?

—Querido amigo… —Sebastian negó con la cabeza y se llevó la mano al corazón al más puro estilo teatrero tan típico de él—, me duele sobremanera tu jodida desconfianza en mí. —Puede que el tono fuera educado pero las palabras no podían ser más explícitas.

—Déjate de tonterías —le pidió negando con la cabeza, al menos había conseguido que volviera a recuperar la cordura y ser el mismo de antes—. ¿Qué vas a hacer?

—Creo —se sentó cual aristócrata aburrido e indiferente con los problemas del mundo—, que primero seré yo el padrino… —sonrió de forma cómplice— y después esa pequeña arpía tendrá que aceptar que cazar a un miembro de la nobleza exige mucho más que un polvo, no sé si memorable pero sí, rápido. Puede que mi madre hasta me ayude. Sí, estará encantada, no hay cosa que más disfrute que enredar por ahí.

—Joder, me habías asustado. Yo no me arriesgaría a decirle nada a tu madre, pero allá tú —dijo Alfred aliviado, pero se dio cuenta en el acto de que una parte del mensaje iba dirigido a él—. ¿Cómo que tú serás primero el padrino?

Sebastian se acercó a él, le rodeó los hombros y le palmeó la espalda, sonriéndole guasón.

No hacía falta decir nada más.

Capítulo 42

Si Tina quería morderse las uñas tenía un serio problema, ya no le quedaban uñas que morder. A tan solo cuarenta y ocho horas de la inauguración, sus nervios estaban a flor de piel.

Esa misma mañana, había leído una reseña en la que se mencionaba su exposición como una de las mejores ofertas culturales.

Y lo cierto era que ayudaba. Al menos aparecían opiniones que respetaban su trabajo y que no se limitaban a escandalizarse por el simple hecho de mostrar un cuerpo desnudo.

Había llegado a casa, más que nada porque Jean Luc, cansado de su mal humor y su actitud poco cooperativa, terminó por echarla de la galería, evitando así que contagiara a los demás y sobreviniera el desastre.

Tina no estaba muy convencida con la promesa de que Luc se ocuparía de todo para que ella descansara. Aunque la verdad era que buena falta le hacía ya que se le notaba en la cara que últimamente no dormía muy bien.

Y ahora, intentando descansar, estaba acurrucada en su cama, con Eric entre sus brazos, como hacía tiempo que no estaba, ya que últimamente sus noches se dividían entre dos opciones: su trabajo y Alfred.

Y puesto que este hacía ya unas noches que no daba señales de vida…

Le echaba de menos, daba pena reconocerlo aunque era la pura realidad. Ya de nada servían sus pobres excusas, tales como solo se debía a la novedad, o al ser el padre de su hijo… o como ha sido el primero, en varias acepciones del término…

Ignorarlo no iba a ayudar a olvidarle.

No, sencillamente lo echaba de menos porque se había enamorado de él, porque quería estar con él. No merecía la pena seguir engañándose.

Hasta ahora lo más importante en su vida siempre había sido Eric, no quedaba espacio para nada más. Desde que se levantaba hasta que se acostaba el único motor de su vida era él. Creía, erróneamente, que compartir su vida personal con alguien distinto a su hijo, aparte de innecesario era absurdo.

No lo había echado de menos... pero por una simple razón: no conocía esa parte, tan importante, en la vida de una mujer.

Alfred, resultase o no bien al final, había logrado despertar en ella un aspecto que nunca creyó necesitar, por lo cual estaría enormemente agradecida. Aunque la posibilidad de que todo se fuera al garete significaba un camino muy complicado de recorrer.

Mientras permanecía abrazada a Eric se dio cuenta de que desear estar al lado de un hombre no desmerecía de ninguna manera su papel de madre. Esa era otra de las convicciones por las que hasta hacía poco hubiera puesto la mano en el fuego.

El niño se removió, sin duda algo inquieto por sentirse rodeado. Ella sonrió. El chico no tenía remedio, le gustaba dormir sin nada que le atosigara, aunque fueran los brazos de su madre.

Podía ponerse en pie y quitarse la ropa, pero tenía miedo de despertarle, así que permaneció con la misma falda y blusa con la que había llegado a casa, acurrucada junto a su hijo, como cuando era más pequeño y le costaba dormir solo.

Aún era un niño, pero poco a poco iba creciendo y mientras estuviera sano, ella siempre estaría tranquila. Y eso incluía a la familia de su padre.

Puede que los lógicos temores de saber si ellos tratarían bien a su hijo la desvelarían en más de una ocasión, pero lo cierto era que Eric regresaba a casa entusiasmado y con ganas de volver. Incluso en algunas ocasiones, cuando iba a buscarle se negaba a irse con ella.

Todos se comportaban con él como si fuera el rey de la casa, incluyendo el padre de Alfred, cosa que no dejaba de asombrarla, pues con ella mantenía una relación educada pero fría. Como si no se fiara de ella. Todo lo contrario que la madre, una señora de los pies a la cabeza.

Tina conocía el motivo de tal comportamiento, pues para ese hombre resultaba complicado asimilar ciertos asuntos, en concreto cierta fotografía. Seguía sin perdonarle tal atrevimiento.

Menos mal que la madre de Alfred resultaba la mejor aliada, no solo aprobaba el hecho sino que además bromeaba e incluso apoyaba su trabajo.

¿Debería dar marcha atrás como gesto de buena voluntad?

Al fin y al cabo tenía material suficiente para exponer y pese a que la fotografía había aparecido en algunos folletos promocionales, eso sí a menor escala, nadie cuestionaría los cambios de última hora.

Esas cosas pasan, pensó Tina.

Aunque puede que ese gesto ya de poco sirviera pues la familia Boston tenía los recursos para arruinarle no solo su exposición sino toda su vida, pese a que de momento no habían intentado nada.

Oyó un ruido a su espalda y giró la cabeza.

Alfred.

Había entrado como siempre, como si fuera el dueño, imponiendo su presencia. Pero se detuvo en seco al contemplar la escena.

Era más que evidente que no se esperaba aquella estampa.

Tina se llevó un dedo a los labios indicándole con este sencillo gesto que no hiciera ruido.

—¿Está enfermo? —susurró Alfred caminando hasta el otro lado de la cama y sentándose en una esquina con preocupación. Estiró el brazo y tocó la frente del niño para estar seguro, con los niños nunca se estaba seguro.

Tina negó con la cabeza.

—No, simplemente hoy le ha costado dormirse.

Él mostró su alivio y se entretuvo acariciándole, despeinándole. Aquello, a pesar de que con los días debería acostumbrarse, no dejaba de sorprenderle e inquietarle.

Ella se incorporó con cuidado para no despertarle. Agarró una manta doblada a los pies de la cama y cubrió a Eric con ella para poder levantarlo y llevarlo a su dormitorio.

—Déjame a mí —interrumpió él hablando aún en susurros. A continuación, cogió al niño en brazos.

Se lo permitió y para facilitarle el traslado, se apresuró para ir abriéndole las puertas. Una vez dentro de la alcoba del chico, apartó las sábanas para que lo acomodara. Sonrió al ver cómo se esmeraba en hacer todos los movimientos con sumo cuidado para no despertarle.

Ella observó en silencio, parecía mentira que hasta hacía bien poco ni siquiera conociera la existencia de Eric. Y ahora se comportaba como si acostarle por las noches fuera algo cotidiano, con mimo, con dedicación.

Él buscó su mirada y a ella se le saltó una lágrima.

—Esto tiene que cambiar —susurró Alfred con voz serena aunque, evidentemente, no admitía réplicas de ningún tipo.

No iban a discutir en presencia de Eric por lo que él se acercó hasta la puerta e hizo un gesto para que abandonaran la estancia.

Cerró la puerta tras de sí y caminó de vuelta a la alcoba de ella, sintiéndose como el dueño del lugar.

A Tina no le quedó más remedio que aceptarlo, ese hombre llegaba, y, sin pedir permiso, se alzaba con el mando. Sin mirarle se acercó a su armario y sacó su ropa de dormir.

—Tenemos que solucionar el asunto de… ¿Qué narices haces con eso? —inquirió frunciendo el ceño—. Creo haberte dicho que te deshagas de esas horribles prendas que llamas camisones. —Se frotó la barbilla—. Bueno, deja uno, por si acaso me da por jugar a follarme a la reprimida.

—¡Alfred! —exclamó. Este hombre no cambiaría nunca. En el momento más inoportuno decía algo de ese tipo, desconcertándola.

—¿Qué? —Se encogió de hombros—. Es la pura realidad. ¿Es algún trastorno psíquico?

—¿De qué hablas?

—Desde luego uno de esos psiquiatras se lo pasaría en grande contigo analizándote. Retratas desnudos pero usas camisones de abuela.

—Son cómodos —se defendió ella agarrando con fuerza la prenda de la discordia.

¿No habían discutido ya suficientemente ese asunto?

—En cuanto tenga un rato me ocuparé de que tengas ropa de cama aceptable —aseveró mientras se ocupaba de desnudarse—. ¿No vas a preguntarme dónde he estado estos últimos días?

Ella negó con la cabeza.

—No es asunto mío —respondió sabiendo que mentía, pero no podía exigirle absolutamente nada.

—Ayudando a un amigo —explicó haciendo una mueca—, baste decir que ha metido la pata… —sonrió sin compartir el chiste— y no tenía a nadie mejor a mano para sacarle de su error.

—¿Es serio? —preguntó verdaderamente preocupada—. Si necesitas que yo le eche una mano o que…

—No —respondió él complacido por su interés. Pero un canalla como Sebastian no necesitaba que una mujer como Tina se preocupara por él—. Gracias, de todos modos.

—Tal y como lo has dicho parecía importante.

Alfred debería acostumbrarse a la ingenuidad de Tina, pero no concebía que una mujer fuera siempre tan cándida. Nunca leía entre líneas, jamás se percataba de las segundas intenciones, no veía el lado malo de la gente. Con ella el dicho de piensa mal y acertarás carecía de sentido.

—Olvídate de eso. Vamos a lo importante.

—Siempre estás pensando en lo mismo —le acusó sonrojándose.

Sonrió maliciosamente sin dejar de mirarla.

—Pues te equivocas —mintió a medias—, ahora estaba pensando en bajar a la cocina y quemar de una vez por todas esas horribles prendas. Pero estoy seguro de que tu perro guardián duerme con un ojo abierto, si es que alguna vez duerme. Y se presentaría para exigirme explicaciones. Y, la verdad, hablar de ropa íntima con ella no es lo que se dice muy interesante y perdería definitivamente la concentración. —Dicho esto se quitó la última prenda que tapaba su cuerpo y se mostró tal cual era, bueno, lo cierto era que mostraba algo más.

Ella desvió la mirada. Por mucho que se concentrara, cuando lo veía desnudo siempre terminaba por pensar en lo que vendría a continuación.

Debería estar acostumbrada, no únicamente al cuerpo de Alfred, sino a cualquier cuerpo masculino. Pero a quienes retrataba en su estudio no los llevaba después a su dormitorio, y hasta la fecha podía asegurar que ni siquiera había tenido tentaciones de hacerlo.

—Te vas a quedar bizca —bromeó él abriendo la cama y acomodándose en ella—. No me hagas esperar, tenemos que ponernos al día y cuanto antes empecemos, mejor.

Dio unas palmaditas en el colchón a modo de invitación u orden. Nunca quedaba claro, pero mantenía la sonrisa pícara que ella temía y disfrutaba a partes iguales.

Por si acaso Tina dejó el camisón a los pies de la cama, él quizás no lo sabía, pero con un niño pequeño era más que probable que tuviera que levantarse en cualquier momento y vestirse apresuradamente.

—Antes de que me distrajeras con esa cosa… —hizo un gesto hacia el camisón—, quería decirte que estoy hasta la coronilla. Cada vez que Eric me ve me trata como si fuera un amigo, me llama por mi nombre y hasta aquí hemos llegado.

—Te entiendo pero… —Ella se acomodó a la velocidad del rayo junto a él, eso sí, preocupándose de envolverse con la sábana.

—No hay peros que valgan. Creo que ya es hora de decírselo —sentenció Alfred—. Tarde o temprano se va a enterar por otros cauces y será peor. Quiero ser yo quien se ocupe del asunto, no voy a permitir por más tiempo esta intolerable situación.

Lo cierto era que desnudos y en la cama, a punto no de dormir, evidentemente, no era el escenario más idóneo para aclarar ese asunto, pero le podía la impaciencia.

—Sé que tienes razón —admitió ella en voz baja.

—Pues no hay más qué decir. Mañana, durante la comida, hablaremos con él —aseveró sin admitir réplica.

—No, prefiero hacerlo yo —le pidió preocupada.

—Desconozco el motivo por el que tienes tanto miedo. ¡Maldita sea! Eric lo entenderá. ¿O acaso piensas que es tonto?

—No, no es eso, simplemente puede que no lo acepte, que…

—Pamplinas. Yo creo que ya se imagina algo. Especialmente cuando muchos días está en casa de mis padres.

—Es un niño, Alfred —le recordó ella agarrándose a su brazo, como si quisiera detenerle.

—Ya lo sé. Pero es mi hijo. —Con tal respuesta daba por zanjada la discusión. Lo que sí pensó, pero no dijo, es que si se hubiesen hecho bien las cosas desde el principio ahora no andarían con estas preocupaciones.

Pero ya no tenía sentido recriminarse nada. No se podía dar marcha atrás y como principal implicado ahora le tocaba asumir las consecuencias y lograr que todo este enredado asunto tuviera un final feliz.

Alfred apartó la sábana que la cubría y además fue rápido evitando que, como era de esperar, se tapara con las manos.

—¿Cómo puedes cambiar de tema tan rápido? —le preguntó ella; hacía un minuto hablaban de Eric y al siguiente ya estaba pensando en eso.

—No veo el problema por ningún lado —respondió indiferente—. Abre un poquito las piernas —pidió él con guasa—, y verás qué bien te lo pasas.

—No lo dudo —murmuró ante ese tono de autosuficiencia.

Alfred arqueó una ceja.

¿Tina hablando con ironía?

La noche prometía.

Capítulo 43

Aún quedaban temas por perfilar y asuntos que resolver pero él no estaba en ese momento completamente desnudo por el simple hecho de tomar un poco de aire fresco. Además siempre vestía prendas de excelente calidad por lo que no podía quejarse de molestias o picores que la ropa barata producía.

Así que abandonó su idea de solucionar los problemas para centrarse en aquella habitación y más concretamente en el cuerpo femenino que tenía a su lado.

—Esas piernas no están lo suficientemente abiertas, pero, de momento, tendré que conformarme —comentó con indolencia a pesar de que se conformaba con mucho menos. Pero eso no tenía por qué decirlo, pues llevaba demasiados días ocupándose de problemas tanto propios como ajenos y lo cierto era que la echaba de menos.

Tina sonrió levemente, ese aire chulesco siempre aportaba a los momentos íntimos cierta dosis de excitación. Aunque ella sabía que con su sola presencia ya notaba ese calorcito interior y esa sensación de anticipación que a veces tanto la inquietaba. Aunque ahora tenía la certeza de que no podía rechazarla.

Él se inclinó sin perder su media sonrisa y ella, en un acto reflejo, se fue recostando para que él hiciera cuanto quisiera. Al fin y al cabo nunca la decepcionaba. Dudaba de que esta noche fuera a ser la primera, al menos su mirada indicaba que no iba a suceder nada «bueno» y eso siempre sonaba prometedor.

—Eso está mejor —murmuró él al ver cómo ella obedecía con cierta demora a su anterior petición—. Y por si acaso lo estás pensando, la respuesta es no. —Y depositó un beso por encima de cada uno de sus pechos antes de aclarar sus palabras.

—No he preguntado nada —titubeó sin comprender a este hombre. Aunque estaba segura de que nunca lo lograría por mucho que se esforzara.

—No pienso apagar la luz —aclaró él viendo cómo se devanaba los sesos intentando establecer una conclusión.

—No te lo he pedido —susurró ella rodeándole el cuello con los brazos para acercarle lo máximo posible.

Le añoraba, le ansiaba, le necesitaba, aunque únicamente fuera el contacto de piel contra piel, con eso podría conformarse.

Él sonrió complacido y agradecido de que por fin tomara la iniciativa y no demoró más lo que se moría por hacer: besarla en los labios, poseer su boca.

Le lamió primero el inferior. Pese a que no necesitaba pedir permiso, siempre le gustaba ir allanando el terreno. Ella fue abriendo la boca, sin duda encantada con el tanteo y la sensación de que él pretendía ir involucrándola en todo aquello.

Tina le respondió abriéndola para que él la besara a su antojo al tiempo que le facilitaba las cosas para que se acomodara sobre ella. Disfrutaba con algo tan simple como el peso del cuerpo masculino sobre el suyo.

Sin embargo, para su total desconcierto, esa noche él no tenía en mente la misma idea.

—Ni hablar —dijo Alfred apartándose lo imprescindible para mirarla a los ojos —. De vez en cuando me gusta tumbarme a la bartola y no tener que mover ni un dedo.

Tina dudó ya que no esperaba una reacción así, se lo estaba poniendo fácil, así que ¿qué pretendía ahora?

—De acuerdo —convino finalmente ella. Tenía que agarrar el toro por los cuernos y para su sorpresa lo empujó. Después, tras su prometedor arranque, se mordió el labio algo indecisa—. Sé la teoría pero… —Hizo un gesto dubitativo con la cabeza.

—Querida —le dio un azote cariñoso en el trasero—, olvídate de lo que sabes, déjate guiar por el instinto —la instruyó él acomodado en la cama como un marajá a la espera de que la concubina de turno le alegrara la noche.

Desde luego por la sonrisa guasona y pícara no podía pensarse otra cosa.

Ella asintió y se inclinó para ser quien iniciara el contacto, besándole primero en la comisura de los labios, pidiéndole paso hasta que él los separó para ella y así unir no solo los labios.

Con la punta de la lengua tanteó, tal y como siempre él hacía, hasta poder introducirse en el interior de su boca y así saborearle por completo. Él parecía encantado con sus avances.

Tina cambió de postura, ya que al sostenerse sobre los brazos quedaba limitada de movimientos. Se recostó parcialmente sobre él y, sin dejar de besarle, fue moviendo la mano, rozando su torso, bajando hasta el estómago y deteniéndose justo por debajo del ombligo.

Él suspiró, resignado, pero no la obligó. Si algo había aprendido era a tener paciencia. Todo llegaba, se recordó. Aunque por si acaso prefirió darle ánimos.

—Tú puedes —dijo sin perder la sonrisa.

Tina jugueteó con su ombligo y poco a poco sus dedos extendidos rozaron una zona particularmente sensible para él, aunque todavía quedaba el premio gordo.

Tina se mostraba tan indecisa que en ese instante supo con claridad meridiana que nunca había fingido, que sus sinceros reparos eran algo innato y que a él, hastiado de tantas mujeres que intentaban ganarle a base de destrezas sexuales a cada cual más extravagante, le resultaba altamente estimulante recuperar la naturalidad.

—Lo siento —se disculpó él agarrándola de la mano e instándola a que le cogiera la polla como era debido—. No podía esperar más. Una cosa es permanecer pasivo y otra muy distinta morir de ansiedad.

—¡Qué exagerado eres! —se rio ella tontamente contagiándole.

Era una risa sincera y cariñosa que a él le encantó. En respuesta se incorporó de repente para darle un beso rápido en los labios y se recostó de nuevo.

—Continúa —indicó él retomando su postura inicial cual sultán acostumbrado a las atenciones de su amante de turno.

Acariciándole la erección parecía tener controlada la situación, pues él no decía ni pío, mantenía los ojos entrecerrados y su respiración, cada vez más entrecortada, era lo único que se oía en la alcoba.

Siguiendo eso que él había llamado instinto, no solo recorrió su pene, sino que movió la mano un poco más abajo. Quería ser un poco ambiciosa y osada, y así abarcar sus testículos. No dejaba de sorprenderse ante la textura de esa parte de su anatomía.

Ahora, mientras exploraba al tiempo que le proporcionaba placer, no dejaba de pensar en lo diferente que podían ser las cosas. Existía una diferencia palpable entre ver un cuerpo desnudo, posando, y otra bien distinta al acariciarlo, sentir el cambio de temperatura, la presión sanguínea cada vez más elevada, la suavidad, las reacciones de él...

—Sigue... —imploró con voz ronca, con los ojos parcialmente cerrados, pues no quería perder ni un solo detalle, aunque le estaba costando Dios y ayuda, pues esas caricias eran de lo más desquiciantes. Joder, que ella le estuviera tocando, en sentido literal, las pelotas, era hasta hace poco inimaginable, pero cien por cien satisfactorio.

—Por supuesto —convino en voz baja abandonando de momento su centro neurálgico y pasando las yemas de los dedos por el interior de sus muslos, de la misma manera que él la provocaba.

—Joder... —masculló sin tener muy claro si debía mandar a paseo su intención de permanecer pasivo o apretar los dientes para soportar sus para nada inocentes caricias.

Tina pasó la mano por sus piernas con lentitud premeditada antes de volver a subirlas y ocuparse de nuevo de su erección.

Ella quería no solo tocarle, sino observar cada una de sus reacciones. Para ello ejerció más presión y, en respuesta, él inspiró con fuerza. Cuando el roce era únicamente superficial la reacción era un suspiro, como si se estuviera preparando para el siguiente paso.

Y tenía que darlo.

Se deslizó hasta abajo e inclinándose primero le besó el glande, simplemente posando los labios, casi un beso casto. Después los separó para poder introducirse su erección en la boca.

—Joder… qué boca tienes, cariño.

A Tina le encantó la sinceridad que transmitían sus palabras, nadie podía acusar a Alfred de mentir o de fingir.

Quizás a veces decir la verdad hiciera daño, pero siempre era mejor que una mal llamada mentira piadosa.

Continuó lamiéndole, introduciéndose su polla en la boca o lamiéndola pasando la lengua de arriba abajo, bajando incluso hasta llegar hasta sus testículos, a los cuales también dedicó atención.

—Tienes dos opciones… —gruñó él. La agarró del pelo con cierta fuerza, quizás transmitiéndole la tensión que él estaba acumulando—: o terminas lo que estás haciendo con la boca… —inspiró con fuerza— o, si solamente pretendes volverme loco, ya puedes ir olvidándote y montarte encima.

—Lo que tú prefieras —murmuró ella sencillamente.

—Pues para que no nos repitamos, sube encima de mí y métetela tú misma. Me gusta esto de no hacer absolutamente nada.

Puede que Alfred no hubiese movido un dedo, pero no dejaba de dar órdenes.

—De acuerdo —convino ella.

Y se dispuso a ello, pero en el último momento él la detuvo.

—No, he cambiado de idea —dijo él desconcertándola por completo—, mejor sigue chupándomela.

—¿Seguro? —inquirió ella especialmente preocupada por los repentinos cambios de opinión de Alfred.

—Tú inclínate sobre mi polla, eso sí, date la vuelta, para ir cogiendo ideas…

—Pero entonces… —le miró abriendo los ojos como platos— vas a ver mi…

—Exactamente, tu precioso culo. Creo que con las prisas no le he prestado toda la atención que se merece.

Puede que utilizara un tono ligero, como restando importancia a sus palabras, pero lo decía muy en serio.

Ella sintió un ligero estremecimiento; dejar así expuesto su trasero... no iba a ser fácil.

Pero obedeció, se acercó de nuevo hacia su erección y, sin estar convencida del todo, posó de nuevo los labios sobre la piel. Pero no se limitó a ello, sino que además sacó la lengua para humedecer la zona. Notó cómo él se removía ante el contraste de la humedad en la punta de la zona más sensible de su cuerpo.

Pero no pudo concentrarse en exclusiva, como ella hubiera querido, a atender su erección pues notó como él la recolocaba a su antojo para...

—¡Alfred! —chilló sorprendida, estupefacta y avergonzada por lo que él acababa de hacer.

—¿Qué? —replicó con esa voz típica de un niño que no ha roto un plato.

—Me... me has...

—No montes esos escándalos, a ver si tenemos un accidente —se guaseó él—, especialmente cuando tienes mi polla en la boca.

—Pero es que... —De nuevo intentó expresarse, sin éxito.

Él, que no estaba por la labor de dar explicaciones, de nuevo se acercó a su coño y, sin más, reanudó sus atenciones, recorriendo con la lengua sus pliegues, introdujo solo un dedo en su cálida vagina y disfrutó de su sabor.

Aunque ella no parecía opinar lo mismo, había descuidado su parte del trato.

—Ya sabes que esto es cosa de dos —dijo él recordando, innecesariamente, que tenía que ocuparse de su erección. Arqueó levemente la pelvis para señalar, por si quedaban dudas, de qué tenía que ocuparse. No vaya a ser que entre una cosa y otra se despistara y aquello se alargara más de lo necesario. Nunca estaba de más, con una mujer como Tina, ser obvio y marcar la dirección adecuada.

—No sé si voy a ser capaz de hacerlo —titubeó mostrando su indecisión, pues si ya era complicado ocuparse de él ahora la cosa se liaba aún más al sentir el contacto, tan perturbador, que él se empeñaba en llevar a la práctica.

—¿Por qué? —preguntó sin entender los motivos de su pregunta. Creía que la etapa de la vergüenza ya estaba superada.

Pues al parecer se equivocaba.

—Porque si tú... —se aclaró la garganta— estás... esto...

Qué fácil resultaba responder a su indecisión.

—Lamiéndote el coño —aclaró él dejándose de eufemismos siendo estrictamente literal, para sonrojo de ella.

—Pues me… me desconcentro —balbució sin mirarle. Y no solo por lo complicado de la postura.

Alfred se echó a reír. Joder, esta mujer tenía cada cosa.

—Tú métetela en la boca y olvídate de lo demás.

Él volvió a su tarea y de nuevo metió la lengua entre sus piernas, esperando que ella no se parase a pensar en tonterías. No tuvo que esperar mucho, pues ella le volvió a dejar sin aliento al introducirse su miembro en su adictiva boca.

Para estar más cómodos Alfred se giró, hasta quedar acostados de medio lado y así poder deleitarse mucho mejor. Hizo que ella levantara una pierna y la pasara por encima de su cuello y el paraíso quedó frente a su boca.

—Mmmm —murmuró él contra sus hinchados pliegues vaginales posando ambas manos en su culo y así tenerla bien sujeta.

Ella se removió ante la vibración. Aquello resultaba demasiado perverso como para detenerse a pensarlo y se aplicó especialmente en lamerle, en presionar con sus labios, en pasar las yemas de los dedos por toda la piel que podía alcanzar en tan extraña postura.

Y aquello ya no tenía vuelta atrás, ambos, completamente entregados al otro, disfrutaron, compartieron y recibieron placer a partes iguales.

Sin darse un respiro que no querían, sin dejar de experimentar todo cuanto sus cuerpos se ofrecían mutuamente hasta que no pudieron más.

Tina tembló, los dedos de él entraban y salían de su sexo al tiempo que su boca succionaba sin descanso su hinchado clítoris. No iba a aguantar mucho más, lo presentía, y por ello apretó las piernas y abandonó unos instantes su erección para poder gemir e inhalar aire suficiente para sobrellevar el orgasmo tan intenso y abrumador que recorrió no solo su sexo sino todo su cuerpo.

Acto seguido, completamente rendida a lo que él quisiera ofrecer, envolvió su polla con energía renovada, completamente dispuesta a entregarse hasta las últimas consecuencias. Empezó apretando los labios sobre su polla para ir subiendo y bajando por ella. Inmediatamente sintió un tirón en el pelo producto de sus atenciones y lejos de molestarla, la animó y continuó sin descanso, incluso aguantando alguna que otra arcada cuando él, incapaz de controlarse, embestía dentro de su boca.

—Voy a correrme —gruñó él a un solo paso del orgasmo.

Tina no necesitaba oírlo pues por los movimientos, la respiración agitada y especialmente alguna que otra palabra subida de tono, se hacía una ligera idea de que no le faltaba prácticamente nada para alcanzar el clímax.

No era ninguna advertencia pues quería llegar hasta el final. No mucho después, él se corrió, inundando su boca.

Él se abrazó a sus piernas.

Aquello daba qué pensar.

Capítulo 44

Compartir con un hombre la cama, para dormir, puede tener innumerables ventajas, pero una sola contrapartida, ya debería saberlo, y bastante incómoda, por cierto: él ocupaba demasiado espacio. O mejor dicho, casi todo el espacio disponible. Y eso que la cama era considerablemente amplia.

No entendía la manía de este hombre de expandirse y no dejar hueco para que ella pudiera dormir con cierta comodidad.

Podía despertarle e instarle a que se desplazara hacia su lado, aunque seguramente él se lo tomaría bastante mal, gruñiría o se empeñaría en volver a tener sexo.

¿De verdad todos los hombres se comportaban así en el dormitorio?

Lo cierto era que ese tipo de temas no salían a relucir en las pocas conversaciones sociales en las que participaba así que tenía que dar por buena la única experiencia y, por lo tanto, conformarse.

Al menos en invierno, dormir con un hombre pegado a tu espalda supondría no pasar frío, pensó resignada con la idea de ver la botella medio llena.

Sin otra cosa mejor que hacer, a la espera de que él se moviera por voluntad propia, se quedó acurrucada junto al borde y se separó apenas unos centímetros, pues tampoco quedaba mucho más espacio, pero de nada sirvió, pues él de nuevo se pegó a su espalda.

Con el objetivo de distanciarse de nuevo, se movió, aunque ya tenía las rodillas fuera y si se apartaba un poco más caería al suelo.

Esta situación podía empezar a considerarse como una rutina habitual.

Sin poder saborear su exigua victoria él gruñó, o algo parecido, y le rodeó la cintura con un brazo pegándola a su cuerpo, con la más que evidente intención de no soltarla.

Lo que faltaba, pensó ella en un suspiro. Iba a tener que conciliar el sueño, encogida.

Pero por lo visto, lo que ella imaginaba no se acercaba mucho a la realidad, pues de nuevo se arrimó a ella y esta vez estaba bien claro que no pretendía solo robarle el espacio.

—No puede ser… —susurró ella incrédula ante la fogosidad de su amante. Nadie puede llevar un ritmo así, ¿verdad?

La mano masculina se posó sobre sus rodillas y, partiendo desde ese punto, comenzó un lento ascenso. Como ella tenía las piernas juntas, en cada pasada acariciaba la cara interna de ambas. Una sensación de calor y preocupación la invadió…

—Joder, tenía que haberlo quemado —protestó él batallando con el camisón—. ¿Cuándo cojones te lo has puesto?

—Cuando he ido al aseo —respondió en voz baja. No terminaba de sentirse cómoda con eso de hablar de asuntos tan privados.

—La próxima vez tendré que acompañarte y supervisarlo todo —aseveró junto a su oído, eso sí, sin dejar de mover la mano arriba y abajo sin llegar a su entrepierna. Solo atormentaba la piel del interior de sus muslos.

—Alfred… —medio gimió, medio protestó ella.

—Vas a acabar en el suelo —dijo él sujetándola y, con habilidad, la arrastró a una posición más centrada en la cama. Si quería echar un polvo, de esos que surgen en mitad de la noche, no podía arriesgarse a acabar con sus huesos sobre la alfombra, por muy cómoda que esta fuera.

—¿Nunca duermes toda la noche de un tirón? —preguntó con su ingenuidad habitual.

Él, tras excitarla con esa aparentemente superflua caricia, profundizó un poco más y rozó su vello púbico. Jugueteó unos instantes, disfrutando de su textura hasta que ese dedo curioso se internó entre sus labios vaginales, los cuales encontró húmedos.

—Porque te empeñas en tentarme y provocarme con esto —respondió metiéndole dos dedos.

—¡¿Yo?!

Le daba igual si era a causa de las actividades de primera hora de la noche o de la excitación actual, el resultado era que ella estaba preparada para penetrarla.

Mmmm, y en ese postura, además de cómodo, podía abarcar muchos más puntos sensibles de la anatomía femenina y con ello conseguir que ella se corriera más rápido que nunca.

—¿Cómo es posible que…? —le interrumpió ella.

—¿Qué? —preguntó él a su vez sin entender a qué se refería.

Tina se aclaró la voz.

—Quiero decir… si antes, me refiero a antes de dormir, tú… bueno… ya… ya hemos…

—Follado —apuntó solícito.

—Eso. Pues… ¿Cómo es que otra vez tienes ganas?

Alfred meditó la pregunta. Para él, despertarse en mitad de la noche y echar un polvo no suponía nada extraordinario. No era que le pasara todos los días, pero de vez en cuando era una opción.

—Tu pregunta se debe a que rara vez —prefirió evitar la palabra nunca— has compartido cama con un hombre. —Y por si acaso se apresuró a añadir—: En pleno uso de sus facultades, me refiero.

—Bueno… pero aun así.

—El que se me ponga dura en mitad de la noche es lo más normal del mundo.

—Ya veo.

—Y, para que no te lleves más sorpresas, también te diré que esto me puede pasar también a primera hora de la mañana. No vayamos a sorprendernos cuando amanezca y empecemos con preguntas estúpidas —apuntó con tono guasón.

—Vaya… —murmuró ella dando por buena esa explicación.

—Y ahora dejémonos de cháchara —sentenció él, al fin y al cabo, ella misma terminaría por enterarse de en qué momentos del día se empalmaba. Que sacara sus propias conclusiones.

Alcanzó su clítoris y presionó lo justo para que ella gimiera, se arqueara y se pegara aún más a él.

Alfred también atacó por otro frente, pues con los dientes atrapó el lóbulo de la oreja, para mordisquearlo y succionarlo a su antojo.

Tina se revolvió pues su grado de excitación iba en aumento y no se veía capaz de soportar tanta tensión; su cuerpo necesitaba liberarse.

Levantó los brazos hacia atrás para llegar hasta él e instarle a ir más rápido, a que se dejase de tantos prolegómenos, al fin y al cabo ambos querían lo mismo.

—No me hagas sufrir… —jadeó ella intentando meter la mano entre sus cuerpos para agarrarle la polla que, según su reciente adquirida experiencia, era el interruptor general de un hombre.

—Si quieres que te la meta, solo tienes que pedírmelo —murmuró él esperando que, por una vez, ella superase cualquier impedimento, porque tampoco estaba para ir exigiendo.

—Por favor…

—¿Por favor qué, exactamente?

Ella primero se humedeció el labio inferior antes de mordérselo, aquello no era sino otra prueba para ella. No solo debía abandonar la vergüenza a la hora de actuar, además tenía que hacerlo al expresarse.

—Lo sabes muy bien —susurró ella.

Alfred, que estaba en una fase de excitación, igual o muy similar a la de ella, quiso alargar unos instantes más su agonía, aun a costa de su propio sufrimiento.

Pero el placer de escucharla pedir lo que iba a darle de todas maneras acrecentaba la tensión.

Para ello no dudó en friccionar con más ímpetu su clítoris, en acercar su polla a la entrada de su sexo sin llegar a penetrarla, pero consiguiendo que ella se tensara un poco más. Al tenerla entre sus brazos, cualquier respuesta del cuerpo femenino, por mínima que esta fuera, lo percibía y eso le daba ventaja, la cual, sin dudarlo, iba a aprovechar.

—Quiero… —intentó de nuevo ella, parecía que se estaba quedando sin voz de tanto gemir.

—Quieres que te la meta, de un solo empujón, incluso me atrevo a decir que disfrutarías si cabe más si al hacerlo te causara un leve dolor, ¿no es cierto?

—No digas esas cosas…

—No lo niegues —la corrigió él—. Y si además —continuó él implacable—, pellizco tus pezones sin piedad… —frotó su erección contra ella impregnándose de sus fluidos—, te muerdo en el cuello y…

—¡Alfred! —chilló ella hastiada de sus provocaciones.

—Vas a despertar a toda la casa —se guaseó él.

—Pues no me tengas más en este estado, por favor.

—Pues solo di la palabra mágica —apuntó él. A este paso iba a ceder, joder, qué mujer.

—¿Esa que te gusta tanto emplear y que empieza por f?

—Ajá.

Ella gimió disgustada, Alfred no iba a tener ningún tipo de clemencia con ella.

Ahora metía un dedo en su cálido interior, sin dejar de atormentar su clítoris y curvándolo dentro encontró un punto increíblemente sensible que consiguió lo imposible: terminó por decir la palabra mágica, eso sí, costaba bastante entenderla.

—¿Cómo has dicho? —inquirió él al oírla, aquel vocablo era música para sus oídos.

Tina protestó y de nuevo masculló la maldita palabra y le tiró del pelo, en represalia por demorar lo que ella tanto ansiaba.

—Mmm, además de provocadora… agresiva. ¡Joder, cómo me gusta! Dímelo una vez más, solo una vez más —pidió él al límite.

—Foll… fóllame —terminó por decir tras aclararse la garganta por enésima vez. Entre los jadeos por el estado de máxima excitación y las protestas, la tenía seca.

—No sabes lo extremadamente cachondo que me pone oírte hablar así, como una cualquiera.

Podía parecer un insulto, pero por el tono que él había empleado ni remotamente podía llegar a esa conclusión.

—Por fin… —jadeó al sentir esa dulce invasión. Todavía no tenía claro si la larga y tortuosa espera había merecido la pena.

Pero como pasaba casi siempre, cuando se consigue lo que se desea, olvidas las penurias, te concentras únicamente en el momento bueno y hasta piensas en que probablemente el sufrimiento previo sea directamente proporcional al placer posterior.

En esa postura él controlaba el ritmo y también los puntos claves de ella para proporcionarle un orgasmo rápido o uno lento.

Optó por lo primero, ya que él deseaba lo mismo, una postura algo egoísta, pero con tanta cháchara habían tenido unos preliminares bastante largos.

Continuó embistiéndola, desde atrás, sin dejar de acariciarle los sensibles y humedecidos labios vaginales y por supuesto su clítoris, más tenso y duro que nunca.

—Córrete, Tina —gruñó en su oreja—. Noto lo excitada que estás. El calor con el que envuelves mi polla me está volviendo loco…

Ella jadeó aún más fuerte, escucharle decir en voz alta lo que su cuerpo experimentaba aumentaba cualquier sensación, por pequeña que esta fuera.

—Dime que te gusta… quiero oírtelo decir. Vamos, sé una chica mala.

Ella negó con la cabeza.

Él sonrió, de acuerdo, por hoy ya no la presionaría más, pero llegaría el día en que ella fuera la provocadora… joder iba a disfrutarlo como un loco. Escuchar de su boca ciertos términos, para nada aconsejables en el vocabulario de una mujer, le provocaría un paro cardíaco, pero merecía la pena.

Ese pensamiento, a priori excitante, se aproximaba a uno más inquietante, ¿quería decir que deseaba algo más estable con ella?

Tina no le dejó responderse pues gimió, se revolvió y se corrió en sus brazos, sin darle tiempo para más elucubraciones. Los espasmos de ella incidieron directamente sobre su erección y en menos de un minuto se unió a ella, alcanzando el clímax.

Ahora necesitaba dormir. Nada de extraños razonamientos.

Capítulo 45

*T*ina se despertó a primera hora de la mañana, algo cansada, pues no había dormido mucho, bueno siempre que Alfred se quedaba a pasar la noche sus horas de sueño disminuían considerablemente, aunque evidentemente, no le importaba.

Prefirió, de momento, no abrir los ojos. Alargar un poco más esa agradable sensación de duermevela, de robar cinco minutos a sus obligaciones, soñar que estas desaparecían y que tenía todo el día para sí misma.

Hubiera deseado quedarse todo el día holgazaneando en la cama, o lo que fuera, y, teniendo en cuenta sus, hasta hace poco, pensamientos al respecto, podía considerarlo como uno de los más atrevidos. Estaba segura de que con Alfred y su incansable imaginación a su lado poco o nada se iba a aburrir.

Pero la obligación mandaba y debía acudir a la galería. Todo estaba perfecto, lo sabía, sí, pero si no se aseguraba una vez más no se quedaría tranquila. Nunca estaba de más dar un último repaso, una última comprobación para quedarse tranquila, aunque, evidentemente, hasta que no se cerraran las puertas y escuchara las primeras valoraciones no iba a poder serenarse.

A pesar de que con toda probabilidad Jean Luc la echaría a patadas si aparecía por allí para compartir sus nervios. Además, su amigo insistía en que disfrutara de su apasionada relación. Y, la verdad, si la noche anterior servía de indicativo, disfrutar lo que se dice disfrutar había disfrutado.

Se estiró en la cama y bostezó. Sin embargo, había cosas que no podían esperar y una de ellas era su trabajo, quería estar al pie del cañón, no podía permitirse el lujo de quedarse en la cama. Había luchado mucho por llegar hasta ahí, soportado innumerables negativas, así que ahora debía dejar a un lado su deseo de quedarse junto a él. De todas formas esperaba que más adelante pudiera tener todo eso a lo que ahora renunciaba: mañanas junto a él, en el lecho y sin preocupaciones.

No habían hablado de ello abiertamente y quizás estaba sacando conclusiones precipitadas, pero una especie de sexto sentido interior hacía que pensara así. O tal vez la esperanza de que fuera cierto. En cualquier caso ya podía sentirse satisfecha, con él había descubierto cosas increíbles y, aunque se despidiera de ella, siempre podría acudir a sus recuerdos.

Un pobre consuelo, pero menos es nada.

De todas formas, ¿era correcto que fuera ella quien hablara primero de sus sentimientos? ¿Eso estaba bien visto? ¿Qué opinaría él de su atrevimiento? Por no mencionar el posible rechazo, claro está.

Todas esas preguntas sin respuesta atormentaban a la mujer más experimentada, así que en su caso su tormento aumentaba exponencialmente.

No necesitó abrir los ojos para saber quién estaba a su lado. No era la primera vez que se quedaba unos minutos observándole dormido, disfrutaba de esas pequeñas cosas; podían parecer absurdas, pero no para ella.

—Buenos días —susurró, muy muy bajito para no despertarle, encantada de tener el privilegio de observarle.

Unos instantes para archivar en su memoria la imagen de Alfred dormido y se pondría en pie. Lo que daría por poder plasmar esa instantánea en un papel, claro que a él no le haría ninguna gracia.

—Buenos días —respondió él aún con los ojos cerrados sorprendiéndola.

Por lo visto era ella quien había sido observada.

—Buenos días —repitió con timidez.

Él permanecía tumbado boca arriba, sin importarle lo más mínimo el estar completamente desnudo, pues la sábana, arrugada a sus pies, poco tapaba. Parecía estar en una postura reflexiva, con los brazos estirados y las palmas unidas bajo su cabeza.

Ella poco podía decir, así que decidió incorporarse y empezar sus quehaceres, lamentando, eso sí, el no poder quedarse con él todo el día.

—Sé que no hemos tenido lo que se dice una relación… convencional —empezó él.

Se quedó quieta y lo miró confusa, no entendía por qué sacaba ese tema a colación, ¿debería empezar a preocuparse?

No, por favor, rogó en silencio. Ahora no.

—Sé que me he confundido pero creo saber la forma de arreglar las cosas —continuó él como si nada, ajeno completamente a la inquietud de ella.

Tina, que seguía sin saber el motivo de tales palabras, prefirió permanecer en silencio, a la espera de que él explicase su razonamiento.

Pero, en vez de seguir hablando, en un rápido movimiento, la inmovilizó bajo su peso para quedar cara a cara y poderla mirar fijamente a los ojos.

Ella parpadeó e inspiró. Esa intensa mirada la dejaba sin aliento y en un estado de total desconcierto, ese estado cercano a la ansiedad, aunque disfrutaba en él por las expectativas que creaba. Desde luego era un maestro a la hora de captar la atención de la gente.

—También sé que debería haberte llevado a cenar, a algún espectáculo… esas cosas que hacen las parejas. Pero en mi defensa añadiré que me pones demasiado cachondo como para reservar mesa en un restaurante. —La sonrió con cara de inocente —. Así que la posibilidad de estarme quieto mientras cenamos supondría un enorme esfuerzo, por no hablar del riesgo que corremos si me da por… —por una vez omitió esa palabra favorita que empezaba por f— ya sabes, en público.

Ella abrió los ojos desmesuradamente.

—No te entiendo… —se aventuró a decir porque era cierto; no llegaba a comprender el objeto de sus palabras y menos aún en ese momento.

O mejor dicho, prefería no hacerlo.

Él iba a explicárselo pero podía hacerlo en una postura más íntima, cómoda y satisfactoria. Así que se colocó entre sus piernas y poco a poco se fue frotando descaradamente hasta situar su erección mañanera de forma que ella sola buscara el camino natural.

—¿No irás a…? —preguntó ella temiéndose lo inevitable. Pero con un hombre como Alfred era tontería preguntar, él era de la política de hechos consumados. Así que sintió cómo se abría paso en su interior, de esa forma tan particular suya, que lograba, entre otras cosas, que perdiera la capacidad de ser coherente.

Además, él se lo advirtió, así que como el que avisa no es traidor…

—Así me prestarás toda tu atención —arguyó él todo convencido.

Y tenía razones para estarlo, pero tampoco iba ahora a recriminárselo cuando estaban otra vez…

Alfred se movía de forma perezosa, como si tuviera todo el tiempo del mundo, entrando y saliendo de ella, sin dejar de mirarla fijamente.

Era demasiado intenso como para soportarlo, pero Tina estaba maravillada con la forma, tan diferente, en la que él se comportaba.

No podía quejarse de la atención recibida, desde luego, pero era tan extraño. El repentino cambio de comportamiento sumado a las palabras de antes daban qué pensar, pero no estaba muy segura de a dónde podían llevarla esos pensamientos.

¿Y eso qué importaba?

Lo realmente relevante de aquello eran los sentimientos, lo que sus movimientos, sus ojos, su expresión transmitían. Para Tina, que nunca pensó en ser tan afortunada, aquello era más que suficiente.

Él no estaba con ella solo por diversión. Porque aunque no le dijese nada, aunque ninguno de los dos lo dijese en voz alta, sus cuerpos no tenían ningún problema en expresar que había algo más.

Él tenía razón, su relación no era para nada convencional, ni siquiera había comenzado como tal, pero ahora había llegado a un punto increíble, un punto que ninguno de los dos podía haber imaginado al inicio de tan extraña relación.

Tina se arqueó completamente, y, aunque sabía que a él no le gustaba nada, cerró los ojos para dejar que sus otros sentidos se agudizaran, para oír simplemente el sonido de ambos cuerpos unidos, para sentir el calor, no solo en su sexo, sino por toda su piel. El sudor se acumulaba entre sus pechos, en su espalda, y se mezclaba con el de él, al igual que se entremezclaban sus respiraciones.

—Echa los brazos hacia atrás —pidió él sin dejar de moverse.

Ella obedeció, sin cuestionarle, y en el acto Alfred se lanzó a su cuello, besándola, arañándola con los dientes, mientras la sujetaba por las muñecas, internándose con más fuerza en su interior, tocando todas sus terminaciones nerviosas y creando una tensión casi insoportable.

Era tan intenso como siempre, pero a la vez tan diferente…

—Oh, Dios mío… —jadeó en busca de aire con el que llenar sus pulmones. Parecía como si él se lo estuviera robando.

—Aquí… no… hay… Dios… que… valga… —gruñó él.

—Es increíble —murmuró doblando las rodillas facilitándole así sus embates.

Con cada empujón él iba acercándola cada vez más al orgasmo.

La cama seguía traqueteando bajo ellos y creaba un ambiente de lo más propicio. Si alguien le hubiera dicho hace poco las cosas que iban a suceder en ella… además de sonrojarse lo hubiese negado fervientemente.

—Lo sé, quien te la está metiendo soy yo —sentenció cogiendo un poco más de velocidad.

—Como si no lo supiera —replicó ella con voz entrecortada.

—Así me gusta —él cambió de postura, girándose levemente, para así variar el ángulo de penetración y frotar su clítoris y que ella alcanzara un clímax aún más intenso—, que tengas claro quién te folla.

—Nunca lo he dudado —admitió ella en un murmullo mientras negaba con la cabeza, por Dios, qué ego tenía este hombre.

Alfred no podía cuestionar la veracidad de sus palabras, aquella frase decía mucho más de lo que a priori podía parecer. Ahora que conocía la verdadera historia de Tina, podía ser un poco egocéntrico y colgarse un par de medallas por conseguir que ella disfrutara del sexo.

Pero resultaría un tanto absurdo, nadie mejor que él para saber que parte de ese increíble placer que alcanzaban juntos y desnudos tenía un ingrediente del que hasta ahora él nunca se había preocupado y, sin buscarlo ni quererlo, con Tina lo tenía.

Así que no le quedaba más remedio. Al fin y al cabo, cuando la situación lo requería, era un hombre práctico.

Y, aunque hasta hacía bien poco esas cosas del enamoramiento y demás sentimientos románticos siempre pensó que eran para los demás, ahora que él parecía haber caído en ello, no tenía por qué significar comportarse como un tontaina. Podía combinar perfectamente sus sentimientos y ser práctico.

Joder, cada vez se parecía más a su padre.

Ella lo entendería.

Cogió más impulso para llevarla al orgasmo y así plantear las cosas.

¿Qué mejor momento para sus planes?

Ella no dejaba de jadear, de arquearse y de aferrarse a su cuello como si le fuera la vida en ello. Alfred la besó, mejor dicho, saqueó su boca al tiempo que sentía cómo se convulsionaba en sus brazos. No tardó ni diez segundos en correrse en su interior para después dejarse caer, literalmente, sobre ella.

Había cosas para las que uno nunca estaba preparado.

A pesar de que le hubiera gustado dormirse, así, sin despegarse de ella, tenía que dejar resuelta la situación.

Salió de ella e hizo una mueca, con las prisas se había olvidado del preservativo, pero bueno, ahora ya daba igual.

La observó unos instantes, joder, tenía tentaciones de declararle amor eterno, ponerse de rodillas y prometerle la luna, si era preciso. Pero eso estaba bien para los cuentos, no para la vida real.

Ahora podía entender a esos tontainas enamoradizos que últimamente estaban a su alrededor, a los que había criticado y de los que se había reído, evidentemente desde su postura de total incredulidad y a veces hasta despreciando a los que se caían con todo el equipo.

Estaba claro que pensar así solo era debido a su ignorancia sobre estos temas. Bueno, pues ahora, aceptando que él también iba a engrosar el club de los enamorados proclives a cometer alguna que otra estupidez, no significaba automáticamente hacer el ridículo.

Inspiró y tras acariciarle la mejilla con el dorso de la mano para que ella abriera los ojos y le prestara atención dijo:

—Cásate conmigo.

Capítulo 46

$\mathcal{T}$ina le miró ojiplática; una cosa era sentir que estaban cada vez más unidos, cosa impensable hace un tiempo, y otra muy distinta dar ese paso.

Puede que tras un tiempo en el que su relación se fuera afianzando, en el que pudieran conocerse y demás tópicos, el desenlace más o menos lógico fuera el matrimonio. Pero, así, de buenas a primeras, no entendía a qué venían tantas prisas.

No sabía qué decir o qué hacer, tal petición la había cogido por sorpresa, puede que con el tiempo su relación pudiera ser aceptada pero de ahí a ser formalizada era un gran paso.

Desde luego este hombre sabía cómo superar sus expectativas más optimistas, dejándola totalmente boquiabierta y agradablemente sorprendida.

Inspiró profundamente intentando controlar su ritmo cardíaco y le miró. Por su expresión, completamente seria, estaba claro que no bromeaba.

—No hace falta que te lo pienses tanto —apuntó él con la obvia intención de solucionar todo esto a la mayor brevedad posible. Además, no esperaba una respuesta, ya que no le formuló ninguna pregunta, así se evitaba una negativa, que con las mujeres nunca se sabe.

El corazón le decía que gritara un sí a pleno pulmón, ¿qué mujer no querría estar con Alfred? Y estuvo a punto de hacerlo, pero se impuso la prudencia. Aceptar conllevaba ciertos aspectos a considerar.

Y el más relevante de todos era uno que no se podía pasar por alto:

—Yo... bueno, tu familia...

Él se incorporó en la cama colocando las almohadas tras de sí para estar cómodo y se apoyó en el cabecero, se cruzó de brazos y frunció el ceño. ¿Por qué mencionaba ese tema? No tenía nada que ver con su propuesta.

—¿Qué coño pasa con mi familia? —inquirió él. No eran esas las palabras que esperaba escuchar tras una proposición firme de matrimonio. Muchas mujeres, en su situación, chillarían y se abalanzarían sobre él agradecidas eternamente.

—Ellos... —buscó las palabras adecuadas para evitar dobles sentidos y no ofenderle— en fin, perteneces a una familia importante, adinerada... y yo... —apartó la mirada antes de decir—: No —lo que omitió, y que resultaba doloroso para cualquiera, era que ella no tenía familia. Era libre para decidir, desde luego, pero él no, y tenía que darse cuenta de ello.

Alfred, que se esperaba algo así, podía aclarar ese punto, joder, si hasta contaba con el beneplácito de su padre. Por no hablar de que en su casa lo que se dice muy convencionales no eran, por lo que ese punto estaba solucionado.

Eligió no decírselo.

Además si quería una familia le prestaba la suya, a veces eran un incordio.

—¿Y? —preguntó como si no le importara.

—Pues que puedes tener problemas —dijo ella—. Cuando me contaste las discusiones con tu padre por no seguir la tradición familiar y elegir una carrera diferente...

—¿Y? —insistió él jugando un poco.

Tenía que reconocer que Tina era así, no pensaba en ella primero. Joder, cualquier otra estaría vistiéndose a toda prisa para ir a publicarlo a los cuatro vientos y salir chillando extasiada. Motivo por el cual se había cuidado muy mucho de no pedírselo a ninguna.

—Pues que no quiero que tomes una decisión que, a la larga, te pueda traer complicaciones —argumentó Tina decidida a no dejarse llevar por la emoción. Nadie mejor que ella para saberlo.

—¿Crees que mi familia me desheredará y que tendremos

que vivir con lo justo? —la provocó él sabiendo que esa no era la cuestión que la preocupaba, pero nunca estaba de más asegurarse.

—¿Cómo puedes pensar eso de mí? —preguntó dolida, incapaz de pillar el sarcasmo con él que hablaba.

Él sonrió, Tina necesitaba un poco de cinismo.

—Si te sirve de consuelo… —se acercó a ella y recorrió la sensible piel de su brazo— sé que no eres de esas.

Ella agradeció sus palabras.

—Pero aun así…

—Créeme si te digo que por parte de los míos no habrá ningún tipo de problemas —aseveró él dispuesto a dar por zanjado el tema. Jugar con una persona que no siempre captaba las indirectas conllevaba perder el tiempo.

Tina se mordió el labio, todavía no podía aceptarlo al cien por cien, aunque fuera lo que más deseaba en el mundo.

—¿Me dejarás seguir con mi trabajo? —inquirió en voz baja, temerosa de que Alfred, como muchos otros, pensara que una vez casada debía permanecer en casa y olvidarse de lo que podría llamarse desvaríos femeninos.

—Si te soy sincero, no me hace mucha gracia que te pases el día viendo hombres en pelotas. —Hizo una pausa mientras reflexionaba sobre el asunto de la fotografía, sabía que ese tema resultaba de lo más delicado para ella.

—Pero sabes perfectamente que cuando estoy tras la cámara no… bueno, no es lo mismo que cuando te veo a ti —se explicó ella intentando hacerle comprender su punto de vista—. Además, también fotografío a mujeres.

—Tendré que acostumbrarme —dijo él haciendo una mueca, parecía más resignado que otra cosa y a ella no le gustó.

—¿No intentarás más adelante convencerme de que abandone, verdad? —inquirió con preocupación. Una vez casada él tendría cierto poder sobre ella y sus aficiones.

—Podrías… no sé, buscar otro enfoque. ¿Por qué no fotografías paisajes? —sugirió con cierto tono de menosprecio, cosa que debía evitar, pero le molestaba sobremanera que tuviera delante de sus ojos demasiadas tentaciones.

—No —aseguró—. Me gusta lo que hago. Yo no veo un cuerpo desnudo con lascivia, veo solo las posibilidades artísticas.

Él se frotó la barbilla, no muy convencido.

—Bueno —masculló en tono condescendiente, como que ayudaba bien poco a su causa—. Entonces, ¿te casas conmigo?

Tina se mordió el pulgar. Lo cierto era que esperaba en primera instancia no volverse a casar. Sin embargo, si llegaba el caso, quería por lo menos ser una de esas afortunadas que recordarían toda su vida el momento de la declaración, por estar impregnado de romanticismo. De todos modos, si era sincera consigo mismo, jamás olvidaría este instante en el que el romanticismo brillaba por su ausencia.

Ella finalmente asintió con una sonrisa y él por fin pudo respirar.

Alfred empezó otra vez a ponerse cariñoso, por lo que ella lo apartó con intención de salir de la cama, ya que tenía obligaciones que atender.

—Lo siento, pero tengo que irme —dijo ella con pesar—. Mañana es la inauguración y quiero dar un último repaso a todo. —Le acarició la mejilla con cariño—. Lo comprendes, ¿verdad?

—Respecto a eso —comenzó él, pasándose una mano por el pelo y apartándose de mala gana—, creo que sería conveniente que retirases mi fotografía.

—¿Cómo? —Tina, que ya estaba de pie poniéndose una bata que de momento se había salvado de la hoguera, se detuvo en seco y lo miró.

—Como comprenderás no es de buen gusto que las pelotas de tu futuro marido estén expuestas y a la vista de todo el mundo.

Ese comentario, bastante desdeñoso, la enfureció.

—No puedes pedirme eso —le recriminó negando con la cabeza.

—Es lo más lógico —arguyó poniéndose también de pie, pero con una diferencia, a él no le importaba ni lo más mínimo seguir desnudo ya que ni hizo amago de buscar su ropa o cualquier otra cosa para taparse.

—No puedo cambiar ahora, está todo organizado. —Era una verdad a medias, pues lo que más daño le hacía era que él ningunease su trabajo, ese que con tanto esfuerzo sacaba adelante.

—Estoy seguro —empezó a caminar hacia ella— que tienes por ahí un montón de instantáneas que pueden servir. Qué más da una que otra, total, la gente quiere ver desnudos.

A Tina se le saltaron las lágrimas, sus palabras mostraban un desdén y un desprecio hacia su obra que no podía asumir.

Y entonces cayó en la cuenta de todo.

Palabras amables, gestos cariñosos, peticiones sorpresa… todo había sido una estrategia, muy bien planeada, para conseguir un objetivo claro.

Y al darse cuenta de lo estúpida e ingenua que había sido se sintió abochornada, por haberse dejado llevar, por confiar en él, por tener esperanzas… todo había sido un montaje.

—Fuera de aquí —le dijo limpiándose las lágrimas con el dorso de la mano, después le señaló la puerta.

—¿Perdón? —replicó él como si no le hubiera causado un gran daño.

—No quiero volver a verte. —Se aferró a las solapas de su bata.

—¿Se puede saber qué cojones te pasa ahora? —Se detuvo frente a ella y la agarró de la muñeca, con más brusquedad de la necesaria, exigiéndole una explicación—. ¿A qué se debe ese repentino cambio de actitud?

Ella tiró de su brazo para liberarse y se apartó de él con brusquedad. Necesitaba poner una distancia entre ambos para poder encararle.

—Lo tenías todo planeado desde el principio —le acusó entre lágrimas ya imposibles de controlar por más tiempo.

—No creo que eso tenga importancia ahora. Me voy a casar contigo, ¿no?

Tal y como lo pronunció parecía que le estaba haciendo un favor.

—No necesito a alguien como tú a mi lado.

—No digas bobadas —se quejó él—. Sabes que mi petición es de lo más razonable.

—Eres taimado, Alfred. Ahora lo sé, como también sé que he sido una estúpida confiando en ti. Pero no te preocupes, no volverá a pasar.

—¡Joder! —exclamó exasperado—. Te ofrezco un matrimonio bastante ventajoso. ¿No crees? Te aseguro que yo sí visitaré tu cama a menudo y a cambio solo te estoy pidiendo que respetes mi intimidad.

—¡No necesito tus favores! —le espetó rabiosa por el tono que utilizaba. Jugaba sucio mencionando hechos de su pasado por los que había sufrido tanto.

Alfred agarró de mala manera su ropa del suelo y comenzó a vestirse. Para discutir con una mujer empecinada en ver solo las cosas desde su óptica, era mejor tener los pantalones puestos.

—No es un puto favor —la corrigió cabreado—. Además está el tema de Eric, te lo advertí, voy a solucionarlo hoy mismo, tanto con tu apoyo como sin él.

—Eres igual que tu padre —le acusó ella.

Y Alfred acusó el golpe. ¿Por qué todo el mundo terminaba

por decirle lo mismo? Ella, herida, desilusionada y sin otra arma para defenderse, le sostuvo la mirada antes de decir:

—Intentas ser diferente, mostrarte dialogante, ser amable, pero en el fondo es solo un disfraz. Al menos tu padre tiene la decencia de decir lo que piensa desde el principio y no se anda con rodeos ni adornos.

Enfadado, no tenía muy claro si consigo mismo o con ella, se sentó en el roñoso diván que ella se empeñaba en tener en el dormitorio y se puso los zapatos refunfuñando por la obstinación de esta mujer.

—Tengo un par de cosas que hacer. —Pasó por alto las acusaciones de Tina y decidió zanjar el asunto—. Volveré a mediodía para recoger a Eric y llevármelo a casa. —Se puso de pie y asió su chaqueta—. Espero que para entonces te hayas tranquilizado.

—No me trates como si fuera una de esas histéricas con las que estás acostumbrado a ir… por ahí. —Por el tono nadie lo diría, pero estaba más que alterada al sentirse completamente defraudada.

Alfred optó por no decirle que no se comportara como una de ellas.

—Mira, dejemos el tema aquí, ¿de acuerdo? En estos momentos no estás siendo muy razonable. Cálmate y piensa bien en lo que te ofrezco.

—Eso es lo que a ti te interesa, que no piense en lo que realmente me ofreces. —No quería gimotear como una niña tonta, pero las lágrimas no remitían.

—No te he pedido que saltes de un puente —replicó con sarcasmo—, te he pedido que te cases conmigo. Creo que podías mostrarte un poco más entusiasmada.

—Yo no volveré a pasar por un matrimonio de conveniencia —aseveró convencida.

—¿Por qué las mujeres os empeñáis en no escuchar? —se quejó mirando al techo como si esperase una respuesta divina—. Te he dicho que…

—Sí, te he oído; vendrás a mi cama todas las noches —le repitió—, pero eso no es lo que yo quiero —añadió en voz baja.

—Pues aclárate. —Con la chaqueta debajo del brazo caminó hasta la puerta y la abrió—. No estoy para histerismos.

—No voy a casarme contigo —le espetó cuando salía por la puerta.

Él se detuvo un instante y la miró de arriba abajo.

—Creo que no estás en situación de exigir, te he ofrecido lo que muchas sueñan: una posición, un apellido y una seguridad —pero podía ser aún más despiadado al añadir—: Y a cambio solo te pido que retires una jodida fotografía que me tomaste sin permiso. Creo que sales ganando.

Sin esperar su respuesta se marchó.

Tina no quería creérselo, nadie podía ser tan ruin y miserable, pero lo cierto era que él, con sus palabras, había conseguido que volviera a la realidad.

Capítulo 47

—*E*sto es inconcebible —masculló Alfred mientras llamaba a la puerta del despacho de su hermana. Se apoyó en el marco y llamó por tercera vez con los nudillos.

Primero, a pesar de su impaciencia, había golpeado con más o menos educación. Pero ante la persistencia de su hermana por no abrir y ni tan siquiera contestarle terminó por aporrear directamente la madera.

Esperó repiqueteando en el suelo con el zapato a que le dieran paso.

¿Qué cojones hacía su hermana a media mañana encerrada a cal y canto en la oficina?

¿No se suponía que estaba trabajando?

Si estaba reunida, ¿por qué no lo indicaba y así podría aguardarla tomándose algo que buena falta le hacía?

Tras unos eternos y exasperantes segundos o minutos por fin oyó el clic que desatrancaba la puerta y, sin más preámbulos, entró en el despacho.

La encontró tranquilamente sentada tras el enorme y antiguo escritorio, una reliquia familiar, rodeada de legajos y documentos. Lo cierto era que a ella no le venía grande el puesto como algunos insinuaban, todo lo contrario, y estaba orgulloso de ella, aunque disfrutaba enormemente pinchándola, pese a que últimamente, con sus quebraderos de cabeza, la había tenido bastante descuidada. Ya se ocuparía de ello en la próxima reunión familiar para regocijo de su madre y enfado de su padre.

—Buenos días —la saludó de forma brusca y se sentó en uno de los dos enormes sillones frente a ella.

—Vaya humor que tenemos hoy, ¿no es así? —le respondió

a modo de saludo su hermana, arqueando una ceja ante la agresividad de Alfred.

—¿Ha ocurrido algo?

Se giró al oír la voz de su cuñado, estaba detrás de él, en una mesa auxiliar fumando tranquilamente. Relajado y como siempre en un prudente segundo plano.

Alfred miró a ambos y decidió no pensar mal, lo cual resultaba muy complicado, pero tenía otras cosas más importantes ahora en la cabeza.

—¿Qué les pasa a las mujeres de hoy en día? —preguntó mirando a Samantha.

Ella se encogió de hombros a modo de respuesta.

—Es algo que ya ni me planteo, ¿por qué? —dijo James con evidente tono sarcástico mirando de reojo a su mujer.

—No sé qué coño pretenden, la verdad —se quejó Alfred de nuevo sin entrar en materia manteniendo expectante al matrimonio.

—¿Por qué no nos cuentas qué ha pasado y así evitamos estar dándole vueltas hasta adivinarlo? —sugirió Samantha con toda lógica adoptando una postura práctica.

—Joder, otra que tal baila —protestó Alfred poniéndose en pie para empezar a desgastar la alfombra.

—¿Intuyo que se trata de un asunto personal? —inquirió James acercándose a la mesa de las bebidas. Tras servir tres copas y repartirlas, tomó asiento junto al escritorio para averiguar qué le pasaba, aunque intuía por dónde iban los tiros.

—Pues sí —respondió el interpelado frunciendo el ceño bebiendo de su copa con manifiesto desdén como si en vez de un licor de calidad se tratara de garrafón.

—Te escucho. —El abogado le miró y después a su mujer por si prefería hablar en privado.

—Esta vez necesito que esté ella. —Y señaló a su hermana—. Hay puntos de vista que solo una mujer puede aclarar.

—Yo no contaría con eso —masculló James entre dientes esperando que su querida esposa no le hubiera escuchado.

—Se pasan el día soñando con casarse, se lo cuentan a sus amigas, tienen planeado hasta el último detalle de su boda y después resulta que por una tontería lo mandan todo al carajo —despotricó Alfred como si todas las integrantes del género femenino estuvieran locas de atar y sin posibilidad de remisión.

—Vamos, que te han dado calabazas —apuntó su hermana con una sonrisa traduciendo sus palabras.

—Podías disimular un poco y no reírte —pidió su hermano mirándola severamente.

—Y tú podrías hablar claro —le espetó ella sin amilanarse—. ¿Qué has hecho, si puede saberse, para que te rechacen?

—¿Y por qué das por hecho que he sido yo el culpable? —se quejó molesto por la falta de confianza de Samantha.

—Dejad de pelearos, que parecéis críos —intervino James—. Y vayamos a los hechos.

—Vaya, ya habló el abogado —murmuró ella divertida.

—No haberte casado con él, ahora tenemos que aguantarle todos —le recordó su hermano.

El abogado negó con la cabeza, vaya par.

—Estábamos en la intricada e indescifrable mente femenina —apuntó James intentando enterarse de lo sucedido y reconduciendo la conversación. No le apetecía observar a esos dos entablar una discusión absurda y menos aún que se metieran con él.

—¡Pero qué rebuscado eres! —Se rio Samantha en clara alusión a la palabras de su pomposo marido.

—Pero tiene razón —concordó Alfred—. Los hechos son los siguientes: le he pedido a Tina que se case conmigo, es lo más lógico, teniendo en cuenta las circunstancias —explicó sacándoles por fin de dudas respecto a su enojo.

—¿Que son? —preguntó su cuñado mirando de reojo a su mujer; estaba claro que ella estaba dándole vueltas a esos dos calificativos y buscando una respuesta acorde con su inteligencia.

—Esa mujer… pues me gusta —mencionó con un tono desapasionado—. Nos llevamos bien, dejo resuelto el asunto de mi hijo y no creo que tenga problemas en serle… —carraspeó— fiel.

Alfred se dio cuenta de que hasta hacía no mucho lo de la fidelidad ni se lo planteaba como opción viable, aunque ahora pensó que no tendría mayores problemas y eso incluyendo las horribles batas de Tina.

—Desde un punto de vista pragmático así debería ser —dijo el otro hombre insensible—, aunque creo que vas por mal camino.

Samantha observaba a los dos aguantando las ganas de darles con la mano abierta, aunque de momento les dejaría cuerda, para que se ahorcaran solos.

—Oye, estamos hablando de algo para toda la vida; se supone que debo reflexionar sobre ello y tomar una decisión acertada. Si me encadeno a una mujer, por lo menos que resulte beneficioso.

Samantha seguía negando con la cabeza. ¡Hombres!

—Aun a riesgo de que dejes de hablarme, te diré que ellas no piensan así —continuó James que de esto tenía más variables para opinar.

—¿Cómo que no? Sabes perfectamente que más de una va por ahí intentado cazar marido rico para solucionarse la vida. Que no he nacido ayer —se defendió Alfred.

—Está bien, de acuerdo, algunas sí creen que el matrimonio es un pasaporte a la buena vida —concedió su cuñado—, pero algo me dice que se lo has propuesto a la que no piensa así.

—Hazle caso, sabe de lo que habla; solo me pidió que me casara con él para ascender socialmente —se guaseó ella consciente de que entre los tres existía suficiente confianza como para bromear sobre ello.

—Y para que no me echaras de mi puesto —añadió James sin perder la sonrisa—. No te olvides de ello.

Al pobre novio rechazado no le ayudaban nada esos comentarios, que si bien constituían un chiste privado a él le traían sin cuidado. Pese a que se moría de ganas por tener una conversación privada con James y cotejar la rocambolesca historia de la que Sebastian le había hecho partícipe.

—No estoy para vuestras bromas —interrumpió Alfred—. El caso es que había conseguido despejar sus dudas —hizo una mueca—, más o menos, y de repente, cuando parece estar todo resuelto entra en acción la intrincada, retorcida e indescifrable forma de pensar femenina y me echa de su casa. —Se pasó la mano por el pelo, frustrado principalmente por no comprender la reacción de Tina—. Es que no le encuentro una explicación razonable por más que le doy vueltas a este jodido asunto.

—No has dado pie con bola —murmuró su hermana negando con la cabeza. Otro que necesitaba un curso acelerado de psicología femenina. Como todos, por otra parte. Podía ser su hermano, pero era un hombre, con eso estaba todo dicho.

Alfred, que seguía completamente perdido, miró a su cuñado que asentía confirmando las palabras de Samantha.

—¿Y se puede saber qué he hecho tan mal? —inquirió sin ver la luz al final del túnel. Ya ante la cara divertida de su hermana y la de circunstancias de James añadió—: ¿Y serías tan amable de iluminarme de una jodida vez?

Ella se puso en pie y se acercó a su hermano intentando no disfrutar demasiado con sus apuros, aunque resultaba tan tentador recrearse…

—Verás, nuestra retorcida, indescifrable e intrincada mente no concibe que un hombre, por muy importante que sea, por mucho dinero que tenga en el banco y por muy bien que… —miró de reojo a su marido y decidió no entrar en ciertos temas personales— se ocupe de nosotras y nuestras… necesidades —se corrigió en el último instante—, y quiera casarse porque sí. Buscamos algo más…

—… sentimental —intervino James acabando la frase de su esposa.

—Gracias, querido. —Samantha le sonrió encantada por su aportación. Había costado, pero ahora lo entendía, eso sí, a medias—. Eso es, buscamos sentimientos, saber que somos importantes para él, que nos quiere, que hasta sufre por nosotras…

—Lo que me faltaba, otro drama melodramático por la mañana —miró a su cuñado—. No me digas que tú… ¡Joder!

—¿Qué? No es ninguna deshonra, hermanito. Declararse a una mujer es importante —aseveró ella tranquilamente.

—Y más vale que te esmeres y pongas toda la carne en el asador —apostilló James dando a entender que había tenido que pasar por esa difícil prueba.

El novio despechado recapacitó sobre este asunto, puede que las palabras de su hermana no estuvieran tan desencaminadas y menos aún las de James. De acuerdo, resultaba difícil de asimilar, pero era posible que surtieran efecto estos extraños consejos.

—Préstale alguno de esos libros cursis que tienes —sugirió Samantha mirando a su marido—, para que se inspire. No vaya a ser que por falta de cualidades poéticas estropee definitivamente el asunto. Que Alfred nunca ha sido lo que se dice muy aficionado al romanticismo.

—Ah, no, ni hablar. No pienso comportarme así. ¡Solo falta que me ponga de rodillas mientras le recito versos de amor!

—No es mala idea —convino ella pasando por alto el sarcasmo—. Seguro que cae rendida y te llevas el gato al agua. Solo tienes que ponerle un poco de voluntad.

—Pues entonces lo veo bastante difícil —aseveró el abogado.

—Escucha, Alfred. Esa mujer no necesita seguridad económica…

—Porque ya la tiene —apuntó James.

—Exacto. Y no quiere un marido trofeo. —Miró al suyo y sonrió antes de continuar—. Busca un compañero, alguien con quien compartir su vida, una persona que esté a su lado, que la apoye en momentos difíciles.

—¿Y no le he ofrecido yo eso? —inquirió Alfred continuando en sus trece.

Así no hay manera, pensó Samantha. Por Dios, ¿todos tenían que ser tan obtusos?

—Pero ¿se lo has dicho así? —preguntó James arqueando una ceja.

—¿Qué importa la forma?

Samantha negó con la cabeza.

—Mira que eres burro, Alfred. Ella quiere oírte decir lo que seguramente ya sabe, pero tienes que hacerlo. No hay otra forma, métete eso en la cabeza de una vez.

—No es tan difícil —apuntó James—. Una vez que empiezas…

—Vaya, habló el abogado de día, poeta de noche —masculló cabreado burlándose, así por lo menos se sentía algo mejor.

—No seas testarudo y déjate aconsejar.

—Deduzco que esta mujer —señaló a su hermana— te las hizo pasar putas, ¿verdad?

—Ya sabes, la mente retorcida e indescifrable —se guaseó la aludida—. Así que sonrisa, bonitas palabras… Ah, y no te olvides de un anillo decente. —James tosió al sentirse tácitamente nombrado—. Eso siempre ayuda.

—Y mucha sinceridad, ellas captan al vuelo una mentira —remató James por si acaso pensaba fingir.

—Está bien —admitió a regañadientes—. Y supongo que tendré que añadir un ramo de flores para pedirle perdón. ¿No?

—Bueno, nunca está de más. Aunque es mejor no recordar los errores y centrarse en el momento. Para que ella no se ponga a la defensiva, ya me entiendes.

—Pero qué taimado eres, cariño. —Y cómo me gusta la forma de razonar de este hombre, pensó ella—. Me siento tan orgullosa de ti… —Para dar más efecto a sus palabras hasta pestañeó como una mujer de lo más frívola. El homenajeado le dedicó una sonrisa, pero mantuvo la compostura.

Alfred puso los ojos en blanco. ¿Dónde había que firmar para no acabar así?

—No me queda más remedio que pedirle perdón —admitió el novio desesperado al caer en la cuenta de un hecho que ella jamás iba a pasar por alto.

—¿Qué has hecho? —preguntó su hermana.

—Bueno, pensé que a cambio de una propuesta de matrimonio formal, no estaría de más que ella retirase de la exposición la jodida fotografía.

—¡Alfred! —exclamó su hermana—. ¿Todavía estamos con

esa tontería? Mira que eres pesado. Si todos vamos a apoyarte el día de la inauguración.

—¿Tontería? —masculló molesto.

—Pues sí. Y no me miréis los dos como si fuera un monstruo. No creo que pase nada, incluso podemos utilizarlo en nuestro propio beneficio —sonrió satisfecha.

—¡Ni hablar!

—¿Te imaginas los titulares? ¡Alfred Boston, mecenas del arte! ¡Alfred Boston, a la vanguardia del arte! ¡Alfred Boston, apoyando a nuevos talentos!

—Si fuera tu culo el que estuviera ahí seguro que opinarías de otro modo —replicó su hermano cansado ya de las bromitas.

James frunció el ceño, el repentino silencio de su esposa no era habitual ni mucho menos buena señal. De repente, sin venir a cuento, se había sumido en sus pensamientos, y de esa cabecita loca nunca se podía esperar nada bueno.

—Tengo que irme —interrumpió ella acercándose al perchero para recoger su chaqueta y su bolso.

—¿Ahora? —preguntó su marido extrañado ante ese repentino anuncio.

—Acabo de recordar una cita que tenía con... Da igual, no tengo por qué darte explicaciones. —Se situó junto a su marido y le dio un beso rápido en los labios—. Mucha suerte —le deseó a su hermano antes de marcharse rápidamente.

Los dos hombres se quedaron unos instantes en silencio.

—Será mi hermana, pero es tan retorcida e indescifrable como la que más.

—Estoy casado con ella, y te aseguro que Samantha las gana a todas —sentenció brindando orgulloso antes de apurar su bebida.

Capítulo 48

*T*ina apagó las luces de la sala, dejando que solo la iluminación natural inundase el ambiente, para así poder comprobar el efecto.

Siempre le gustaba contemplar su obra sin ninguna clase de artificio y además en soledad. Mañana estaría rodeada de visitantes y contestaría a sus preguntas. Ahora quería disfrutarlo ella sola.

Saludó con la mano a uno de los empleados que se ocupaba de limpiar y continuó su paseo, observando una vez más su trabajo. Se llevó una mano al estómago para calmar los nervios, pero no funcionó. Ahora entendía mejor a Pierre, cuando la noche previa a una exposición se emborrachaba y se perdía por ahí. Desde luego permanecer inconsciente durante unas horas no vendría mal.

Una pena que ella, al llegar a su casa, no pudiera desatender sus obligaciones. En eso los hombres, como en otras tantas cosas, jugaban con mucha ventaja.

—¿Señora Velizy?

Tina se volvió al escuchar una voz de mujer a sus espaldas que la sacó de su ensoñación. Cuando reconoció a la persona cerró los ojos un instante como si así pudiera escapar.

Durante apenas diez segundos ambas mujeres se miraron en silencio, hasta que Tina habló.

—¿En qué puedo ayudarla? —preguntó en tono excesivamente formal. No era para menos y de ninguna manera deseaba ofenderla.

—Dejémonos de formalidades, por favor.

Observó a la visitante e intentó sacar algún parecido con Alfred; sí, se daban un aire, pero ella se parecía mucho más a su madre.

—Como desee.

—Y tutéame, por favor.

Tina sospechó inmediatamente; la hermana mayor de Alfred no era precisamente una mujer conocida por perder el tiempo, trabajaba, y duro además. Una mujer que concentraba bastante poder en sus manos y podía influir en ciertos círculos.

Sin duda alguna estaba aquí para solucionar ciertos aspectos.

—Muy bien —aceptó manteniendo su actitud defensiva, hoy no era precisamente el mejor día para mostrarse confiada—. ¿En qué puedo ayudarte?

Samantha miró a su alrededor, qué paisaje, qué inspirador.

Su madre tenía razón, qué envidia.

—¿Hay algún lugar donde podamos hablar con más tranquilidad? —preguntó, de momento manteniéndose formal, para no descubrir antes de tiempo sus intenciones.

Tina asintió e hizo un gesto con la mano para que la siguiera. Conocía perfectamente el tema sobre el cual versaría la conversación, pero no podía negarse. Escucharía a la hermana de su ya más que seguro examante y después, sin perder la compostura, intentaría retomar su vida normal, porque después de la conversación, tensa y poco amistosa, Alfred no regresaría con ánimo de arreglar las cosas.

—Disculpa el desorden —murmuró Tina avergonzada por el estado de su mesa, se apresuró a recoger alguna que otra cosa para poder despejar al menos una parte donde servir algún refrigerio a su importante invitada, aunque seguramente ella estaba acostumbrada a espacios mucho más lujosos.

—No te preocupes —respondió sincera.

Una vez acomodadas en la pequeña habitación que utilizaba como despacho, pidió a uno de los empleados que trajera un servicio de té.

—Gracias —dijo Samantha aceptando la taza y mirando con curiosidad al empleado, aunque no dijo nada—. Espero que no nos interrumpan. —Sonrió y observó a la mujer por la que su hermano había, por fin, perdido la cabeza. Como no espabilase él se iba a aprovechar de ella. Pero eso no era de su incumbencia.

¿O sí?

Ya se vería, primero se ocuparía del asunto que la había llevado allí y después, dependiendo de su estado de ánimo o del resultado de la entrevista, podía decidir si intervenir o no.

—No, no nos molestarán —dio un sorbo a su té—. Supongo que de lo que quieres hablar tiene que ver con Alfred, ¿verdad?

—Sí —respondió rápidamente, pero a los cinco segundos se lo pensó mejor y rectificó—: No —frunció el ceño reflexionando—. Sí. Bueno, no. ¡Da igual!

Tina no sabía a qué estaba jugando con ese desconcierto, pero si algo tenía claro era que Samantha era increíblemente hábil, por lo que debía estar muy atenta para no dejarse liar y acabar cediendo.

—Si has venido a decirme que no me aproveche de tu hermano, que le deje tranquilo y que yo no soy aceptable para él, no es necesario. Lo sé, y no es mi intención seguir con él —afirmó convencida de que era mucho mejor ser ella quien asumiera la responsabilidad.

Samantha, que conocía la versión de su hermano, no se sorprendió, solo pidió en silencio que no fuera tan burro y obtuso y arreglara las cosas; esta mujer merecía la pena, no tenía pinta de ser una vulgar cazafortunas.

—Alfred tiene edad suficiente como para cuidarse solo, así que no pienso echarle una mano en este asunto —expresó con convencimiento y añadió para dar más énfasis a su postura—:

Que se saque él las castañas del fuego, que aprenda a solucionar sus asuntos, que no tengo tiempo como para perderlo con sus niñerías.

«Ahora sí que estoy completamente perdida», pensó Tina tras escuchar a Samantha y cayó en la cuenta.

—Es sobre Eric, ¿verdad? —preguntó angustiada, con toda probabilidad pretendían arrebatárselo.

Samantha sonrió antes de hablar.

—Voy a serte sincera. Todo el mundo espera que una mujer casada tenga hijos; pues bien, no es mi caso y no puedo echar de menos algo que nunca he tenido. Para mi padre siempre ha sido una de sus ilusiones y ahora que por fin tiene un nieto no va a renunciar a él.

—Yo no puedo permitir que…

—Tranquila —murmuró Samantha intuyendo la causa de su desasosiego—, aquí nadie habla de quitártelo. ¡Eres su madre!

—No sé qué queréis…

—Que permitas que Eric continúe pasando tiempo con sus abuelos y que poco a poco vaya tomando conciencia de quién es su familia.

Tina pudo, tras oír eso, respirar tranquila.

—Por eso no debéis preocuparos, a mi hijo le encanta pasar tiempo en vuestra casa.

—Excelente, ese asunto resuelto y, así, en confianza te diré que, ahora que por fin hay un «heredero» —subrayó esa palabras sonriente—, ya no soy el blanco de miradas por no cumplir con el objetivo. Ya me entiendes.

Había que reconocer que la hermana de Alfred transmitía tranquilidad y sobre todo seguridad, así que ahora, resuelto los temas más evidentes, ¿cuál era el motivo real de su visita?

—Entonces, ¿de qué quieres hablarme? —preguntó ansiando saberlo cuanto antes. Nunca había sido amiga de enigmas.

—De tu trabajo, ¡naturalmente! —exclamó con una sonrisa.

Ya estaba tardando en salir ese asunto, pensó cabizbaja.

—No voy a retirar la fotografía que ambas sabemos. Ya se lo he advertido a Alfred, es mi obra y no voy a permitir ningún tipo de condicionamiento —aseveró, en este asunto se mostraba inflexible, sin tener en cuenta quién o quienes se lo pidieran.

—Discúlpame —dijo Samantha—. No me he explicado correctamente. Verás, dentro de poco es el cumpleaños de mi marido.

Tina de nuevo se sentía perdida, no entendía nada, así que dejó que continuase.

—Y, la verdad, este año quería regalarle algo… diferente… original.

—No sé qué tiene que ver eso conmigo —adujo tras meditarlo sin hallar el nexo de unión entre su profesión y el aniversario de boda de Samantha.

—Fotografías hombres desnudos —mencionó lo obvio.

Y Tina, como era de esperar, armó el rompecabezas.

—¡¿Quieres que retrate a tu marido… desnudo?! —inquirió abriendo los ojos como platos. Eso eran palabras mayores y demasiada responsabilidad. Dudaba de que un hombre como el marido de Samantha quisiera prestarse a algo así.

Samantha se echó a reír. ¡Qué más quisiera ella! Pensamiento que no compartió.

—No —respondió entre risas—. Quiero que me fotografíes a mí —aclaró alegremente. Tampoco era mala sugerencia, pero claro, convencer a James para que hiciera algo así… difícil, pero no imposible. Aunque ahora debía centrarse en sí misma.

—¡¿Perdón?!

Tina se quedó perpleja. Otra vez.

—¿Qué mejor regalo? —alegó Samantha sin perder la sonrisa. Se le había ocurrido mientras mantenía esa extraña conversación con su hermano. Había estado pensando en el detalle con el que quería sorprenderle este año y no acababa de encontrarlo, así que cuando había escuchado la irónica sugerencia no había perdido ni un minuto.

—Pe… Pero… —no podía ser, no había oído correctamente. La tensión acumulada sin duda afectaba a su capacidad de raciocinio.

Su invitada adoptó una postura cómoda y sin perder la sonrisa dijo:

—Cuando se lleva un tiempo casada pues hay cosas que una debe… —se llevó un dedo a los labios para buscar la palabra apropiada— reconsiderar. Y, ni qué decir tiene, esforzarse. —Hizo una pausa, qué reflexión tan interesante—. De no ser así luego una no puede quejarse. Como siempre dice mi padre: para exigir hay que contribuir.

Tina hizo una mueca.

—No sabría decir —admitió con tristeza.

—Ya lo descubrirás —aseveró la joven quitándole importancia con un gesto de la mano. Desde luego esta mujer necesitaba urgentemente unas clases de picardía.

—Sigo sin comprender…

—El caso es que una puede o bien dormirse en los laureles y ver cómo su matrimonio cada vez es más monótono y predecible, o, como yo pretendo, darle un toque de originalidad y, por supuesto, de diversión. —Aunque al abogado con el que estaba casada ciertas cosas no le hacían mucha gracia, pues siempre se mostraba estricto respecto a sus actividades matrimoniales para que jamás abandonasen el ámbito privado. Pero ella, como desde el primer día nunca le había hecho caso, no iba a empezar ahora.

Tina escuchó atentamente sus palabras, esa mujer parecía saber muy bien de qué hablaba y se mostraba decidida y segura de sí misma.

—¿Pero él lo permitirá?

—Querida, la gracia está en hacerlo sin pedir permiso —explicó riéndose—. De esa forma, aparte de sorprenderle cuando le entregue mi regalo, también disfrutaré disimulando y ocultándole lo que me traigo entre manos.

—Pareces tenerlo muy claro —murmuró con un deje de admiración—. ¿Y no se enfadará?

—Por supuesto que sí, eso forma parte de la diversión —le guiñó un ojo con picardía esperando que captara la insinuación.

—No lo entiendo.

—Es muy sencillo. —Samantha adoptó un tono cómplice, a este paso iba a tener que adoctrinarla mejor para evitar que se dejara mangonear por su hermano; una especie de solidaridad femenina. Práctica que, tanto ella, como su hermana y su madre, habían llevado a cabo hacía tiempo en casa, para enfado de los varones de la familia—. Él porfiará, discutirá conmigo, incluso hasta puede que me… castigue —estuvo a punto de omitir ese dato, pero creía más honesto no hacerlo—. Cualquier cosa con tal de imponer sus prerrogativas masculinas, pero durante ese tira y afloja me divertiré, y no sabes cuánto, llevándole la contraria, provocándole hasta que admita que es el mejor regalo posible. Por no mencionar el indudable valor artístico de la obra, por supuesto —añadió por último.

—Si tú lo dices… —no comprendía muy bien lo que ella explicaba, pero sí tenía su parte de lógica. Desde luego nadie mejor que Tina para saber lo mortalmente exasperante que puede ser un matrimonio sin ningún tipo de aliciente.

—Sé que prefieres que tus modelos sean hombres. Y, si me lo permites, estoy completamente de acuerdo contigo, pero te pido que hagas una excepción.

—Sí, bueno, no hay problema.

—Por supuesto pagaré por tus servicios —se apresuró a decir Samantha.

—No es necesario, yo puedo hacerlo sin…

—¡No seas tonta! —la interrumpió—. Tu trabajo debe ser recompensado. No te dejes llevar por sentimentalismos. Tú debes ser la primera en exigir unos honorarios, de lo contrario puede que no todos te tomen en serio. Y para nosotras las mujeres, las cosas no son lo que se dice muy fáciles.

—Pero este es un caso especial —apuntó Tina—. Preferiría no cobrar mis honorarios —repitió convencida de que debía ser así.

—¿Por qué? —inquirió su invitada—. Todo el mundo recibe una remuneración por su trabajo, no veo por qué esto tiene que ser una excepción.

A Tina cada vez le caía mejor la hermana de Alfred. A cada paso comprendía mejor el motivo por el que era de las pocas mujeres que destacaban en un mundo de hombres.

—Normalmente soy yo quien pago a mis modelos —dijo con pesar pues no siempre había dispuesto de una boyante economía para ello.

—¡¿Cómo?! —preguntó abriendo los ojos como platos.

Tina asintió.

—Es difícil encontrar modelos dispuestos a posar desnudos y más aún si quien está detrás de la cámara es una mujer —admitió con pesar.

—¡Imperdonable! —exclamó indignada—. Eso no puede ser.

—Solo cuando quien pide modelos tiene un nombre y además un prestigio puede permitirse el lujo de seleccionarlos. Al resto no nos queda más remedio que abonar un precio por sus servicios y no siempre resulta viable, pues incluso abonando sus honorarios muchos se niegan en redondo.

—No me digas más, sé lo que es enfrentarme cada día a comentarios insidiosos por la sencilla razón de que soy mujer.

—Desgraciadamente así es —coincidió la anfitriona.

—Ahora, ya puestos a soportarlos, desde luego tu profesión es mucho más gratificante; por lo menos te alegras la vista y te inspiras. Yo me tengo que conformar con un sinfín de documentos cargados de cifras.

Ambas sonrieron ante el comentario.

—Sí, en eso tienes razón —convino Tina.

—De acuerdo entonces. Y, puesto que no quieres cobrarme por tus servicios, cosa que no entiendo, ya se me ocurrirá la forma de compensarte. —Se puso en pie, adoptando una postura profesional—. ¿Trato hecho?

Samantha le ofreció la mano, tal y como solía hacer con cualquiera con quien hacía negocios. Pero, salvando las distancias, en este asunto, no era más que una mera formalidad, pues estaba convencida de que su futura cuñada, siempre y cuando el cazurro de su hermano hiciera las cosas bien, era una mujer de palabra. Un poco ingenua, pero sin duda, con unos pocos consejos, la mujer ideal para Alfred.

—Muy bien —aceptó.

Se estrecharon las manos y sonrieron.

Las dos oyeron unos golpecitos en la puerta. No esperaba ninguna visita pero quizás Jean Luc hubiera decidido pasarse por el local o cualquiera de sus ayudantes necesitaba hacerle algún comentario de última hora.

¿Y si se había producido algún contratiempo menos de veinticuatro horas antes de la inauguración?

Fuera lo que fuera, cuanto antes se ocupara de ello, mejor para todos, especialmente para sus nervios.

—Adelante —dijo preocupada.

Capítulo 49

*A*lfred había salido del despacho de su hermana todo decidido a llevar a cabo una misión: buscar a Tina, que a buen seguro estaría en la galería de arte ultimando los detalles.

Prefería no pensar en que él era uno de esos detalles porque entonces volvería a aparecer la ofuscación y entonces acabaría por empeorar su mal humor, y este no estaba precisamente para tirar cohetes.

Decidido había arrancado el coche y conducido con una dirección en mente, pues ya no podía demorarlo más.

Pero, a mitad camino, reconsideró sus opciones y cambió de opinión. Creyó más oportuno tomar otra alternativa y se dirigió hacia la casa familiar.

La conversación mantenida con su hermana y su pragmático marido sí resultó esclarecedora, no obstante, aun así todavía albergaba dudas.

Analizando las palabras de Samantha tenían cierto sentido,

pero a él le costaba Dios y ayuda aceptar que esa era la única forma de lograr sus objetivos.

Desde luego a lo que no tenía miedo era a que ella de nuevo le diera calabazas, pues a perseverante no le ganaba nadie. Efectivamente, jugaba con ventaja, pues dudaba de que ella resistiera su acoso y derribo. Más bien era el miedo a reconocer sus propios sentimientos. Y no había peor miedo que ese. De hecho, era el más difícil de vencer ya que si no era capaz de desterrarlo nadie podría hacerlo por él. Y debía ganar esa batalla.

Entró en la finca familiar y redujo la velocidad. Aparcó su coche junto a la entrada principal e indicó a uno de los trabajadores que no se molestara en llevarlo al garaje, pues sin importarle la hora terminaría en casa de Tina.

Tenía planes en mente y resultaba absurdo hacer tal menester.

Entró en la casa, inusualmente tranquila, y se dirigió hacia la biblioteca. A esas horas, con toda probabilidad, encontraría allí a su madre.

Cualquiera podría pensar que ya estaba crecidito para buscar la opinión de su progenitora, pero a él le daba igual. Si algo sabía, desde que tenía uso de razón, era que en los momentos clave ella siempre estaba ahí y aportaba un punto de vista sereno.

Y eso era lo que necesitaba en esos momentos.

Golpeó con los nudillos en la puerta y esperó a que le dejaran pasar. Ya había entrado en demasiadas ocasiones, a lo largo de su vida, en una habitación sin esperar a que le dieran paso y se había encontrado una escena poco recomendable para un menor o demasiado explícita para un adolescente.

Por no mencionar el enfado de su padre cuando ocurría tal circunstancia. Y, en esos momentos, no necesitaba encontrarle con ninguna escena de entendimiento conyugal paterno.

—¡Adelante!

—¿Estás ocupada? —preguntó al entrar y observar a su madre sentada tras el escritorio revisando papeles; una estampa a la que debería estar más que acostumbrado. Sin embargo, le seguía sorprendiendo cómo, a pesar de estar siempre a la sombra de su padre, seguía trabajando codo con codo, sin importar quién se llevara el mérito.

Por suerte ahora, con Samantha al frente se iba a hacer justicia.

Afortunadamente no había nadie más en la estancia. De haber sido así tendría que lidiar con quien fuera y no estaba para tonterías, así que, aprovechando su buena suerte, cerró suavemente la puerta y se acercó hasta ella para darle un beso en la mejilla.

—Hola, hijo. ¿Qué haces a estas horas en casa? —inquirió ella sonriéndole y encantada de recibir a cualquiera de sus hijos a cualquier hora del día. No siempre podía estar con ellos tanto como quisiera pero entendía que ya eran lo suficientemente mayores como para vivir su vida. Además en la casa familiar ya solo vivía Gaby.

Se puso en pie pues no se conformaba con un beso, le abrazó y, sin importarle su edad, le peinó con los dedos.

—Si te digo que solo vengo a verte, ¿te lo crees?

—¿Por qué no iba a hacerlo? —replicó su madre risueña recuperando su asiento en el gran sillón tras el escritorio.

—Porque me conoces demasiado bien —admitió él y se acercó hasta la ventana. Corrió la cortina y miró el jardín trasero.

—Diría que estás preocupado por algo —sugirió ella, que conocía a sus hijos como nadie. Podían disimular, pero no engañarla. Alfred se mostraba abatido e intuía de dónde podían venir los tiros, aunque prefirió esperar a que él hablara.

—Mamá, le he pedido a Tina que se case conmigo —anunció evitando marear la perdiz, sabedor de que su madre tenía un sexto sentido y ya, la verdad, no tenía sentido ocultarlo por más tiempo.

—¡Eso es estupendo, Alfred! —Ella no disimuló su entusiasmo. Como cualquier madre ante una noticia de esa índole.

—Mamá, ¿y si he elegido a una mujer digamos… inapropiada?

—Pues tendremos que aguantarnos, ¿verdad? —murmuró sin perder el buen humor y porque dicho sea de paso conocía a la afortunada.

—Deberías preguntarme cuál ha sido su respuesta antes de sacar el champán —masculló sin volver la vista.

—Oh, cariño… —Se acercó a él. Por sus palabras dedujo que aquello no había salido como cabría esperar y de ahí su abatimiento; como si aún fuera un niño, para ella nunca dejaría de serlo, lo abrazó.

Alfred se dio la vuelta, para nada molesto por sus muestras de cariño, miró a su madre antes de preguntar:

—¿Es cierto que a las mujeres os gusta una declaración de esas cursis, cargadas de tópicos y con rosas? —preguntó haciendo énfasis en las palabras «cursis» y «tópicos». Parecía como si le costara pronunciarlas.

Maddy sonrió cariñosamente. Su hijo, como casi todos los hombres, tenía un serio problema de expresión a la hora de hablar de sus sentimientos. Y eso iba a entorpecer bastante su objetivo.

Rogó en silencio que no le hubiera pedido consejo sobre esto al padre, porque si no iba listo.

Estaba claro que no era un capricho pasajero. Se había enamorado de Tina y por eso le costaba decirlo abiertamente. De haber sido algo fugaz, un simple capricho, desde luego no se lo replantearía tanto ni se mostraría tan apesadumbrado por un rechazo.

Alfred, por primera vez, se sentía completamente fuera de lugar, luchaba contra sus hasta ahora desconocidos sentimientos y contra la negativa de una mujer a su propuesta matrimonial.

Qué cosas tiene que hacer una madre por el bien de sus hijos, pensó.

—Alfred, no tienes por qué ponerte cursi. Puedes decirle lo que sientes sin por ello pensar que eres tonto —explicó ella con toda lógica.

Ahora solo quedaba que él entendiera dicha lógica, lo cual, a tenor de su expresión saltaba a la vista que iba a costar lo suyo.

—La verdad, no me imagino a papá hablándote con palabras… —movió las manos intentando buscar el adjetivo y al no encontrar un sinónimo de cursi dijo— de esas que os gustan —masculló haciendo una mueca, como si fueran de uso exclusivo femenino.

Ella arqueó una ceja ante el comentario de su hijo.

—Cariño, hay muchas formas de expresar lo que uno siente —aclaró ella—. Pero, si te sirve de consuelo, te pareces más de lo que quieres admitir a él. Así que… —se encogió de hombros divertida— tú mismo te darás cuenta de las cosas.

Él se rio entre dientes. Debería haber aprendido la lección hace tiempo. A su madre era muy difícil ganarla en un debate dialéctico. Así que mejor volver al tema original.

—Samantha me ha recomendado que sea sincero, que le hable desde el corazón —dijo burlonamente—. ¡Joder! ¿Me ves a mí, con una rodilla en el suelo, declarándome? ¡Por favor! ¿Nos hemos vuelto todos locos?

Maddy negó con la cabeza, esto iba a ser muy complicado si se empeñaba en no admitir ciertos aspectos.

—Tienes un problema, hijo —le dijo con cariño dándole unas palmaditas de ánimo—. Y uno bien grande.

—Hasta ahí llego yo solo —refunfuñó cerrándose en banda.

Maddy suspiró.

—No me refiero a eso. Lo que quiero decir es que crees, erróneamente, que pronunciar ciertas palabras te hará sentir mal, fuera de lugar, piensas que harás el ridículo. Y no es así, te lo garantizo.

—¿Cómo que no? Mamá, por Dios, que no soy un imberbe enamorado, a mi edad… —Buscando excusas absurdas era igual que todos.

—¿A tu edad? —le interrumpió su madre—. ¡No hay edad para estas cosas! Escúchame, he hablado con ella y, aunque me puedo equivocar, pienso que es una mujer muy sensible, cariñosa y ha pasado por una mala experiencia.

—Eso ya lo sé —protestó a la defensiva.

—Por eso mismo necesita palabras que la tranquilicen, que ella sepa que eres sincero, que de verdad la quieres.

—¿No es suficiente con pedirle que se case conmigo? A mí me parece que una propuesta formal incluye todo eso y más.

—No seas burro —le recriminó su madre. ¡Hombres!—. No solo es por ella, también por ti.

—¿Perdón?

—Sí, por ti, tonto. También te sentirás mucho mejor cuando por fin aceptes y digas en voz alta lo que sientes.

—Esa parte la tengo muy clara —masculló enfurruñado.

—Además, no sé por qué te resistes a admitirlo. A mí siempre me dices: te quiero, mamá; y no te avergüenzas de ello.

—¡Eso es diferente! ¡Tú eres mi madre!

—¡Y ella va a ser tu esposa! —le respondió Maddy en el mismo tono—. No pasa nada porque te muestres tal y como eres. Estoy segura de que no querrás esconderle nada. —A ver si este punto le quedaba claro y empezaba a reaccionar.

—No me vengas con esas. Yo sé que no se lo cuentas todo a papá —acusó a su madre.

—¿Y? —preguntó ella sin importarle ni lo más mínimo la acusación. Le quedaba mucho por aprender. Pobrecito, pensó, pero se mantuvo en silencio. En estos temas del tira y afloja matrimonial siempre era mejor aprender uno mismo. Y cuando se cometen errores, aprender de ellos.

—¡Me vais a volver loco! —estalló—. ¡Cada día entiendo más a papá! No me extraña que muchas veces prefiera no decir nada. ¡Con tal de evitar estas malditas discusiones que no llevan a ninguna parte!

Maddy le dedicó una sonrisa radiante pero, en vista de que su hijo seguía en sus trece, decidió espabilarle del todo, porque de no hacerlo era capaz de perder a la mujer perfecta para él.

—Cariño, no te pongas así —intercedió su madre—, solo quiero ayudarte. Pero si sigues negando la evidencia… nada se puede hacer.

—¿Sabes? Creo que la culpa es vuestra —dijo él señalándola sin abandonar su enfado.

—¿A qué te refieres?

—A vosotros. A papá y a ti. —Se sentó y apoyó los brazos sobre las rodillas en actitud resignada.

—¿Por qué dices eso? —Maddy se sentó a su lado y le acarició el pelo.

Él giró la cabeza y miró a su madre malhumorado.

—Me habéis estropeado para el matrimonio —aclaró sonriendo sin ganas—. Siempre pienso que debo tener lo mismo que vosotros y que, al ser imposible, no merece la pena ni intentarlo —explicó casi abatido.

Ella quería decirle que se equivocaba de cabo a rabo, que tenía una magnífica oportunidad delante de sus narices y que por cabezota iba a perderla. Pero prefirió seguirle un poco la corriente.

—¿Imposible? —inquirió su madre sin dejar de consolarle.

—Sí —murmuró con tristeza mientras negaba con la cabeza—. No sé cómo lo habéis conseguido… —Hizo una pausa e inspiró profundamente—. ¿Sabes? Se lo pregunté a papá y tampoco salí de dudas.

—Tu padre te habrá dicho que sopeses bien las ventajas y los inconvenientes —apuntó ella con seguridad; tras muchos años de matrimonio no podía equivocarse.

—Sí, pero al parecer le has influido, y esa teoría solo sirve para los negocios —comentó él dándose cuenta de que el matrimonio de sus padres definitivamente era imposible de igualar.

—Lo mío me ha costado —reflexionó y sonrió complacida—. Pero ahora centrémonos en ti —dijo adoptando un tono serio—. No dejes pasar una oportunidad como esta. Ella merece ese esfuerzo. Y, si lo piensas bien, quien sale ganando eres tú. —Maddy intentó otra vía de razonamiento esperando convencerle.

—¿Cómo es eso? —preguntó interesado en la teoría de su madre. Tenía una para cada situación, a veces un poco estrafalarias, pero desde luego siempre resultaban interesantes.

—Sales ganando, pedazo de tontorrón, porque tendrás a una mujer excepcional a tu lado —explicó ella sabiendo que ya solo le quedaba una cosa que hacer por su hijo.

Como lo más probable era que al estar tan preocupado por admitir lo que sentía hubiera pasado más de un detalle por alto, Maddy extendió la mano y se quitó uno de los anillos que llevaba y después se lo entregó a su hijo.

—Toma, estoy segura de que con los nervios, las prisas y porque… eres hombre y como tal nunca pensáis en los detalles, no habrás caído en la cuenta de que necesitas un anillo.

Alfred miró primero el objeto y luego a ella completamente boquiabierto.

—¡Mamá! Es tu anillo de boda —exclamó sin saber qué decir. Lo sostuvo en su mano sin dejar de mirarlo.

—Cuando se casó tu hermana se lo di, pero al parecer el marido que tiene, que piensa en todo, ya tenía comprada una alianza —sonrió—. Así que ella, por no hacerle un desaire aceptó la de él. De modo que… —suspiró— solo quedabais Gaby y tú.

—¿No es tradición pasarlo de madres a hijas? —preguntó pensando en que si algún día la pequeña de la familia buscaba un novio apropiado sería la destinataria de esa sortija.

—No lo sé. Sé que era de tu abuela, a la que no conocí, y como tu padre es hijo único… —bromeó ella—. En fin, coge el anillo, pídele que se case contigo, declárate como es debido y hazla feliz. Si lo piensas no es tan complicado, cariño.

—¿A papá no le parecerá mal que me lo des? —preguntó cerrando el puño con el anillo en su interior.

—Deja que sea yo quien se encargue de tu padre. Si sabe lo que le conviene, no dirá ni pío —contestó ella toda ufana.

—Joder, mamá, eres única —la abrazó efusivamente y después se puso en pie.

—¿Acaso lo dudabas? —Ella le devolvió el abrazo—. Ahora ve y haz las paces con ella, disfruta de tu hijo y no hagas tonterías.

Alfred supo con esa última recomendación a qué se refería y, como no podía ganar, tenía que unirse al enemigo.

Claudicar ya era la única salida.

—Esto… un último detalle, ¿le dices tú a papá que he decidido convertirme en mecenas artístico o esperamos a que se entere por su cuenta?

Capítulo 50

—Adelante —repitió Tina tras oír los golpes en la puerta. Por lo visto hoy nadie le había informado de que era el día de las visitas.

Samantha también giró la cabeza sorprendida y con ganas

evidentes de saber quién interrumpía, pues por lo que ella sabía la galería a esas horas estaba cerrada al público.

Ninguna de las dos esperaban verle aparecer.

—¿Qué cojones haces tú aquí? —preguntó Alfred molesto por encontrarse a la entrometida de su hermana donde no tenía que estar bajo ningún concepto.

A saber de qué habían hablado, o mejor dicho de qué había hablado Samantha. Porque lo más probable era que Tina, sin malicia, poco o nada hubiera aportado.

—Ya ves, pasando el día —le espetó sabiendo de sobra que Alfred no se iba a mostrar muy comprensivo.

—No me toques la moral. ¿A qué has venido? —insistió él mirándola con intención de intimidarla.

—A fomentar el arte y las buenas relaciones —respondió ella enervando aún más a su hermano—. No cuesta nada ser educada, Alfred. —Esto último lo dijo con un tono marcadamente irónico.

—Espero que te abstengas de meter las narices donde no te llaman —advirtió él; conociéndola lo más probable era que el aviso llegara tarde. Pero por si acaso nunca estaba de más dejarlo claro.

Observó de reojo a Tina, que permanecía callada, y de nuevo se concentró en Samantha; tenía que echarla de allí en el acto.

Samantha se dio la vuelta y miró a su más que probable cuñada. A saber qué estaba pensando ante el rifirrafe verbal de los dos hermanos.

—Espero que no te hable a ti en ese tono —murmuró en tono cómplice—, y si lo hace no se te ocurra permitírselo. —Y para enervar más al tontorrón que tenía por hermano añadió—: Hay que ser firmes desde el principio.

Tina negó con la cabeza, asimilando el buen consejo recibido pero incapaz de levantar la vista para enfrentarse a la mirada de él.

—Samantha... —masculló empezando a enfadarse de verdad. La metomentodo de su hermana iba a aguarle la fiesta—. ¿Por qué no te vuelves a tu despacho a ocuparte de tus asuntos? ¿O de tu marido?

Ella puso cara de te va a dar igual lo que digas porque me iré cuando me dé la gana.

—Lo que yo te decía... —confirmó la aludida obviando por completo su advertencia camuflada de indicación—. Desde el principio hay que imponerse, si no...

—¡Ya está bien! —estalló él. Cansado de escuchar tonterías

decidió pasar del dicho al hecho. Se acercó a la mesa, agarró el bolso de su hermana y se lo entregó de malas maneras—. Despídete educadamente —exigió mostrándose él impertinente.

—¡Oh, qué forma de tratarme! —dijo Samantha exagerando al máximo su actuación—. Ten hermanos para esto. Una solo pretende ayudar y…

—¡Fuera! —Alfred señaló la puerta. Estaba decidido a sacarla de allí a la fuerza si fuera preciso para poder quedarse a solas con Tina.

—Ya me voy, ya me voy. —Se puso en pie disimulando en todo momento su diversión. Se acercó a su hermano y se inclinó para darle un beso en la mejilla, momento que aprovechó para susurrarle al oído—: No metas la pata —dicho lo cual se marchó tranquilamente olvidándose de cerrar la puerta.

—Lo siento —masculló él una vez a solas—. No sé qué pretendía con esta visita, pero si te ha ofendido o…

—No, no me ha ofendido —respondió ella intentando relajarse.

Ahora que estaban a solas volvía a sentirse en clara desventaja ante él y en esas condiciones no podía salir nada bueno.

—¿De qué habéis hablado? —Al instante se dio cuenta de su error—. De acuerdo, no me lo digas —aceptó. Ya estrangularía más tarde a su hermana mayor hasta averiguar el tema de conversación que habían mantenido. Bueno, no la estrangularía que si no le tocaba a él ser el sucesor de su padre y no estaba por la labor. Solo se vengaría de ella.

—¿Qué quieres, Alfred? —preguntó en voz baja sin atreverse a mirarle directamente a los ojos.

—A ti —respondió simplemente.

—No tengo por qué escuchar otra sarta de…

Así no iban a ninguna parte. Por ello se movió rápidamente y caminó hasta detrás de la mesa, echó el sillón hacia atrás separándolo, lo giró para que quedaran frente a frente y, ya que se negaba a poner una rodilla en el suelo para declararse y no iba a ceder en ese punto, puso las dos.

—¿Qué… qué haces? —balbució agarrándose a los reposabrazos ante los bruscos movimientos.

—Tina…

—No sigas. Y levántate, por favor —le pidió ella algo avergonzada.

Ella no se lo iba a poner fácil, pensó con toda lógica.

—Te lo pido de rodillas. —Se señaló a sí mismo haciendo una

mueca. Iba a hacer el ridículo, lo sabía, pero una vez que había comenzado no pudo parar.

—Deja de hacer el payaso —le instó más apurada todavía que él; no esperaba una arrebato de ese tipo.

Él apoyó las manos en los reposabrazos de la silla encerrándola así para que le escuchara sin intentar marcharse.

Alfred se aclaró la garganta antes de hablar.

—Nunca me he declarado a ninguna mujer —comenzó él sin atragantarse como pensó que pasaría—. Por eso es tan importante que la primera y última vez que voy a hacerlo deba esforzarme. —Sonrió de medio lado intentando así ablandarla un poquito.

—Por favor, déjalo ya —insistió ella sabiendo que ahora solo se trataba de otra estratagema para poder salirse con la suya.

Como no podía salirse con la suya por la fuerza, apelaba a su parte más sentimental. Nada le detenía y para no terminar odiándole prefería que se callara.

—Sé que he metido la pata, sé que… ¡maldita sea! —exclamó sintiéndose gilipollas por no haberse preparado un discurso. Así que ya solo quedaba el recurso de la sinceridad—. No soy el tipo más romántico del mundo pero lo que sí tengo claro es que te quiero.

Ella empezó a llorar, abatida, dolida y con ganas de empujarle para así salir corriendo.

—No —negó con la cabeza y se cubrió la cara con las manos—. No…

—Y no voy a dejarte escapar, Tina —continuó él alargando su calvario.

Era cruel y despiadado, sabía muy bien qué fibra tocar para lograr sus objetivos. Ella quería huir y evitar así derramar más lágrimas por un hombre que solo pensaba en sí mismo, sin importarle el daño que causaba con tal de salirse con la suya.

Alfred estaba siendo deliberadamente cruel.

Intentó de nuevo ponerse de pie y marcharse a su casa para esconderse en su dormitorio. Sufrir en silencio, sabiendo que no pegaría ojo, pero al menos no tendría que soportar un montón de mentiras.

Y para colmo al día siguiente era la inauguración. No podría haber venido en peor momento.

Él bien lo sabía y pensaba aprovecharse de ello, visitándola cuando era más vulnerable, cuando sus nervios estaban a flor de piel, cuando sabía lo mucho que se jugaba… Aparte de cruel era cuando menos miserable.

—Quiero casarme contigo —siguió él—, pero no por las razones que tú crees —prosiguió él, ajeno completamente a los sentimientos encontrados de ella.

Alfred se dio cuenta de que lo estaba empeorando. Al recordarle los motivos que él mismo había esgrimido a primera hora de la mañana, lo único que conseguía era que ella se pusiera más a la defensiva.

—No quiero seguir escuchando... —gimió intentando sin éxito contener las lágrimas.

—Pues lo siento mucho —replicó él utilizando el humor, desterrando así el mal ambiente que existía entre los dos—. Te quiero y por eso estoy aquí.

—Eres ruin —le acusó.

—No, cariño, soy un tonto enamorado que no sabe hacer las cosas —admitió con una sincera y triste sonrisa—. Espero y deseo que confíes en mí, que me sonrías y me hagas el hombre más feliz del mundo. —Hizo una pausa para respirar y para que ella fuera asumiendo cada una de las palabras que iba pronunciando—. Me muero de ganas por poder abrazarte y por hacerte muchas cosas más que de momento voy a callar para no adelantar acontecimientos. No creo que una proposición indecente sea lo más apropiado en este instante —bromeó acariciándole el rostro y limpiando así sus lágrimas.

—No te creo...

Alfred entendía sus reservas, pero nada ni nadie le iba a hacer desistir.

—Entonces tendré que convencerte de que soy sincero, ¿me equivoco? —Ella asintió y él estuvo punto de gritar: ¡sí! Porque empezaba a ablandarse. Le cogió las manos entre las suyas y la miró directamente a los ojos para decirle—: Podría mentirte y decir que te quiero sin sentirlo, pero no voy a mentir. Tina, cariño, dame una oportunidad. Sé que esta no es la declaración que esperabas pero tienes que comprenderme, soy nuevo en esto y si quieres, en nuestro primer aniversario lo haré mejor —añadió convencido de que tendría que hablar de nuevo con el que al parecer era un cursi experimentado: su cuñado.

Buscó en sus bolsillos hasta dar con un pañuelo que le entregó para que se sonara la nariz y se limpiara las lágrimas.

—Es tarde, será mejor que lo dejemos para otro día —dijo ella devolviéndole el pañuelo sin aceptar sus palabras.

—No, de aquí salimos comprometidos —la contradijo él firmemente—. Y por si quieres oírlo otra vez: te quiero, y si tengo que repetirlo mil veces lo haré hasta que lo aceptes. —Abandonó el tono humorístico para añadir—: Eres lo más importante para mí, no puedes hacerte una idea de lo mucho que te necesito. Sin ti no soy nada, un pobre hombre. Te quiero —repitió por enésima vez esperando que ella de una vez aceptara la realidad.

Ahora que estaba en pleno discurso romántico, pese a sus evidentes defectos de forma, no se sentía tan estúpido como en un principio creía. Hasta podía decir que, tal y como le habían comentado, liberar esa parte ayudaba a sentirse mejor. Expresar en voz alta sus sentimientos no era tan complicado.

Él se inclinó hacia ella para decirle con un beso lo que parecía no conseguir con tantas palabras.

Ella giró la cabeza para evitarle pero Alfred le acunó el rostro y continuó.

—Tina, te quiero —murmuró contra sus labios—. Y por si acaso tienes alguna duda sobre la veracidad de mis intenciones, te diré que mañana seré el primero que estaré a tu lado cuando abras esta galería al público, el más ferviente de tus admiradores, el más entusiasta. —Si lo pensaba detenidamente no sería tan malo, su familia ya se había reído a gusto, así que podría soportarlo—. También quien te acompañará toda la jornada, quien estará a tu lado y quien presumirá de ser uno de los afortunados que has retratado. Pero seré el más envidiado, porque seré el único que, cuando se apaguen los focos, estará a tu lado y dormirá contigo…

—¡Ya basta! —le interrumpió ella llorando a mares.

—Cariño, no llores —rogó él angustiado por verla así. Joder, su intención era explicarle sus verdaderos sentimientos, no que sufriera—. Mi intención no es causarte dolor… no quiero verte así, deseo hacerte feliz.

—No lloro por eso —dijo ella entre sollozos desistiendo completamente de taparse pese a ser consciente de que estaba hecha un asco.

—Entonces, ¿por qué lloras? ¡Por Dios, Tina! No me tengas más tiempo en ascuas —pidió desesperado.

—¿De verdad me acompañarás mañana? —preguntó sin calmarse del todo pues tras el llanto causado por el sufrimiento iba a llegar el llanto de alegría.

Alfred respiró ahora más tranquilo. Podía haber empezado por ahí y no tenerle esos malditos segundos en vilo.

—Por supuesto. ¿No te ha dicho nadie que las grandes familias se precian de apoyar el arte?—bromeó él recurriendo a la frase que con claro pitorreo había esgrimido su familia cuando supieron lo de la fotografía.

Ella volvió a sonarse la nariz antes de hablar.

—Alfred…

—¿Puedo ponerme ya de pie? —Ella asintió—. Menos mal. Ven. —Tiró de ella y también se incorporó—. ¿Quieres casarte conmigo? —preguntó y metió la mano en el bolsillo de su chaqueta y, extendiendo la mano, le ofreció un impresionante anillo.

—Es precioso… —dijo ella con admiración.

—Lo sé. —Gracias mamá, se dijo—. Estoy esperando…. Tina, cariño, decídete de una vez y no me hagas sufrir más.

Ella inspiró profundamente y asintió levemente, pero por lo visto él necesitaba oírlo.

—Sí —respondió ella muy bajito—. Sí —repitió por si acaso elevando un poco el tono.

Él por fin recuperó el aliento.

—Joder, me has hecho sufrir, cariño —murmuró pasando la mano por detrás de su cintura. La besó acercándose primero con la intención de ir despacio, pero fue rozar sus labios y volverse loco.

Se separó de ella, que con la cabeza echada hacia atrás y los ojos cerrados, esperaba otro beso. Al ver que no lo recibía los abrió y dijo:

—¿No quieres…?

—Qué cosas preguntas…. —gruñó con una mueca.

—¿Entonces…?

—Si algo he aprendido de todo esto —se calló que había sido un cursillo intensivo— es que debo hacer las cosas bien. Y no te preocupes, más tarde me ocuparé de ti. —Esto último lo pronunció con su habitual tono provocativo.

Ella sonrió y, faltaría más, se sonrojó.

—Como quieras —susurró Tina.

—En el coche tengo… —hizo una mueca algo avergonzado—. Mi madre se empeñó en que llevara unas cuantas fotografías de cuando era niño para enseñárselas a Eric y así explicarle mejor la situación. —Ella sonrió de oreja a oreja aún con los ojos brillantes, mezcla del llanto y de la felicidad—. Está bien, te dejaré verlas —accedió él sin que ella tuviera que rogárselo—, pero prométeme no reírte.

—Lo intentaré —murmuró ella.

—Entonces vámonos. Me muero de ganas por contárselo todo a Eric y por pasar la noche contigo.

Alfred se apartó de ella y caminó hasta la puerta. Sin duda confiaba en que ella le seguiría, pero miró por encima de su hombro.

—¿Qué ocurre?

—Esto... —se mordió el labio.

—Dime lo que piensas —la apremió él.

—Cuando estás... contento, pues tú... siempre... —volvió a morderse el labio.

Ahora o nunca, se dijo ella y caminó hasta él, le rodeó el cuello con los brazos y lo besó, dejándolo completamente anonadado y encantado, por supuesto.

—¿No vamos a celebrarlo? —inquirió ella intentando que su voz sonara provocativa. De acuerdo, le había prometido que más tarde iban a estar juntos, pero bien podían tener un adelanto.

Él arqueó una ceja, menuda mujer era su Tina. Por supuesto había captado la insinuación a la primera pero deseaba ver cómo se esforzaba.

—¿Celebrarlo? —repitió haciéndose el tonto.

Ella, que no captó el tono, deslizó una mano desde su cuello por todo el torso hasta descender y pararse sobre su miembro, el cual empezaba a despertarse.

Lo frotó sobre la tela de los pantalones antes de añadir:

—Normalmente estas cosas se merecen una celebración por todo lo alto.

—¿Esa puerta tiene cerrojo?

—No.

—Excelente.

Él, que no podía obviar la reacción de su cuerpo, la fue empujando hasta que ella se apoyó en la mesa, agradeciendo que esta estuviera despejada de papeles.

—Aún queda personal trabajando —jadeó ella cuando una mano se posó entre sus piernas.

—Eso lo hace todavía mejor. Cierra las piernas —pidió él. Ella lo miró sin comprender—. Es para poder bajarte las bragas. —Él hizo lo indicado y de paso le subió la falda hasta dejarla arrugada en su cintura—. Ahora ya puedes abrirlas.

Ella, que a pesar de todo todavía no había dejado de llorar, le sonrió y obedeció sin rechistar moviendo su trasero para colocarse adecuadamente sobre la mesa. Después alargó una mano y buscó su bragueta para colaborar un poco.

—Te veo un poco impaciente —se guaseó él sin poner ninguna objeción a sus avances.

Cuando por fin él liberó su polla y se acercó con la intención de, tal y como ella había dicho, celebrarlo, se detuvo en el último instante.

—¿Qué ocurre? —lo miró a la espera de que él se explicara, porque estaba segura de que lo deseaba tanto o más que ella.

Alfred se inclinó, la besó en los labios y murmuró pegado a ellos:

—Supongo que podemos arriesgarnos. —Acto seguido la penetró en un solo movimiento y ella inmediatamente le rodeó las caderas con sus piernas y se ancló a él fuertemente.

Ella asintió y, aunque lamentaba que estuviera vestido, acercó sus labios para poder besarle en el cuello, en la garganta, en cualquier punto de su piel al que tuviera acceso mientras él continuaba con sus envites.

Sintió cómo él colocaba ambas manos en su culo para apretarla aún más y gimió encantada al notar la presión de los dedos masculinos sobre sus nalgas.

—Como sigamos así no vamos a dejar nada para la noche de bodas —susurró ella.

Alfred sonrió.

Y de repente uno de esos dedos que marcaba la sensible piel de su trasero se movió peligrosamente hasta dar en el centro. En respuesta, ella arrastró su culo intentado apartarse. Aquello sin duda era un despiste por parte de él.

Pero no, porque de nuevo ese dedo se internó aún más entre la separación de sus nalgas y no contento con rozar aquel punto presionó levemente, consiguiendo que ella despegara sus posaderas de la mesa.

Cerró los ojos con fuerza cuando él presionó de nuevo introduciéndole el dedo y todo ello sin dejar de embestirla por delante.

Aquello no podía ser... ¿verdad?

—Yo creo que no —aseveró él despejando sus dudas completamente.

Epílogo

No cabía un alma.

Mirase donde mirase había gente, observando sus fotografías, charlando en corrillos, bebiendo champán o deambulando por la sala.

Su exposición había sido todo un éxito, a pesar del temor lógico. Pese a lo anunciado, al final la había pospuesto por cuestiones personales. Sin embargo, seis meses después de la fecha inicial prevista, por fin su trabajo quedaba a la vista del público.

Le llegaban comentarios halagadores de lo que allí se mostraba y eso, dada la tensión previa, ya suponía un gran adelanto.

A pesar de ello Tina no podía evitar morderse el labio. Sus nervios no la dejaban relajarse ni un instante. Contaba con el apoyo incondicional de su marido, que permanecía a su lado sonriente, como pez en el agua, hablando con todo el mundo, como si fuera su representante.

Alababa su obra y podía pensarse que lo hacía obligado. Sin embargo, hablaba de las instantáneas con admiración y ofrecía una visión interesante de la historia que rodeaba a cada una de ellas.

Debería empezar a acostumbrarse a este tipo de eventos, pues si como se comentaba en los corrillos, su obra era impresionante, lo más probable era que esta sería la primera de muchas otras exitosas convocatorias.

—Relájate —murmuró Alfred llegando a su lado sin dejar de sonreír—, todo está perfecto: los invitados disfrutan, tú estás preciosa, has triunfado… —Ella pareció relajarse al apoyarse en él pero siempre era demasiado confiada por lo que no estaba preparada para lo siguiente—: Y yo me muero por llevarte al almacén.

—¡Alfred! —le regañó entre dientes confiando en que nadie le hubiera oído y que, y en eso tenía las expectativas bajas, se comportase en público.

Ella se atragantó, no terminaba de asimilar ese tipo de comentarios en público. Puede que tras las puertas de su dormitorio admitiera las perversidades verbales, y no tan verbales, de su esposo. Pero allí, a la vista de todos…

—Tranquila —le susurró al oído con aparente arrepentimiento. Pero para que ella supiera la verdad le pellizcó el trasero.

Tina dio un respingo y se sonrojó.

—Te lo pido por favor —le rogó ella tirándole de la manga de la chaqueta—, compórtate y no me pongas más nerviosa.

En respuesta recibió otro azote en el culo. Este hombre era incorregible.

—Me lo debes —murmuró junto a su oreja—. Para llegar a tiempo a esta inauguración hemos tenido que acortar nuestra luna de miel —recordó él—, así que ahora no te quejes. Además, si no recuerdo mal aún no he recibido mis pertinentes honorarios y te garantizo que serán elevados.

—Lo sé, lo sé. Y te compensaré, de verdad. Pero necesito concentrarme —le pidió ella esperando que se comportara medianamente bien para acabar la noche sin incidentes.

Era mucho pedir, pues Alfred elegía el momento más inoportuno para provocarla. Bueno, siendo sincera elegía cualquier momento para hacerlo, solo que en algunas ocasiones ella no sabía cómo actuar y esta era una de ellas.

Ambos vieron a la hermana mayor de Alfred caminar en su dirección con una copa en la mano y a su marido malhumorado a su lado.

—¡Está siendo todo un éxito! —exclamó Samantha cuando se detuvo junto a ellos—. Solo oigo buenos comentarios. —Las dos mujeres se abrazaron—. Me alegro muchísimo, de verdad, te lo mereces más que nadie.

—Gracias —respondió Tina con modestia.

—El número siete —interrumpió James ceñudo tras saludar con un gesto—, lo compro. Espero que nadie lo haya adquirido ya.

—¿El número siete? —preguntó a su cuñado extrañado—. ¿Desde cuándo te interesa a ti la fotografía artística?

Samantha sonrió de oreja a oreja y Alfred sospechó inmediatamente.

—Eso he dicho —confirmó el marido de su hermana aún enfadado.

Tina, que no conseguía aprender las actitudes de su cuñada para el disimulo, se sonrojó y a duras penas acertó a decir:

—Mandaré que lo descuelguen y lo envíen.

—Gracias —contestó James secamente, pese a que había logrado su objetivo no variaba su expresión malhumorada.

—Oh, por favor, ¿desde cuándo te has vuelto tan puritano? —preguntó Samantha con ironía para pincharle un poco más.

—Desde que mi mujer se dedica a...

—¿Samantha? —le interrumpió Alfred. Contempló de nuevo el retrato mencionado por James y, al llegar a una conclusión, soltó un par de juramentos en voz baja y miró a la modelo con disgusto.

—¿Sí? —dijo ella ufana sin inmutarse ante la censura que tanto su esposo como su hermano mostraban con su expresión. Y para enfadarles aún más se giró y contempló la imagen de la discordia.

Una mujer, sentada, con las piernas elegantemente cruzadas, en un enorme sillón de cuero, miraba a la cámara tras una recargada máscara carnavalesca sin más atuendo que unos elegantes zapatos de altísimo tacón y una media sonrisa insinuante, provocadora, evocadora...

Ella levantó la barbilla y los miró desafiante.

—¿Alguna objeción? —inquirió en actitud chulesca.

—Joder... —masculló su hermano.

—Lo mismo he pensado yo cuando he visto la maldita fotografía —convino James.

La aludida, que se mantenía orgullosa, sonrió complacida. Parte de su objetivo a la hora de posar ante la cámara se había cumplido.

—Y a todo esto... —reflexionó Alfred—. ¿Cómo has sabido que es ella? —preguntó a James.

—Créeme, reconocería a mi mujer de cualquier manera —aseveró sin olvidar su enfado—. Vámonos —dijo James tirando de ella—. Ya hablaremos en casa —amenazó él aunque ella se mostraba tan contenta.

Tina, que sabía la razón por la que James había reconocido a su mujer —él había recibido como regalo de cumpleaños una fotografía exactamente igual pero sin máscara—, prefirió no exponer ese hecho a su marido, más que nada para evitar un conflicto familiar.

—Espero que James sepa meterla en vereda. Es mi hermana, pero a veces... necesita mano dura. ¿Cómo se le habrá ocurrido semejante idea? —se preguntó en voz alta.

—Debes reconocer que la fotografía de Samantha es impresionante.

—Cambiemos de tema, por favor.

Tina, que no terminaba de entender ese comportamiento repentinamente tan puritano, no dijo nada más al respecto ya que no quería discutir con él en esa noche tan especial.

Los invitados seguían acercándose a saludarla, a felicitarla, o a comentarle cualquier aspecto y ella, siempre amable, respondía a todas las cuestiones.

Alfred vio a sus padres acercarse y de nuevo sintió una especie de intranquilidad cuando su madre, sonriente, casi arrastraba a su marido, que no ocultaba su malestar.

—Oh, querida… —Maddy abrazó a su nuera efusivamente—, es todo un éxito. No te imaginas lo contenta que estoy. —Después saludó a su hijo con un beso en la mejilla.

—Buenas noches —saludó Samuel visiblemente incómodo—, me gustaría, si es posible, quedarme con el retrato número uno. —Podía parecer una oferta, sin embargo, por el tono se desprendía que aquello, simplemente, era una orden.

Alfred, nervioso, se separó de ellos para poder visionar el dichoso número uno y cerró los ojos.

Una mujer, desnuda, con el rostro parcialmente tapado con un abanico, miraba a la cámara fijamente, recostada en un diván. Un collar de perlas descansaba entre sus pechos, los cuales se vislumbraban tras una gasa negra.

Al fijarse en cada detalle cayó en la cuenta de que la modelo no era ninguna jovencita, sino una mujer madura.

Alfred se pasó la mano por la cara y miró a su padre. Entendía a la perfección su enfado.

—Por supuesto —convino Tina con un hilo de voz. Por mucho que todos le dijesen que no era tan fiero el león como lo pintaban, ella no terminaba de acostumbrarse a su suegro y a su carácter. Los únicos momentos en los que parecía perder ese rigor era cuando disfrutaba junto a Eric y compartía con él sus juegos.

—Mamá, ¿cómo se te ha ocurrido? —le preguntó haciendo un gesto con la cabeza. Joder, ¿acaso las mujeres de su familia se habían vuelto locas?

La aludida se encogió de hombros.

—Siempre he apoyado las iniciativas artísticas —le espetó sin perder la sonrisa.

—Papá, cada vez te entiendo mejor —masculló Alfred mirando a su progenitor, quien a pesar de su enfado inicial saltaba a la vista que no le quedaba más remedio que resignarse.

Los padres de Alfred los dejaron a solas. Entonces arrastró a Tina a un apartado para poder plantear una cuestión de vital importancia, especialmente para no llevarse más sobresaltos.

—¿Has retratado a alguien más de mi familia desnudo? —le preguntó mirándola fijamente. Ambos sabían que se refería a Gaby, la cual últimamente estaba cambiando y empezaba a preocuparle.

—No —le respondió.

—¿Segura? —insistió.

Ella asintió, algo nerviosa por decir la verdad, pese a que ocultaba parte de ella.

Regresaron a la fiesta para seguir con sus deberes de anfitriones y Alfred hizo una mueca al ver a su querida y metomentodo tía Alice, sonriente y acompañada de un no menos sonriente Rafe, que no dejaba de mirar a su alrededor encantado sin duda con lo que sus ojos contemplaban.

—Querida… —Rafe besó a Tina en la mano como todo un caballero—, mi más sincera enhorabuena por todas las fotografías, aunque desde luego me quedo con la número dos.

Alfred inmediatamente se puso alerta y, para no precipitarse, dejó a Tina conversando con el matrimonio Wesley y se acercó hasta la instantánea número dos.

Una mujer, tumbada boca abajo, cubierta únicamente con unas medias negras y con una pierna doblada. Su rostro oculto por un velo negro y sin mirar a la cámara.

No podía ser…

Regresó junto a la traidora y mentirosa con la que se había casado.

—Ni que decir tiene que es un regalo…

Tina estaba encantada con las alabanzas que estaba recibiendo de Rafe, cosa que por otro lado no entendía. Se debería mostrar molesto. Sin embargo, allí estaba, tan contento como unas castañuelas.

Llamó la atención del hombre y sin poder remediarlo le preguntó:

—¿Cómo puedes estar conforme con que tu esposa haya posado desnuda y que esté expuesta ante todos?

Rafe, como zorro viejo que era antes de responder, señaló con la mirada a su mujer.

—Para mí es un orgullo que todos puedan admirar lo que solo yo puedo tocar y disfrutar. Además, la versión menos «tapada» está a buen recaudo en mi estudio. —Le dio unas palmaditas—.

Tu mujer es una verdadera artista —añadió con sincera admiración—, no la jodas con tonterías.

Dicho esto se alejó para ofrecer el brazo a su esposa y juntos mezclarse con el resto de los invitados.

Perplejo y algo contrariado con esas palabras, buscó con la mirada a Tina y al verla ocupada con un asistente miró a su alrededor para localizar a su mejor amigo, el cual últimamente se mostraba muy esquivo.

Al no tener éxito esperó pacientemente, sin perder la sonrisa y sin dejar de mirarla, a que su esposa estuviera libre. Tenía intención de cumplir con su amenaza de llevársela al almacén. Allí podría explicarle unas cuantas cosas, entre ellas las referentes a la sinceridad que debía existir en un matrimonio de una forma creativa y, por supuesto, artística.

Muy artística.

Agradecimientos

*E*n este apartado siempre se corre el riesgo de dejar muchas cosas en el tintero, pues son tantas las personas que día a día me animan para que siga escribiendo que siempre me quedo con la sensación de no poder agradecerles como se merecen su interés por mí y mis novelas.

Pero voy a hacer una especial mención a quienes me «exigieron» que diera continuidad a la historia iniciada con *Divorcio* y que, a buen seguro, seguirán insistiendo para que esta saga familiar prosiga su andadura.

Noe Casado

Nació en Burgos, donde vive y trabaja en la empresa familiar. Su primera novela, *Divorcio*, vio la luz en 2011 y desde ese momento no ha dejado de escribir. En 2012 publicó *No me mires así, A ciegas* y *Treinta noches con Olivia*. En 2013 fue merecedora del VII Premio de Novela Romántica Terciopelo con su novela *A contracorriente*, la continuación de *Divorcio*, así como publicó *En tus brazos* y *Dime cuándo, cómo y dónde*. En 2014 se publicaron también *Tal vez igual que ayer, Desátame* y *Abrázame*.

Puedes seguir a Noe Casado en:
www.noemidebu.blogspot.com.es